인현왕후전

정은임 교주

□ 머리말

교주본『한중록』출간(2002년 10월)에 이어『인현왕후전』을 출간하게 되었다. 이번에는 시행착오나 미숙함을 많이 극복했으리라 생각했는데 뜻과 같이 되지 않았다.『조선조 궁중문학 시리즈. 1〈한중록〉』을 출간한 출판사로부터 후속편의 출판 여부를 문의하는 전화를 종종 받고 있다며 무언의 압력을 받았음에도 또 지각을 하게 된 것이다.

처음〈인현왕후전〉교주 작업을 시작할 때엔 가람본에서 파생된 것으로 보는 국립도서관본으로 시작했다. 그것은 박태보의 당당하고 의연한 충절이 교육적일 뿐 아니라, 임금(숙종)과 주고받는 대화가 매우 흥미로워 문학적 여백이 가장 많았기 때문이다. 지난 가을학기에도 '고전소설론'을 강의하면서 이본의 차이를 선명하게 이해시키기가 무척이나 힘들었다. 그때, 모본(母本)과 파생본(派生本)을 직접 비교하여 볼 수 있으면 보다 쉽게 이해할 수 있겠다는 생각으로 가람본도 주석하게 되었다. 주석을 하면서 가람본은 이상보 교수님이 교주한『인현왕후전』(을유문화사, 1971)을, 국립도서관본은 김용숙 교수님이 교주한『계축일기』·『인현왕후전』(삼중당, 1980)을 참조했다. 평소에 두 분의 교주본이 문고판이라 주석이 매우 간략하고, 출판 후 20~30년이 지났기에 한글세대에게 맞는 새로운 주석이 필요함을 느끼곤 했다. 특히 국립도서관본은 필사 상태가 나쁘고 필사자의 오기(誤記)로 인해 앞 뒤 문맥이 맞지 않거나 문헌에서 찾을 수 없는 인명이 많다. 이런 부분을 '오기'나 '해독불가'로 주석을 내거나, 아니면 잘못된 주석으로 인해 내용 자체가 바뀌는 곳이 여럿 있었다. 이번에도 오기가 많은(박태보 수난 부분) 40여 면에서 애를 먹었지만 여러 문헌을 참조하고 검토를 거듭 하면서 오류의 상당부분을 밝힐 수 있었기에 보람을 느낀다. 그러나 궁중문학 특성상 궁중 문화 전반에 대한 세밀한 주석이 꼭 필요함을 절감하면서도 한정된 지면으로 줄일 수밖에 없었고, 일천한 학문으로 밝히지 못하거나 잘못된 주석도 있을 것이다. 관심 있는 분들의 질정 을 바란다.

지난겨울 몇 차례 궁중문학을 방송에서 소개할 기회가 있었다. 모 방송국의 사극 열풍으로 일반 대중과는 상당한 거리를 두었던 궁중 문 화가, 음식을 시작으로 문학에도 관심을 갖게 된 것이다. 이유야 어찌 됐던, 오랜 시간을 세인은 물론이고 국문학 연구 분야에서도 소외된 채, 외로운 작업을 하던 나로서는 궁중문학을 알릴 수 있는 기회를 얻 게 되어 무척이나 기뻤다. 구정 특집 방송을 준비하던 날이었다. 몇 번 방송한 경험이 있어 제 시간에 모든 작업이 끝나리라 생각했는데, 궁 중문학 특유의 생소한 어휘와 문장이 구성원들에게 곤욕을 치르게 한 것이다. 예정 시간이 한참 지난 후에야 작업실에 들어갔을 때, 담당자 들은 녹음 내용을 점검하고 성우는 상기된 모습으로 녹음실을 나서고 있었다.

저집내인 연갑이는 위업사온 내인의 다리를 붙들었고, 은덕이는 공주 업사 온 주상궁 다리를 붙들어 발걸음을 옮겨 디디지 못하게 하고, 대군 업사온 사 람들 앞에서 끌어내고 뒤에서 밀쳐 대문 밖으로 내고 우리만 다시 밀어들이고 자비 문짝을 닫으니 그 망극함이 어떠하리오……

〈계축일기〉중 어린 영창대군이 대궐 밖으로 끌려가는 장면을 묘사한 대목이었다. 생생하고 우아한 문장을 청아한 소리로 듣는 순간, 가슴이 벅차면서 콧등이 저려왔다. 그때의 감동을 지금도 잊을 수 없다.

필자가 재직하고 있는 강남대학은 전국에서 유일하게 궁중문학 강좌(궁중문학과 풍속)를 개설하고 있다. 학생들의 많은 관심이 궁중문학에 대한 호기심의 발로인지는 몰라도 나의 간절한 마음을 이해하는 것 같아 매년 행복한 시간을 갖는다. 그러나 대학원에 박사 과정이 없어 학문을 이어갈 제자를 기를 수 없는 안타까움이 해가 갈수록 더욱 심해지더니 이제는 서글퍼지기까지 한다. 학문도 시대 조류의 영향을 많이 받는다. 한동안 양반 사대부들의 삶이 그려진 작품연구가 주류를 이루더니, 근래엔 민중의 힘에 의해 판소리와 같은 서민 문학이 붐을 타고 있다. 사대부 문학에 비해 상대적으로 관심을 얻지 못하던 분야가 늦게나마 체계적으로 연구된다는 것은 매우 바람직하다. 그럼에도 궁중문학은 여전히 소외된 분야로 남아 있다. 진정한 의미의 국민 문화는 모든 영역이 고르게 균형을 이루어 갈 때 가장 바람직하다고 생각한다. '우리문학사에서 궁중문학의 맥이 끊어지는 것은 아닐까?'하는 두려움에 또 넋두리가 길었다.

이 책이 출간되기까지 많은 사람들의 도움이 있었다. 나와 3년을 함께하면서 중국 궁중문학을 개척하겠다는 꿈을 간직하고, 거듭되는 교정에도 말없이 수정 작업을 해 준 중국인 제자 류수수안(劉淑雙), 반남 박씨와 여흥 민씨 문중에서 흔쾌히 자료를 보내 주신 분들, 늘 격려와 조언으로 힘을 주는 선후배와 지인들, 그리고 가족들에게 미안함과 고마움을 전한다. 또한 어려운 여건임에도 『한중록』에 이어 『인현왕후전』 출판을 위해 애써주신 이회문화사 사장님과 관계자 여러분께 감사드린다.

지난 해 四月, 평생을 궁중문학 연구로 우리문학의 지평을 확대하신 김용숙 선생님이 타계하셨다. 삼십 년이 넘는 인연동안 학문에 대한 열정과 준엄함에 늘 부끄러운 제자였는데……. 이제 곧 四月이 다시 오려한다. 마음이 유난히 여리고 섬세하셨던 선생님. 긴 겨울날 추위와 외로움을 어떻게 견디셨을까? 생전에 좋아하셨던 보라 빛 수선화를 들고 뵈러 가야지.

부끄러운 이 책을 선생님 영전에 바친다.

2004년 이른 봄
시내산 기슭 연구실에서

정 은 임

1. 명칭과 창작동기

〈인현왕후전〉은 우리문학사에서 유일한 궁중소설이다. 이본들 간에
차이는 있으나 대체로 조선조 숙종 조에 있었던 인현왕후의 폐위와 복
위 과정에 일어난 역사적 사건을, 숙종을 중심으로 하여 선(善)의 화
신인 인현왕후와, 악(惡)의 전형으로 인식되는 장희빈과의 대비로 구
성되어 있다. 작품의 주인공은 물론이고 사건에 직접 또는 간접적으로
연류 되었던 수많은 사람들의 이야기가 허구보다 더 극적이다.

인현왕후는 짧은(35년) 생을 살았지만 오늘날까지 우리 곁에 살아
있는 여인이었다. 어려서는 지극한 효심으로 계모를 섬겼고, 귀신이 돕
는 것 같이 뛰어난 솜씨(길쌈과 바느질)를 지녔음에도 조금도 자랑하
지 않았기에 왕비로 간택될 수 있었다. 왕비가 된 후에는 웃어른(대왕
대비와 대비)을 지성으로 모시고 후궁과 궁인들에게는 덕으로 다스렸
기에 온 백성의 모범이 되었다. 더욱이 장희빈의 모함으로 폐출 된 때
에도 근신하면서 남을 원망하지 않았고, 다시 복위 된 후에도 전과 조
금도 다르지 않았다. 처해진 상황에 따라 쉽게 변하지 않고 한결같은
왕후의 모습은 그 시대의 윤리관과 일치하여 가장 이상적인 인물의 전
형이 되었다.

창작 동기는 〈민듕뎐 덕행록〉·〈인현왕후 셩덕 현행록〉·〈인현셩모

민씨 덕행록〉 등 이본들의 제목에서 알 수 있듯이 인현왕후의 덕을 기리고 본받기 위하여 창작되었다고 본다.

2. 이본

〈인현왕후전〉의 이본은 현재 16종(필사본: 15종, 구활자본(舊活字本): 1종)이 발견되었다. 많은 고전 작품이 그러하듯이 아직 원전이 발견되지 않은 채, 최고본(最古本)과 파생계통(派生系統)에 대하여 합일점을 찾지 못하고 있다. 이본을 정리하면 아래 도표와 같다.

번호	이본명칭	소장인 (장소)	겉표지	본문표지	표기	면수	행수	자수
			〈인현왕후전〉 이본					
1	유구상본	유구상	인현왕후덕행록	민듕뎐 닌현왕후덕힝록	한글	90	12～14	18～22
2	일사 A본	서울대 규장작 일사문고	민즁뎐덕힝녹	肅宗大王閔中殿德行錄 全	한글	107	9	17～20
3	일사 B본	서울대 규장작 일사문고	閔中殿德行錄 全	민즁뎐덕힝록	한글	75	9～10	19～20
4	국립도서관본	국립중앙도서관	인현왕후전	인현왕후셩덕힝녹	한글	190	10	17～20
5	박순호 본	박순호	德行 閔宮	민듕견덕힝	한글	100	11	16～20
6	가람본	서울대 규장각 가람문고	仁顯聖母德行錄 全	인현셩모민시덕힝록	한글	130	9	22～24
7	남애본	안춘근	仁顯王后傳	민즁견견 권지단	한글	81	12	20～22
8	벽요순 A본	벽요순	민즁전 덕힝록	민즁전 덕힝록	한글	96	10	16
9	벽요순 B본	벽요순	閔中殿記	민즁견긔	한글	96	10	15～16
10	석헌본	정규복	민즁전	민즁전	한글	61	11	24～25
11	정문연 A본	한국 정신문화연구원	閔中殿傳	민듕전힝장녹 권지단	한글	113	12	19～20

12	정문연 B본	한국 정신문화연구원	閔中殿卷之 單	민듕젼 권지단	한글	74	12	25~30
13	성대본	성균관 대학교 도서관	閔中殿傳	민듕젼듕홍일 긔	한글	68	8	18
14	연세대 A본	연세대 도서관	閔中殿 記 單	閔中殿	한글	76	12	25
15	연세대 B본	연세대 도서관	인현왕후젼 권지단	민즁젼젼	한글	123	10	15
16	구활자본	한국 정신문화연구원	歷史小說 閔中殿實記	민즁젼실긔	한글	78	14	34

3. 작자와 창작연대

〈인현왕후전〉의 작자와 창작시기는 가람(이병기)이 '작자는 인현왕후를 모셨던 내인이며, 창작 시기는 그 궁인이 생존했던 시기다.' 한 후, 세밀한 검토를 하지 않은 채 통설로 통용되었다. 김동욱은 가람본과 일사본을 비교하여 '작자는 인현왕후를 모셨던 궁인이 아니며 후대의 제 삼자'라 하여 이의를 제기했다. 김용숙은 작품 내용을 여러 항목(궁인 장씨의 등장, 인현왕후 폐출의 동기와 과정, 인현왕후 복위의 동기, 저주 행위와 탄로, 왕후의 병세 등)으로 나누어 문헌을 중심으로 비교한 후, 창작 시기는 인현왕후 사후(死後), 작자는 박태보와 인현왕후 집안의 여성으로 추단하였다. 그 후 김수업은 작자를 인현왕후나 박태보 후예의 남성으로, 박요순은 서인(西人) 중의 남성에 의해 크게 세 차례 가필되었으며 창작연대는 인현왕후 사후 직후로 보았다. 민영대와 김신연은 인현왕후 승하 직후에서 삼 년 이내에 왕후를 모셨던 궁인들에 의해 창작되었을 가능성이 많다고 추론하였다. 정리하면 다음과 같다.

1) 작자 : ① 인현왕후를 모셨던 궁인, ② 궁궐 밖 서인 후예의 남성,
③ 서인 후예의 여성.

2) 창작 시기: ① 인현왕후 승하 직후, ② 인현왕후 승하 후대.

필자는 〈인현왕후전〉의 많은 내용이 『숙종실록』이나 『연려실기술』 에 있는 내용과 일치되는 것으로 보아 처음엔 인현왕후의 덕을 본받기 위한 행장문(行狀文)이 후대에 윤색가미(潤色加味)를 거듭하면서 당 시 유행하던 소설형식으로 재탄생되었다고 본다.

4. 양식론

가람은 〈인현왕후전〉을 소개하면서 처음엔 장르에 대한 언급을 하 지 않았다. 주왕산(周王山)이 가람의 〈인현왕후전〉 해설을 인용 한 후 에, "이 소설은 저자미상의 궁중소설로 인현왕후와 장희빈 사이의 군 총(君寵) 싸움을 그리었다."고 하자, 가람도 "근조 궁정소설에는 〈계축 일기〉, 〈한중록〉, 〈인현왕후전〉이 있다."고 하여 '소설'보았다. 그 후 고 정옥, 박성의가 이에 동조하여 〈인현왕후전〉은 소설 양식으로 굳어지 는 듯 했다.

도남도 처음(국문학사, 동방문화사, 1947)엔 처첩 간에 일어나는 가 정소설로 보았으나, 개정판(국문학사, 탐구당, 1963)을 내면서 "사실상 우리들이 왕조의 역사를 뒤적이면 거기에 화려한 점도 많았지마는 또 왕자왕손의 사이에 비빈후궁의 사이에는 인생의 비참한 일이 얼마든지 있는 것을 본다. 이런 것이 여태까지는 왕궁의 숨은 비화로서 밖에 가 끔 굴러 나오는 정도이었지마는 국문학사의 발전시대에 들어와서는 그 것이 기사체로 기록되어 밖에 나왔다. 이것을 우리는 궁정기사체문학 (宮廷記事體文學)이라 하나 그 작품으로는 〈계축일기〉와 〈인현왕후전〉 이 있다." 하여 이의를 제기했다.

그 후 장르 논의가 활발하게 진행되면서, 수기(신정숙, 김일근), 소설(김동욱, 김기동)로, 소설은 다시 전기소설(傳記小說, 정창범), 실기형 역사소설(實記型歷史小說, 김용덕), 사실계소설(寫實系小說, 민영대), 전계소설(傳系小說, 김신연)로 세분되면서 소설 양식에 수용되는 듯 했으나 혼란은 계속되었다.

이러한 논란이 계속되자 김용숙은 경직된 장르론으로는 이 작품의 성격을 완전히 규명할 수 없음을 들어 P. Hernardi의 탈(脫) 장르적 입장에서 시도된 주제적(主題的) 양식에 귀속시켜 실기문학(實記文學)이라는 장르를 제시했다. 필자는 고소설에서 〈남이장군실기〉·〈세종대왕실기〉 등의 실기(實記)라는 명칭이 붙은 작품이 많은 것을 발견하고 이들 작품이 지닌 공통점을 추출하여 보다 구체적으로 실기문학의 장르 모색을 시도한 바 있다. 이 과정에서 작품의 주인공들은 전쟁이나 격동기를 살아가는 동안 역사상 중요한 역할을 담당했던 실존 인물들이, 자신이 겪은 사건들을 전(傳)·록(錄)·기(記)라는 고전문학의 대표적 양식을 차용했음을 발견하였다. 그러므로 다큐멘터리 등을 포괄할 수 있는 기록문학(記錄文學)을 보다 광의의 유개념(類槪念)이라 한다면, 실기문학(實記文學)은 한 개인적인 사실이 아닌, 국가적인 차원의 역사적인 사실을 바탕으로 생성된 작품들로, 기록문학(記錄文學)의 종개념(種槪念)으로 설정하고, 궁중을 배경으로 생성된 작품들은 다시 실기문학의 하위 개념으로 궁정실기문학(宮廷實記文學)이라 정리하였다.

'궁중실기문학'으로 수용한 〈계축일기〉·〈한중록〉·〈인현왕후전〉이 주제적 양식에서는 공통점을 지녔지만, 기존의 오분법(시, 소설, 수필, 평론, 희곡)에 의한 장르 구분에서는 이견이 있을 수 있어 혼란은 계속되었다. 필자는 세 작품을 다시 세밀히 검토하여 〈계축일기〉나 〈한중록〉이 사실적으로 표현되었으나, 〈인현왕후전〉은 추상적이고 서술적인 표현으로 인물들의 성격이나 사건의 형상화 등이 거의 완벽에 가까워 전문 작가의 솜씨가 느껴졌다. 특히 작품의 서두가 주인공의 가계와 탄생과정으로 이어지는 구성 기법은 고소설과 일치되었다.

그러므로 〈인현왕후전〉이 주제적 양식은 〈계축일기〉·〈한중록〉과 함께 '궁정실기문학'이며, 오분법에 의한 분류에서는 유일한 '궁중소설'이다.

5. 문예적 가치

〈인현왕후전〉은 〈계축일기〉·〈한중록〉과 함께 궁중문학의 대표적인 작품으로 평가되고 있다. 이 작품들은 시대적 배경은 서로 다르지만 역사에서 한 장을 장식하는 큰 사건들과, 궁중이라는 특수한 공간에서 생성되었기에 동시대의 다른 작품들과 쉽게 구별된다. 필자는 사실에 바탕을 두고 생성된 기록문학 중에서, 개인적인 기록이 아닌 역사적인 사실에 기인하여 승화된 작품을 실기문학이라 하고, 궁중을 배경으로 한 실기문학을 궁정실기문학으로 장르를 수용하였다. 궁정실기문학의 특질과 가치를 정리하면 다음과 같다.

1. 궁정실기문학은 세 편 모두 여성의 시각에서 서술되었다. 조선조 여인들의 원초적인 한과 궁중이라는 폐쇄된 사회에서 자신과 자식, 그리고 친정의 성쇠를 어깨에 짊어진 한의 무게를 우리는 쉽게 짐작할 수 있다. 문학작품이 현실과 화자의 부조화에서 생성된다고 볼 때, 궁중 여인들의 고통과 아픔이 작품으로 승화된 것은 어쩌면 당연한 귀결일 것이다.

2. 오백년의 조선조 궁중 풍속 연구의 귀중한 자료가 된다. 물론 작품이 풍속에 초점을 두고 집필된 것은 아니지만, 작품 속에는 등

장인 들의 생활들이 그대로 반영되었기에 자연 궁중의 크고 작을

일들(출산·돌잔치·관례·혼례·상례 등)의 묘사를 통해 독특한

궁중 풍속을 엿보게 한다.

3. 작품에는 폐쇄된 사회에서만 가능한 고어와 우아한 궁중용어가

곳곳에 아로새겨져 있어 특수어 연구의 귀중한 자료가 된다.

4. 동서고금을 막론하고 위정자들에 의해 진실이 왜곡되는 경우는

허다하다. 특히 조선조는 당쟁이 극심했기에 예외는 아니었을 것

이다. 작품은 진실을 말할 수 없는 시대 상황이나, 대의명분이란

이름하에 희생된 수많은 사람들의 기록과 이면의 진실을 알게 한

다.

이상과 같은 이유로 해 궁정실기문학은 국문학사에서 독자적인 위

치를 차지한 채, 작품의 생성 요인이 궁중이라는 신비함과 작품이 지

닌 문예적인 향기로 인해 오는 날에도 영화와 연극 등으로 끝임 없이

재생되고 있다.

그 중 〈인현왕후전〉은 고전 산문 중 전(轉)의 양식을 차용해 인물의

성격을 형상화하는데 성공함으로써 인현왕후를 구원(久遠)의 한국적

여인상으로 창조하였다. 또한 작품 속에 삽입한 삽화(揷話)는 고도의

상징과 비유적 기법을 사용하여 작품의 효과를 부각시키고, 숙종을 상

황에 따라 변화하는 입체적 성격으로 재창조함으로써 독자로 하여금

갈등과 흥미를 갖게 했다. 그러므로 〈인현왕후전〉은 우리 문학사의 유

일한 궁중소설이며, 〈계축일기〉·〈한중록〉과 함께 궁중실기문학의 백

미로 평가된다.

목차

머리말 3

해제 7

인현성모 민씨 덕행록 17

인현왕후 성덕 현행록 99

인현왕후 영인원문 203
(가람본 / 국립도서관본)

제18대 현종 가계도 505

제19대 숙종 가계도 506

제20대 경종 가계도 507

제21대 영조 가계도 508

여흥민씨(驪興閔氏) 가계도 509

반남박씨(潘南朴氏) 가계도 510

주요사건 연대표 511

주요 등장인물 517

숙종・인현왕후 가례 반차도 556

화설[1] 조선국 숙종대왕[2] 계비[3] 인현왕후(仁顯王后) 민씨(閔氏)의 본은 여흥(驪興)이시니, 행 병조판서[4] 여양부원군(驪陽府院君) 둔촌(屯村) 민공[5]의 여(女)이시오, 영의정 송동춘선생[6]의 외손이라.

모부인(母夫人) 송씨[7] 기이(奇異)하신 신몽(神夢)을 꾸시고 정미[8] 사월 이십 삼일 탄생하오시니, 집 위에 서기(瑞氣) 일어나고 산실(産室)에 향취 옹실(香臭擁室)하여 오래 되도록 없어지지 않으니 부모 지기[9]하심이 있어 가중(家中)에 말을 내지 못하시게 하시더라.

....

1 화설(話說): 고소설에서 이야기를 시작할 때에 쓰던 말.
2 숙종대왕: 숙종(1661~1720), 조선 19대왕, 1674~1720년 재위. 부록 등장인물 참조.
3 계비(繼妃): 임금의 후비(後妃)를 말함. 숙종의 비인 인경황후(仁敬王后, 1661~1680) 가 돌아가시자 인현왕후가 후비로 왕비가 됨. 인경황후, 인현왕후 부록 등장인물 참조.
4 행 병조판서(行 兵曹判書): '行'은 계급이 높고 직책이 낮은 경우를 말함. 민유중은 부 원군이므로 정1품 계급인데, 직책은 정2품 판서를 지냈으므로 '行'이라 함.
5 민공(閔公): 여양부원군 민유중(閔維重). 부원군은 왕이나 세자의 장인. 여기서는 인현 왕후의 아버지를 가리킴. 부록 등장인물 참조.
6 영의정 송동춘선생(宋同春先生): 인현왕후의 외할아버지 송준길(宋浚吉). 부록 등장인 물 참조.
7 송씨: 송준길의 따님으로 인현왕후의 생모. 인현왕후 6세 때 졸.
8 정미(丁未): 현종 8년(1667).
9 지기(知機): 기미(機微)를 알아차림.

잠깐 장성(長成)하매 정정탁월10하사 화월(花月)이 부끄리는 듯하시고, 용안11이 황홀찬란(恍惚燦爛)하사 백일(白日)이 빛을 잃으니 고금(古今)에 비할 곳이 없으시며, 여공재정12이 민첩신이13하사 일백신령(一百神靈)이 가르치는 듯하시나 안색(顔色)에 나타나지 아니하시고 유정유일14하시고 숙연15하사 회포(懷抱)를 남이 알지 못하며 무심무려16한 듯이 흡연17하신 성덕(聖德)이 유화천연18하사, 덕행예절19이며 효의특출20하사 유한정전21하시고, 단일성장22하시고, 너른 도량(度量)이 어위하시고23 백행(百行)이 구비하시니, 종일단좌(終日端坐)하시매 화풍경운24이 옥체(玉體)에 둘렸으니 단엄침중25하사 사람이 우러러보지 못하며, 맑고 좋으신26 골격(骨格)과 향기로시기 가을 물결과 높은 하늘 같으시고, 높고

---

10 정정탁월(亭亭卓越): 뛰어나게 훤칠한 모습, 우뚝하게 뛰어남.
11 용안(龍顔): 임금의 얼굴.
12 여공재정(女功才程): 여자의 길쌈과 바느질 솜씨.
13 민첩신이(敏捷神異): 빠르기가 신기하고 이상함.
14 유정유일(惟精惟一): 서경의 "人心惟危 道心惟微 惟精惟一 允執闕中"(대우모편, 大禹謨篇)에서 나온 말. 깨끗하고 잡된 것이 섞임이 없음.
15 숙연(肅然): 고요하고 엄숙한 모양.
16 무심무려(無心無慮): 사심(邪心)이 없고 순진함.
17 흡연(洽然): 아주 흡족한 모양.
18 유화천연(柔和天然): 성질이 부드럽고 온화하며 천연스러움.
19 덕행예절(德行禮節): 덕스러운 행실과 예절바른 태도.
20 효의특출(孝義特出): 효성과 의로운 행실이 뛰어남.
21 유한정전(幽閑貞專): 부녀가 인품이 높아 매우 얌전하고 점잖음.『시경』주남(周南) 관저편(關雎篇)의 모전(毛傳)에 "言后妃有關雎之德 是幽閑貞專之善女 宜爲君子好匹"이라 하였음.
22 단일성장(端一誠粧): 마음이 바르고 위의(威儀)가 엄숙함.『열녀전(烈女傳)』에 "太姙之性 端一誠粧 惟德之行"이라 했음.
23 어위하시고: 넓으시고.
24 화풍경운(和風輕雲): 화창한 봄바람과 상서로운 구름.
25 단엄침중(端嚴沈重): 단정하고 침착하여 무게가 있음.
26 좋으신: 깨끗한.

곧은 절개는 금옥(金玉)과 송백27같으시고, 어려서부터 희학28과 사치를 좋아 않으시고, 단순29이 적적30하시니 무색(無色)한 의대(衣帶) 가운데 기이한 자태 비상(非常)하시며 정대(正大)하사 일백 가지로 빼어나시고, 문필(文筆)이 유여31하사 만고역대(萬古歷代)를 무불통지(無不通知)하시나, 가만한 가운데나 붓을 들어 문장(文章)을 쓰지 않으시니 부모와 삼촌 형제 사랑 과중(過重)하사 하시고, 원근친척(遠近親戚)이 놀라고 탄복하여 지내니, 아시(兒時)적부터 공경치 않을 이 없어 꽃다운 이름이 세상에 가득하더라.

상시(常時) 세수물에 붉은 무지개 찬란하니 민공(閔公)이 반드시 귀히 될 줄 짐작하고 심중에 염32하여 범사교훈(凡事敎訓)함을 간절히 하시니, 그 중부(仲父) 노봉 민선생33 승학대도(承學大道)와 엄정(嚴正)한 성(性)으로 후(后)를 사랑하시기를 모든 자질 중(子姪 中)에 더하시되 매양 가라사대,

"물이 극히 맑으면 귀신이 꺼리나니, 차아(此兒)가 과히 현미(賢美)한즉 수한34이 길지 못할까 근심하노라."

하시더라.

일찍 모부인35 상사(喪事)를 만나, 지통36이 되어 애훼37하시며 세월

---

27 송백(松栢): 소나무와 잣나무라는 뜻으로, 굳은 절개를 말함.
28 희학(戲謔): 실없는 말로 하는 농지거리.
29 단순(丹脣): 여자의 붉고 고운 입술.
30 적적(寂寂): 조용하고 쓸쓸함.
31 유여(裕餘): 남을 만큼 넉넉함.
32 염(念): 조용히 생각함.
33 노봉(老峯) 민선생: 가운데 삼촌 민정중(閔鼎重)의 호. 부록 등장인물 참조.
34 수한(壽限): 하늘에서 받은 수명.
35 모부인(母夫人): 민유중의 재취처(再娶妻)인 현왕후의 생모 송씨, 증은성부부인(贈恩城府夫人)임.

이 오래되 예의 넘으시며, 계모 조씨[38]봉양하심을 지성(至誠)으로 하시
니 외조(外祖) 동춘 선생이 애중(愛重)히 여기사 데려다 슬하에 두실 때
가만히 날로 일컬어 가라사대,

"임사[39]의 덕행[40]이 있다."

하셔, 내외문중(內外門中)의 경학대통(經學大統)과 절부[41]의 극진여행(極盡
女行)을 교훈하시니, 설사 후(后)의 천성에 불민(不敏)하심이 계셔도 이
름이 없지 아니하려든 하물며 산고옥출[42]이요, 해심생태[43]라 하니 명가
지문(名家之門)에 성인(聖人)이 생하시니 범연(凡然)하시리요.

경신[44] 동(冬)에, 인경왕후 김씨[45] 승하(昇遐)하시니 대왕대비[46]께옵서
곤위[47]가 비었음을 근심하사, 간택[48]하는 영(令)을 내리오사 숙덕을 구

----

36 지통(至痛): 심한 고통.
37 애훼(哀毁): 애훼골립(哀毁骨立). '부모의 죽음을 슬퍼하여 몸이 바싹 여윔'의 준말.
38 조씨(趙氏): 민유중의 삼취처(三娶妻)인 풍창부부인(豊昌府夫人)임.
39 임사(姙姒): 주나라 문왕의 모(母) 태임(太姙)과 부인 태사(太姒). 즉 동양 부덕의
   거울로 삼는 여인들임. 여기서는 '임사같은 부덕(婦德)'을 의미함.
40 덕행(德行): 후비(后妃)의 현숙한 덕행. 곧 태임(太姙)은 중국 주나라 문왕(文王)의
   어머니요, 태사(太姒)는 문왕의 아내로서 현부인(賢夫人)임. 『열녀전(烈女傳)』에 "太
   姙者文王之母 摯姙氏中女也 王季娶以爲妃 太姙之性 端一誠粧 惟德之行 及其有娠 目不
   視惡色 耳不聽淫聲 口不出敖言 生文王而明聖…… 太姒者武王之母 禹後有莘 姒氏之女
   號曰文母"라 하였음.
41 절부(節婦): 절개가 굳은 부인, 또는 정절을 지키는 여자.
42 산고옥출(山高玉出): 산이 높아야 옥이 나옴.
43 해심생태(海深生苔): 바다가 깊어야 김(海苔)이 나옴.
44 경신(庚申): 숙종 6년(1680).
45 인경왕후(仁敬王后) 김씨: 숙종의 첫 왕비 광산(光山) 김씨. 광성부원군 만기(萬基)
   의 따님. 그 삼촌이 〈구운몽(九雲夢)〉과 〈사씨남정기〉의 작자 김만중(金萬重)임. 부록
   등장인물 참조.
46 대왕대비: 인조의 계비(繼妃) 장렬왕후 조씨. 한원부원군(漢原府院君) 조창원(趙昌
   遠)의 따님. 부록 등장인물 참조.
47 곤위(坤位): 왕비의 자리.
48 간택(揀擇): 임금이나 왕자, 왕녀의 배우자를 고르는 일.

하시니, 청풍부원군 김공49이 후(后)의 덕행을 익히 들은 고로 대비50께 주달(奏達)하고, 영의정 송선생51이 상전(上前)에 아뢰되,

"국모는 만인의 복이라, 당금(當今) 병판(兵判) 민모52의 여아(女兒)가 숙덕이 쌍전(雙全)함을 신(臣)이 익히 아오니, 복망53, 전하는 번거이 간택을 말으시고 대혼54을 완정(完定)하소서."

대비 대열(大悅)하사 비망기55를 나리와 전교56하사 지실57하라 하오시니, 민공이 송률58하여 즉시 상소59하여 지극히 사양하니 말씀이 심히 간절하되, 상의60 이미 굳으신지라, 허치 않으시고 세 번 상소에 도리어 엄지61를 나리와 책하시며, 좌의정 노봉 민공62을 입대63하사 국

---

49 본문엔 청풍부원군 김공으로 되어 있으나 오기임. 청풍부원군은 당시 대비인 명성왕후의 부 김우명(광해군 11~숙종 1, 1619~1675)으로 인경왕후가 승하(숙종 6, 1680)하고 이듬해에 인현왕후가 입궐 할 때엔(숙종 7, 1681) 생존하지 않았다. 가람본의 필사자는 인현왕후를 대비께 추천한 것에 주목하여 대비의 아버지 '청풍부원군 김공'으로 필사한 것으로 생각된다. 가람본에서 파생되었다고 보는 국립도서관본이나 여러 이본에는 '청성부원군 김공'으로 되어 있다.
  또한 구활자본 〈민중전 실기〉에도 '청성부원군 김석주는 명성대빗전의 사촌 오라비 나라 민가 규수의 긔이 탁월함을 알고 대비께 알외온데ㅡ'라고 되어 있다. 부원군은 조선시대 임금의 장인이나 정1품 공신에게 주던 작호로 김석주는 숙종 1년(1680)에 청성부원군(淸城府院郡)에 봉해졌다. 부록 등장인물 참조.
50 대비: 현종의 비(1642~1684), 청풍부원군 김우명의 따님, 숙종의 생모. 부록 등장인물 참조.
51 영의정 송선생: 송시열. 영의정은 오류임. 송시열은 좌의정을 지냈음. 부록 등장인물 참조.
52 민모(閔某): 병조판서 민유중(閔維重)임.
53 복망(伏望): (웃어른의 처분을) 삼가 바람.
54 대혼(大婚): 임금의 혼인.
55 비망기(備忘記): 왕명을 기록하여 승지에게 내리는 글.
56 전교(傳敎): 임금의 명령. 하교(下敎).
57 지실(知悉): 잘 알아 두라, 자세히 알아본다.
58 송률(悚慄): 두려워서 마음이 떨림.
59 상소: 임금에게 글을 올림. 또는 올리는 글. 봉장(封章), 주소(奏疏), 진소(陳疏).
60 상의(上意): 임금의 마음.

체불경[64]함을 경책하시니 신자도리(臣子道理)에 사양할 길이 없어 물러집에 돌아와 형제자질(兄弟子姪)이 다 모여 송황[65]하온 천은[66]을 감축하여 눈물이 절로 떨어짐을 깨닫지 못하더라.

중사[67]와 궁인[68]을 보내사 후를 어의동 본궁[69]으로 모실새, 궁인이 상명(上命)을 받자와 후를 뵈옵고 놀라며 경복(敬服)하여 부부인[70]께 사뢰되,

"궁인이 천은을 입사와 금궐(禁闕)에 들어 삼대왕[71] 대행성덕(大行盛德)을 뵈옵고 열인안목[72]이 팔십이 넘사오되 이 같으신 성덕용광[73]을 처음 뵈오니 국가와 만민의 만행(萬幸)뿐더러 궁인의 오래 사온 것이 영화(榮華)이로소이다."

하니 부부인이 불감(不敢)함을 손사[74]하고 예용(禮容)이 법(法)다우니 상궁이 차탄[75]하고 궐내에 들어와 본대로 아뢰오니, 대비 크게 기꺼[76] 길

---

61 엄지(嚴旨): 왕의 꾸중.
62 노봉(老峯) 민공: 민정중.
63 입대(入對): 대궐 안에 들어가 임금에게 진알(進謁)하고 임금의 자문(諮問)에 응함.
64 국체불경(國體不敬): 국가의 체통이 가볍지 않음.
65 송황(悚惶): 송구스럽고 황송함.
66 천은(天恩): 임금의 은덕. 성택(聖澤).
67 중사(中使): 궁중에서 왕명을 전하던 내시.
68 궁인(宮人): 궁녀. 나인.
69 어의동(於義洞) 본궁(本宮): 옛 효종이 왕위에 오르기 전에 살았던 궁. 잠저(潛邸). 본궁은 별궁의 잘못임.
70 부부인(府夫人): 정1품. 왕자의 아내 또는 왕의 장모. 인현왕후의 계모. 민유중의 삼취처(三娶妻)인 풍창부부인 조씨를 가리킴.
71 삼대왕(三大王): 효종, 현종, 숙종의 세 분임.
72 열인안목(閱人眼目): 사람을 볼 줄 아는 눈.
73 성덕용광(聖德容光): 어진 덕과 아름다운 용모.
74 손사(遜辭): 겸손하게 사양함.
75 차탄(嗟歎): 감탄함.
76 기꺼: '기꺼워하다'의 준말. 마음속으로 은근히 기쁨.

일[77]을 날로 기다리시며 더딤을 한(恨)하더라.

길일이 당하매 민공이 위의[78]를 갖추어 대례(大禮)를 행할새 상의 춘추가 이십일세라. 허다위의(許多威儀)로 별궁에 거동하사 옥상(玉床)의 홍안[79]을 전하시고 후의 상교[80]를 재촉하여 황금봉련[81]을 친히 봉쇄하여[82] 대내[83]로 환궁(還宮)하실새, 문득 세자빈 가례[84]와 달라 대전기구[85]라 용봉기치[86]와 황금절월[87]이며 만조백관이 시위하고 칠보웅장[88]한 궁녀와 시녀가 대도(大道)를 덮어 십리에 나열하고, 향취가 은은하며 풍류소리가 전상(殿上)에 응하였으니, 웅장화려(雄壯華麗)한 풍류가 가히 이루 칭앙[89]치 못할레라.

교배(交拜)를 드리니 예도(禮度)가 응목[90]하고 성덕이 외모(外貌)에 나타나시며 찬연한 생광[91]이 명월이 추천(秋天)에 비꼈는 듯 조요[92]한 맑은 광채(光彩) 용전(龍殿)에 바애니[93] 금궐보대(金闕寶臺) 탈색(脫色)하고

---

77 길일(吉日): 좋은 날, 혼례일.
78 위의(威儀): 위엄이 있는 의용. 엄숙한 차림새. 예법에 맞는 몸가짐.
79 홍안(鴻雁): 원래는 큰 기러기. 여기서는 혼례의 풍속에 쓰이는 목제 기러기.
80 상교(上轎): 가마에 탐.
81 황금봉련(黃金鳳輦): 왕비의 덩(가마).
82 봉쇄(封鎖)하여: 여기서는 가마문을 닫는 것을 의미함.
83 대내(大內): 임금이 거처하는 곳. 궁궐(宮闕).
84 가례(嘉禮): 왕과 왕세자의 결혼.
85 대전기구(大殿器具): 왕에게 소속된 위의(威儀)의 기구들.
86 용봉기치(龍鳳旗幟): 용과 봉황을 수놓은 깃발.
87 황금절월(黃金節鉞): 왕이 거동할 때 앞장 서는 황금으로 만든 도끼 모양의 의장의 하나.
88 칠보웅장(七寶凝粧): 칠보로 아름답게 단장하고 훌륭하게 차림.
89 칭앙(稱仰): 우러러 칭찬함.
90 응목(凝目): 예의와 법도가 눈빛 속에 엉김.
91 생광(生光): 영광스러워 빛이 남.
92 조요(照耀): 비쳐서 빛남.
93 바애니: 비치니(映).

천궁보물(天宮寶物)이 빛과 향을 발(發)치 못하는 듯하니, 일궁이 대경(大驚)하고 양전대비[94] 대희과망(大喜過望)하사 애중하심이 비할 데 없더라.

이날 왕비를 책봉[95]하여 곤위에 오르시니 비빈공주(妃嬪公主)와 삼백 궁녀의 조하[96]를 받으시니, 일기화창(日氣和暢)하여 혜풍(惠風)이 습습(習習)하고 상운(祥雲)이 애애[97]하여 봉궐[98]을 진짓[99] 태풍국모 즉위하시는 날인 줄 알레라. 인심이 절로 돌아 천만신민(千萬臣民)이 흔열[100]하더라.

후가 즉위하사 양전대비를 효양(孝養)하시매 출천(出天)한 성효(誠孝) 동동촉촉[101]하시고, 상(上)을 받들어 내조(內助)를 다스리시매 덕으로써 인도(引導)하사 유순정정(柔順貞靜)하시며, 비빈궁녀를 거느리시매 은위병행[102]하사 선악과 친소[103]를 사이두지 않으시고, 애인(愛人)하시는 화기(和氣) 봄동산 같으며, 만물이 부성[104]하는 듯 하여 예절과 법도가 엄숙강맹[105]하시니 감히 우러러 뵈옵지 못하고, 궐중이 성덕을 흠탄[106]하여 예도숙연[107]하시며, 입궐하신 지 삼사 삭[108]에 교화(敎化)가 대치[109]

---

94 양전대비(兩殿大妃): 인조의 계비 장렬왕후 조씨와 현종 비(妃) 명성왕후 김씨.
95 책봉(冊封): 왕세자, 세손, 후, 비, 빈 등을 봉작(封爵)함.
96 조하(朝賀): 조정에 나아가 임금께 하례함.
97 애애(靄靄): 평화로운 기운이 있음.
98 봉궐(鳳闕): 궁궐의 문, 혹은 궁궐을 일컫는 말.
99 진짓: 진실로, 참으로.
100 흔열(欣悅): 희열(喜悅), 매우 기뻐함.
101 동동촉촉(洞洞燭燭): 공경하고 조심하며 마음을 몹시 쓰는 모양. 『예기』의 "孝子如執玉 如奉盈 洞洞燭燭"에서 나옴.
102 은위병행(恩威並行): 은혜와 위엄을 아울러 베풂.
103 친소(親疎): 친한 이와 소원한 이.
104 부성(復盛): 다시 왕성해짐.
105 엄숙강맹(嚴肅剛猛): 위엄이 있고 정숙하며 굳셈.
106 흠탄(欽歎): 아름다움에 탄복하여 몹시 칭찬함.
107 예도숙연(禮度肅然): 예의와 법도가 고요하고 엄숙함.
108 삭(朔): 달(月) 수를 나타내는 말.

하여 화기애연[110]하니, 양전 대비 극진히 애중하사 국가 복이라 축수(祝
手)하시고 상이 공경중대하시며 조야(朝野)가 다 흠복하더라.

　양대비 수조서[111]를 우암[112]에게 내리와 중궁의 성덕을 못내 기리시
고 충공을 포장[113]하시며 부부인께 각별히 상사[114]를 많이 하사, 은
영[115]이 형특[116]하시니 민부[117]에서 송황함을 마지 아니하더라.

　계해[118]년 겨울에 상이 두환[119]으로 미령[120]하사 증세위중(症勢危重)하
시니 후가 크게 염려하사 주야 띠[121]를 끄르지 않으시고 정성이 아니
미친 곳이 없으시니, 대비께오서 또한 근심하시며 우민[122]하사 후로 더
불어 찬 물에 목욕하시며 후원(後苑)에 단을 모으고 친히 주야로 축원
하시니, 후가 대비의 옥체 상하실까 염려하사 몸소 대행(代行)하여 치
성[123]할 바를 아뢰어 간절히 애권(哀勸)하되, 듣지 않으시고 주야로 정
성을 한가지로 하시니, 창천[124]이 감동하사 가만한[125] 가운데 도우심이

---

109 대치(大熾): 크게 일어남.
110 화기애연(和氣藹然): 온화한 기색으로, 화기롭고 온화함.
111 수조서(手詔書): 왕이나 대비가 직접 써서 내리는 글(宣旨).
112 우암(尤庵): 송시열(宋時烈, 1607~1689). 부록 등장인물 참조.
113 포장(褒奬): 칭찬하며 권장함.
114 상사(賞賜): 윗사람이 상으로 물건을 내려 줌.
115 은영(恩榮): 임금의 음덕을 입는 영광.
116 형특(逈特): 뛰어나게 빛남.
117 민부(閔府): 민부원군의 집. 즉 인현왕후의 친정.
118 계해(癸亥): 숙종 9년(1683).
119 두환(痘患): 마마.
120 미령(未寧): '未寧', '靡寧' 다 쓰임. 왕(王)이 편찮음.
121 띠: 허리띠.
122 우민(憂悶): 근심하고 번민함.
123 치성(致誠): 있는 정성을 다함.
124 창천(蒼天): 푸른 하늘.
125 가만한: 움직임이 드러나지 않을만큼 조용함.

있어 상후평복[126]하시니 신민의 경행(慶幸)함이 측량없는지라.

대비[127] 상후 중에 한절(寒節)을 무릅써 많이 근로하신 고로 옥체 자 못 상하사 신음하시더니 점점 침중[128]하시매, 상과 후가 우황초민[129]하 사 주야시탕(晝夜侍湯)하시며 호읍[130]을 마지 아니하시고, 대신(大臣)을 명하사 종묘사직[131]에 빌라 하시며 조서(詔書)를 내리와 통개옥문[132]하 여 죄인을 다 놓으시고, 모든 어의(御醫)로 시탕을 배설하여 의약을 지 성하시되 효험(效驗)을 보시지 못하시니 상과 후가 망극하사 초황[133]하 시며 신민이 황황망조[134]하더라. 납월[135] 초오일 인시[136]에 창경궁 저승 전[137]에서 승하[138]하시니 이때 춘추가 사십 이세시라. 신민이 황황(惶惶) 하고 궁중이 경황(驚惶)하여 곡성이 흔천[139]하고 상과 후가 애통하심이 지극하사 육찬(肉饌)을 나오지[140] 않으시니, 궁중 상하가 그 성효를 탄

---

126 상후평복(上候平復): 숙종의 환후(患候)가 나아 건강이 회복됨.
127 대비: 영돈녕부사 청풍부원군(淸風府院君) 김우명(金佑明)의 딸. 명성왕후 김씨.
128 침중(沈重): 병세가 깊어짐.
129 우황초민(憂惶焦悶): 근심하여 속이 탐.
130 호읍(號泣): 흐느껴 욺.
131 종묘사직(宗廟社稷): 종묘는 역대 제왕의 위패를 모시는 왕실의 사당으로 왕실을 가 리킴. 사직은 토지의 주신(主神)과 오곡(五穀)의 신. 중국 고대에서 새로 나라를 세 울 때 천자와 제후가 반드시 사직단을 세우고 제사를 지내어 국가와 존망(存亡)을 같이 하였으므로 전하여 국가(國家)라는 뜻으로 쓰임. 그러므로 종묘사직은 왕실과 나라를 함께 이르는 말임.
132 통개옥문(洞開獄門): 옥문을 활짝 엶.
133 초황(焦惶): 마음이 두렵고 애가 탐.
134 황황망조(惶惶罔措): 마음이 조급하여 어쩔 줄을 모르고 허둥지둥함.
135 납월(臘月): 음력 12월의 고칭(古稱).
136 인시(寅時): 十二시의 셋째로 오전 三시부터 五시 사이.
137 저승전(儲承殿): 본문에는 '휘경전'이라고 되어 있으나 오기이므로 이를 바로 잡음.
138 승하(昇遐): 임금이나 왕비가 세상을 떠남. 여기서는 명성왕후가 돌아가심을 말함.
139 흔천(掀天): 하늘에 높이 솟음.
140 나오지: '잡숫지'의 궁중어.

복지 않을 이 없더라. 삼 년을 지내시고 혼전[141]을 파하매[142] 상과 후가 새로이 애통망극[143]하시더라.

궁인 장씨[144] 시비(侍婢)로 후궁에 참예하여 희빈[145]을 봉하니[146] 간교하고 민첩혜힐[147]하여 상의(上意)를 영합하니 상이 극히 총애하시더라.

무진년[148] 정월에 상의 춘추가 거의 삼십이 되시나 농장의 경사[149]를 보시지 못함을 근심하시는지라, 후가 깊이 염려하사 일일 종용히 상께 고하사 어진 후궁을 빼[150] 자경[151] 보심을 권하신대, 상이 처음은 허치 않으시더니 후가 날마다 권하여 일녀자(一女子)의 생산(生産)을 기다리고 막중종사[152]를 경솔히 못할 줄로 간절히 아뢰니, 정정(貞靜)한 덕과 유화하신 말씀이 혈심이라[153] 상이 감탄하시고 조정에 후궁 간택하시는 전지(傳旨)를 내리시니, 명안공주[154]가 이 하교를 듣잡고 놀라 고모

---

141 혼전(魂殿): 임금이나 왕비의 국장(國葬) 뒤에 삼년동안 신위(神位)를 모시던 궁전. 혼궁(魂宮).

142 파하매: 왕과 왕비는 승하 후, 3년상이 지나면 신위(神位)가 종묘로 들어가고 혼전은 치움.

143 애통망극(哀痛罔極): 몹시 애달프고 슬픔이 그지없음.

144 장씨(張氏): 희빈 장씨(禧嬪張氏). 숙종의 장남 경종의 생모. 부록 등장인물 참조.

145 희빈(禧嬪): 숙종 15년(1689)에 장소의를 희빈으로 책봉함. 빈(嬪)은 내명부(內命婦) 정일품(正一品)임.

146 희빈(禧嬪)을 봉하니: 실록에 따르면 숙종 15년(1689, 기사년) 1월 15일 당시 소의(昭儀) 장씨가 낳은 왕자의 호를 정해 원자로 삼은 후 희빈의 첩지를 주었다. 소의(昭儀)는 내명부(內命婦) 정2품(正二品)임.

147 민첩혜힐(敏捷慧黠): 약삭빠르고 교활함.

148 무진(戊辰)년: 숙종 14년(1688).

149 농장(弄璋)의 경사: 아들을 낳은 경사. '弄璋之慶'의 준말. 『시경(詩經)』 소아(小雅) 사우편(斯于篇)에, "乃生男子 載寢之床 載衣之裳 載弄之璋 其泣喤喤 朱芾斯皇 室家君王"이라 하였음.

150 빼: 뽑아.

151 자경(子慶): 아들을 낳는 경사.

152 막중종사: 종묘(宗廟)와 사직(社稷)의 일. 지극히 중대한 나라 일.

153 혈심이라: 진심이라.

와 장공주[155]를 모시고 입궐하여 상과 후께 조현[156]하고 인하여 중궁의 춘추가 정성[157]하신즉 아직 생산함을 기다릴지라, 후궁 빼심이 불가하신 줄로 간절히 주달하니, 후가 좌(座)에 계시다가 안색이 정정(亭亭)하여 가라사대,

"내 박덕미질[158]로 곤위에 모첨[159]하였으나 주야 여림박빙[160]하는 바는 웃전[161] 성덕 갚삽지 못하올까 염려하더니 박덕하여 생산의 길을 얻지 못하니 어찌 종사를 염려치 않으리요."

언파[162]에 안색이 일정하사 안과 밖이 자약[163]하시니 공주 등이 감복하여 다시 간(諫)치 못하고 서로 성덕을 칭송하며 대왕대비 애중하심을 마지 아니 하시더라.

드디어 숙의[164] 김씨[165]를 빼 후궁에 두시니 후가 예로 대접하시며 은혜로 거느리시니 덕택이 태임(太姙)·태사(太姒)와 일반이실레라. 궁중이 그 덕택을 외오며 성행을 일러 탄복지 않을 이 없으나, 시운(時運)

---

154 명안공주(明安公主): 현종의 셋째 따님. 어머니는 명성왕후 김씨. 숙종 6년(1680)에 해창위(海昌尉) 오태주(吳泰周)에게 출가함.
155 장공주(長公主): 왕의 고모. 여기서는 효종의 공주들. 효종은 5공주가 생장했고 1공주는 일찍 죽음.
156 조현(朝見): 왕을 뵙는 것을 말함.
157 정성(鼎盛): 한창 왕성할 때.
158 박덕미질(薄德微質): 덕이 적고 바탕이 미약함.
159 모첨(冒忝): 감히 욕되이 자리를 차지함.
160 여림박빙(如臨薄氷): 살얼음을 밟듯이 조심함.
161 웃전: 왕모(王母)나 왕의 조모. 여기서는 왕의 조모, 인조의 계비 대왕대비 조씨.
162 언파(言罷): 말은 끝냄.
163 자약(自若): 큰 일을 당해도 침착하여 태도가 보통 때와 다르지 않음. 태연자약(泰然自若).
164 숙의(淑儀): 이조 내명부(內命婦)의 종2품. 궁중에서의 직무는 없고 임금의 부실(副室)로 교명(敎命)을 받으면 승격함.
165 숙의(淑儀) 김씨: 실록에는 숙종 12년(1686, 병인년) 4월 26일 입궐하였음.

이 불행하고 후의 명도천정166이시니, 예로부터 홍안박명167과 성인의 궁액168을 인력으로 못할 바이라, 이런 고로 천도(天道)를 의심하는 바이라.

무진169 추팔월에 인조대왕비170 창경궁 내전(內殿)에서 승하하시니 상과 후가 애중(哀重)하여 조석제전171에 슬퍼하심을 과도히 하시더라.

차세172 동시월(冬十月)에 희빈 장씨 처음으로 왕자173를 탄생하니 상의과애(上意過愛)하심은 이르지 말고 후가 대열(大悅)하사 어루만져 사랑하시기를 기출174같이 하시니, 장씨 지분175하여 있으면 그 영화를 어찌 측량하리요. 문득 참람176한 뜻과 방자한 마음이 불 이듯하니, 중궁전(中宮殿) 성덕과 용색이 일국에 솟아나고 인망(人望)이 다 돌아가니 간출시기177하여 가만히 제어하고 대위178를 엄습179고자 하니, 그 참람한 역심이 더욱 심하여, 날로 기색을 살펴 중전을 참소180하려 하는 말이,

---

166 명도천정(命途天定): 운명과 재수를 하늘이 정해 놓음.
167 홍안박명(紅顔薄命): 미인은 팔자가 나쁘다는 말. 미인박명(美人薄命).
168 궁액(窮厄): 불행한 사고로 고생함.
169 무진(戊辰)년: 숙종 14년(1688).
170 인조대왕비(仁祖大王妃): 인조의 계비인 장렬왕후(莊烈王后) 조씨(趙氏, 1624~1688)로 한원부원군(漢原府院君) 창원의 따님. 인조 16년(1638)에 왕비로 책봉되고 숙종 14년(1688) 8월에 창경궁의 내반원(內班院)에서 65세로 승하함.
171 조석제전(朝夕祭奠): 아침저녁으로 올리는 제사.
172 차세(此歲): 숙종 14년 무진 10월 28일, 희빈 장씨가 창경궁의 취선당(就善堂)에서 경종(景宗)을 낳음.
173 왕자: 장희빈이 낳은 숙종의 첫 아들, 숙종을 이어 왕위에 오른 경종을 가리킴.
174 기출(己出): 자기소생(自己所生).
175 지분(知分): 자기의 분수를 앎.
176 참람(僭濫): 제 분수를 모르고 방자함.
177 간출시기(簡出猜忌): 드러나게 시기함.
178 대위(大位): 높은 자리, 여기서는 중전의 자리.
179 엄습(掩襲): 뜻밖에 습격함, 엄격(掩擊).
180 참소(讒訴): 거짓으로 중상모략하여 왕이나 관청에 고(告)함.

"신생(新生) 왕자를 짐살[181]하려 한다"

하고, 또

"희빈을 저주한다"

하여 궁모곡계[182] 아니 미친 곳이 없어, 간악한 후빈(后嬪)을 체결(締結)
하여 말을 내고 자취를 드러내어 상이 듣고 보시도록 하니, 예로부터
악인을 의롭지 않게 돕는 자가 있는지라. 중전 간악하단 말이 날로 치
성[183]하니 상이 점점 의심하사 중궁을 아주 박대하시고 장씨 요악한
정태로 천심[184]을 영합(迎合)하며 왕자로 협종[185]이 되어 권세 중하니,
상이 점점 편벽히 혹하사 능히 흑백을 분변치 못하시니, 전일 엄정(嚴
正)하시던 성도[186]가 아주 변감(變減)하사 현인군자는 다 물리치시며 간
신적자(奸臣賊子)를 많이 쓰시니, 조정이 그윽히 의심하고 후가 근심하
사 장씨의 위인이 반드시 변고가 날 줄 알으시고, 또 왕자의 당당한 기
상이 있는 고로 지감[187]하시고 만행(萬幸)히 여기사 사색(辭色)치 않으시
고 갈수록 숙덕성심(淑德聖心)을 행하시더니, 기사년[188]에 여양부원군이
졸[189]하시매 후가 망극 애통하사 장례를 지내시되, 실과와 좋은 육찬(肉
饌)을 진어[190]치 않으시고 망극함을 마지 않으신데 상이 이미 결단하신

---

181 짐살(鴆殺): 독살. '짐새'의 독을 쓴 데서 연유함.
182 궁모곡계(窮謀曲計): 어거지의 계책.
183 치성(熾盛): 아주 버썩 성함.
184 천심(天心): 왕의 마음.
185 협종(脅從): 남의 위협에 눌려 복종함.
186 성도(聖度): 임금의 생각.
187 지감(知鑑): 알아보는 감식력.
188 기사(己巳)년: 숙종 15년(1689). '정묘(丁卯)'의 오기임. 부원군 민유중이 졸한 해는
   정묘(숙종 13)년임.
189 여양부원군이 졸(卒): 민유중은 숙종 13년(1687) 6월 29일에 졸.
190 진어(進御): 임금이나 왕후가 입고 먹는 일을 높이는 말.

마음이 계신고로 발설치 않으시나 민간에 소설[191]이 낭자하여,

 "중전 폐위(廢位)한다."

하더니 사월 이십 삼일[192]은 중궁전 탄일(誕日)이라. 각 궁과 내수사[193]에서 공상단자[194]를 드리니 상이 단자를 내치시고 음식을 다 물리치시며, 대신과 이품(二品) 이상을 인견[195]하사 폐비하심을 전교하시니, 좌승지(左承旨) 이시만[196]이 불가함을 간하매 상이 진노하사 이시만을 파직하시고, 또 헌납[197]의 이만원[198]이 실조[199]하심을 간하니 상이 익노(益怒)하사 원찬[200]하라 하시매, 이렇듯 대신 중신이 사십여인이 변지에 정배(定配)하고 또 비망기[201]를 내리시니, 조정이 진경[202]하여 일시에 정청[203]을 배설하고 다투는 체하나 실정은 아니라.

....

191 소설(騷說): 시끄럽게 떠드는 소문.
192 이십 삼일: 숙종 15년 4월 23일은 인현왕후의 생일이요, 그해 5월에 왕비를 폐하고 이듬해인 숙종 16년(1690) 6월에 원자(元子)를 세자로 책봉하면서 장씨를 왕비로 승격시킴.
193 내수사(內需司): 궁중에서 쓰는 미곡, 옷감, 노비, 잡화 등을 맡아 보던 관청.
194 공상단자(供上單子): 궁내 각 전궁(殿宮)에서 올리는 물품 목록을 적은 쪽지.
195 인견(引見): 왕이 신하를 만나 봄.
196 이시만(李蓍晩): 1641년(인조 19)~1708년(숙종 34). 조선 후기의 문신. 본문에는 '이이만'으로 되어있으나 오기임. 인현왕후 폐비 논의 당시 승지로 있으면서 폐비 반대를 간하다가 파직됨.『숙종실록』권20, 숙종 15년 4월 21일(정해) 참조. 부록 등장 인물 참조.
197 헌납(獻納): 조선조 사간원(司諫院)의 정5품 벼슬. 본문에는 '수찬'으로 되어있으나 사건 당시에 이만원의 벼슬은 헌납이므로 바로 잡음.『숙종실록』권20, 숙종 15년 4월 23일(기축) 참조.
198 이만원(李萬元): 1651년(효종 2)~1708년(숙종 34). 조선 후기의 문신. 부록 등장인물 참조.
199 실조(失措): 처리를 잘 못함.
200 원찬(遠竄): 먼 곳에 귀향 보냄.
201 비망기(備忘記): 임금의 명령을 적어서 승지에게 전하던 문서.
202 진경(震驚): 두려워 놀라는 것 또는 두려워 놀라게 하는 것.
203 정청(庭請): 어떤 큰일에 즈음해서 세자나 백관들이 궁전에 엎드려 왕의 결재를 촉

차시(此時) 후의 부숙204과 종형제205 입조거세206하여 학문 도덕이 조
정에 미만207하며 명망이 높고 이름이 세상에 가득하나, 후의 입궐하심
으로부터 사업을 베푸지 못한 일이 많으나 소인이 시기하고 촉목208하
여 기회를 얻고자 하는지라. 그윽히 다행하여 색책209을 하고 예조판서
민종도210 정원211의 죄목을 벗겨 드리며, 대사헌(大司憲) 목창명212은 정
청을 역정(逆庭)하여 물리치고, 간신의 간언213이 방성214하여 상의를 영
합하고 부운215이 옹폐216하여 상총(上聰)을 가리오니, 충신의 간언(諫言)
이 효험이 있으리요.

차시 응교217 박태보218는 파직219 중에 있더니 위로 성상의 실덕을
근심하고 버금220 중전의 성덕으로 애매221하심을 통박222하여 모든 파

....

구함.
204 부숙(父叔) : 아버지 민유중과 숙부 민정중.
205 종형제 : 당형제(堂兄弟). 사촌인 형과 아우.
206 입조거세 : 조정에 나와 벼슬하고 있음.
207 미만(瀰滿) : 널리 가득 참.
208 촉목(囑目) : 쏘아서 눈여겨 봄.
209 색책(塞責) : 책임만 모면하는 정도로 적당히 함.
210 민종도(閔宗道) : 1633년(인조 11)~ ?. 조선 후기의 문신. 본문에는 '민종은'으로 되
   어있으나 '민종도'로 바로 잡음. 당시 예조판서(禮曹判書)이였음.『숙종실록』권20, 숙
   종 15년 4월 23일(기축) 참조. 부록 등장인물 참조.
211 정원(政院) : 승정원. 왕명의 출납(出納)을 맡아보던 관청. 후원(喉院), 은대(銀臺),
   대언사(代言司).
212 목창명(睦昌明) : 호는 취강(翠岡, 1645~1695). 부록 등장인물 참조.
213 간언(間言) : 이간시키는 말.
214 방성(方盛) : 한참 성하게 일어남.
215 부운(浮雲) : 뜬 구름.
216 옹폐 : 가림. 즉 간신이 임금이 총명을 가림을 비유.
217 응교(應敎) : 홍문관의 정4품 벼슬.
218 박태보(朴泰輔) : 호는 정재(定齋, 1654~1689). 부록 등장인물 참조.
219 파직(罷職) : 관직에서 물러남.
220 버금 : 다음으로.

직한 조관(朝官)으로 더불어 일시에 열명상소[223]하여 중전을 구할 새, 판서 오두인[224]과 참판 이세화[225] 소두[226] 되고, 응교 박태보(朴泰輔)가 소두가 되어 상소하여 가로되,

"인군(人君)이 후비(后妃) 두심은 조종[227]의 정통을 이어 모든 백성의 위에 임하사 만세를 계보(繼保)하는 경사어늘 이제 전하가 만민의 부모가 되사 삼강오상[228]의 중한 법으로 나라를 다스리나니 스스로 행치 못하실 일을 행코자 하시니 신민[229]의 바라는 바가 끊어지는지라. 성인이 법을 지으사 배필(配匹)을 중히 마련하여 오상(五常)에 두시고, 『서전』[230]에 일렀으되, "여경삼년상이어든 불거하라"[231] 하였으니 전하가 또한 중궁으로 더불어 삼년상[232]을 지내시고 이제 대왕대비 거상(居喪)을 한가지로 입어 미처 탈복치 못하신대[233], 비록 허물이 있어도 폐치

---

221 애매(曖昧): 희미하여 확실하지 못함.
222 통박(痛駁): 통렬하게 공박함.
223 열명상소(列名上疏): 여러 사람이 이름을 나열하여 소문(疏文)을 올림.
224 오두인(吳斗寅): 호는 양곡(陽谷, 1624~1689). 부록 등장인물 참조.
225 이세화(李世華): 호는 쌍백당(雙栢堂, 1630~1701). 부록 등장인물 참조.
226 소두(疏頭): 연명하여 올리는 상소에서 맨 먼저 이름을 적은 주동이 되는 사람.
227 조종(祖宗): 임금의 조상.
228 삼강오상(三綱五常): 삼강은 유교도덕에 있어서 기본이 되는 세 가지 벼리(綱), 곧 임금과 신하, 어버이와 자식, 남편과 아내 사이에 마땅히 지켜야 할 도리요, 오상은 사람의 다섯 가지 행실이니 곧 인, 의, 예, 지, 신. 『예기(禮記)』에 "君爲臣之綱 父爲子之綱 夫爲婦之綱"이라 하고, 또 『한서(漢書)』 동중서전(董仲舒傳)에 "仁義禮知信 五常之道 王者所當修飾也"라 하였다.
229 신민(臣民): 군주국에 있어서의 신하와 백성.
230 서전(書傳): 『서경(書經)』에 주해를 달아 엮은 책. 송(宋)나라의 주희(朱熹)가 제자인 채침(蔡沈)을 시켜 만든 책.
231 여경삼년상(與經三年喪)이어든 불거(不去)하라: 함께 부모의 삼년상을 지낸 아내는 내쫓아버리지 못함.
232 삼년상: 숙종의 생모인 현종 비 명성왕후의 삼년상(1683~1685).
233 탈복(脫服)지 못하신대: 인조의 계비인 장렬왕후 조씨가 1688년 8월에 승하하였고 당시(1690년 4월)엔 아직 삼년상을 마치지 않았기에 상중(喪中)임.

못하려든 하물며 백옥무하[234]함을 보시지 않으리이까. 성인이 가라사대 '부모의 사랑하신 바는 비록 견마(犬馬)라도 공경한다.' 하오니 명성대비(明成大妃)께오서 중전을 애중하신 바이라, 전하의 지극하신 효성으로 어찌 차마 인륜을 상하오시며 활달대도[235]로 어찌 이런 실덕(失德)을 행하시리이까?

복걸[236], 전하는 백번 살피사 인륜을 정하시고, 신민의 바람을 좇으시면 어찌 종사(宗社)와 생민(生民)의 복이 아니리요. 원[237], 성상은 폐비전교(廢妃傳敎)를 환수[238]하소서."

하였더라.

상이 상소를 보시고 대노하사 즉시 친국[239]을 배설하시고 삼인[240]을 잡아 엄문(嚴問)하시되,

"너희가 신자도리(臣子道理)에 군부(君父)를 비방하니 그 죄상이 가히 삼족[241]에 범한지라. 다시 충의지심(忠義之心)을 두어 폐비를 받들지 않을소냐."

하시니

삼인이 머리를 두드려 조금도 굴치 아니하고 말씀이 강개[242]하여 충의지심이 두우[243]에 사무치는지라. 상이 진노[244]하사 나졸(羅卒)을 호령

----

234 백옥무하(白玉無瑕) : 흰 빛깔의 옥에 티가 없음.
235 활달대도(豁達大度) : 도량이 넓고 생각함이 큼.
236 복걸(伏乞) : 엎드려 빎.
237 원(願) : 바라옵나이다.
238 환수(還收) : 도로 거두어 들임.
239 친국(親鞫) : 임금이 죄인을 친히 심문함.
240 삼인(三人) : 인현왕후 폐비하심이 불가함을 상소한 오두인, 이세화, 박태보를 가리킴.
241 삼족(三族) : 부족, 모족, 처족. 옛날에는 대역죄를 범하면 삼족을 멸했음.
242 강개(慷慨) : 의분에 북받치어 슬퍼하고 한탄함.

하여 삼목지형²⁴⁵을 갖추고, 삼인을 형틀에 올려 형문(刑問) 일차씩 치
니 소리 동구(洞口) 안까지 들리고 유혈이 낭자²⁴⁶하니, 판서 오두인·
이세화는 칠십지년(七十之年)이라 위령²⁴⁷을 두리고²⁴⁸ 형벌을 이기지 못
하여 머리를 숙이고 말을 못하되, 오직 박태보 정신이 씩씩하고 말씀
이 추상²⁴⁹같아서 형벌이 몸에 임하여 피육(皮肉)이 산락(散落)하되 조금
도 두리지 아니하고 한결같이 주달²⁵⁰하되,

"군부 실덕하시매 신자가 간치 못하고 염참²⁵¹에 혹(惑)하사 무죄하
신 국모를 폐하시니 이는 천고(千古)에 없는 대변(大變)이요 풍속에 관
계하온 일이오니, 신이 비록 미세(微細)하오나 국록(國祿)을 먹고 조항²⁵²
에 참예하였는지라, 군부가 실덕하사 만대에 누명을 들으실 줄 알며
어찌 간치 않으리이까?"

"복원²⁵³ 성상은 국모 참소한 자를 버이시고²⁵⁴ 망극하온 전교를 거
두시면 종사²⁵⁵의 복이요 생민(生民)의 만행이로소이다."

상이 더욱 노하사 용안을 높이 뜨시며 용상을 치고 여성대매²⁵⁶왈,

---

243 두우(斗牛): 북두성과 견우성.
244 진노(震怒): 임금이 몹시 화를 냄.
245 삼목지형(三木之刑): 옛날의 형구(形具)인데 모가지와 손발을 매는 기계.
246 낭자(狼藉): 여기 저기 흩어져 어지러움.
247 위령(威令): 위엄이 있는 명령.
248 두리고: 두려워하고.
249 추상(秋霜): 가을 서리와 같이 위엄이 있고 서슬이 푸름.
250 주달(奏達): 천자(임금)께 아룀.
251 염참(艶讒): 요염한 인물의 참소.
252 조항(朝行): 조정의 벼슬아치들의 높고 낮은 항렬.
253 복원(伏願): 엎드려 웃어른에게 공손히 바람.
254 버이시고: 목을 베시고.
255 종사(宗社): 종묘(宗廟)와 사직(社稷)을 줄인 말로 왕실과 나라를 함께 이르는 말.
256 여성대매(厲聲大罵): 성이 나서 큰 소리로 몹시 꾸짖음.

"조그마한 놈이 이대도록 간악257하냐. 나로써 참소 듣는 혼군258이라 하고 저는 직언(直言)하는 충신이라 하니, 이런 대역부도259의 놈을 이만 형벌로 못할 것이니 압슬기구260를 들이라."

하시니 태보 응성대왈261,

"전하가 신을 죽이시면 말려니와 인명262이 있은 후에야 아비 실덕함을 아니 간하며, 어미 무죄하니 구하지 아니하오리이까."

상이 익노(益怒)하사 압슬로 빠으시고263 능장264으로 치시니, 좌우가 차마 보지 못하고 피육이 떨어지며 골절(骨節)이 드러나 뛰는 피 용포(龍袍) 아래 떨어지되 안색이 씩씩하고 조금도 굴치 아니하니, 날이 이미 저물었으되 복초265를 받지 못하므로 친국(親鞠)을 파치 않으시고 앉아 계시락 서시락 하시며 꾸짖어 가라사대,

"차(此)는 간악한 독물(毒物)이라 빨리 화형(火刑)으로 단근266하라."

하시니,

정전(庭前)에 불을 밝히고 화형을 갖추어 단근하니, 누린내 참천267하고 검은 피 땅에 괴이니, 좌우 보는 자가 낯을 가리고 눈물을 금치 못

---

257 간악(奸惡): 간사하고 악독함.
258 혼군(昏君): 사리에 어두운 임금. 암군(暗君).
259 대역부도(大逆不道): 나라에 모반(謀反)함. 대역무도(大逆無道), 『한서(漢書)』 양훈전(楊惲傳)에 "爲訞惡言 大逆無道 請逮捕治"라 하였음.
260 압슬기구(壓膝器具): 죄인을 고문하는 방법의 하나. 큰 돌을 무릎위에 올려놓고 괴롭힘.
261 응성대왈(應聲對曰): 소리를 듣고 말하기를.
262 인명(人命): 사람의 목숨, 즉 살아 있음을 뜻함.
263 빠으시고: 짓찧어서 가루를 만드시고.
264 능장(稜杖): 위 끝에 울림쇠를 달고 아래끝에는 첨창(尖槍)을 붙인 막대기, 형장(刑杖)의 한가지.
265 복초(服招): 지은 죄를 고백함.
266 단근: 불로 지지는 형벌. 낙형(烙刑).
267 참천(參天): 공중으로 높이 솟아서 늘어 섬.

하며, 좌우시신(左右侍臣)이 일신을 안접[268]지 못하여 엄동[269]같이 떨되 태보는 안연강직[270]하니, 장하다 충신열사(忠臣烈士)가 백인의 모함(謀陷)을 고치리요.

일신이 다 오그라져 손과 발이 그지없으니, 상이 내려다보시고 착히 여기시나 종일종야(終日終夜) 근로(勤勞)하사 옥체 불안하신 고로 괴로이 여기사 승지[271]를 명하여 가라사대,

"네 가서 달래어 지만[272]하게 하고 하옥하라."

하시니,

승지 봉명하고 앞에 나아가 꾸짖어 왈,

"무삼 일로 상의를 거스려 저 모양이 되며, 성상으로 하여금 경야[273] 하여 옥체 이쁘시게[274] 하느뇨."

언미필[275]에 태보 노목[276] 부릅뜨며 여성대질왈[277],

"난신적자[278]가 국록만 허비(虛費)하고 인군을 어진 일로 돕지 아니하며, 아유첨녕[279]하여 무죄한 국모를 폐출하되 타연(他然)한 일로 알고

----

268 안접(安接): 편안하게 머물러 있음.
269 엄동(嚴冬): 몹시 추운 겨울.
270 안연강직(晏然剛直): 마음이 편안하며 굳세고 곧음.
271 승지(承旨): 승정원에 소속되어 왕명의 출납을 맡아 보았으며, 정3품. 당상관으로 도승지, 좌승지, 우승지, 부승지, 좌부승지, 우부승지 등 6명임.
272 지만(遲晚): 죄인을 심문하여 마지막으로 공초(供招)하고 그 진상을 다짐받아 두는 것.
273 경야(竟夜): 밤새도록, 하루 밤 내내.
274 이쁘시게: 피곤하게.
275 언미필(言未畢): 말이 채 끝나기도 전에.
276 노목(怒目): 성난 눈.
277 여성대질왈(厲聲大叱曰): 성이 나서 큰 소리로 몹시 꾸짖음.
278 난신적자(亂臣賊子): 나라를 어지럽히는 불충한 무리.
279 아유첨녕(阿諛諂佞): 간사하게 아첨하고 비위를 맞춤.

오히려 나를 꾸짖으니 차는 금수[280]와 이적[281]이라. 나는 죽어도 용
봉[282] · 비간[283]의 무리 되려니와 너희는 살아 있으매 국적(國賊)이요, 죽
으매 더러운 귀신 될 것이며, 앙화[284]가 자손에 미치리라"

하니, 승지 무참[285]하여 말이 없이 물려나니, 상이 악착히 여겨 명하사,

"하옥하고 명일로 갑산[286] 안치[287]하라."

하시며 추국[288]을 철파(撤罷)하시니,

즉일 발행하여 일정[289]이 못가서 중궁전 폐출하신 말씀을 듣고 실성
장탄[290]하며 장독[291]과 화독[292]이 발하여 죽으니 슬프다! 자고 이래로
충신열사(忠臣烈士)가 죽은 이도 많거니와 태보의 정충지절(精忠之節)은
용봉 · 비간 후 일인[293]이라. 일시에 아름다운 이름이 세상에 가득하고
천추만세 후에도 금석[294]에 새겨 유전하리니 어찌 죽었다 하리요마는,
칠십지년 생양가 부모[295]가 다 있으니 극히 참혹하고, 태보의 죽음을

---

280 금수(禽獸): 날짐승과 길짐승, 모든 짐승을 가리킴. 추잡한 행실을 하는 사람을 비유
함.
281 이적(夷狄): 오랑캐.
282 용봉(龍逢): 중국 고대 하(夏)나라 걸왕(桀王)의 신하 관용봉(關龍逢)이 임금의 악
정을 간(諫)하다가 죽음을 당함.
283 비간(比干): 고대 중국 은나라의 주왕(紂王)의 숙부. 주왕의 악정을 간하다가 심장
을 찢기어 죽음. 기자(箕子), 미자(微子)와 함께 은나라의 삼인(三仁)으로 불리움.
284 앙화(殃禍): 지은 죄의 앙갚음으로 받는 재앙.
285 무참(無慚): 매우 겸연쩍고 부끄러움. 말할 수 없이 부끄러움.
286 갑산(甲山): 함경남도에 있는 땅이름.
287 안치(安置): 귀양간 죄인을 가두어 둠.
288 추국(推鞫): 죄상을 심문하는 국청(鞫廳).
289 일정(一亭): 한 마장 되는 거리.
290 실성장탄(失聲長歎): 정신에 이상이 생길 정도로 긴 한숨을 내쉬며 탄식함.
291 장독(杖毒): 장형(杖刑)으로 매를 심하게 맞아 생긴 상처의 독.
292 화독(火毒): 낙형(烙刑)으로 단근질 중에 생긴 상처의 독.
293 일인(一人): 오직 한 사람.
294 금석(金石): 종정(鐘鼎)과 석비(石碑)의 총칭.

보고 장안 사서인296이 아니 울 이 없으며, 간신소인(奸臣小人)이라도 차탄(嗟歎)하더라.

차시, 후가 부원군 상사 후로 애훼과상297하사 옥체 종종 미령298하시더니, 좌우 상궁이 이 말을 듣고 대경실색299 통읍300하며 들어와 후께 아뢰니, 후가 불변안색301하시고 위연탄왈 302,

"이도 또한 천수(天數)이라, 누를 원(怨)하리요. 여등(汝等)은 수구여병303하라."

하시고 안연부동304하시더라.

이 때 명안공주305가 변을 듣고 장공주로 더불어 크게 놀라 급급히 입궐하여 상께 조현(朝見)하고 후의 숙덕성행306과 참언이 간사한 일을 고하고, 대왕대비께 시탕(侍湯)하시던 바를 주달하며 눈물이 좌에 떨어지며 지극히 간하여 충언(忠言)이 격절307하되 상이 종시 불윤308하시니, 능히 하릴없는지라. 탄식하고 물러나 후께 뵈옵고 오열비창309하여 옷

---

295 칠십지년 생양가(生養家) 부모: 박태보는 5세 때 중부 세후(世煦)가 소생 없이 죽자 중부의 양자 되었다. 당시 생부(生父), 생모(生母)와 양모(養母)가 살아있음을 뜻함.
296 사서인(士庶人): 일반백성. 사대부(士大夫)와 서인(庶人).
297 애훼과상(哀毁過傷): 슬퍼함이 지나쳐 몸이 상함.
298 미령(靡寧): 어른이 병이 있어 몸이 편하지 못함.
299 대경실색(大驚失色): 몹시 놀라 얼굴빛이 변함.
300 통읍(慟泣): 대단히 슬퍼하여 욺.
301 불변안색(不變顔色): 얼굴빛이 변하지 않음.
302 위연탄왈 (喟然嘆曰): 한숨쉬며 크게 탄식하여 말함.
303 수구여병(守口如瓶): 입을 지키기를 병과 같이 하라는 뜻으로, 말을 조심하라는 말임.
304 안연부동(晏然不動): 편안하고 침착한 마음이 변하지 않음.
305 명안공주: 현종의 3녀.
306 숙덕성행(淑德性行): 정숙하고 덕스러운 성품과 행실.
307 격절(激切): 격렬하고 절실함.
308 불윤(不允): 임금이 허락치 않음.

을 잡고 음읍[310]하며 능히 말씀을 이루지 못하니, 후가 탄식고 위로 왈,

"화복(禍福)이 재천(在天)하니 나의 행색[311]이 천수[312]이라. 다만 순수[313]할 따름이라. 누를 원(怨)하리요마는 공주가 이렇듯 권련[314]하시니 은혜난망(恩惠難忘)이로소이다."

공주가 그 덕행을 탄복하고 위로 왈,

"부운이 일시 성총(聖聰)을 가리었으나 성상이 근본 인명(仁明)하시니 오래지 아니하여 뉘우치실 바이라."

차마 놓지 못하여 후를 붙들고 눈물이 연면[315]하니 무수한 궁녀가 다 울며 차마 떠나지 못하다가, 상의(上意) 불안하여 하실 줄 알고 인하여 출궁하니, 이튿날 감찰[316]과 상궁이 상명(上命)을 받자와 침전에 이르러 중궁 폐하는 전교를 아뢰니, 후가 천연히 일어나사 예복을 벗고 관잠[317]을 끄르시며, 중계[318]에 내리오셔 전교를 듣잡고 즉시 대내를 떠나 본곁[319]으로 나오실새, 궁중이 다 통곡하여 곡성이 낭자한지라. 상이 들으시고 대노하사, 궁녀를 궁중에 부과[320]하고 급히 하교하사

"빨리 나시라."

하니, 입아조하여[321] 일찍이 이런 예절이 없는 고로 등대[322]한 일이 없

---

309 오열비창(嗚咽悲愴): 마음이 아프고 슬퍼 목메어 욺.
310 음읍(飮泣): 소리를 내지 않고 욺.
311 행색(行色): 겉으로 드러난 차림이나 모습.
312 천수(天數): 하늘에서 받은 운명.
313 순수(順守): 도리를 따라 지킴.
314 권련(眷戀): 간절하게 생각하여 그리워함.
315 연면(連綿): 끊이지 않고 계속 이어짐.
316 감찰(監察): 사헌부(司憲府)의 정6품 벼슬.
317 관잠(冠簪): 모자와 비녀. 본문에서는 왕후의 신분을 나타내는 모든 머리 장식.
318 중계(中階): 집을 지을 때 기초가 되도록 한 층을 높게 쌓아 올린 단.
319 본곁: 왕후의 친정.
320 부과(付過): 잘못이나 허물을 기록하여 둠.

는지라. 급히 본곁에 기별하여

"타실 것을 들이라."

하시더니,

이때 궁녀가 다 권세를 따르고 은총을 구하는지라. 후의 형세 외로와 업수이 여기며 언어 방자[323]하고 행지[324] 교만(驕慢)하여 조금도 존경하는 법이 없이 양양자득[325]하나, 후가 지이부지[326]하시고, 좌우에 모신 궁녀가 불승경분[327]하되 죄를 두려 감히 말을 못하고 구석구석이 머리를 마초아 체읍(涕泣)하며 설워 할 따름이라. 한 궁녀가 장씨의 가르침을 들었는 고로 앞에 나아와 옷을 뒤려 하거늘, 후가 문득 천연히 웃으사 옷을 풀어 보이시며 쌍안(雙眼)으로 궁녀를 흘려보시니, 맑은 광채 일광 같아여 사람의 오장을 보는 듯 말씀을 아니하시나 기상의 엄정(嚴正)하심이 추상같으시니, 궁녀가 부끄럽고 송연[328]하여 고개를 숙이고 물러나니 좌우가 더욱 어려이 여기더라.

상노(上怒)가 급급[329]하사 나심을 재촉하시니 차시 본곁에서 새문 밖 애오개[330]로 나가고 약간 부인네만 있더니, 미처 가마를 꾸미지 못하여 벌써 요금문[331]에 나오셨단 말이 들리거늘 황황급급[332]하여, 흰 명주보

321 입아조(入我朝)하여: 조선조(朝鮮朝)에 들어와서.
322 등대(等待): 미리 준비하고 기다림.
323 방자(放恣): 삼가는 태도가 없이 건방짐.
324 행지(行止): 행동거지(行動擧止)의 준말. 몸을 움직여 하는 모든 것.
325 양양자득(揚揚自得): 뜻을 이루어 뽐내는 빛이 외모에 나타남.
326 지이부지(知而不知): 알면서도 모르는 체함.
327 불승경분(不勝驚憤): 놀라고 분함을 이기지 못함.
328 송연(悚然): 두려워 몸을 궁상스럽게 몹시 웅그려 작게 함.
329 급급(汲汲): 그치지 않음.
330 애오개: 지금의 아현동.
331 요금문(耀金門): 창덕궁 북문의 하나.
332 황황급급(遑遑急急): 매우 급함.

(明紬袱)로 위를 덮어 들어가니, 벌써 경복당³³³ 앞에 내려 기다리시는
지라. 개연³³⁴히 교자(轎子)에 올라 요금문을 나실 새 궁녀 칠팔 인이
통곡하며 뒤에 따르니, 액정소속³³⁵들이 일시에 따라오며 통곡하니, 행
색이 처량하여 수운³³⁶이 일어나며 천기³³⁷ 또한 음음³³⁸하여 슬픔을 돕
는지라. 참담³³⁹함을 어찌 다 형언하리요. 선배 오십여 인이 요금문 앞
에 대령하고 백여 인은 돈화문³⁴⁰에 엎디어 상소를 드리고 호읍하더니,
중전 나심을 보고 대경망극³⁴¹하여 뒤에 따르며 방성대곡³⁴²하며, 선배
백여인이 안동³⁴³ 본곁까지 이르니 울음소리 천지에 진동하고, 백성 남
녀 없이 길을 막아 통곡하며 각전시정³⁴⁴이 다 저자³⁴⁵를 파하고 통곡
하니, 초목금수(草木禽獸)가 다 슬퍼하는 듯 수운이 참담하여 일색³⁴⁶이
무광³⁴⁷하는지라.

333 경복당(景福堂): 창덕궁의 정문.『한경지략(漢京識略)』에 "景福殿 在仁政殿西泰秋門
內 舊爲王大妃殿時御所"라 함.
334 개연(介然): 곧 바로, 잠깐동안, 잠시.
335 액정소속(掖庭所屬): 액례(掖隸). 조선조 때 액정서(掖庭署)에 딸린 이원(吏員), 또
는 하례(下隸). 액정서는 전알(傳謁), 공어필연(供御筆硯), 궐문쇄약(闕門鎖鑰), 금정
포설(禁庭鋪設) 등을 맡아보던 관아임.
336 수운(愁雲): 가슴에 스며드는 슬픈 시름을 느끼게 하는 구름.
337 천기(天氣): 하늘에 나타나는 조짐. 하늘의 기상.
338 음음(陰陰): 흐리고 어두침침함.
339 참담(慘憺): 괴롭고 슬픈 모양.
340 돈화문(敦化門): 창덕궁의 정문.『한경지략(漢京識略)』에 "昌德宮……光海君己酉 重
建 立七門 南曰 敦化門 樓重 撎置大鼓 每日 午正及人定鍾 罷漏時擂鼓"라 했음.
341 대경망극(大驚罔極): 몹시 놀라 한이 없는 슬픔.
342 방성대곡(放聲大哭): 크게 소리 내어 욺.
343 안동: 지금의 안국동.
344 각전시정(各廛市井): 각종 전방이 있는 시가(市街).
345 저자: 시장에서 물건을 파는 가게.
346 일색(日色): 햇빛.
347 무광(無光): 빛이 없음.

차시, 상이 차언(此言)을 들으시고, 성총(聖聰)이 막히어 도리어 인심을 통한(痛恨)히 여기사 상소한 자 소두(疏頭) 삼인[348]을 잡아 엄형원배[349]하시니라.

후가 안국동 본곁으로 나오시니 부부인[350]이 마주 나와 붙들고 통곡하시니, 후가 부원군 옛 자취를 망극애통하시다가 이윽고 부부인께 고왈,

"죄인의 몸으로 친족을 모셔 안연[351]치 못할 것이니 나가소서."

권하시니, 부인네 통곡하며 마지 못하여 애오개로 다 나가신 후, 당일 명하사 내외문을 다 봉쇄하시고 본곁 비비[352]를 일인도 두지 아니하시며, 다만 궁녀만 두시고 정당(正堂)을 폐하고 하당(下堂)을 거처하시니, 궁인은 다 본곁 궁인이요, 삼인은 궐내 궁인으로 죽기를 무릅쓰고 나온지라. 후가 가라사대,

"너희가 본디 금중시녀[353]라. 내 어찌 외람히 거느리리요, 들어가라."

하신대, 삼인이 머리 두드려 울며 아뢰되,

"천첩 등이 낭랑[354]의 성은을 차생(此生)에 갚지 못하올지라 어찌 일시나 슬하에 떠나오리이까. 낭랑을 좇아 죽으리로소이다."

....

348 삼인: 오두인, 이세화, 박태보를 말함.
349 엄형원배(嚴刑遠配): 멀리 유배 보내어 엄벌에 처함. 이세화는 정주(定州)로 원찬(遠竄)되고 오두인은 의주(義州)로, 박태보는 진도(珍島)로 정배됨.『숙종실록』권20, 숙종 15년 4월 25일(신묘) 참조.
350 부부인(府夫人): 왕후의 어머니를 이름. 여기서는 인현왕후의 계모인 풍안부부인 조씨를 말함.
351 안연(晏然): 마음이 편안하고 침착함.
352 비비(婢婢): 종, 하인. 천한 계집 종. 본문에서는 '곁에서 시중드는 계집 종'이란 뜻인 시비(侍婢)로 해석됨.
353 금중시녀(禁中侍女): 궁궐 안의 시녀.
354 낭랑(娘娘): ① 아들이 어머니를 이름. ② 천자(天子)가 모후(母后)를 일컬어 말함. ③ 황후(皇后), 왕비(王妃), 또는 천녀(天女). 본문에서는 인현왕후를 말함.

후가 그 지성(至誠)을 감동하사 버려두시니, 집은 크고 사람은 적어 각 방이 다 비어 봉쇄(封鎖)하고 휘휘 고적355하여 인적이 끊겼으니, 금 궐옥전356에서 범범357한 일과 번화부귀358를 보시다가 슬프고 한심함 을 이기지 못하나, 괴로운 줄을 생각지 아니하고 후를 지성으로 모시 고 슬퍼 매양 서로 대하여 탄읍(嘆泣)하다가도 후가 천연정숙359하심을 보고 감히 슬픔을 뵈지 못하더라.

차시, 후의 삼촌 좌의정 민공이 찬배360하고 종형제도 다 원찬361하 고 애오개 집에는 부인만 계시니, 조석수라362를 애오개서 안국동으로 드리기를 칠팔일이나 되었는지라. 후가 좌우더러 가라사대,

"식반(食飯)을 먼 데서 이우기 어려우니 차후는 건물363로 받아들이 라."

하사, 궁중에서 하여 드리나 하루 일종364도 진어365치 아니하오시니, 좌우가 더욱 체읍하고 지친366들이 문외에 오되 보시지 않으시고 다만 오지 말라 하오시니, 감히 가지 못하더라.

이러구러 추칠월(秋七月)을 당하여 본댁(本宅)에서 송이(松栮)를 드리 거늘 보시고 초연367히 안색을 변하시며 옥루(玉淚)를 내리오시니 궁녀

---

355 고적(孤寂) : 외롭고 쓸쓸함.
356 금궐옥전(禁闕玉殿) : 아름다운 궁전.
357 범범(泛泛) : 물위에 떠 있듯이 편안함.
358 번화부귀(繁華富貴) : 번성하고 화려한 재물과 귀한 지위.
359 천연정숙(天然貞淑) : 곧은 행실과 맑은 마음이 매우 자연스러움.
360 찬배(竄配) : 파면하고 귀양 보냄. 곧 정배(定配) : 배소를 정하여 죄인을 유배시킴.
361 원찬(遠竄) : 멀리 귀양감.
362 조석수라(朝夕水刺) : 아침 저녁으로 임금이 잡수시는 진지의 궁중어(宮中語).
363 건물(乾物) : 마른 물건, 즉 조리하지 않은 상태의 음식 재료.
364 일종 : 한 종지.
365 진어(進御) : 임금이 먹고 입는 일을 높여 말함.
366 지친(至親) : 부자, 형제와 같이 매우 가까운 혈육.

가 꿇어 묻자오되,

"낭랑이 위태(危殆)한 때를 당하셔도 태연[368]하시더니 오늘 새로이 슬퍼하심은 어찐 일이니이까."

후가 탄식하시고 가라사대,

"내 이리 되었으나 백옥무하[369]하니 시운(時運)만 한할 것이요 무엇을 슬퍼하리요마는, 내 대내[370]에 있을 때 본댁[371]에서 송이를 무역하여 들이면 양대비전(兩大妃殿)에서 즐겨 진어하신 고로 위하와 수라에 썼더니, 오늘 송이를 보매 마음이 절로 감창[372]하도다."

말씀으로 좇아 용루[373]가 옥안(玉顔)을 적시오니 좌우가 체읍하고 우러러뵈옵지 못하더라.

창호(窓戶)와 사벽을 바르지 않으시며 너른 동산과 집에 풀을 매지 아니 하매 길같이 무성하여 인적이 고요하니 이매망량[374]과 허다잡물(許多雜物)이 날 곧 저물면 사람 다니듯하니 궁인들이 무서워 움직이지 못하더니 일일(一日)은 난데없는 큰 개 하나이 들어오니 모양이 심히 추한지라, 궁인이 쫓으되 또 들어오고 가지 아니하거늘 후가 가라사대,

"그 개 출처 없이 들어와 쫓으되 가지 아니하니 기이(奇異)한지라. 버려두라."

---

367 초연(愀然): 수심에 잠겨 얼굴빛이 달라지는 모습.
368 태연(泰然): 태도나 얼굴빛이 아무렇지도 아니한 모습.
369 백옥무하(白玉無瑕): 백옥에 아무런 티가 없듯이 조금도 결점이 없음을 비유함.
370 대내(大內): 임금이 거처하는 곳.
371 본댁(本宅): 본집, 즉 친정집을 말함.
372 감창(感愴): 감사하고 사모하는 마음이 더하여 매우 슬픔.
373 용루(龍淚): 임금이나 왕후의 눈물.
374 이매망량(魑魅魍魎): '이매'는 사람의 얼굴에 짐승의 몸을 가진 네발가진 도깨비로 사람을 잘 호림, '망량'은 산천(山川)의 요망한 마귀를 말함. '이매망량'은 산, 내, 나무, 돌의 정령(精靈)에서 생겨난 온갖 도깨비를 말함.

하시니 궁인이 밥을 먹여 두었더니, 십여 일 후에 새끼 셋을 낳으니 가장 크고 모진지라. 차후는 날이 저물어 망량의 불과 이매의 자취 있은즉, 개 너이 함께 소리하여 짖으니 잡귀 급히 달아나 종적375을 감추고 인하여 이매망량이 없어 궁중이 편안한지라. 대개 무지한 짐승도 도움이 있거늘 하물며 신민이랴. 후 폐출(廢黜)하신 후로 조정에 기뻐하는 소인이 많으니 도리어 금수(禽獸)만 못하더라.

후가 천성이 단중376하사 요동(搖動)하시는 바가 없으나, 매양 급한 풍우(風雨)에 뇌성을 두려하사 청사(廳舍)에 계시다가도 바로 방중으로 들으시나 종일 적요(寂寥)377함을 이기지 못하사, 오라버님 민정자378의 딸을 팔세에 데려다가 두시고 『소학』379과 『열녀전』380을 가르치시며 여공방직381을 가르쳐 소일하시고, 신세 구차하며 황락(荒落)하시되 일찍 사람을 탓하고 귀신을 원망하는 바가 없어 천연자약(天然自若)하시니 좌우가 더욱 열복(悅服)하고 부원군 삼상382을 마치시매, 후가 더욱 애훼통상383하사 옥후384가 자로 미령하시더라.

본댁에서 채복385을 드리되 받지 않으시고 가라사대,

....

375 종적(蹤迹): 사라지거나 떠난 뒤의 자취.
376 단중(端重): 단정하고 정중함.
377 적요(寂寥): 적적하고 고요함.
378 민정자(閔正字): 이름은 민진후. 정자(正字)는 홍문관, 승문원, 교서관 등의 정9품 벼슬.
379 소학: 중국 송나라 유자징(劉子澄)이 주희의 가르침을 받아 엮은 책. 아이들이 수행(修行)할 쇄소(灑掃), 응대(應對), 진퇴(進退) 등을 적음. 六권.
380 열녀전(列女傳): 열녀의 행적을 기록한 책.
381 여공방직(女工紡織): 여자의 일, 길쌈과 바느질.
382 삼상(三喪): 삼년 상. 초상, 소상, 대상을 말함.
383 애훼통상(哀毁痛傷): '애훼'는 '애훼골립(哀毁骨立)'의 준말. 부모의 죽음을 슬퍼하여 몸이 바싹 여윔을 이름. 너무 슬퍼함.
384 옥후(玉候): 임금이나 왕후의 몸. 옥체(玉體).
385 채복(彩服): 무늬가 있는 아름다운 옷.

"죄인이 어찌 채복을 입으리요. 무명[386]으로 의복금침[387]을 하라."

하오시니, 다시 무명 치마와 순색 저고리를 드리오니 입으시고 무명금
침 덮으시며 보물과 진찬[388]을 가까이 아니하시더라.

선시[389]에 상이 인후(仁后)를 폐출하시고 희빈 장씨로 왕비를 책봉(冊
封)하여 곤위에 오르니[390], 궁중이 조하(朝賀)를 받게 하매 일궁(一宮)이
중궁을 생각하고 슬퍼하며 장씨 참람[391]함을 분앙[392]하니, 조정에 어진
사람과 신하가 없으니 누가 감히 말을 하리요. 그윽이 원분을 품고 눈
물을 머금어 조하를 마치매, 희빈의 아비로 옥산부원군[393]을 봉하고 빈
의 오라비 장희재[394]로 훈련대장[395]을 제수(除授)하시니 일국이 한심히
여기고 법장[396]과 기강[397]이 풀어졌는 고로 위망[398]을 기다리고, 팔도의
인심이 산란하여 소설[399]이 흉흉하니, 대개 예로부터 성제명왕[400]이라
도 한 번 참소를 듣거니와 숙종대왕 성신문무[401]로도 장씨에게 이대도

---

386 무명: 솜에서 자아낸 실로 짠 피륙.

387 의복금침(衣服衾枕): 옷, 이부자리, 베개.

388 진찬(珍饌): 진귀하고 좋은 음식.

389 선시(先是): 이보다 앞서.

390 곤위(坤位)에 오르니: 중전으로 삼음을 말함.

391 참람(僭濫): 생각이나 행동이 분수에 지나침.

392 분앙(忿怏): 분하게 여겨 앙갚음을 할 마음을 품음. 앙분(怏忿).

393 옥산부원군(玉山府院君): 장희빈의 아버지.

394 장희재(張希載): 장희빈의 오빠(?~1701), 희빈이 총애를 받자 총융사(摠戎使)까지
　　되었으나, 희빈과 함께 사형됨. 부록 등장인물 참조.

395 훈련대장(訓練大將): 훈련도감(訓練都監)의 종2품 주장(主將). 훈장(訓將).

396 법장(法章): 법률장정(法律章程). 국민이 지켜야 할 규칙.

397 기강(紀綱): 국민이 지켜야 할 나라의 율령(律令)과 일정한 질서.

398 위망(危亡): 위태로워 망할 것 같음.

399 소설(騷說): 시끄럽게 떠도는 소문.

400 성제명왕(聖帝明王): 덕이 높고 지혜가 밝은 임금.

401 성신문무(聖神文武): 일반 학식과 군사적 책략에서 성스럽고 신령스러움을 모두 겸
　　비하여 훌륭함.

록402 침혹403하사 국체를 어지럽게 하심은 실로 의외라.

이듬해 경오404에 장씨의 생자로써 왕세자를 책봉하시니 장씨 양양
자득405하여 방약무인406하니, 이러므로 발악을 일삼아 비빈(妃嬪)을 절
제하며 궁녀를 엄형(嚴刑)하여 포학한 말과 교만한 행지(行止) 불가형
언407이라.

희재는 밖으로 탁란408하고 음험409하여 팔도에 장난하되 감히 말할
이 없더라.

이렇듯 삼사 년을 지내매, 천운(天運)이 세환하여 고진감래(苦盡甘來)
요 흥진비래410라 하니 부운(浮雲)이 점점 걷히매 태양이 밝은지라 성총
이 깨달으사, 민후의 원억411하심을 아시고 장빈의 요악412함을 짐작하
사 의심이 가득하오시니 기색이 전과 다르시고, 소인과 간신이,

"후의 삼촌숙질(三寸叔姪)을 다 안율413하여지이다."

날마다 계사414하되 마침내 불윤(不允)하시니, 이러므로 민씨의 일문
이 보전하니라.

---

402 이대도록: 이다지, 이토록.
403 침혹(沈惑): 무엇을 몹시 좋아하여 정신을 잃고 거기에만 빠짐.
404 경오(庚午): 숙종 16년(1690).
405 양양자득(揚揚自得): 뜻을 이루어 뽐내는 모양.
406 방약무인(傍若無人): 곁에 사람이 없는 것 같이 거리낌 없이 함부로 행동함.
407 불가형언(不可形言): 말로는 이루다 나타낼 수가 없음.
408 탁란(濁亂): 정치나 사회가 흐리고 어지러움.
409 음험(陰險): 겉보기는 부드러워 보이나 속으로는 엉큼하여 무지하고 포악함.
410 흥진비래(興盡悲來): 즐거운 일이 지나면 슬픈 일이 닥쳐오는 것처럼 세상이 돌고
    돌아 순환됨. 고진감래(苦盡甘來).
411 원억(冤抑): 원통하게 누명을 씀.
412 요악(妖惡): 요사스럽고 악독함.
413 안율(按律): 법률에 부치어 죄를 다스림.
414 계사(啓辭): 약식으로 올리는 상주문서.

장씨가 그윽이 상의를 짐작하고 크게 두려워 오라비 희재로 더불어 꾀하여 갑술년[415] 묵은 옥사[416]를 다시 일으켜 어진 이를 다 죽이고 또한 중궁을 사약하려 하니 변이 크게 나매, 상이 그 하는 양을 보시며 그 심법(心法)을 살피사 완연(宛然)히 간인의 흉모를 알으시고 즉일에 옥사를 뒤집어[417] 환탈(換奪)하여 영신[418]을 다 물리치시며 옛 신하를 다 내어 쓰실새, 갑술 삼월에 대전별감[419]이 세 번 나와 궁을 둘러보고 들어가더니, 사월 초구일 비망기[420]를 내리와 중궁전의 무죄함을 밝히시고 별궁으로 모시라 하시며, 봉서[421]를 내리와 상궁별감[422]과 중사[423]를 보내시니, 후가 사양하여 가라사대,

"죄인이 어찌 문외지인(門外之人)을 접하며 감히 어찰을 받으리요."

하시고 문을 열지 아니하시니, 연삼일(連三日)을 대전별감이 문밖에서 경야(經夜)하며 문 열기를 아뢰되 마침내 열지 아니하시니 이대도록 겸양하심을 복명[424]한대, 상이 더욱 어려이 여기시고 또한 답답하사 예조

---

415 갑술(甲戌)년: 숙종 20년(1694).
416 묵은 옥사(獄事): 숙종 6년(1680)에 당시 정권을 쥐고 있던 영의정 허적(許積)의 사자(四子) 허견(許堅)이 복창군(福昌君)형제와 역모하였다하며 서인이 남인을 몰아내고 정권을 잡은 사건. 부록 주요사건 중 경신환국 참조.
417 옥사를 뒤집어: 부록 주요사건 중 갑술옥사 참조.
418 영신(佞臣): 간사하고 아첨하는 신하.
419 대전별감(大殿別監): 별감은 이조 때 궁중의 액정서(掖庭署)에 소속된 벼슬의 하나. 임금을 직접 모시는 대전별감 외에도 중궁전별감, 세자궁별감, 처소별감 등으로 구별된다. 대전별감의 관원은 46명, 그중 세수간(洗手間)에 4명, 무수리간(水賜間)에 4명이 있었고, 임금이나 세자가 행차하면 어가(御駕) 옆에서 시위함.
420 비망기(備忘記): 임금이 명령을 적어서 승지에게 전하던 문서.
421 봉서(封書): 겉봉을 봉한 편지로 임금이 종친 또는 근신(近臣)에게 내리던 사서(私書) 또는 왕비가 친정에 보내던 편지.
422 상궁별감(尙宮別監): 상궁들의 심부름하던 벼슬, 상궁은 정5품의 내명부(內命婦).
423 중사(中使): 궁중에서 왕명을 전하는 내시.
424 복명(復命): 사명(使命)을 띤 사람이 일을 마치고 돌아와서 아룀.

당상[425]으로 문 열기를 청하시되 허(許)치 아니하시니, 예부[426]와 승지(承旨) 국체[427] 그렇지 않음을 아뢰되 종시 허치 아니하시는지라. 상이 민부(閔府)에게 엄지[428]를 내리오사,

"이리함은 인군(人君)을 원망하는 일이니, 빨리 문을 열게 하라."
하시대, 민부에서 황송하여 서간(書簡)을 올려 무수히 간하되 종시 허치 아니하시는지라. 수일 후 또 이품(二品)을 보내어 문 열기를 청하니 중신(重臣)이 말씀을 아뢰와 사체[429] 그리 못하실 줄로 누누이 개문(開門)하심을 청하니, 후가 궁녀로 전어 왈(傳語 曰),

"죄인이 천은(天恩)으로 인명이 살았은 즉, 그도 황감[430]하온대 어찌 국명(國命)을 받자며 번화히 사람을 인접(引接)하리요. 사명(使命)이 여러 번 내리니 더욱 불안하여이다."

사관이 절하여 명을 받잡고 재삼 간청하여 민부에 두 번 엄지를 내리오시니, 판서 민공이 황률[431]하여 후께 간절히 권하니 겨우 밖문만 여시고, 사월 이십일일에야 비로소 밖문을 여니 초목이 무성하여 사람의 키와 같은지라. 상명(上命)으로 발군(發軍)하여 풀을 베며 들어가니, 풀이끼 섬 위에 가득하고 진애[432]에 창호를 분변치 못하니 사관[433]이 탄식하여 눈물을 흘리더라.

외당(外堂)을 수소[434]하고 사관과 군사가 들어앉으니 황락[435]하던 집

---

425 당상(堂上): 각조(各曹)의 정3품 당상관 이상의 벼슬. 여기서는 예조 참의를 말함.
426 예부(禮府): 예조(禮曹)의 딴 이름.
427 국체(國體): 나라의 체면.
428 엄지(嚴旨): 임금의 매우 엄한 명령.
429 사체(事體): 일의 이치와 체면.
430 황감(惶感): 황송하여 감격함.
431 황률(惶慄): 떨고 두려워함.
432 진애(塵埃): 티끌, 먼지.
433 사관(辭官): 왕명을 전달하는 내시(內侍) 등의 벼슬아치.

이 일시에 변화한지라. 궁인들이 문틈으로 보고 일희일비(一喜一悲)하며 눈물을 흘리며 즐겨하되, 후는 조금도 기쁜 사색436이 없어 불안히 여기시더라.

외문이 열리매, 민씨 일가에서 교군437이 무수히 들어가고 문 열림을 복명하니 상궁 사인을 보내사 어찰을 내리오시니, 상궁이 왔음을 아뢴대 중문을 열지 아니하시니, 반일(半日)을 밖에 있는지라. 그 사이 별감이 길에 있었으니 연하여 어찰 보심을 청하는지라.

민부에서 민연438하여 국체불경(國體不敬)하심을 누누이 아뢰어 권하니 후가 마지못하여 문을 열라 하시니 그제야 상궁이 계하439에서 고두청죄440하고 눈물을 흘리며 우러러 뵈오니 용안과 복색이 초초무색441한지라. 슬픔을 이기지 못하여 소리 남을 모르고 통읍442하나 후가 쌍안(雙眼)을 낮추어 못 보신 체하고, 어찰을 드리니 북향사배(北向四拜)하고 양구443후에야 펴 보시매 만지444에 가득한 사연이 다 전과(前過)를 뉘우치고 시운을 슬퍼하시며 대내로 들심을 청하신지라. 후가 남필(覽筆)에 묵연단좌445하사 말씀을 아니하시니 상궁이 복지(伏地) 주 왈(伏地奏曰),

....

434 수소(修掃): 새로 고쳐 깨끗이 치워놓음.
435 황락(荒落): 황폐하여 쓸쓸함.
436 사색(辭色): 말씨와 얼굴빛.
437 교군(轎軍): 가마.
438 민연(憫然): 계면쩍고 딱함.
439 계하(階下): 섬돌아래, 층층계.
440 고두청죄(叩頭請罪): 머리를 조아리며 죄를 청함.
441 초초무색(草草無色): 갖추지 못하여 초라하거나 간략하여 보잘것없음.
442 통읍(慟泣): 매우 슬퍼 욺.
443 양구(良久): 꽤 오래됨.
444 만지(滿紙): 종이에 가득 씀.
445 묵연단좌(默然端坐): 아무 말 없이 앉아 있음.

"성상이 신첩에게 전지(傳旨)하사 부디 낭랑 답찰(答札)을 맡아 오라 하신지라 회답을 청하나이다."

후가 양구에 탄 왈,

"너희는 다만 돌아가 죄첩이 답서 아룀이 불감하와 못하나이다 아뢰라."

상궁이 깊이 청(請)치 못하고 하직하고 입궐하여 뵈온 대로 아뢰니, 상이 추연감동(惆然感動)하사 더욱 뉘우치시며 명일 아침에 또 어찰을 내리오시고 의복금침과 반상을 보내시니, 모든 상궁이 봉명하고 옛말을 일컬어 체읍하나 후가 반겨하심도 없고 박절하심도 없이 왕왕한446 물결같은 기상이 전과 다름이 없이 하시더라.

상궁이 당에 올라 아뢰되,

"작일(昨日) 대전께오서 신첩 등을 인견하사, '의복금침과 반상이 있더냐' 하옵시기에, 하나도 없는 줄로 아뢴즉 대전께오서 노하여 가라사대, '내 일시 분기로 망거를 하였은들 일궁이 그 후의 뒤를 없게 하니 가히 해완447하다.' 하시며 '즉각에 준비하라.' 하시니 내수사(內需司)가 주 왈, '의금(衣衾)은 지금 하오려니와 반상은 금일 안으로 못하리로소이다.' 대전께옵서 '능행시 새로 만든 은반상을 올리라.' 하사 친감(親鑑)하시고 금침하옴이 더디다 하사 대전 금침 새로 하온 걸 친히 감하시고, 베개는 바꾸어 봉황수침(鳳凰繡枕)을 가져왔사오며, 하루에 의복을 짓삽는데 치마빛이 무색하다 하오시고 진노하사 내수사를 가두시고 다른 남초448를 바꾸어 와 식전(食前)에 급급히 지어 친감(親鑑)하시고 보내심."

---

446 왕왕(汪汪)한: 물이 깊고 끝없이 넓은 모양.
447 해완(懈緩): 게으름.
448 남초(藍綃): 남빛깔의 비단.

을 낱낱이 주달(奏達)하고 은영⁴⁴⁹이 심호⁴⁵⁰하심을 외와 감루⁴⁵¹가 종행
한대, 후가 못 듣는 듯하고 인하여 잠깐 몸을 굽혀 가라사대,

"천은이 망극하니 어찌 감히 거역하리요마는, 천궁기물(天宮器物)이라
여항(閭巷) 둠이 불감(不敢)하고 더욱 대전 금침(衾枕)과 반상이 일시나
사가(私家)에 두리요. 외람하여 감히 받들지 못할지라 도로 가져가라."
하시니,

상궁이 재삼 간청하되 듣지 않으시고 들여 보내시며,

"범사가 외람하니 분의를 편케 하소서."
하시더라.

상궁이 이에 하릴없어 복명하니 상이 그 집례⁴⁵²함을 아름다이 여기
사 다시 어찰을 내리와 후의 마음을 위로하시고 국체 그렇지 못할 줄
을 밝히시며,

"이는 위를 원망하며 조롱하여 과인의 허물을 드러냄이라."
하시고 도로 다 보내시며 상궁에게

"죄 있으리라."
하시니,

후가 어찰을 보시매 거역 못하게 하신 말씀인 줄 아오시고 불안히
여기사,

"봉한 채 두라."
하시며 답서를 아니하시니, 형제 숙질이 간절히 권하여 궁인들이 빌어
청하니 인하여 종이를 내어 쓰시매 대엿 줄 되더라. 봉하여 상궁을 주

---

449 은영(恩榮): 임금의 은혜를 입는 명예.
450 심호(深浩): 깊고 넓음.
451 감루(感淚): 마음에 깊이 느끼어 나오는 눈물.
452 집례(執禮): 예절 지켜 집행함.

시니 상궁이 복명하온대, 상이 반겨 급히 떼어 보시니 말씀이 온공(溫
恭)하여 무수히 청죄하신지라. 상이 추연감탄하시고 이튿날 이십 삼일
은 중궁전 탄일(誕日)이라 어찰과 수라를 내리시고,

"각 공상453을 예와 같이 하라."

하시니, 영광이 도로에 이었는지라. 인민이 열복454하고 민씨 일문이
감읍하되, 후가 크게 불안히 여기사,

"죄인이 어찌 공상을 사가에서 받으리요."

물리쳐 받지 아니하시니, 상이 재삼 권유하시고 조정이 다 와서 간
청하나 마침내 아니 받으시니, 일국 신민이 다 그 성행(聖行)처신하심
을 흠송455함을 마지 아니하더라.

차시 부부인이 들어가시매 후가 모셔 성효자약(誠孝自若)하여 슬퍼하
시며, 일가 부인네 가마가 날마다 들어오니, 차시 중사(中使)가 입번(入
番)하고 액정소속(掖庭所屬)과 궁인이 호위하여 예절이 엄한지라. 문금
(門禁)을 엄히 하니 후가 명하사,

"들어올 이를 금치 말라."

하시고 비로소 친척을 반기시되, 한결같이 친소456가 없으시더라.

관상감457에서 입궁택일(入宮擇日)하여 올리니 사월 이십 칠일이라. 상
이 명관중사458를 보내사 입궐하심을 전하시니, 후가 대경하사 사양 왈,

"천은이 망극하여 천일(天日)을 보고, 부모 동생을 상접하여 열친척

---

453 공상(供上): 물품을 바침.
454 열복(悅服): 기쁜 마음으로 복종함.
455 흠송(欽頌): 흠모하여 찬양함.
456 친소(親疎): 친하여 가까움과 친하지 못하여 틈이 있음.
457 관상감(觀象監): 조선조 때 천문·지리·역수(曆數)·측후(測候)·각루(刻漏) 등의
    사무를 맡아보던 관청. 세종 7년(1425)에 종래의 서운관(書雲觀)을 개창하여 설치하
    였는데 고종 31년(1894)에 폐지하고 관상소(觀象所)로 고침.
458 명관중사(命官中使): 임금이 친히 임명한 중사.

지정화[459]하는 것도 감격하거늘 어찌 감히 궐내에 들어가 천안(天顔)을 뵈오리요."

군이 사양하시고 예물을 받지 아니하시니, 상이 엄지를 민부에 내리오시고 대신 중신을 문밖에 청대(請待)하여 간하시며 어찰이 하루 사오 차씩 내리오시니, 후가 그윽이 현이[460]를 예탁(豫度)하사 입지(立志)를 세우지 못할 줄 알고 은연탄식[461]하시고 마지 못하여 예복을 입으시고, 입내[462]하실 새, 민정자의 딸을 팔세에 데려와 이미 십삼세 되니, 후의 교훈을 받자와 언동성행(言動性行)이 아름다운지라. 차마 떠나지 못하여 손을 잡고 울으시니 민소저(閔小姐)가 역시 음읍[463]하여 능히 참지 못하는지라. 좌우가 다 눈물을 뿌려 위로하더라. 황금 채연[464]을 드리니 물리치시고

"교자[465]를 달라"

하시니,

"상의(上意) 좋지 않으리라."

하며 사관이 청대하고 모든 일가(一家)들이 권하니 마지 못하여 연에 드오시매, 허다위의[466] 대로(大路)를 덮었고, 칠보홍장(七寶紅粧)한 시녀가 쌍쌍이 앞에 벌였고, 각 군문대장(軍門大將)이 어림군[467] 수천을 거느

---

459 열친척지정화(悅親戚之情話): 친척들과 정다운 이야기를 나누며 즐겨함.
460 현이(賢異): 성품이 어질고 재주가 뛰어남.
461 은연탄식(隱然歎息): 남이 모르는 사이에 한숨쉬며 한탄함.
462 입내(入內): 안국동 친정에 왔을 때.
463 음읍(飮泣): 눈물을 삼킴.
464 채연(彩輦): 채색 가마.
465 교자(轎子): 평교자(平轎子)의 준말. 종1품 이상의 벼슬아치, 또는 기로소(耆老所)의 당상관(堂上官)이 타던 의자와 비슷한 뚜껑이 없는 작은 가마.
466 허다위의(許多威儀): 많은 의장과 기물.
467 어림군(御臨軍): 임금이 임석할 때 수비하는 군사.

려 호위하고 대신·중신으로 시위하여 입궐하시니, 예모가 존중하여 향취옹비(香臭擁鼻)하고 광채찬란하며 천기화창(天氣和暢)하여 혜풍(惠風)이 일어나고 상운(祥雲)이 하늘에 가득하니, 장안 백성이 영락[468]하여 굿 보는 이[469] 길이 막히고 일변 옛일을 생각하고 눈물을 흘리며, 재상 명사의 부인이 의막[470]을 잡고 굿 보기 틈이 없어 도리어 가례(嘉禮)하실 때에 더하고, 향년(向年)에 흰 보 덮고 나오실 제 궁인과 선배 통곡하며 따르던 일을 생각하매 어찌 금일을 기필하였으리요. 이는 전혀 민후의 원억함과 덕행으로 천시 아름다이 여기사 천의(天意)를 감동하심이라. 제(諸) 부인네 기쁘고 슬퍼 혹 울며 혹 웃더라.

후의 지밀[471]과 상석기구(床席器具)를 갖추고 이날 아침부터 이당(裏堂)에서 거니시며 전중(殿中)에 갖춘 것을 고쳐 보더니 내인을 불러 문왈,

"어찌 소첩[472]이 없느뇨."

궁인이 황공 대 왈,

"미처 생각지 못하도소이다."

상이 진노하사

"빨리 가져오라"

하시니, 소첩내인[473]이 황망하여 속에 한 귀 것인 줄 모르고 가져오니

---

468 영락(纓絡): 구슬을 꿰어 만든 장신구. 본문에서는 인현왕후의 복위를 보려는 백성들이 구슬을 꿰어놓은 듯이 거리에 이어져 있음을 말함.

469 굿 보는 이: 구경하는 사람이란 뜻.

470 의막(依幕): 옛날 임금의 거동 같은 큰 구경이 있으면 종로 좌우편의 상점을 빌어 재상집 부녀들이 가서 머무르며 구경하던 곳.

471 지밀(至密): 대전·내전이 항시 거처하는 처소.

472 소첩(梳貼): 빗접. 빗 등 머리를 빗는 데에 쓰는 물건을 넣어두는 도구. 창호지를 여러 겹 부쳐 만든 것과 나무로 만든 것이 있다.

473 소첩내인(梳貼內人): 빗접을 시중드는 나인.

상이 친히 펴보시고 노하사,

"다른 것을 드리라."

하시고,

"소첩 내인을 궐내에 부과[474]하라"

하시니, 좌우가 다 상의(上意) 자상명창하심이 전혀 진정으로 중궁을 위하시는 일을 감탄하더라.

입궐하실 제 친히 높은 누상(樓上)에 오르사 만민이 즐겨함을 보시고 천심이 흔열(欣悅)하사, 이미 봉연(鳳輦)이 궐문에 들으시며 지밀 앞에 모시니 상이 명하사,

"난간에 모시라."

하시니, 궁녀가 연 앞에 나아가 대전(大殿) 계심을 아뢴데, 후가 가라사대,

"죄인이 무삼 면목으로 전하를 뵈오리요."

덩문[475]에 나지 아니하시니, 상이 친히 덩문을 열어 주렴을 걷으시고 쥐신 부채로 덩 속의 바람을 내시고 물러서시니, 후가 성은이 망극히 여기사 덩에 내리사 난간에 엎디어 청죄하시니, 상이 마음이 불안하사 궁녀를 명하여,

"붙들어 모셔 전중에 드시게 하라."

하시니, 궁녀가 일시에 붙들어 모신데 감히 방석에 앉지 않으시고 또 엎드리사, 예와 이제를 생각하시매 비회교집[476]하여 천산화미[477]에 슬픈 안개 일어나고 효성쌍안[478]에 옥루(玉淚)가 맺히시니 안색이 처연하

---

474 부과(付過): 잘못된 허물을 적어 둠.
475 덩문: 가마문. '덩'은 공주나 옹주가 타는 가마.
476 비회교집(悲懷交集): 슬픈 회포가 교차하여 몰려들음.
477 천산화미(天山畵眉): 산을 그린 것 같은 눈썹. 즉 수려한 눈썹.
478 효성쌍안(曉星雙眼): 새벽별 같은 두 눈. 곧 광채가 어린 눈.

사 애원하신 기상이 만좌⁴⁷⁹에 나타나시니, 상이 일변 반기시며 옛 일을 생각하시고 참괴⁴⁸⁰하심을 이기지 못하시니 좌우가 감히 우러러뵈옵지 못하더라.

차시⁴⁸¹ 세자의 나이 칠 세에 장성하여 어른 같더라. 이에 들어와 후께 사배(四拜)하고 슬하(膝下)에 앉으니, 후가 그 숙성함이 아름답고 심히 비창⁴⁸²하사 손을 잡고 어루만져 희허장탄⁴⁸³하실 뿐이러라.

상이 좌를 가까이 하사 전일을 뉘우치시며 지금을 위로하사 말씀이 관곡⁴⁸⁴하여 금석(金石)이라도 녹을 듯하시나, 후가 불감함을 일컫고 조금도 홀하심이 없어 한결같이 유순정정⁴⁸⁵하시니, 상이 더욱 경복⁴⁸⁶하시고 좌우가 감탄하더라. 후가 입궐하시매 심사가 불안하사 아무것도 진어⁴⁸⁷치 않으시는지라, 상궁이 염려하여 수라를 재촉하여 올리니 상은 진어하시고 후는 진어치 않으시니, 상궁더러 진어하심을 물으시니 대 왈,

"낭랑이 전일 신기(身氣)가 불안하사 현명⁴⁸⁸하오신 후로는 진어하신 일이 없나이다."

상이 놀라사 친히 보미를 드려 권하시니, 후가 성은을 감사히 여기

----

479 만좌(滿座): 왕후 계신 자리에 가득함.
480 참괴(慙愧): 부끄러움.
481 차시(此時): 이때, 지금.
482 비창(悲愴): 마음이 아프고 슬픔.
483 희허장탄(欷歔長嘆): 크게 한숨 쉬며 길게 탄식함.
484 관곡(款曲): 간절하고 인정이 많음.
485 유순정정(柔順淨淨): 성질이 부드럽고 온순하여 맑고 깨끗함.
486 경복(敬服): 존경하여 복종하거나 감복함.
487 진어(進御): 음식을 잡수시는 것.
488 현명(顯名): '세상에 나타나는 명성'을 말함. 문맥상 본문에서는 갑술옥사 후 입궐하여 명성을 되찾았기에 '입궐'로 해석함이 옳을 것 같음.

사 마지 못하여 받자오셔 두어 번 잡수시나 기력을 어찌 수습하리요.

이 적에 희빈이 오래 대위(大位)를 엄습하여 천만세나 누릴 줄 아더니, 홀연 상의 일조에 변하사 국옥[489]을 뒤치고 폐비께 상명영락[490]하여 즉일 복위하여 들어오심을 듣고, 청천의 벽력이 일신을 바아치는[491] 듯 높은 빙애[492]에 떨어진 듯 일천 잔나비 가슴에 뛰노니, 스스로 대노대분(大怒大憤)을 이기지 못하여 시녀로 전어(傳語) 왈,

"내 오히려 곤위(坤位)에 있거늘 폐비 민씨 어찌 문안치 아니하느뇨. 크게 실례하며 방자함이 심하도다."

궁녀가 이 말을 전한대, 후가 어이없어, 들으시되 못 듣는 체하사 사기태연[493]하오시고 안색이 정정하사 답언이 없으시니, 상이 후로 더불어 동좌하여 계시다가 후의 기색을 살피시고 전일 과실이 혼암[494]함을 부끄러워하시고 장씨의 방자함을 통한하사, 즉시 외전(外殿)에 나오사 전지하여 후를 복위하시며 민부원군을 복관직[495]하시고, 후의 삼촌[496] 좌의정이 벽동[497] 적소[498]에 졸(卒)하신 고로 복관작 추증[499]하시고 그 자손을 전 벼슬을 주어 부르시며 장씨의 아비는 삭탈관작[500]하시고 빈

---

489 국옥(鞫獄): 죄를 신문하여 처벌함. 본문에서는 숙종 20년(1694)에 일어난 갑술옥사를 이름. 부록 주요사건 참조.
490 상명영락(上命纓絡): 임금의 명령이 구슬을 꿰듯이 연이어 있음.
491 바아치는: 부서지게 하는.
492 빙애(氷崖): 기슭, 벼랑.
493 사기태연(辭氣泰然): 말과 얼굴빛이 아무렇지도 않은 모양.
494 혼암(昏暗): 어리석어서 사리에 어두움.
495 복관직(復官職): 벼슬과 지위를 다시 회복함.
496 후의 삼촌: 민정중.
497 벽동(碧潼): 평안북도 벽동군(碧潼郡)의 북부 중앙에 위치. 압록강에 다다르는 국경의 취락.
498 적소(謫所): 죄인이 귀양살이하는 곳.
499 추증(追贈): 종3품 이상인 관원의 아비, 조부, 증조에게 죽은 뒤 벼슬을 주는 것.

의 옥책501을 깨치시며

"장희재를 안치(安置)하라"

하시고, 내시로 전교하사

"빈을 조당으로 내리고 큰 전각을 수리하라"

하시니, 궁인과 중사(中使)가 전지를 전하고,

"바삐 내리라."

하대, 장씨(張氏)가 대노하여 고성대질502 왈,

"내 오히려 만민의 어미요 세자 있거늘, 차마 너희가 무례히 굴리요. 내 부득이 폐비의 절을 받고 말리라."

하고 악독을 이기지 못하여 세자를 무수히 난타하니 상이 들으시고 대노하사 친림(親臨)하시니, 바야흐로 장씨 밥상을 받았더니 상(上)을 뵈옵고 독악이 요동하여 얼굴이 프르락블그락하며 가로되,

"내 대위(大位)에 있거늘 어찌 폐비 문안을 아니하며 내 무삼 죄로 하당(下堂)에 내리라 하시나이까."

상이 진노하사 가라사대,

"어찌 감히 문안받으며 또 어찌 어위(御位)를 길게 누리리요."

장씨 문득 밥상을 박차고 발악 왈,

"세자 있으니 내 어찌 어위를 못 가지리요. 기어이 민씨의 절을 받고 말리라."

밥상이 산산히 헤어져 방안에 흩어지니 좌우가 그 악독한 간담을 어이없이 알고 상이 해연대노503하사, 장씨를 끌어내리라 호령하시니, 궁

----

500 삭탈관작(削奪官爵) : 벼슬과 품계를 빼앗고 벼슬 명부에서 이름을 깎아 버림. 본문에서는 장희재의 아버지 옥산부원군의 관직을 빼앗음을 뜻함.
501 옥책(玉冊) : 제왕, 후의 존호를 올릴 때에 송덕문을 새긴 간책.
502 고성대질(高聲大叱) : 목소리를 높여 큰소리로 꾸짖음.
503 해연대노(駭然大怒) : 해괴하게 여기고 크게 놀람.

중이 다 절분504하던 차 상의(上意)를 보고 황황505히 달려들어 업고 총총506히 당에 내려 하당으로 가니, 장씨 발악하며 중궁을 후욕507함을 마지 아니하니, 상이 즉각에 내치시고 싶으나 전후의 일이 편벽508되고 또 세자의 낯을 보아 버려 두시니라.

다시 양일(良日)을 간택하여 예의를 갖추어 후를 청하여 곤위509에 오르시게 하니510, 세 번 사양하시다가 마지 못하여 법복을 갖추어 남면511하여 곤위에 오르신 후, 상(牀)에 내려512 상께 사은513하시니 법도가 숙연514하시고 광채찬란하여 전보다가 배승515하시더라.

상이 용안에 희기516 가득하사 붙들어 탑(榻)에 올라 한가지로 좌를 이루시고, 비빈 궁녀의 조하를 받으시고 조정이 새로이 진하(進賀)하니, 화풍(和風)이 부는 듯 상운(祥雲)이 옥루517를 둘러 화기 알연518하고, 궁중이 화열(和悅)하여 즐기는 소리가 양양(洋洋)하고, 일국 신민이 뉘 아니 열복519하리요.

....

504 절분(切忿) : 매우 원통하고 분하게 여김.
505 황황(遑遑) : 마음이 급하여 허둥지둥함.
506 총총(悤悤) : 급하고 바쁨.
507 후욕(詬辱) : 꾸짖고 욕설을 함.
508 편벽(偏僻) : 마음이 한쪽으로 치우쳐 바르지 아니함.
509 곤위(坤位) : 황후의 자리.
510 후를 청하여 곤위에 오르시게 하니 : 인현왕후에게 요청하여 중전에 오르게 함.
511 남면(南面) : 임금이나 왕후가 자리에 나아가 앉음. 그 자리가 남쪽을 향하게 되어 있어서 '南面'이라 함. 이에 대하여 신하는 북면(北面)을 함.
512 상(牀)에 내려 : 의자에서 내려.
513 사은(謝恩) : 은혜를 감사히 여겨 고마움을 표함.
514 숙연(肅然) : 고요하고 엄숙한 모양.
515 배승(倍勝) : 어떤 물질이나 일에 비하여 갑절이나 나음.
516 희기(喜氣) : 기쁜 기분.
517 옥루(玉樓) : 궁궐. 대궐(大闕).
518 알연(戛然) : 밝고 아름다움.

대장공주와 명안공주가 조현하고 일희일비하여, 도시520 성상 은덕
이요, 중궁 성덕(聖德)을 일러 즐기며, 천은을 감축할 뿐이요, 육년고
초521를 이르지 아니하시며, 성상 총명하신 덕택을 일컫고 사오일 묵으
니, 상이 각별히 명하사 궁중 잔치를 배설하여 공주귀척(公主貴戚)을 모
아 즐기시게 하시니, 중전 입궐하신 후로 화기(和氣) 더욱 가득하더라.

상이 성품이 엄하시고 천위묵묵522하시나 그윽이 살피시고 고집하사,
후 출궁523하실 때 방자하고 박대하던 궁인을 다 원찬524하시고, 좇아
간 궁인은 벼슬을 높이고 녹을 후히 주어 일생을 한가히 하시니, 모든
궁녀가 도리어 부러워하더라.

폐비(廢妃)시 간쟁525하던 신하를 적소에 역마로 불러526 화직527을 주
시고, 죽은 자는 충절을 생각하사 감루528를 내리와 치제529하시며 서
원(書院)을 지어 춘추로 제향(祭享)하여 그 충절을 포장(褒獎)하사 후세
에 이름이 빛나게 하시고, 그 자손을 승직530을 주시며 녹봉(祿俸)을 주
사 부모처자를 살게 하시고 수초531로써 그 일문을 위로하시니 은혜

---

519 열복(悅服): 기쁜 마음으로 복종함.
520 도시(都是): 모든 것이.
521 육년고초(六年苦楚): 인현왕후께서 폐비가 되어 6년 동안 괴로움을 당한 일.
522 천위묵묵(天威默默): 침묵 중의 임금의 위엄.
523 출궁(出宮): 인현왕후께서 폐비되어 궁궐 밖으로 쫓겨나심.
524 원찬(遠竄): 멀리 정배 보냄.
525 간쟁(諫爭): 굳세게 충간함.
526 적소(謫所)에 역마(驛馬)로 불러: 인현왕후를 폐출할 당시 귀양 간 충성스러운 신하
    를 관용으로 쓰던 말을 타고 달려가 귀양지에서 불러옴.
527 화직(華職): 화려한 벼슬.
528 감루(感淚): 감격하여 흘리는 눈물. 마음에 깊이 느끼어 흘리는 눈물.
529 치제(致祭): 공로 있는 신하에게 내리는 제사.
530 승직(陞職): 벼슬을 올리는 것.
531 수초(手抄): 손수 베낀 것을 말함. 본문에서는 임금이 직접 적은 문서를 말함.

영감(榮感)하온지라. 조야532가 감축하며 열복하더라.

희빈의 간악·방자함을 절분히 여기시되, 세자를 보사 희빈을 존봉533하고 무릇 공상범절534을 정궁 버금으로 하고 궐내 영숙궁535 취선당536에 거처하게 하시니, 은영이 자못 호탕537하신지라. 사갈시랑538이라도 제 죄를 짐작하고 지극 감격할 바이로되, 장씨 외람히 곤위에 있어 일국이 추존539하고 상총(上寵)이 온전하다가 졸지(猝地)에 폐출하여 희빈에 내리니 앙앙분노540하고 화심(禍心)이 대발하여 전혀 원심(怨心)이 중전께 돌아가니, 불손한 언사가 패악(悖惡)한 흉심이 불 일어나듯 하여 세자를 볼 때마다 난타하니 마침내 병이 들지라. 상이 대노하사 세자를 영숙궁에 못가게 하시니 세자는 이따금 아뢰되,

"어이 어미를 못보게 하시나이까"

눈물을 흘리니 상이 위로하사 놀 걸 주어 중전 슬하에 두시니, 후가 심히 사랑하시니 생각하지 아니하시더라.

장씨 세자로 유세(有勢)하다가 세자도 못 보고 대전 자취는 아주 돈절541하며 일인도 불쌍히 여겨 와 보는 이 없으니, 형세 고단(孤單)하며 당년(當年)의 민후보담 심하니, 슬프다. 복선화음542이 분명하여 하늘이

532 조야(朝野): 조정과 민간. 곧 오나라.
533 존봉(尊奉): 존경하여 받듦.
534 공상범절(供上凡節): 진상하는 모든 절차.
535 영숙궁(永肅宮): 창경궁 춘당대 후원에 있던 궁.
536 취선당(就善堂): 창경궁 안의 건물 이름. 지금 낙선재 부근에 있었는데 경종을 낳은 곳이다.
537 호탕(浩蕩): 물이 세차게 내달리 듯 의기가 장하여 작은 일에 거리낌이 없음.
538 사갈시랑(蛇蝎豺狼): 뱀, 전갈, 승냥이, 이리. 즉 남을 해치는 사람을 비유하는 말.
539 추존(推尊): 높이 받들어 존경함.
540 앙앙분노(怏怏憤怒): 마음이 차지 않아 몹시 분하여 성을 냄.
541 돈절(頓絶): 편지나 소식 등이 갑자기 끊어짐.
542 복선화음(福善禍淫): 착한 이에게 복이 가고 악한 이에게 화가 옴.

높으시나 낮추 들으시는지라. 중궁은 폐출하사되, 일국만민이 다 창원[543]하여 도리어 몸이 괴로우나 이름이 빛나시거니와, 장씨는 폐출하매 만민이 다 낙(樂)다 하며 궁중이 다 상쾌하여 비소[544]하니 더욱 분노하고 부끄러 원망 악담이 공연히 중궁께 돌아가니, 전후 동산에 배회하며 귀를 기울여 들은즉, 중궁전 자비[545]에서 즐기는 소리와 번화한 경사이라 간담[546]이 벌어지는 듯하고, 밖으로 조정 소문을 들으면 민씨의 일문은 혁혁[547]하고 상총(上寵)이 예우[548]하시고 세상이 다 축복하되, 제 오라비 희재는 제주죄인[549]되어도 불쌍타 하는 이 없는 즉, 보고 듣는 것이 다 분통하여 주사야탁[550]에 불같은 흉심(凶心)이 구름 이듯 하니 제 어찌 능히 뒤를 누르리요. 평생탐학[551]한 보물을 흩어 궁인을 처결[552]하여 독약을 구하여 중궁의 수라에 놓으라 하되, 후가 짐작하시고 궁인을 신칙[553]하여 조석 수라를 다 심복 내인으로 시키사 다시 변(變)이 없고 난이 없게 하시니, 궁중이 다 교화에 심복하여 흉사를 행할 자가 없는지라. 하릴없어 저주(詛呪)와 방자[554]를 무수히 하여 궁모흉계[555]

---

543 창원(悵怨): 실심하고 원망함.
544 비소(鼻笑): 코웃음.
545 자비: 차비(差備)가 변한 말, 차비는 차비문(差備門)의 준말. 차비문은 임금이 평상시에 거처하던 편전(便殿)의 앞문.
546 간담(肝膽): 간과 쓸개, 마음, 심중.
547 혁혁(赫赫): 공로나 업적이 빛나는 모양.
548 예우(禮遇): 예의를 지켜 정중하게 대우함.
549 제주죄인(濟州罪人): 죄를 지어 제주로 귀양살이 간 죄인. 당시 장희재가 제주도에 귀양 가 있었음.
550 주사야탁(晝思夜度): 밤낮으로 생각하고 헤아림.
551 평생탐학(平生貪虐): 평생 동안 탐욕과 포악한 마음으로 긁어 모음.
552 처결(處決): 일을 결정하여 처리함.
553 신칙(申飭): 단단히 타일러서 경계함.
554 방자: 남이 못되기를 신에게 빌어 재앙이 내리게 하는 행동.
555 궁모흉계(窮謀凶計): 계략으로 속이기를 깊이 연구함.

아니 미친 곳이 없으니 슬프다, 장씨 공순히 있으면 세자의 당당한 세
(勢)가 있고 중궁의 성덕을 의지하면 천심도 감응하사 영화 무궁할 것
이로되, 족한 줄 모르고 자작지얼556로 대역을 도모하여 필경이 망급기
신557하니 어찌 두렵지 않으리요.

차시 시절이 흉황558하니 상과 후가 염려하사 폐정전(廢正殿)하시고
수라를 반감(半減)하사 비망기559를 내리와 구활지책560을 존절561히 하
시고 정성이 지극하시니 신민이 감동치 않을 이 없더라.

병자년562에 세자의 나이 구세라. 관례563하시고 세자빈을 간택하여
상과 후가 친히 보시고 빠시매564, 청송(靑松) 심호의 여565이라. 가례를
행할새 세자빈을 책봉하시니 연(年)이 십이 세라. 덕성이 아름다우니
상과 후가 크게 사랑하사, 조정국사(朝廷國事) 여가(餘暇)에는 주야로 내
전에 계오사 화언(和言)으로 한담하시고 세자빈과 세자를 앞에 두사 재
미를 보시니, 이때 숙인(淑人) 최씨(崔氏)566 왕자를 탄생567하여 삼 세라.
기상(氣象)이 비범하시니 상과 후가 사랑하사 주야(晝夜) 무애568하여 기

556 자작지얼(自作之孼): 자기 스스로가 만든 재앙.
557 망급기신(亡及其身): 자기 몸에 앙화가 미침.
558 흉황(凶荒): 흉작으로 농사가 결딴남.
559 비망기(備忘記): 임금의 명령을 적어서 승지(承旨)에게 전하던 문서.
560 구활지책(救活之策): 사람을 살릴 방책, 기근 때 가난한 백성을 구조함. 구황지책(救
荒之策).
561 존절(撙節): 비용을 아낌.
562 병자(丙子)년: 숙종 22년(1696).
563 관례(冠禮): 아이가 어른이 되는 예식. 남자는 갓을 쓰고 여자는 쪽을 짐. 유교에서
는 원래 스무 살에 관례를 하고 그 후에 혼례를 하는 것이나 조혼(早婚)의 풍습이 성
행하자 관례와 혼례를 겸하여 했음. 성관(成冠).
564 빠시매: 본문엔 고어로 '쁘시민'로 되어 있음. 뽑으시매.
565 심호(沈浩)의 여(女): 경종의 비. 청은부원군(靑恩府院君) 심호(沈浩)의 딸.
566 숙인(淑人) 최씨(崔氏): 영조의 생모(生母).
567 왕자를 탄생: 숙종 20년(1694) 9월 13일에 후일 영조가 될 이를 낳음.

출(己出)같으시더라.

숙의 김씨(淑儀金氏)는 마침내 무자(無子)하매 불쌍히 여기사 각별 은휼569하시니 궁중에 화기 가득하여 악한 자(者)가 없으되, 오직 장씨 심사는 전 같아서 고침이 없으며, 세자는 기출이로되 세자빈을 얻어 무궁한 영화와 극진한 효성을 중궁에서 혼자 보시는가 하여 오매570에 요악한 마음으로 이를 갈며, 죽어도 원수를 갚으리라 하여 요기로운 무당과 흉악한 술사571를 얻어 주야 모의하여, 영숙궁 서편에 신당(神堂)을 배설하고 각색 비단으로 흉악한 귀신을 하여 앉히고 후의 성씨(姓氏) 생년일시(生年日時)를 써 축사함572을 만들어 망하심을 축수하여 빌며, 또 화상573을 걸고, 궁녀로 하여금 활로 매일 세 번씩 쏘아 종이가 해어지면 비단옷으로 염습574하여 중전의 신체라 하고 못가에 묻고 화상(畵像)을 걸고 쏘아 이러한지 삼년이로되 후의 신상(身上)이 반석575 같으시니 앙앙576하여, 장희재의 첩(妾) 숙정(淑正)은 창물(娼物)로 요악한 재조가 극심하여 적모(嫡母)를 살해하고 정처(正妻)가 되었더니 장씨 청하여 의논하니 이는 짐짓577 유유상종(類類相從)이라, 궁흉극악578한 저주를 다하여 흉한 해골을 얻어들여 오색 비단으로 요기579 만들어

568 무애(撫愛): 쓰다듬어 사랑함.
569 은휼(恩恤): 특별한 은혜로 도움.
570 오매(寤寐): 자나 깨나. 언제나.
571 술사(術士): 음양, 길흉, 화복을 점치는 술법에 능한 사람.
572 축사함(祝邪函): 사악한 기문을 축수하기 위한 물품을 넣는 네모진 통.
573 화상(畵像): 사람의 얼굴을 그림으로 그린 형상.
574 염습(殮襲): 죽은 사람의 몸을 씻긴 후 옷을 입히고 베로 묶는 일.
575 반석(盤石): 견고하고 든든한 돌.
576 앙앙(怏怏): 마음에 차지 않아 원망하는 마음이 있음.
577 짐짓: 진실로, 참으로.
578 궁흉극악(窮凶極惡): 흉악함이 극도에 달함.
579 요기(妖器): 요망스러운 기물.

밤중에 정궁 북편 섬 아래 묻고, 또 채단(彩緞)으로 중전 의복 일습을 지어 해골을 작말[580]하여 소옴에 뿌려 두었으니 누가 그 흉모[581]를 알리요.

요사이 아침마다 그윽이 다 방자를 다하여 거짓 공순한 체 편지하고 중전께 드리니 말씀이 관곡[582]하사 위로하시고 받지 아니하시니, 장씨 분노하여 재삼 간하되 받지 아니하시거늘 아무리 생각하되 하릴없어 들여두고 날마다 신당축원(神堂祝願)과 요술 방정이 천만가지로 그칠 적이 없으되, 사불범정[583]이요 요불승덕[584]이라 하였으나, 예로부터 손빈[585]이 방연[586]을 해하였는지라. 후가 수한이 부족하사 미해[587]를 입으시니 이에 사람이 천도(天道)를 의심하는지라. 액운[588]이 불행한 시절을 당하여 요얼[589]이 침노하니 경진 중추[590]에 홀연히 옥후(玉候)가 미령[591]하시니 각별 극중(極重)하심도 없고 시시로 한열(寒熱)이 왕래하며 야반(夜半)이면 골절(骨節)이 자통[592]하다가 평시 같을 때도 있고 진퇴무상(進退

---

580 작말(作末): 가루를 만듦.
581 흉모(凶謀): 흉악한 계책을 꾸밈.
582 관곡(款曲): 매우 정답고 친절함.
583 사불범정(邪不犯正): 간사한 것이 정의를 침범하지 못함.
584 요불승덕(妖不勝德): 요사스러움은 덕을 이기지 못함.
585 손빈(孫臏): 전국(戰國) 제(齊)나라의 병법가. 귀곡선생(鬼谷先生)에게 방연(龐涓)과 함께 동문수학하고 사회에 나와 방연에게 다리를 잘렸으나, 뒷날 방연과 전투하여 방연을 살해하였다.(十八史略 참조)
586 방연(龐涓): 전국(戰國) 위(魏)나라의 병법가. 손빈과 전투하다가 마릉(馬陵)에서 포위되자 자결하였음.(十八史略 참조)
587 미해(尾害): 마지막에 해를 입음.
588 액운(厄運): 모질고 사나운 액을 당할 운수.
589 요얼(妖孽): 요악한 귀신의 재앙.
590 경진 중추(庚辰仲秋): 숙종 26년(1700) 8월.
591 미령(靡寧): 편안하지 못함. 병환이 들음.
592 자통(刺痛): 몸을 찌르는 것 같은 아픔.

無常)하신지라.

궁중이 크게 근심하고 상이 염려하사 민공을 내전으로 인견하사 별증[593]을 이르시고 의약치료하심을 극진히 하시되 일호(一毫) 효음이 없고, 겨울을 지내고 명춘이 되니, 후의 백설같은 기부[594]가 많이 소삭[595]하사 시시로 누른 진이 엉기었다 없다가 하니, 의자(醫者)가 다 병세를 측량치 못하는지라.

상이 적년(積年) 고생에 저상[596]하여 고질이 되심인가 더욱 뉘우치시고 차석[597]하사, 후의 기상이 너무 빠혀나시니 행여 단수하실까 염려하사 용안을 능히 펴지 못하시니 후가 불안하사 매양 아픈 것을 강작[598]하시더니, 장씨 후의 이러하심을 알고 요행[599]하여 더욱 행흉(行凶)하더니, 사월 이십삼일은 후의 탄일이라 상이 하교하사 대연(大宴)을 배설하여 민씨 일가 부인네를 모아 연락(宴樂)하게 하시니, 이는 중전의 병환이 진퇴무상[600]하시매 여한이 없게 하심이라.

후가 불안하여 재삼 사양하시되, 상이 고집하시니 천은이 황감[601]하시고 또 세자의 효성을 막지 못하사 누일연작[602]을 배설하여 양전이 세자와 빈의 효성을 기뻐하시고 민씨 부인네를 청하시니, 민부(閔府)에서 대내 출입을 외람히 여기되 후의 병환이 진퇴하시고 상의 은혜 각

---

593 별증(別症): 병의 증세가 유별남.
594 기부(肌膚): 피부.
595 소삭(消削): 차차 쇠약해짐.
596 저상(沮喪): 기운을 잃음.
597 차석(嗟惜): 애달프고 아깝게 여김.
598 강작(强作): 억지로 참음.
599 요행(僥倖): 뜻밖에 얻는 행복.
600 진퇴무상(進退無常): 나아갈 수도 물러설 수도 없이 덧없음.
601 황감(惶感): 황송하고 감격스러움.
602 누일연작(屢日宴酌): 여러 날 계속되는 잔치.

별하심을 감축(感祝)하여 다 들어와 조현하니, 후의 은은한 병색을 뵈옵고 깊이 근심하는지라. 후가 척연603히 옥루(玉淚)를 내리와 가라사대,

"내 무재박덕(無才薄德)으로 성상의 중은(重恩)을 입사와 갚사올 배 없거늘 근래 신사가 황홀604하여 정신이 아득하고 운무중605 사람 같으니, 의심하건대 차생606이 오래지 않을지라, 위로 성상의 심려를 끼치고 아래로 동생 자매 연락함이 다시 쉽지 않을까 하나니, 원컨대 제자매(諸姉妹)는 자녀를 가르쳐 덕을 쌓고 복을 닦아 이후 자손까지 영화 있게 하소서."

언파607에 오열(嗚咽)하시니 궁중이 홀연 후의 비척한 말씀을 듣고 놀라와 의심하여 눈물이 여류(如流)하고, 본곁 부인네 심사가 요동하여 눈물이 연락608하되 강작609하여 참고 위로하여, 가로되,

"춘추 아직 정성610하시니 일시지환(一時之患)은 평복(平復)되시려니와, 어찌 이런 하교를 하시나이까."

하고 인하여 하직고 나올새, 후가 초연611 탄식하시고 부인네 다 교자 타며 체읍612하고 나오니라.

차시 공주와 육궁비빈613이 짐작하여 의복하여 올리니 후가 일제히

---

603 척연(慽然): 근심스러운 모습.
604 황홀(恍惚): 흐릿하여 분명하지 않음.
605 운무중(雲霧中): 구름과 안개 속.
606 차생(此生): 이승.
607 언파(言罷): 말을 끝냄.
608 연락(連絡): 끊이지 않고 이어짐.
609 강작(强作): 억지로 기운을 냄.
610 정성(鼎盛): 한창 나이라서 혈기가 매우 왕성함.
611 초연(悄然): 의기를 잃어 기운이 없음.
612 체읍(涕泣): 소리 없이 눈물을 흘리며 슬피 욺.
613 육궁비빙(六宮妃嬪): 궁궐 안의 왕비와 모든 빈들.

받지 아니하시니, 공주 등이 간청한대 그 정성을 물리치지 못하사 받으시고, 장빈의 옷도 물리치매 세자가 모셔 있다 권하니 후가 세자의 간절한 효성과 안면을 부사 부득이 받으시니, 슬프다! 간인(奸人)의 화가 궁극함이 이대도록 심할 줄 누가 알며, 세자도 추호나 앎이 있으면 친모(親母)의 허물을 감추지 못한들 어찌 권하여 받으시게 하리요, 비록 장빈의 몸에 탄생하였으나 온전한 자애지성614은 중궁께 받자와 친생에 지나는 정이 있거늘, 다른 후빈들은 전중에 왕래하여 화기와 은혜가 온전하되 장씨 친모는 자작지얼로 스스로 용납지 못하니, 모자간이라도 간언이 유익함이 없고 평생에 무안무색(無顔無色)한지라. 어미 행여 공순하신가 하여 권하였더니 종신지한615이 되시니라.

후가 장씨의 옷을 입으시지 않으시나 전중에 있는고로 요얼(妖孽)이 밖으로 침노하고 또 방중에서 살기(殺氣) 승하니, 이해 오월로 병환이 더욱 침중616하니 상석(床席)에 이지617 못하시는지라, 약청(藥廳)을 배설하고 대전에서 크게 우민(憂悶)하사 후의 형 민판서 형제를 명하사 친히 의약을 살피게 하며 병측에 모시게 하니, 민판서 형제 약을 잡고 병측에 모셔 지성으로 하니 후가 보실 때마다 슬퍼 체읍하시며 아우와 조카를 경계하여 가라사대,

"너희 벼슬이 높고 명고(名高)함을 근심하나니 직업을 명찰618하며 행신(行身)을 극진히 하여 선인619의 청덕(淸德)을 떨어버리지 말고 보신지책620을 힘쓰고 충의를 효칙621하라."

---

614 자애지성(慈愛之誠): 자애로운 정성.
615 종신지한(終身之恨): 평생의 한.
616 침중(沈重): 병세가 점점 무거워짐.
617 이지: 일어나지.
618 명찰(明察): 똑똑히 살핌.
619 선인(先人): 돌아가신 아버지.

하시며 병환 중에나 하도 떠나기 어려워하시니, 민공 형제 척연 감읍하여 지성으로 시탕(侍湯)하며, 의자(醫者)는 밖에 등대하고 백 가지로 다스리되 일호도 효음이 없고 점점 침중하시니, 이는 신상으로 솟아나신 병환이 아니시라. 사질622이 왕성하고 저주의 독을 어찌 백초지물623로 제어624하리요. 낮이면 정신이 계시다가 밤이면 더욱 중하사 섬어625를 무수히 하시니, 중한 증세가 고이하나 능히 깨닫지 못하니 이도 또한 후의 액수626 불행하신 연고라.

칠월 별증을 얻어 위중하심이 조석에 계신지라, 일국이 진동하고 궁중이 망극하여 천신(天神)께 빌며 북두627에 제(祭)하여 세자가 친림하시며 정성이 아니 미친 곳이 없으되, 날로 극중(極重)하신지라. 상이 침식을 폐하시고 근심하사 용안이 초췌하시니, 후가 미란628하신 정신 중이라도 과도히 염려하사 간하시더라.

후가 스스로 회춘(回春)치 못할 줄 알고 명하사 의녀(醫女)를 물리치시고 의약을 내오지 아니하시니, 상이 들으시고 놀라 들어오사 약을 친히 권하시며

"중병에 약을 끊으면 차도가 없으리니, 강잉(强仍)하여 약을 내오고 수이 차복629하여 과인의 바라는 바를 저버리지 말으소서."

---

620 보신지책(保身之策): 몸을 보호하는 방책.
621 효칙(效則): 본받음.
622 사질(邪疾): 사악한 병.
623 백초지물(百草之物): 온갖 약초로 만든 약.
624 제어(制御): 억눌러 막음.
625 섬어(譫語): 헛소리.
626 액수(厄數): 재액이 돌아오는 신수.
627 북두(北斗): 북두칠성(北斗七星).
628 미란(迷亂): 정신이 흐리멍텅하여 어지러움.
629 차복(差復): 병이 회복되는 차도.

후가 정신을 겨우 정하여 가라사대,

"첩이 나이 젊고 영화가 제미[630]하니 무엇이 죽고자 하리이꼬마는, 달포[631] 아픔이 자심[632]하니 어서 죽어 모르느니만 못하나이다. 약을 써도 조금도 나음이 없고 오장이 더 아프니, 전하의 염려하시는 바를 저버리지 못하여 강잉하여[633] 먹사오나, 첩이 반드시 오래지 않을 지라. 먹고 괴로운 것을 권치 말으소서."

상이 청필[634]에 뉘우쳐 누수(淚水)가 떨어져 척연히 가라사대,

"후가 어찌 이런 불길한 말을 하여 과인의 심사를 요동하게 하시느뇨? 만일 장이 괴로운즉 수일만 끊어 심사를 평안히 하여 조리하소서."

친히 미음을 권하시며 병측에 계셔 떠나지 아니하시더니, 과연 약을 그친 후로 조금 감세(減勢) 계신 듯하매 궁중이 잠깐 다행하여 하더니, 하루는 미음을 수차 진어하시고 좌우 시탕하는 궁녀를 돌아보아 가라사대,

"내 이제는 살지 못할 것이니 너희 지성을 무엇으로 갚으리요. 너희 등은 내 삼년 후[635] 각각 돌아가 부모 동생을 보고 인륜(人倫)을 갖추어 살아 있다가 구천타일[636]에 가서 지하에 모듬을 기약하리라."

후가 이 하교를 내리시니, 좌우가 듣잡고 망극하여 일시에 낯을 가리와 체읍하며 능히 대답지 못하더라. 후가 명하사, 전각(殿閣)을 수소

630 제미: '국립도서관본'에 '졔미'로 된 부분이 '가람본'엔 '무궁하다'로 되어있으므로 '제미'는 '무궁하다'로 해석함이 옳을 것 같음.
631 달포: 한 달 이상 되는 동안.
632 자심(滋甚): 더욱 심함.
633 강잉하여: 억지로 그대로 하여.
634 청필(聽畢): 듣기를 마치고.
635 삼년 후(三年後): 삼년상을 마친 후.
636 구천타일(九泉他日): 죽어서 다른 날.

(修掃)하고 향을 피우고 궁인에게 붙들려 세수를 정히 하시고 새 의복을 입으시고 궁녀로 대전을 청하시니, 상(上)이 들어오시매 후가 의상을 정돈하시고 좌우로 붙들려 앉아 계시니, 궁인들이 다 망극 슬픈 빛일레라. 천심(天心)이 당황하사 좌(座)를 가까이 이루시고 왈,

"어찌 이렇듯 실섭[637]하시느뇨."

후가 문득 옥루를 내리와 가라사대,

"신이 곤위에 거하여 성상 중은을 입음이 극진하니 한(恨)할 바가 없사되, 다만 슬하에 혈육(血肉)이 없어 외롭고 성상 대은을 만분지일도 갚삽지 못하옵고 도리어 천심을 불안케 하오며 오늘 종천영결[638]을 하오니, 구천지하[639]에 눈을 감지 못하리니, 복원(伏願) 성상은 박명한 첩을 생각지 말으시고 백세안강(百歲安康)하오소서."

상이 크게 슬퍼 용루가 영락[640]하사 가라사대,

"후가 어찌 이런 불길한 말씀을 하시느뇨."

하시고, 말씀을 능히 이루지 못하사 용포(龍袍)소매 젖으니, 후가 정신이 황난하신 중에도 어찌 상의 슬퍼하심을 모르시리요. 눈물을 흘려 길이 한숨지시고 왈,

"성상은 옥체를 보중하사 돌아가는 마음을 편케 하소서."

세자와 왕자를 앞에 앉히시고 어루만지시며 후궁비빈을 나아오라 하사 가라사대,

"내 명운(命運)이 부족하여 육년고초를 겪고 다시 성은이 망극하사 곤위에 올라 세자와 왕자의 충효로 여년을 마칠까 하였더니, 오늘날

----

637 실섭(失攝): 몸조심을 하지 않음.
638 종천영결(終天永訣): 죽어서 영원히 이세상과 결별함.
639 구천지하(九泉地下): 저승. 황천(黃泉).
640 영락(纓絡): 목, 팔 같은 곳에 두르는 구슬을 꿴 장식품. 본문에서는 눈물이 구슬을 꿰듯이 계속 흐름을 말함.

돌아가니 어찌 명박641지 않으리요. 그대 등은 나의 박명을 본받지 말고 성상을 모셔 만수무강(萬壽無疆)하라."

연잉군642이 차시 팔 세라. 손을 잡으시고 슬퍼 왈,

"차아(此兒)가 영특(英特)하여 내 지극 사랑하더니 그 장성함을 못 보니 한(恨)이라."

하시고, 비빈을 치우고 민공 형제와 조카를 인견하사 오열비창643하신 심사를 참지 못하시니, 민공 형제 등이 배복644 오열하여 능히 말을 못하는지라. 상이 그 모양을 보시매 천심이 막히고 무너지는 듯하사 차마 보지 못하시더니. 상이 미음을 가지시고 친히 권하시니, 후가 희허탄식645하시고 두어 번 마시시니 상이 친히 받들어 베개를 바로하여 누이시니, 이윽고 창경궁646 경춘전647에서 승하(昇遐)하시니, 신사년648 추(秋) 팔월 십사일 사시(巳時)요, 복위 팔 년이요, 춘추 삼십 오 세시라. 궁중에 곡성이 진동하여 귀신이 다 우는 듯 궁녀가 서로 머리를 부딪쳐 앙앙이649 따르고자 하니, 하물며 상의 과도히 슬퍼하심을 측량하리요. 땅을 두드리시며 방성대곡(放聲大哭)하시니, 용루가 비오듯 용포가 젖으시니, 궁중이 차마 우러러 뵈옵지 못할레라. 조정과 사서인(士庶人)의 슬퍼함이 부모 친상에서 더하니, 후(后)의 숙덕성행 곧 아니면 어찌 이대도록 하리요.

---

641 명박(命薄): 운명이 기구함.
642 연잉군(延仍君): 영조가 아이 때에 책봉 받은 이름.
643 오열비창(嗚咽悲愴): 마음이 아프고 슬퍼 목메어 욺.
644 배복(拜伏): 엎드려 절함.
645 희허탄식(欷歔歎息): 한숨짓고 탄식함. 매우 탄식함.
646 창경궁(昌慶宮): 지금 창경원(昌慶苑) 수강궁(壽康宮)을 고친 이름.
647 경춘전(景春殿): 창경궁의 정전(正殿).
648 신사(辛巳)년: 숙종 27년(1701).
649 앙앙(怏怏)이: 마음이 섭섭하여 만족하지 않은 모양.

예로 입관성복[650]을 지내고 사시제전(四時祭典)에 친림곡배(親臨哭拜)하사, 애통하심이 날로 더하시니 궁중이 다 근심하더라.

구월 초사일 상이 친림하사 친제(親祭)하실새 제문(祭文)지어 예관(禮官)으로 읽게 하시니, 대강 제문에 왈,

"모년 모월에 모일에 국왕은 비박지전[651]으로 대행왕비[652] 민씨지전(閔氏之前)에 고하나니, 오호(嗚呼)라. 현후 돌아가심이 참이냐 거짓말이냐, 달이 가고 날이 바뀌되 과인이 황란[653]하여 능히 깨닫지 못하니, 속절없이 천수가 막막하고 음용[654]이 돈절[655]하니 그 돌아감이 반듯한지라. 고인이 실우지탄[656]과 고분지통[657]을 일렀으나 과인의 지통(至痛)과 유한(遺恨)은 고금에 비겨 방불[658]한 자가 없도다. 오호라[659], 현후는 명문생출(名門生出)로, 형(兄) 교훈을 받았도다. 빼어난 재질과 아름다운 성행이 갈담규목[660]의 극진치 않은 곳이 없으되, 신운이 불행하고 과인이 불명(不明)하여 이왕 육년손위[661]는 어찌 이르리요. 위태한 시절에 처신을 더욱 평안히 하고 어지러운 때에 덕행을 더욱 평정히 하여 과

---

650 입관성복(入棺成服): 시체를 관에 넣고 상제가 상복을 입음.
651 비박지전(菲薄之奠): 간단한 제전.
652 대행왕비(大行王妃): 임금이나 왕후가 돌아가신 뒤 아직 시호를 올리기 전에 부르는 말.
653 황란(慌亂): 어지러움.
654 음용(音容): 목소리와 얼굴.
655 돈절(頓絶): 편지나 소식이 딱 끊어짐. 목소리를 들을 수 없음을 뜻함.
656 실우지탄(失偶之歎): 짝을 잃은 탄식.
657 고분지통(叩盆之痛): 상처(喪妻)함을 일컫는 말.
658 방불(彷佛): 거의 비슷함.
659 오호라: 슬픔이나 탄식을 나타낼 때에 내는 소리.
660 갈담규목(葛覃樛木): 왕후의 근검경효(勤儉敬孝)와 관후한 덕행을 말함. '葛覃'과 '樛木'은 『시경(詩經)』의 편 이름으로, 왕후의 덕을 노래한 작품을 가리킴.
661 육년손위(六年遜位): 6년 동안 장희빈의 간계로 왕후의 자리에서 물러나 있었음.

인으로 하여금 과실을 많이 감춤은 다 현후의 성덕이라. 꽃다운 효절 (孝節)과 규잠662하는 덕이 궁중에 가득하니 도를 임하여 태평을 같이 누릴까 하였더니, 창천663이 어찌 현후 앗기664를 급히 하사 과인으로 하여금 다시 바랄 바가 없게 하신지라. 오호라, 현후는 평안히 돌아가 니 만세를 잊었거니와 과인은 길고 먼 세상에 슬픔을 어찌 견디리요. 오호라, 현후의 맑은 자품(資品)으로 일개 혈육이 없고 어진 성덕으로 하수665를 누리시지 못하시고. 천도(天道)가 과히 무심한지라. 이는 반드 시 과인의 실덕무복(失德無福)함을 하늘이 미워하사, 과인으로 하여금 무궁한 한이 되게 하시는도다. 통명전666을 바라보매 현후의 덕음(德音) 과 의용(儀容)을 듣고 볼 듯하되, 이제 길이 막힘이 몇 천 린고. 과인이 중간 실덕함이 없이 지금까지 무고하시다가 돌아가셔도 오히려 슬프다 하려든 하물며 과인의 허물로 육년 고초를 생각하니 차악667한 유한이 여광여취668로다."(제문이 장황하여 지리하매 그치노라.)

읽기를 마치매 방성대곡하시니 곡성과 눈물이 영인감창669이라. 좌 우시신(左右侍臣)이 다 체읍하고 감히 우러러보옵지 못하더라.

후의 시호670를 인현왕후라 하시고 능호(陵號)는 명능(明陵)이니 고 양671이라. 능전(陵殿)은 경연전(景延殿)이라 하시고 대신을 명하사,

---

662 규잠(規箴): 경계함.
663 창천(蒼天): 맑게 갠 파란 하늘, 九天의 하나로 동북쪽 하늘.
664 앗기: 빼앗기.
665 하수(遐壽): 장수.
666 통명전(通明殿): 서울 창경궁 안에 있는 정전.
667 차악(嗟愕): 슬프고 놀라움.
668 여광여취(如狂如醉): 미친 듯도 하고 취한 듯도 함.
669 영인감창(令人感愴): 사람으로 하여금 슬프고 느껍게 함.
670 시호(諡號): 선왕(先王)이나 선왕비(先王妃)의 공덕을 칭송하여 붙인 이름.
671 고양(高陽): 현재 경기도 고양시. 명릉은 고양시 용두동 산 30-1의 서오릉(西五陵)

"능역(陵役)을 지성으로 감찰하라."

하시고, 능묘(陵墓) 웃전을 비워

"일후(日後) 동폄[672]하라."

하시고 납월(臘月) 초파일로 인산택일[673]하시니, 오호라, 사람의 수요[674]는 인력으로 못한들, 후의 현철 성덕으로 마침내 무자(無子)하시고 단수(短壽)하시며 더욱 간인의 참화를 입으시니 어찌 천도가 순환(循環)이 없으리요, 어진 사람도 복을 누리기 어렵거든 하물며 악인이 종신(終身)을 온전하리요.

차설[675], 장희빈이 후의 병환시에 두어 번 뵈온 후는 칭병(稱病)하고 문후(問候)치 아니하니, 후가 그 심정이 교사[676]하여 고치지 못할 줄 아으시고 지이부지(知而不知)하시더라. 장씨 후를 중궁이라 아니하고 민씨라 하며 날마다 무녀(巫女)와 술사(術士)로 축원하더니, 마침내 승하하시매, 대희대락(大喜大樂)하여 양양자득[677]하고, 신당(神堂)을 즉시 없이할 것이로되 여러 해를 위하였으니 부지부각(不知不覺)에 없애면 세자와 빈에게 해롭다 하고 무녀와 술사들이 상의(相議)하여 구월 초칠일 굿하고 파(罷)하려 그대로 두었더니, 이도 인력(人力)으로 못할지라 어찌하리요.

차시(此時)에 상이 왕비를 생각하시고 모든 후궁을 찾지 아니하시고 월하(月下)에 슬퍼하시며 조석으로 애통하사 천안[678]이 환탈[679]하시매,

에 있음.

672 동폄(同窆)하라: 한 구덩이에 장사지내라. 숙종 사후 인현왕후와 합장하였음.
673 인산(因山擇日): 왕후의 장례일을 가려서 정함.
674 수요(壽夭): 장수와 요절.
675 차설(且說): 각설. 화제를 돌려 말할 때 첫머리에 쓰는 말.
676 교사(巧詐): 교묘한 수단으로 남을 속임.
677 양양자득(揚揚自得): 뜻을 얻어 꺼드럭거림.
678 천안(天顔): 임금의 얼굴. 용안(龍顔), 옥안(玉顔).
679 환탈(換脫): 많이 야윔.

제신이 간유(諫諭)한대, 상이 초연(愀然) 탄 왈,

"과인이 부부지정(夫婦之情)으로 슬퍼함이 아니라 그 덕을 생각하고 전일 일을 잊지 못하노라."

하시니, 제신이 다 감창(感愴)하더라. 구월 초칠일이 돌아오매, 추기(秋氣) 선선하고 초월(初月)이 희미한대 심사가 더욱 처량하사, 촉(燭)을 대하여 용루를 내리오시다가 안석(案席)을 의지하여 잠깐 조으시더니, 사몽비몽(似夢非夢)간에 죽은 내관이 앞에 와 아뢰되,

"궁중에 사기(邪氣)와 요얼680이 왕성하여 중궁이 참화(慘禍)를 당하시고 차후 대화(大禍)가 불 이듯 하올 것이니, 복원(伏願) 성상은 살피소서."

하며 손을 들어 취선당(就善堂)을 가리키고 상을 인도하여 모시고 한 곳을 가니, 후의 혼전(魂殿)이라. 전상(殿上)에 중궁이 시녀를 거느리시고 앉으시되 안색이 참담681하여 애연682히 우시며 상께 고(告) 왈,

"첩(妾)의 명이 비록 단(短)하나 독한 병에 잠겨 죽지 아니할 것이로되, 장녀(張女)가 천백가지로 저주와 방자하여 요얼의 해를 입어 비명683에 죽었사오니 이는 장녀(張女)로 더불어 불공대천지수684라. 원혼(冤魂)이 운간(雲間)에 비겨 한(恨)을 품었사오니 당당히 장녀의 명을 끊을 것이로되, 성상이 친히 분별하사 흑백을 가리어 원수를 갚아 주심을 바라오며, 요사를 없이하여야 궁중이 다 평안하오리이다."

상이 크게 반기사 옷을 잡고 물으려 하시다가 깨치시니, 남가일몽685

---

680 요얼: 요사스러운 귀신 또는 그 귀신이 끼치는 재앙.
681 참담(慘憺): 참혹하고 암담함.
682 애연(哀然): 서러워 슬퍼함.
683 비명(非命): 천명(天命)이 아님. 뜻밖에 재난(災難)으로 죽음. 비명횡사(非命橫死).
684 불공대천지수(不共戴天之讎): 불공대천의 원수. 이 세상에서는 함께 살 수 없는 극악한 원수.

이라.

촉영(燭影)은 휘황하고 좌우 내시(內侍)는 밖에 모셔 앉았으니 크게 슬퍼 일장통곡(一場痛哭)하시고 좌우더러 때를 물으시니 초경686이라. 이에 옥교(玉轎)를 타시고 위의(威儀)를 다 떨어치시고 인적(人跡)과 훤화687를 내지 못하게 하시고 영숙궁으로 가시니, 이 궁에 오심이 칠팔 년이라, 누가 상(上)이 오실 줄 알리요.

이 날은 장빈(張嬪) 생일이니 숙정이 들어와 하례하고 중궁 모해함을 치하하여 모든 궁인이 공을 다투고 옛말을 이르며, 신당에서는 무녀 · 술사들이 설법(說法)하더니, 부지불각(不知不覺)에 대전 옥교 대청에 이르사 들어오시니 궁녀들이 놀라 급급히 일어나 맞으며 아무리 할 줄 모르더라.

상이 그 쟁공688하는 소리를 들으시고 심중에 대노하사, 묵연(默然)히 관형찰색689하시니 궁녀들이 희빈의 생일이요, 중궁이 아니 계시매 오신가 하여 야반 수라(水剌)를 성비(盛備)하여 드리니, 상이 냉소(冷笑)하시고 멀리 살펴보시니, 맞은 편 당(堂)에 등촉(燈燭)이 조요하더니 다 끄고 적적한지라. 의심이 동하사 문을 열고 청사(廳舍)를 나오시니 맞은편에 병풍을 쳤으니 치우라 하시니 궁인이 당황하나 하릴없어 거두니 벽상(壁上)에 한 화상(畫像)을 걸었는지라. 자세히 보시니 완연한 민후로다. 살맞은 궁기690 무수하여 다 떨어졌는지라.

---

685 남가일몽(南柯一夢): 꿈과 같이 헛된 한때의 부귀와 영화. 중국 당(唐)나라의 소설 남가기(南柯記)에서 유래한 말임.
686 초경(初更): 오경(五更)의 하나. 하룻밤을 다섯 등분한 맨 첫째의 부분으로 오후 八시 전후 곧 七시부터 九시까지임.
687 훤화(喧譁): 떠드는 소리.
688 쟁공(爭功): 공을 서로 다툼.
689 관형찰색(觀形察色): 모양과 얼굴을 자세히 관찰함.
690 궁기: '구멍'의 옛말.

"이 어인 것이고"

하시니 좌우가 황황하여 아무 말도 못하거늘 장녀가 내달아 고(告)하되,

"이는 중궁전 화상이라. 그 성덕을 감격하여 화상을 그려두고 생각하나이다."

상이 비로소 진노하사 가라사대,

"후(后)를 생각하여 그렸으면 저렇듯 살맞은 데 많으뇨"

장녀가 대답지 못하거늘, 데리고 오신 내관(內官)을 명하여 촉(燭)을 잡히고 서편당691를 가보시니 흉악한 신당이라. 천노(天怒)가 진첩692하사 청사에 앉으시고 궁노(宮奴)를 불러 모든 궁녀를 다 잡아들여 단단히 결박하고 엄치(嚴治)하여 가라사대,

"내 벌써 짐작하고 알았으니 궁중 요악한 일을 추호(秋毫)나 기이면693 경각에 죽으리라."

하시니, 천노가 진첩하사 급한 뇌성 같고 엄하신 기운이 상설(霜雪) 같으시니 어찌 감히 은휘694하리요마는, 그중 시영(時英)이 간악하여 처음은 모르노라 하더니 피육이 떨어지니 제녀(諸女)가 일시에 주초695하여 전후사를 낱낱이 아뢰니, 상이 새로이 모골(毛骨)이 송연696하여 가라사대,

"범을 길러 화를 받는다 말이 과연 이와 같도다. 내 장녀를 내치지 아니하고 두었다가 대화(大禍)를 자취(自取)하였으니 차는 불가사문어인

---

691 서편당(西便堂): 취선당(就善堂) 서쪽에 있는 신당(神堂).
692 진첩(震疊): 존귀한 사람이 몹시 성을 내어 그치지 아니함.
693 기이면: 속이면.
694 은휘(隱諱): 꺼리어 감추고 숨김.
695 주초(奏招): 죄를 고백함.
696 송연(竦然): 두려워하며 몸을 소스라치는 모습.

국697이라."

하시고 상궁(尙宮) 시녀 등을 금부698로 내리와 명일(明日)로 친국(親鞫)하려 하시고 외전(外殿)에 나오사, 잠을 못 이루시고, 이튿날 중외(中外)에 반포(頒布)하사,

"중궁이 비명원사(非命寃死)하심과 장희빈의 대역부도(大逆不道)와 흉모간악(凶謀奸惡)이 불가사문어인국이라."

하시고,

"제주 안치 죄인 장희재(張希載)를 몽두나래699하여, 역율(逆律) 죄인 정수를 한가지로 모역한 유(類)이니 다 같이 청령700하라."

하시고,

"내수사(內需司) 춘상·절향 등을 금부에 가 잡아 인정문(仁政門)에서 처참(處斬)하라."

하시니, 승지(承旨) 윤이부701 복지(伏地) 주왈,

"희빈의 죄악이 지중하오나 세자를 보아 식노(息怒)하소서."

상이 대노하사,

"장씨 처음에 중궁에 두기는 세자의 낯을 보아 두었더니, 궁중에 신당을 위하고 저주를 묻어 중궁을 모살(謀殺)하였으니 그런 궁흉극악(窮凶極惡)한 대역부도는 천고에 없는지라. 내 친히 국문하여 죄를 밝혀 중궁의 영혼을 위로하려 하거늘, 승지는 역적을 두호하여 금부로 추궁하

697 불가사문어인국(不可使聞於隣國): 수치스러워서 이웃 나라에 소문을 퍼지게 할 수 없음.
698 금부(禁府): 의금부를 말함.
699 몽두나래(蒙頭拿來): 죄인의 얼굴에 천일(天日)을 못 보도록 물건을 씌워 잡아옴.
700 청령(聽令): 명령을 들음.
701 윤이부(尹吏部): 윤지인(尹趾仁)인 듯함. 안춘근님 소장본에는 '윤지임'으로 나오니 윤지인이 맞을 것 같음.『연려실기술(燃藜室記述)』에도 윤지인이 "친국을 그만두고 금부에서 국문하라고 했다"는 기록이 있음.

자 하니, 신자(臣者)가 되어 국모 살해한 원수를 어찌 이렇듯이 하리요. 극히 한심한지라. 윤(尹)을 삭탈관직(削奪官職)하여 문외출송(門外出送)하라."

하시고, 국청죄인 철향702은 형문삼장(刑問三杖)에 복초703 왈,

"을해년704부터 신당을 짓고 무녀·술사로 축원하여 중궁이 망하고 장씨 복위하게 빌던 말과 화상을 걸고 살로 쏘던 말이며 절절이 말하고 이외는 시향 등이 알며 소인은 모르옵나이다."

시향을 엄문하시니 연(年)이 이십 삼이라.

"희빈이 장희재의 첩 숙정으로 서간왕래(書簡往來)하매 빈이 숙정의 편지를 본즉 좋아하기에 그 연고는 모르고, 숙정을 불러들여 구구히 모해하고 작은 동고리705를 치마 속에 싸가지고 철향과 소인을 데리고 황혼에 통명전(通明殿) 외편 못가에 묻고, 또 무엇인지 봉한 것을 봉봉이 만들어 상춘각(賞春閣) 부중706 섬 아래 곳곳에 묻고, 신은 철향 등으로 한가지로 다니오나 그 속은 모르옵고, 하루는 취영이 빈께 고 왈, '행사를 다하였나이다.' 하니 희빈이 문 왈, '시영·철향이도 그곳을 아느냐'하니 답왈, '한가지로 다니며 하였으니 어찌 모르며 시영·철향이 빈의 심복(心腹)이나 명목이 다르니 속이는 것이 좋지 아니한즉 알게 하소서.' 하던 말과 신은 그를 몰랐으나 세(勢)를 두려 데리고 모역(謀逆)할시 적실하여이다."

시영은 사십 일 세라. 요악하나 감히 은휘707치 못하여 해골을 오색

---

702 철향: 실록에서는 궁녀 축생, 설향, 시영, 숙영, 철생을 국문한 것으로 기록되어 있음.
703 복초(服招): 취조에 승복하는 말을 함.
704 을해(乙亥)년: 숙종 21년(1695).
705 동고리: 고리 버들로 만든 둥글납작한 작은 옷상자. 고리짝.
706 부중(府中): 관청.
707 은휘(隱諱): 꺼리어 숨김.

비단으로 옷을 입혀 중전 생신 연월·성씨를 써 묻고, 의복에 해골 가루를 솜에 넣어두며, 또 해골을 염습(殮襲)하여 묻었다가 들여가니, 중전께서 받지 아니하시더니 이듬해 탄일에 올려도 또 받지 않으시다가 춘궁저하[708]의 낯을 보아 받으시니 전일은 아뢰고, 축사와 요얼 만든 것을 다 지흉[709]하니 이것은 장희재의 첩 숙정의 조화로이다."

즉시 숙정과 무녀·술사를 잡아들여 엄형국문[710]하시니, 초사[711] 왈,

"일찍 장희재를 친하였삽더니 정배[712]갈 때 은자(銀子)를 많이 주며 빈께 천거하니, 천인(賤人)이 무지하와 보화를 탐하여 대역을 지었사오니 지만[713]이로소이다."

숙정을 국문하시니 직초[714]하되,

"희빈이 매일 궁녀를 보내어 어린 옷을 지어달라 하매 아해[715] 옷을 지었노라 하며, 시시로 보물을 많이 보내고 또 이르되, '취선당이 절로 울고 희빈이 병환이 계시니 굿한다'하고 청하거늘 들어가오니, 무녀와 술사로 중궁 망함을 축수하는데 희빈이 실정을 일러 모의하니 죽을 때로 동참하고, 중궁 의복 지은 것도 신이 하고 해골은 희재의 청지기 철영이가 얻어드렸나이다."

철영을 잡으니 도망한지라. 용모파기[716] 수일내 잡으니,

708 춘궁저하(春宮邸下) : 왕세자의 별칭.
709 지흉(至凶) : 매우 흉악함.
710 엄형국문(嚴刑鞫問) : 엄중한 형벌로 죄인을 심문함.
711 초사(招辭) : 죄인이 진술한 범죄 사실.
712 정배(定配) : 예전에 죄인에게 내리던 형벌의 하나임. 지방이나 섬으로 보내 일정 기간동안 정해진 지역내에서만 감시를 받으며 생활하게 함. 장희재는 제주도로 정배되었음.
713 지만(遲晚) : 죄인이 고백함. 너무 늦게 자백하여 죄스럽다는 뜻에서 나온 말.
714 직초(直招) : 곧은 불림. 바로 고백함.
715 아해(兒孩) : 아이.
716 용모파기(容貌疤記) : 얼굴을 검사하여 그 특징을 적은 기록.

"희재와 사생의[717]가 있어 귀향 갈 적에 은자를 많이 주며 '희빈의 부리는 일이 있거든 진심(盡心)하라' 한 고로 팔도에 몹쓸 해골을 다 얻어드렸나이다."

초사(招辭)가 여출일구[718]하니 만조시신(滿朝侍臣)이 다 모골이 송연하여 곳곳이 묻은 것을 파내니, 모양이 흉한 것도 있고 요사한 것도 있어 차마 대치[719] 못하고, 중전의 의복을 내어 소옴[720]을 떠니 과연 푸른 가루가 날리니, 상이 진노하시고 추연 장탄 왈,

"도시(都是) 과인이 불명하여 궁중에 이런 변이 나니 차는 불가사문 어인국이라. 구천타일(九泉他日)에 하면목(何面目)으로 중궁을 보리요."

당일 죄인 십여 명[721]을 군기시[722]에 처참하고, 기여[723] 궁인과 마직[724] 등은 다 원찬[725]하시고 전교하사 가라사대,

"국모를 모살하니 이는 막대한 옥사(獄事)이라, 부도(不道)의 신하가 연일계사(連日啓辭)하여 드려 왈 '가두어 친국하심이 인군의 체면이 아니라' 하고 기롱[726]하니, 어찌 좇아 중궁 모살한 원수를 갚지 않음이 좋으랴. 이런 신하를 두면 반드시 환(患)이 있을 것이니 다 변지정배(邊地

---

717 사생의(死生誼): 죽음과 삶을 함께 하기로 의논함.
718 여출일구(如出一口): 한입에서 나온 것과 같음.
719 대치(對置): 마주 보도록 놓음.
720 소옴: '솜'의 옛말.
721 죄인 십여 명: 『연려실기술(燃藜室記述)』 제37권에 "이때 죄인 숙정은 결안(結案)하여 군기시(軍器寺)의 앞길에서 처형하고 숙영, 시영, 추생과 무녀(巫女) 오례(五禮), 자근례(者斤禮), 큰무수리 철생(鐵生) 등이 잇따라 자복하니 결안하여 능지처참하였다"라고 되었음.
722 군기시(軍器寺): 조선조 군기를 만드는 일을 맡은 관청.
723 기여(其餘): 그 나머지.
724 마직(馬直): 마지기. 각 궁방(宮房)의 하인.
725 원찬(遠竄): 먼 곳으로 귀양 보냄.
726 기롱(譏弄): 희롱함, 실없는 말로 농락함.

定配)하라."

하시고, 장빈을 이때 본궁에 가두었더니 처치를 생각하실새 경각에 처참[727]하시고 싶으나 부자(父子)는 오상[728]의 대륜(大倫)이라 세자의 낯을 볼 수 없어 중형을 못하시고 가라시대, "이제 장녀(張女)는 오형지참[729]을 하여도 오히려 죄가 남으되 세자의 정리를 생각하여 감사감형(減死減刑)하사 신체를 온전히 하라."

하시고 일기독약(一器毒藥)을 각별 신칙[730]하사 궁녀를 명하여 보내시며 전교 왈,

"네 대역부도를 짓고 어찌 사약을 기다리리요. 죽는 것이 옳거늘 요악한 인물이 행여 살까 하고 안연(晏然)히 천일(天日)을 보고 있으니 더욱 사죄(死罪)로다. 세자의 낯을 보아 형체나 온전히 하여 죽음이 네게는 영화라. 어서 죽으라."

하시니, 장씨 이때 죄악이 탄로(綻露)하여 일국이 소요[731]하되, 요악하고 독한 인물이 조금도 두렵고 부끄러움이 없어 중궁 해한 것만 기뻐하고 두 눈이 말똥말똥하며 독살[732]만 부리더니 약을 보고 고성하여 발악하며,

"내 무삼 죄 있관대 사약하리요. 구태여 나를 죽일진대 내 아들을 먼저 죽이라."

하고 약그릇을 엎치고 궁녀를 호령하니, 궁녀가 위력[733]으로 핍박[734]지

---

727 처참(處斬): 목을 베어 죽이는 형벌.
728 오상(五常): 오륜(五倫). 인(仁), 의(義), 예(禮), 지(智), 신(信)의 다섯 가지의 덕.
729 오형지참(五刑之斬): 다섯 가지 형벌로 다스려 죽임. 오형(五刑)은 곧 태형(笞刑), 장형(杖刑), 도형(徒刑), 유형(流刑), 사형(死刑)을 가리킴.
730 신칙(申飭): 단단히 타일러 훈계함.
731 소요(騷擾): 여럿이 떠들썩하게 들고 일어남.
732 독살(毒殺): 모질고 독한 성미로 남이 못되게 악담함.
733 위력(威力): 위풍 있는 당당한 힘.

못하여 상달(上達)하니, 상이 진노하사,

"내 앞에서 죽일 것이로되, 너를 보기가 더러워 약을 보내니 네 염치 있을진대 스스로 죽어 자식이 편코 남의 손에 죽지 않음이 옳거늘 자식을 유세하여 뉘게 발악하느뇨? 이 약이 네게는 상인 줄 모르고 죄상첨죄735를 덜어 삼척지율736을 받지 말라."

궁녀가 명을 전하니 장씨 발을 구르며 손뼉쳐 발악 왈,

"민씨 단명하여 죽음이 내게 상관이 있느냐? 너희 나를 죽이고 후일에 세자에게 살기를 바랄소냐?"

불순패악737한 소리 악착하니, 상이 들으시고 분연738하사, 옥교(玉轎)를 들이라 하사 타시고 영숙궁(永肅宮)으로 친림하사 청사에 전좌하시고 좌우를 호령하여 장녀를 끌어내려 당에 내려놓고 꾸짖어 왈,

"중궁을 모살하였으니 대역부도 천지에 당연한지라, 당연히 네 머리와 수족을 베어 천하에 효시739할 것이로되, 자식의 낯을 보아 특은(特恩)으로 경벌(輕罰)을 쓰거늘 점점 태만하여 대죄를 더욱 짓느냐."

장녀가 눈을 독히 떠 천안을 우러러뵈오며 고성 대왈,

"민씨 내게 원앙을 끼치고 형벌로 죽었거든 내 무슨 죄 있으며, 전하가 정치를 밝히지 않으시니 인군의 도리가 아니라."

하며 살기등등740하니, 상이 노하사 용안을 높이 뜨시며 소매를 걷으시

---

734 핍박(逼迫): 형세가 매우 절박하도록 바싹 죄여서 몹시 괴롭게 함.
735 죄상첨죄(罪上添罪): 죄를 지은 위에 다시 더 지음.
736 삼척지율(三尺之律): 법을 말함. 옛날에 법을 3자되는 죽간(竹簡)에 썼으므로 '三尺之律'이라 하였음.
737 불순패악(不順悖惡): 공손하지 못하여 어그러지고 흉악함.
738 분연(忿然): 벌컥 성을 냄.
739 효시(梟示): 목을 베어 높은 곳에 매달아 놓고 민중에게 경계하는 뜻으로 뭇사람에게 보임.
740 살기등등(殺氣騰騰): 살기가 얼굴에 잔뜩 올라 있음.

고 여성하교741 왈(曰),

"천고에 이런 요악한 년이 있으리요."

좌우로 빨리 약을 먹이라 하시니 장씨 손으로 궁녀를 치며 몸을 부딪쳐 발악 왈,

"세자와 함께 죽으리라. 내 무삼 죄 있나이까."

상이 익노(益怒)하사,

"좌우로 붙들고 먹이라."

하시니, 제녀742가 황황히 달려들어 팔을 잡으며 허리를 안고 먹이려 하나 장씨 입을 다물고 벌이지 아니하거늘, 상이 보시고 더욱 대노하사,

"막대로 입을 어기고 부으라."

하시니, 제녀가 술총743으로 입을 벌이는지라. 장녀가 이에는 위급한지라. 실성애통744 왈,

"전하, 내 죄 보지 말으시고 옛날 정과 세자의 낯을 보아 인명을 살리소서."

상이 들은 체 않으시고 먹이기를 재촉하시니, 장녀가 공교한 말로 눈물이 비같이 흘리면서 상을 우러러뵈오며 참연(慘然)히 빌어 왈,

"이 약을 먹여 죽이려 하시거든 세자나 한번 보아 구원745에 한이 없게 하소서."

악간(惡奸)한 말씀과 처량한 소리로 슬피 비니, 요악(妖惡)한 정태(情態) 사람의 심장을 녹이고 도리어 불쌍하되 상은 조금도 측은히 않으

─────────────────────────

741 여성하교(厲聲下敎): 임금이 성내어 큰 소리를 지르며 분부하여 말함.
742 제녀(諸女): 여러 궁녀.
743 술총: 숟가락의 자루.
744 실성애통(失性哀痛): 정신을 잃을 정도로 슬퍼서 울부짖음.
745 구원(九原): 저승.

시고 연하여 세 그릇을 부으니, 경각[746]에 크게 소리를 지르며 섬 아래 거꾸러져 유혈(流血)이 샘솟듯 하니, 일기약(一器藥)으로도 오장이 다 녹으려든 삼기를 함께 부으니 경각에 칠규[747]로 검은 피가 솟아나 땅에 괴이니, 슬프다. 조그마한 궁인의 몸으로서 천승국모[748]를 모살하고 여러 인명과 함께 죽게 하니 하늘이 어찌 앙화를 내리지 아니하리요. 상이 그 죽음을 보시고 의전으로 나시며 신체를 본궁으로 보내라 하시고 이튿날 하교 왈,

"장녀가 죄악이 중하여 왕법을 행하였으나 자식은 모자지정(母子之情)이라. 세자의 정리를 보아 초초히[749] 예장(禮葬)하라."

하시고, 장희재는 육신을 이체[750]하여 죽이시고 가사(家舍)를 적몰[751]하시니, 일국 신민이 상쾌하여 아니 즐겨하는 이 없더라. 장씨의 주검을 누가 정성으로 시수[752]하리요. 피 묻은 옷에 휘말아 소금장[753]을 덮어 궁외로 내어 방중에 누이고 상명을 기다려 하려하더니 '염장[754]하라' 하시매 들어가 입관하려 하니, 일야내(一夜內)에 신체가 다 녹고 검은 피 가득하여 신체 뜨게 되었으니 도리어 정형(定刑)한 것만 못하더라.

희재의 신체는 찾을 이 없고 인심이 다 절치부심[755]한 고로 사람마

---

746 경각(頃刻): 아주 짧은 시간, 눈 깜빡할 동안.
747 칠규(七竅): 사람의 얼굴에 있는 일곱 개의 구멍. 귀, 눈, 코, 입.
748 천승국모(千乘國母): '제후의 국모'라는 뜻. 주나라 때 큰 나라의 제후가 1000대의 병거(兵車)를 내놓은 데서 유래됨.
749 초초히: 간략하게.
750 이체(離體): 사지를 갈라 몸체를 갈라 놓음.
751 적몰(籍沒): 중죄인의 가산을 모두 몰수하는 일.
752 시수(屍收): 시체를 거둠.
753 소금장: '소금저(素錦褚)'의 잘못. 무늬없는 흰 비단 덮개.
754 염장(殮葬): 시체를 염습하여 장사 지냄.
755 절치부심(切齒腐心): 이를 갈면서 속을 썩임.

다 막대에 꿰어 들고 효시756하니, 슬프다, 사람의 근본을 생각지 아니한즉 앙화 있는지라. 제 불과 상한천인757으로 궁속을 다니다가, 제 누이가 경궁758에 깃들여 옥궐(玉闕)의 귀인이 되니 분에 족하고 영화미만759하거늘 참람760한 마음을 내어 대역을 짓고 이 지경이 되니, 세상 사람이 조심치 아니하랴.

상이 친국옥사를 결단하시고 시월 십삼 일을 당하여 혼전(魂殿)에 친림하사 제문 지어 치제하실새, 제문에 하였으되,

"현후(賢后) 운간(雲間)에 오르신 지 이미 일월(日月)이 많이 바뀐지라. 음용761이 깊고 깊어지니 과인의 생각함이 날로 더하고 달로 더하도다. 전일을 뉘우치고 이제를 느껴 한(恨)이 골수에 잠겼거늘, 내 도리어 현후로 하여금 간인(奸人)의 작해(作害)를 입어 비명에 돌아가실 줄 알았으리요. 대역간인(大逆奸人)의 궁극한 변을 밖으로 신당을 배설하고 안으로 요사를 묻어 흉얼의 해762가 후의 신상까지 미치시리요. 별증(別症)을 참지 못하시던 일을 생각하면 심장이 미어지는 듯한지라. 후의 현덕과 착한 성정(性情)으로 일조(一朝)에 어찌 간인의 해를 입으며 민씨의 집 음덕763이 깊거늘 도움이 어찌 없느뇨. 차희764라, 이는 과인이 박덕765하고 불명766하여 간흉을 멀리할 줄 모르고 대화(大禍)를 자취함

---

756 효시(梟示): 목을 베어 높은 데 메달아 경계하는 뜻으로 뭇사람에게 보임.
757 상한천인(常漢賤人): 천한 상놈.
758 경궁(瓊宮): 옥으로 장식한 아름다운 궁전.
759 영화미만(榮華彌漫): 몸이 귀하게 되어 거들먹거림.
760 참람(僭濫): 분수에 넘쳐 외람됨.
761 음용(音容): 음성과 용모.
762 흉얼(凶孼)의 해(害): 흉악한 재앙의 피해.
763 음덕(蔭德): 조상의 덕.
764 차희(嗟噫): 슬프도다.
765 박덕(薄德): 덕이 부족함.

이라, 뉘우친들 미치리요. 후는 비명에 돌아가고 간인은 화당⁷⁶⁷에 안
거(安居)하니 후의 영혼이 운소⁷⁶⁸에 비겨 관관히 과인을 한하기 깊었도
다. 오호라, 누가 죽으면 알음이 없다더뇨. 후의 일월 같은 정신이 흩
어지지 아니하여 현몽을 빌어 가르침이 분명한지라. 이 어찌 돌아갔다
하리요. 완연히 깨쳐 간인을 잡아 요얼을 다 숙청(肅淸)하니 요악한 머
리와 간사한 허리를 부월⁷⁶⁹과 독약으로 죽이도다. 후의 원억한 수한(讎
恨)을 갚음이 분명하되 사자(死者)는 불가부생⁷⁷⁰이라. 후를 일으키지 못
하니 지통이 더하며 설분(雪憤)함이 종시 쾌(快)치 못한지라. 후의 정
령⁷⁷¹도 유명간⁷⁷² 더 슬퍼하리로다. 석일(昔日)에 후가 지인지감⁷⁷³이
응당 영이(靈異)한지라 '간인을 근신(近信)치 말라.' 하시되, 처음에 곤운
에 오르시던 말과 과인이 암약(暗弱)하여 깨닫지 못하고, 대화(大禍)를
자취(自取)하니 이제 후의 명령⁷⁷⁴이 가르쳐 뵘이 없던들 반드시 원수를
갚지 못하고 도리어 요얼이 궁중에 가득하여 위망(危亡)을 볼 것을, 명
혼의 가르침을 입어 궁내를 숙청하고 과인의 어두운 매명⁷⁷⁵을 면하나
요인(妖人)이 후의 생전해인(生前害人)이요 사후원수(死後怨讎)로다. 후의
체모가 높고 덕이 두터워 세자 애휼(愛恤)하심이 기출(己出)에 지나고
세자를 고염⁷⁷⁶하여 화를 자취함이 되도다. 현재(賢哉)라, 후의 명철⁷⁷⁷

---

766 불명(不明): 밝지 못해 어리석음.
767 화당(華堂): 좋은 집.
768 운소(雲宵): 구름이 낀 하늘.
769 부월(斧鉞): 작은 도끼와 큰 도끼. 여기서는 중형의 뜻으로 쓴 말.
770 불가부생(不可復生): 다시 살아날 수 없음.
771 정령(精靈): 죽은 사람의 영혼.
772 유명간(幽明間): 이승과 저승 사이.
773 지인지감(知人之鑑): 사람을 잘 알아보는 감식.
774 명령(明靈): 모든 것을 밝게 널리 살피는 영혼.
775 매명(昧名): 세상 일에 어두움.

한 덕성이 생전 신민의 법이 되고 사후(死後) 밝은 정령이 일국의 원을 풀었도다. 오호라, 후의 정령이 명명하지라. 과인의 이렇듯 슬퍼함을 유념(留念)치 아니하시느뇨."

읽기를 마치매 대곡하시니, 보고 듣는 자가 눈물을 금치 못하더라. 궁중이 새로 망극하되 세자가 계신 고로 감히 말을 못하나, 인사 알으신 후로는 자모(慈母)로 지한(至恨)이 되어 중궁전 성모와 은애를 받자와 극진하시더니, 몽매 밖에 화변을 만나사 처신을 아무리 하실 지 몰라 자처죄인(自處罪人)하고 여러번 상소하사 청죄하시고 세자위를 사양하시니, 상이 추연감오[778]하사 가라사대,

"어미의 죄로 어찌 무죄한 자식을 폐하리요. 이런 말은 다시 말라."

세자가 오히려 두문불출(杜門不出)하고 위[779]를 임치 않으사 사양하시니, 상이 불러 앞에 앉히시고 손을 잡아 개유[780]이 탄식 왈,

"네 어미의 앙화(殃禍) 자식에게 미쳐 골수에 병이 되어 진퇴무안(進退無顔)하여 말아 이러하니, 네 모(母)의 죄는 가히 죽음직하나 내 마음이 아프도다. 부자는 천성지친[781]이라. 아비 용서하니 자식이 어찌 거스르리요. 이런 말을 말라."

하시니 세자가 고두체읍(叩頭涕泣)하고 성은을 감사하여 마지 못하여 위에 서시나, 평생 무궁한 지통으로 아시더라.

납월(臘月)에 장차 발인[782]할새, 또 제문지어 가라사대,

---

776 고염(顧念): 돌아보아 생각함. 뒷일을 염려함.
777 명철(明哲): 총명하고 사리에 밝음.
778 추연감오(惆然感悟): 서글퍼하여 느낌.
779 위(位): 동궁의 자리.
780 개유(開諭): 사리를 알아듣도록 잘 타이름.
781 천성지친(天成之親): 하늘의 운행 질서에 의해 자연스럽게 맺어진 인연.
782 발인(發靷): 상여가 집에서 묘지로 떠나감.

"오호라, 현후는 명가의 현원[783]이요, 공부자[784]의 교훈을 얻었도다. 가례하여 입궐하매, 위로 대비의 범절을 효칙[785]하고 아래로 궁인의 추복[786]을 입었도다. 정사 기틀이 완전하며 내조하는 덕이 빈빈[787]하더니 궁극하다. 국운이 불행하고 과인이 박덕하여 후의 성덕으로 하수(遐壽)를 누리지 못하시니, 오호 애재라, 후의 자취를 어디 가 반기며 과인의 의심된 일을 눌로 더불어 해석(解釋)하리요. 혼전을 임하여 영구[788]를 대한즉 오히려 후의 음용을 대한 듯하더니 일월이 유매[789]하여 장례를 임하니, 후의 음용과 영구가 길이 궐중을 떠날지라, 과인이 스스로 여취여광[790]하니, 후의 혼령이 있을진대 또한 유념하여 느끼리라. 후는 돌아가니 생전 꽃다운 덕이 빛나고 사후(死後) 슬퍼함이 만민이 여실부모(如失父母)하니 비록 없어도 있는 이 같거니와, 과인은 길고 긴 세상에 유한(遺恨)이 자심(滋甚)하니 어찌 참고 견디리요. 차생의 산해(山海) 같은 은의로 느끼어 영결하매 능 우편을 비워 써 타일에 동폄(同窆)하기를 바라나니 천추만세에 체백[791]이 한가지로 놀리로다."
하였더라.

인산[792]을 하신 후에, 슬퍼하심을 더욱 참지 못하시고 민부[793]에 은

---

783 현원(賢媛): 현명하여 덕행이 뛰어난 미인.
784 공부자(孔夫子): 공자(孔子).
785 효칙(效則): 본받아서 법을 삼음.
786 추복(趨服): 우러러 받들면서 복종함.
787 빈빈(彬彬): 문과 질이 알맞게 조화됨.
788 영구(靈柩): 시체가 들어간 관(棺).
789 유매(流邁): 빨리 흐름.
790 여취여광(如醉如狂): 매우 기뻐서 미친 듯도 하고 취한 듯도 함.
791 체백(體魄): 죽은 지 오래된 송장. 땅 속에 묻은 송장.
792 인산(因山): 나라의 장례.
793 민부(閔府): 민씨 집안. 곧 인현왕후의 친정집.

영(恩榮)을 자주 내리오사 예우(禮遇)하심이 더욱 하시니 민부에서 더욱 송황겸퇴[794]하여 긍긍업업[795]하며 갈충보국[796]하더라.

국체에 곤위 비었으니 마지 못하사 중궁을 간택하실세 경은부원군(慶恩府院君) 김주신(金柱臣)의 여[797]를 취하사 임오년[798]에 책봉왕비(冊封王妃)하시고, 조하(朝賀)를 받으실새 전일을 추모(追慕)하사 누수(淚水)가 떨어져 용포(龍袍)를 적시시니 비빈과 궁녀가 슬퍼 체읍하더라.

삼년을 마치매 슬퍼하심을 마지 아니하사 후의 유언을 생각하시고 후를 모셔 육년 고초(苦楚)하던 상궁 십여 인을 충은(充恩)으로 상급(賞給)을 많이 하사 각각 민간에 나가 인륜을 찾아 살게 하시니, 제녀(諸女)가 황공 감격 체읍하며 차마 대내(大內)를 떠나지 못하더라.

무술년[799]에 창경궁 장춘헌(長春軒)에서 세자빈 심씨[800]가 훙(薨)하시니 자녀가 없으며, 그 해 다시 간택하사 함종 어씨[801]로 세자빈을 책봉하시나 생산을 못하시고, 경자년[802] 유월 초팔일 묘시(卯時)에 경희궁[803] 융복전(隆福殿)에서 상이 승하하시니, 춘추가 육십 세시라. 일국이 망극하여 그 성덕대도(聖德大度)와 성신문무(聖神文武)하심이 만대의 영군(英君)이시라. 자고로 참소에 속은 인군이 많으시되 숙종대왕같이 미구(未

---

794 송황겸퇴(悚惶謙退): 황송히 여기어 겸손히 사양함.
795 긍긍업업(兢兢業業): 퍽 조심함.
796 갈충보국(竭忠報國): 충성을 다하여 국가에 보답함.
797 김주신의 여(女): 인원왕후(仁元王后) 김씨.
798 임오(壬午)년: 숙종 28년(1702).
799 무술(戊戌)년: 숙종 44년(1718).
800 심씨(沈氏): 청은부원군(靑恩府院君) 심호(沈浩)의 따님으로 경종의 왕비임.
801 어씨(魚氏): 경종의 계비, 함원부원군(咸原府院君) 어유구(魚有龜)의 따님.
802 경자(庚子)년: 숙종 46년(1720).
803 경희궁(慶熙宮): 지금 신문로(新門路) 二가에 있는 시립박물관 자리에 있던 궁원. 이름은 경덕궁(慶德宮)으로 광해군 8년(1616)에 지었고 영조 36년(1760)에 그 이름을 경희궁(慶熙宮)으로 고침.

久)에 환연명각804하사 광명정대하심은 역대(歷代)에 제일이시더라.

왕세자 즉위(即位)하시고 빈 어씨(嬪 魚氏)로 책봉 왕후하시나, 상이 병환이 계사 농장경사805를 보시지 못할 줄 알으시고 이듬해 신축년806에 연잉군(延仍君)으로 왕세제(王世弟)를 책봉하시니, 즉 영종대왕(英宗大王)이실네라. 군의 부인 달성 서씨807로 세제빈을 책봉하사 우애지극(友愛至極)하시더니, 갑진년808 팔월 이십 오일809에 창경궁 환취정(環翠亭)에서 승하하시니, 재위 사년이요 춘추가 삼십칠세라. 양주(楊州)에 인산(因山)하옵고 왕세제 즉위하시니 이는 영종대왕이시라.

효의출천(孝義出天)하시며 요순810의 도덕이 계오사 오십여 년 태평을 누리시니 숙종대왕 여음811이시라. 어려 계실 적부터 민대비 무애(撫愛)하시던 은혜를 잊지 못하사 추모하심을 세월로 더하고, 명철보신812으로 무자(無子)하심을 크게 슬퍼하사, 즉위하신 후로 안국동(安國洞) 본궁(本宮)에 거동하사 여섯 해 고초하시던 당(堂)을 둘러보시고 대성통곡하시며 현판(懸板)을 들여 어필(御筆)로 감고당813이라 하시고, 수래골 민

804 환연명각(渙然明覺): 의혹이 풀리고 밝히 깨달음.
805 농장경사(弄璋慶事): 아들 낳았을 때의 기쁜 일. 농장지경(弄璋之慶). 옛날 중국에서 아들을 낳으면 구슬(璋)을 주고 딸을 낳으면 실패의 장난감을 주었다 함. 『시경(詩經)』에 "乃生男子 載寢之牀 載衣之裳 載弄之璋"이라 했음.
806 신축(辛丑)년: 경종 1년(1721).
807 군(君)의 부인(夫人) 달성(達成) 서씨(徐氏): 서종제(徐宗悌)의 딸을 말함. 군부인은 종친 정·종1품의 아내에게 주는 칭호.
808 갑진(甲辰)년: 경종 4년(1724).
809 갑술(甲戌) 팔월 이십오일: 가람본에는 '갑술오월이십오일'이라고 잘못 적혀 있으므로 바로 잡음.
810 요순(堯舜): 중국 고대의 훌륭한 임금인 요와 순.
811 여음(餘蔭): 선조가 끼친 공덕으로 자손이 받는 복.
812 명철보신(明哲保身): 사리에 밝고 똑똑하고 도리에 맞게 처리하여 몸을 온전히 가짐. 『시경(詩經)』에 "旣明且哲 以保其身"이라 했음.
813 감고당(感古堂): 지금 안국동 덕성 여자 중, 고등학교 본관 서북쪽에 있는 기와집임.

판서댁(閔判書宅)은 여양부원군 형님집이라. 인현왕후 탄생하신 집이니, 또 거동하사 민씨 일문을 은혜로 내리오시니 자고로 민씨 일문은 이제까지 내려오며 주석지신814이라. 또한 인현왕후 겸공비약(謙恭非弱)하신 덕으로 천심(天心)을 감동하신 바이라. 주(周)나라 임사815의 덕이 천추만대에 유전(遺傳)하고 아조(我朝)의 인현왕후 성덕이 임사 후(後) 제일이실레라. 어찌 아름답지 아니하리요. 수래골 집과 안국동 집은 민씨 대대로 전하여 없지 못하나니라.

민후 출궁하신 후, 장빈이 안으로 내응(內應)하고 간신이 밖으로 모의하여 후를 사약(死藥)하고 민씨의 일문을 멸하려 기회를 얻으나 천심이 허(許)치 않으시니, 수년(數年) 후로 깨달음이 계사 만단의심(萬端疑心)에 고요히 생각하시더니 임신년816에 일몽(一夢)을 얻으시매 명성대비817 안색이 진노하사 왈,

"중궁은 동국의 성녀요, 과인의 사랑하는 바이거늘 폐출하고 요악천인(妖惡賤人)을 대위에 올리니 종묘사직(宗廟社稷)에 욕된지라. 제향(祭享)을 내 흠향818치 아니하노라."

하시고 노기(怒氣)로 떨쳐 일어나사 옥교(玉轎)를 타시고 후원 문으로 중궁을 보러 간다 하시거늘, 상이 황황하사 따라가시니, 전후 문을 긴긴히 봉하였거늘 민망무안한지라. 민후 무색한 의복으로 천의819를 바

<hr />

숙종이 민비의 친정을 위하여 지어 준 저택으로 여양부원군 민유중이 살았고 민비의 6년 고초도 이 집에서 지냈음.
814 주석지신(柱石之臣): 나라에 없어서는 아니될 가장 중요한 신하. 『한서(漢書)』에 "位歷將相國家柱石也"라 했음.
815 임사(姙姒): 태임(太姙)과 태사(太姒).
816 임신(壬申)년: 숙종 18년(1692).
817 명성대비(明聖大妃): 숙종의 생모 되시는 김씨. 현종의 비.
818 흠향(歆饗): 신명(神明)이 제물을 받음.
819 천의(天意): 임금의 마음. 천심(天心).

라고 앉아 계시다가 대비를 뵈옵고 사은(謝恩)하시니 대비 붙들고 애연
통곡 왈,

"천생원수로 액운(厄運)이 태심(太甚)하나 불구(不久)에 천운이 회래(回
來)할 것이니 스스로 보중하여 간인의 마음을 마치지 말라."

하시니, 중궁 모신 궁인이 일시에 우는 소리에 놀라니 침상일몽820이
라. 대비전 용안이 완연명백821하시고 민후의 거처하신 집과 자처죄인
(自處罪人)하고 계신 모양이 처량하시거늘, 도리어 슬퍼하사 감창822함을
종일 마지 아니하시고 애연(哀然)한 마음이 나시니, 경각(頃刻)에 환
탈823하고자 하시나 국체중난(國體重難)하여 가벼이 못하는 고로 충근(忠
勤)한 사람으로 기색을 염문824하시니, 차시 액정소속825은 다 궁인의
족속(族屬)이라. 중궁을 외와 지한이 되었더니 차시를 타 후의 자처폐
인(自處廢人)하시고 부모동생을 상접지 않으사 인적이 끊인 말과 민후의
충공정념(忠恭貞念)하여 조심하는 바를 천심이 감동하시도록 아뢰니, 상
이 몽사(夢事)와 같음을 아시고, 간인의 참소하는 바는 중궁이 일찍 남
의 외인을 상통(相通)하고 인심을 교결(交結)하여 대역부도를 도모하고
신령께 축원하여 상을 방자(放恣)826하다 하니, 상이 들을 만하시고 천
위묵묵827하사 민후를 하념828하심이 되니라.

----

820 침상일몽(枕上一夢): 베개 위의 꿈.
821 완연명백(宛然明白): 아주 뚜렷함.
822 감창(感愴): 느끼어 애처로워함.
823 환탈(還奪): 이전대로 다시 빼앗음.
824 염문(廉問): 남 모르게 사정을 물어 봄. 염탐(廉探).
825 액정소속(掖庭所屬): 액례(掖隸). 액정서(掖庭署)에서 일하는 사람. 액정서는 전알
    (傳謁), 공어필연(供御筆硯), 궐문쇄약(闕門鎖鑰), 금정포설(禁庭鋪設) 등을 맡아 보
    던 관아.
826 방자: 남이 못되기를 신에게 빌어 재앙이 내리게 하는 짓.
827 천위묵묵(天威默默): 제왕의 위엄이 잠잠함.
828 하념(下念): 윗사람의 아랫사람에 대한 염려.

갑술년[829]에 환탈하사 급급히 복위하시고 국사 여가에는 중전을 뫼와 계시더라. 이따금 가라사대,

"입궁하심을 그대도록 고집하여 과인으로 하여금 답답게 하였느뇨. 과인이 성품이 급거하여 참지 못함이 많아 사체(事體)를 생각지 못함이 회지무급[830]이라. 내 장녀(張女)를 먼저 제어하고 친림거동(親臨擧動)하여 후를 맞아오더면 체모 극진하고 중궁의 영화 무궁할 것을 내 미처 생각지 못하고 소홀히 하였으니 애달프다."

하시나 후가 성심(聖心)이 이제 마치심을 사례하시더라.

세자 매양 앞에서 놀새, 아름다운 실과와 빛난 꽃을 갖다가 후께 드리며 상께 고(告)왈,

"영숙궁 모친[831]은 어진 기운이 없고 새로 오신 모비는 얼굴조차 착하다."

하시더라. 일일은 산호(珊瑚)로 꾸민 장도(粧刀)를 갖다가 후께 드리며 왈,

"곱사오니 차오소서."

하시더라.

복위하시던 날, 상이 내전에 들으사 부원군 직함을 써 내리실새 후더러 가라사대,

"전부부인 직호[832]는 생각하되 지금 부부인[833] 직호는 생각지 아니하

---

[829] 갑술(甲戌)년: 숙종 20년(1694).
[830] 회지무급(悔之無及): 후회하여도 미치지 못함.
[831] 영숙궁 모친: 경종의 생모 희빈 장씨를 말함.
[832] 전부부인 직호(前府夫人職號): 부부인은 왕비 어머니의 작호(爵號)이다. 인현왕후 복위 당시엔 장희빈이 아직 왕비였기에 인현왕후의 계모인 '풍안부부인'은 전부부인이 된다.
[833] 지금 부부인: 장희빈 어머니의 직호가 생각나지 않음.

니 무엇이뇨?"

하신대, 후가 대(對) 왈,

"상해834 일컫지 아니하였으니 또한 생각지 못하나이다."

상이 미미히 웃고 가라사대,

"후는 태사(太姒)라 어찌 생각지 못하시리요."

하시고 급히 생각하시다가 직호를 써 조정에 내리시니, 후가 척연(慽然)
히 슬퍼하심이 나타나시더라. 조정에서 친필로 하교(下敎)하시는 은영
(恩榮)을 감축하고 흠복835하더라.

민씨의 제인(諸人)을 새 벼슬을 주어 부르신대, 황공불감(惶恐不敢)하
므로 사양하고 입조치 아니하나, 상이 은혜 여러 번 영특836하므로 마
지 못하여 입조하니 풍체 새로이 늠연한지라. 상이 예우하심을 극진히
하사 후더러 가라사대,

"평생에 기쁜 일이 없더니 중궁이 다시 복위하시니 그 외 기쁜 일이
없다."

하시더라.

대저 숙종대왕의 성덕문무로 잠시 혼암(昏暗)하시다가 일조에 개오
(開悟)하시니, 천추만대에 영걸지주(英傑之主)요 인현왕후의 정정한 성덕
과 상설(霜雪)같은 예절은 지금까지 흠송(欽頌)하는 자가 많으니라.

아름답다 박태보의 충성은 고금에 없는지라, 후세 인민의 본받을 바
이로다. ▨

---

834 상해: 늘. 항상.
835 흠복(欽服): 깊이 흠앙하여 복종함.
836 영특(另特): 특별함.

인현왕후 성덕
현행록*

조선국 숙종대왕 계비[1] 인현왕후 민씨의 본(本)은 여흥(驪興)이시니, 행 병조판서[2] 여양부원군 둔촌(屯村) 민공[3] 여(女)시오, 영의정 송동춘 선생[4]의 외손(外孫)이라.

모부인 송씨 기이한 몽조(夢兆)를 응하여 정미[5] 사월 이십 삼일 탄생 하오시니, 집 위에 서기[6] 일어나고 산실(産室)에 향취 은은하니 부모가 지기(知機)하심이 계셔 가중(家中)에 말을 내지 못하게 하시더라. 점점 장성하시매 정정탁월[7]하사 화월(花月)이 부끄리는 용색(容色)이 찬란 숙

....

* 인현왕후 성덕 현행록: '국립도서관본(本)'의 제목. 성덕은 크고 훌륭한 덕, 현행록은 고인(故人)의 덕행을 세상에 알리려고 기록한 글. 국립도서관본은 가람본에서 파생되었다고 봄. 작품해제 중 이본 참조.
1 계비(繼妃): 본문엔 '셰비'로 되어 있으나 문맥상 맞지 않고 가람본에 '계비'로 되어 있어 오기로 생각되어 고침.
2 행 병조판서(行 兵曹判書): '行'은 계급이 높고 직책이 낮은 경우를 말함. 민유중은 부원군이므로 정1품 계급인데, 직책은 정2품 판서를 지냈으므로 '行'이라 한 것임.
3 민공: 여양부원군 민유중(閔維重). 부원군은 왕이나 세자의 장인. 여기서는 인현왕후의 아버지를 가리킴. 부록 등장인물 참조.
4 영의정 송동춘(宋同春) 선생: 인현왕후의 외할아버지 송준길(宋浚吉). 부록 등장인물 참조.
5 정미(丁未): 현종 8년(1667).
6 서기(瑞氣): 상서로운 기운.
7 정정탁월(亭亭卓越): 뛰어나게 훤칠한 모습. 우뚝하게 뛰어남.

녀하사 고금에 방불하여 비할 데 없고, 여공과 재정[8]이 민첩 신이하사 귀신이 돕는 듯 하시되, 나타내지 않으시고 유정유일[9]하사 희로(喜怒)를 타인이 알지 못하고 무심무려(無心無慮)한 듯 하시고 성질이 유한[10]하시고 덕도가 빈빈[11]하사 효의(孝義) 특출하시며 의연겸공[12]하사 온공비약[13]하신 중, 종일 단좌[14]하시며 위연한 화기 춘양(春陽)같으시되 단엄침중[15]하오신 기상이 감히 우러러보옵기 어렵고, 맑고 좋은[16] 골격이 설중(雪中) 매화 같으시고, 높고 곧은 절개 한천송백[17]같으시니, 부모와 양위숙당[18]이 사랑하고 중히 여기시며 원근 친척이 다 기이함을 놀라고 탄복하여 아시(兒時) 적부터 공경치 않을 이 없어 꽃다운 향명(香名)이 세상에 가득하더라.

상해[19] 세수물에 붉은 무지개 찬란하니 민공이 반드시 귀히 될 줄 짐작하고 심중에 염려하여 범사(凡事)를 교훈함을 각별히 써 더할 것이 없고, 그 중부(仲父) 노봉 민선생[20]의 성학대도[21]와 엄정한 성(性)으로도

---

8 여공(女工)과 재정(才程): 여자의 길쌈과 바느질 솜씨.
9 유정유일(惟精惟一): 『서경』의 "人心惟危 道心惟微 惟精惟一 允執厥中"(대우모편, 大禹謨篇)에서 나온 말. 깨끗하고 잡된 것이 섞임이 없음.
10 유한(幽閑): 여자의 인품이 얌전하고 조용함.
11 덕도빈빈(德度彬彬): 덕과 도량이 아름다움.
12 의연겸공(毅然謙恭): 전과 다름 없이 겸손하고 공손함.
13 온공비약(溫恭非弱): 온순하고 공손하면서 약하지 않음.
14 단좌(端座): 단정하게 앉음.
15 단엄침중(端嚴沈重): 단정하고 침착하여 무게가 있음.
16 좋은: 깨끗한.
17 한천송백(寒天松栢): 추운 날씨의 소나무와 잣나무라는 뜻으로 굳은 절개를 말함.
18 양위숙당(兩位叔堂): 두분의 숙부와 당숙부. 본문에서는 인현왕후의 숙부 민정중과 당숙부를 말함.
19 상해: 상시(常時), 항상.
20 노봉(老峯): 가운데 삼촌 민정중(閔鼎重). 부록 등장인물 참조.
21 성학대도(聖學大道): 성인에 대한 학문과 큰 도덕.

후(后) 사랑하심이 제 자질22에 넘으되 매양 가로되,

"물이 극하면 귀신이 꺼리나니, 차아(此兒)가 과(過)히 현미(賢美)하니 수한23이 길지 못할까 근심하노라."

하시더라.

일찍 모상24을 만나사, 지통(至痛)이 되어 애훼25하셔 세월이 오래되예의 넘고, 계모 조씨(趙氏) 봉양함을 지효지성(至孝至誠)으로 하시고 외조(外祖) 동춘 선생이 애중하사 데려다 앞에 두실 적이 많고 일컬어 가라사대,

"임사26 국모(國母)의 덕이 있다."

하시니, 내외 문중의 성학대도와 절부27의 규잠28하는 예행을 습어29하시니, 설사 후의 천성이 불미하여 다 일흠이 없사여든 고어(古語)에 산고옥출30이요, 해심생태31라 하니 명가지문(名家之門)에 성인지생(聖人之生)이 어이 범연하시리오.

경신32 동(冬)에, 인경왕후 김씨33 승하(昇遐)하시니 대왕대비34께오셔

<hr>

22 제자질(諸子姪): 여러 아들과 조카들.
23 수한(壽限): 하늘에서 받은 수명.
24 모상(母喪): 인현왕후의 생모, 은성부부인(恩城府夫人) 송씨, 의정부 좌참판 증 영의정 문정공(文正公) 송준길(宋浚吉)의 녀. 인현왕후 6세 때 사망.
25 애훼(哀毁): 애훼골립(哀毁骨立). 부모의 죽음을 슬퍼하여 몸이 바싹 여위는 일.
26 임사(姙姒): 주나라 문왕의 모(母) 태임(太姙)과 부인 태사(太姒). 즉 동양 부덕의 거울로 삼는 여인들임. 여기서는 '태임과 태사 같은 부덕(婦德)'을 의미함.
27 절부(節婦): 절개가 굳은 부인, 또는 정절을 지키는 여자.
28 규잠(規箴): 경계함.
29 습어(習御): 능란하게 익힘.
30 산고옥출(山高玉出): 산이 높아야 옥이 나옴.
31 해심생태(海深生笞): 바다가 깊어야 김(海苔)이 나옴.
32 경신(庚申): 숙종 6년(1680).
33 인경왕후(仁敬王后) 김씨: 숙종의 첫 왕비 광산(光山) 김씨. 광성부원군 만기(萬基)의 따님. 그 삼촌이 〈구운몽〉과 〈사씨남정기〉의 작가인 김만중(金萬重)임. 부록 등장인

곤위35 비었음을 근심하사, 간택(揀擇)하는 영(令)을 내리오셔 숙녀를 구하시니 청성부원군 김공36이 후(后)의 덕색을 익히 들은 고로 대비37께 주(奏)하고 영의정 우암 송선생38이 상전(上前)에 아뢰되,

"국모는 만민의 복이라, 당금(當今) 병판(兵判) 민(閔)의 여아(女兒)가 숙덕이 가작함39을 신(臣)이 익히 아옵나니, 복망40, 전하는 번거이 간선(揀選)치 말으시고 대혼(大婚)을 완정(完定)하소서."

상(上)이 칭사41하시고 대비께 아뢰시니, 대비 대열(大悅)하사 비망기42를 내리와 민공께 전교하사 지실43하라 하오시니, 민공이 황공 송률(悚慄)하여 즉시 상소하여 지극히 사양하니 사의(辭意) 간절하되, 상이 임의 굳으신지라 허치 않으시고 세 번 상소에 도리어 엄지44를 내리오사 책하시고, 좌의정 노봉 민공45을 입대(入對)하사 국체불경46함을 계

물 참조.
34 대왕대비: 인조의 계비(繼妃) 장렬왕후 조씨. 한원부원군(漢原府院君) 조창원(趙昌遠)의 따님. 부록 등장인물 참조.
35 곤위(坤位): 왕비의 자리.
36 청성부원군(淸城府院君) 김공: 부원군은 조선시대 임금의 장인이나 정1품 공신에게 주던 작호. 청성부원군은 대비인 명성왕후의 사촌 오라비인 김석주(金錫冑)(인조 12~숙종 10)를 이름. 부록 등장인물 참조.
37 대비: 명성왕후(明聖王后) 김씨(1642~1683), 현종의 비이며 숙종의 생모임. 부록 등장인물 참조.
38 영의정 우암(尤庵) 송선생: 송시열(宋時烈), 영의정은 오류임. 송시열은 좌의정을 지냈음. 1607년(선조 40)~1689년(숙종 15). 조선 후기의 문신·학자. 부록 등장인물 참조.
39 가작함: 착실함.
40 복망(伏望): (웃어른의 처분을) 삼가 바람.
41 칭사(稱辭): 칭찬하는 말.
42 비망기(備忘記): 왕명을 기록하여 승지에게 내리는 글.
43 지실(知悉): 잘 알아 두라.
44 엄지(嚴旨): 왕의 꾸중.
45 노봉(老峯) 민공: 민정중(閔鼎重). 1628년(인조 6)~1692년(숙종 18). 조선 후기의 문신. 부록 등장인물 및 인현왕후 가계도 참조.

칙하시니 신자지도(臣子之道)에 사양할 말이 없어 퇴하여 집에 와 형제 자질이 서로 대하여 송황(悚惶)하고 천은(天恩)을 감축하여 충의(忠義)의 눈물이 절로 떨어짐을 깨닫지 못하더라.

중사[47]와 궁인(宮人)을 보내오사 후(后)를 어의동 본궁[48]으로 뫼실새, 사처로 궁인이 상명(上命)을 받자와 후를 뵈옵고 놀랍고 탄복하여 부부인[49]께 사뢰되,

"궁인이 천은(天恩)을 입사와 금궐(禁闕)에 들어 삼대대행[50]성덕을 뫼옵고 열인안목[51]이 팔십이 넘사오되 이같자오신 용광성덕[52]을 처음 뵈오니 국가의 만행(萬幸)이올 뿐더러 궁인의 오래 사온 것이 영화이로소이다."

하니 부부인이 불감(不敢)함을 손사[53]하고 성은이 과도하심을 일컬어 예용(禮容)이 법다우니 상궁이 차탄하고 입궐하여 본대로 아뢰니, 대비(大妃) 크게 기뻐 길일(吉日)을 날로 기다려 더딘가 한(恨)하시더라.

길일이 임하매 민공이 위의[54]를 준비하여 대례(大禮)를 행하실새 상(上)이 이때 춘추(春秋) 이십일세[55]라. 허다 우의를 거느리사 별궁에

46 국체불경(國體不輕): 국가의 체통이 가볍지 않음.
47 중사(中使): 궁중에서 왕명을 전하던 내시.
48 어의동 본궁: 옛 효종이 왕위에 오르기 전에 살았던 궁(潛邸). 본궁은 별궁의 잘못임. 별궁은 왕비나 세자빈에 간택되면 가례를 치르기 전까지 별궁에 머무르면서 궁궐의 법도를 익히며 별궁 생활을 한다.
49 부부인(府夫人): 정1품. 왕자의 아내 또는 왕의 장모. 여기서는 인현왕후의 계모 조씨(풍창부부인)를 말함.
50 삼대대행(三代大行): 대행은 죽은 뒤 시호를 받기 전의 왕이나 왕비의 칭호임. 그러므로 본문에서 三代大行은 잘못임. 당시 대왕대비와 대비는 생존 중이고 오직 왕비(인경왕후)만 돌아 가셨기에 대행은 하나 뿐임.
51 열인안목(閱人眼目): 사람을 볼 줄 아는 눈.
52 용광성덕(容光盛德): 아름다운 용모와 어진 덕.
53 손사(遜辭): 겸손하게 사양함.
54 위의(威儀): 위엄이 있는 의용. 엄숙한 차림새. 예법에 맞는 몸가짐.

거동하사 옥상(玉床)에 홍안⁵⁶을 전하시고 후의 상교⁵⁷를 재촉하사 황금 봉연⁵⁸을 친히 봉쇄하여⁵⁹ 대내(大內)로 환궁(還宮)하실새, 이 문득 세자빈 가례⁶⁰와 달라 대전기구⁶¹라 용봉 기치⁶²와 황금 절월⁶³이며 만조백관이 시위하고 칠보응장⁶⁴한 궁인 시녀 대도를 덮어 십 리에 나열하고 향취 은은하고 가는 풍류소리가 전차후옹⁶⁵하였으니 웅장 화려한 위의 가히 측량치 못할러라. 만성(滿城) 인민이 길에 메여 천만세를 축원하더라.

교배지례⁶⁶를 행하시니 예도가 응목⁶⁷하고 성덕이 출어외모(出於外貌)하시며 찬연한 색광이 명월이 추천(秋天)에 비꼈는 듯 조요⁶⁸한 맑은 광채 용전에 보이니 금궐보대(金闕寶臺) 일시에 탈색하고 천궁(天宮)보물이 빛과 향을 발(發)치 못하는 듯 하니, 일궁이 대경 황홀하고 양전대비⁶⁹ 대희(大喜) 과망(過望)하사 애중하심이 비할 데 없어 하시더라.

이 달⁷⁰에 왕비를 책봉하여 곤위에 오르시고 비빙⁷¹ 공주와 삼백 궁

---

55 춘추(春秋) 이십 일 세: 숙종 7년(1681. 신유년)
56 홍안(鴻雁): 원래는 큰 기러기. 여기서는 혼례의 풍속에 쓰이는 목재 기러기를 말함.
57 상교(上轎): 가마에 탐.
58 봉연(鳳輦): 왕비의 덩(가마).
59 봉쇄하여: 여기서는 가마문을 닫음을 의미함.
60 가례(嘉禮): 왕과 왕세자의 결혼.
61 대전기구(大殿器具): 왕에게 소속된 위의(威儀)의 기구들.
62 기치(旗幟): 옛날 군중(軍中)에서 쓰던 깃발.
63 절월(節鉞): 왕이 거동할 때 앞장서는 도끼 모양의 의장 중의 하나.
64 칠보응장(七寶凝粧): 칠보로 짙게 화장함.
65 전차후옹(前遮後擁): 여러 사람이 앞뒤에서 받들어 모심.
66 교배지례(交拜之禮): 혼례식 때 신랑 신부가 맞절하는 의식.
67 응목(凝目): 예의와 법도가 눈빛 속에 엉김. 눈이 부심.
68 조요(照耀): 비침. 빛남.
69 양전대비(兩殿大妃): 인조의 계비 장렬왕후 대왕대비 조씨와 현종 비(妃) 대비 명성왕후 김씨.

녀의 조하(朝賀)를 받으시니, 일기 화창하여 혜풍이 습습[72]하고 상운(祥雲)이 봉궐[73]에 둘렀으니, 짐짓 태평 국모가 즉위하시는 날인 줄 알더라. 인심이 절로 도라 저 만민이 흔열[74]하더라.

후가 즉위하사 양전 대비를 효양(孝養)하시매 출천(出天)한 성효(誠孝) 동동촉촉[75]하시고, 상(上)을 받들어 내조(內朝)를 다스리시매 덕으로써 인도하사 유순정정[76]하시며, 비빙 궁녀를 거느리시며 은위병행[77]하사 선악과 친소[78]를 사이 두지 않으시고, 애인(愛人)하시는 화기(和氣) 봄동산 같으사, 만물이 부생(復生)하시나 법도가 엄숙 강명(剛明) 씩씩하시니[79] 감히 우러러 뵈옵지 못하고, 궐중이 성덕을 흠손[80]하여 예도가 숙연하며, 입궐하신 지 삼사 삭[81]에 교화(敎化)가 대치[82]하여 화기(和氣)가 알연하니, 양 대비 극진 애중하사 국가의 복이라 축수하시고 상이 공경중대하시며 조야(朝野)가 다 흠복하더라.

양 대비 수조[83]로 우암(尤庵)께 내리와 중궁의 성덕을 못내 기리시고 충공을 포장[84]하시며 부부인께 각별 상사(賞賜)를 많이 하사, 대대로 끊

---

70 이 달: 숙종 7년(1681) 5월 1일.
71 비빙: 비빈(妃嬪)의 습관성 발음.
72 습습(習習): 바람이 산들산들함.
73 봉궐(鳳闕): 궁궐의 문. 혹은 궁궐을 일컫는 말.
74 흔열(欣悅): 희열(喜悅).
75 동동촉촉(洞洞燭燭): 공경하고 조심하며 마음을 몹시 쓰는 모양. 『예기』의 "孝子如執 玉 如奉盈 洞洞燭燭"에서 나옴.
76 유순정정(柔順淨淨): 성질이 부드럽고 온순하여 맑고 깨끗함.
77 은위병행(恩威並行): 은혜와 위엄을 아울러 베풂.
78 친소(親疎): 친한 이와 소원한 이.
79 씩씩하시니: '엄숙하다'의 고어(古語).
80 흠손(欽遜): 공경하여 순종함.
81 삭(朔): 달(月) 수를 나타내는 말.
82 대치(大熾): 크게 일어남.
83 수조(手詔): 왕이나 대비가 직접 써서 내리는 글(宣旨).

지 아니하사 은영(恩榮)이 형특[85]하시니 민부[86]에서 송황함을 마지 아니
하더라.

계해[87]년 겨울에 상이 두환[88]으로 미령[89]하오사 증세 위독하시니 후
가 크게 염려하사 주야에 띠[90]를 끄르지 않으시고 정성이 아니 미친
곳이 없고, 대비께오서 또한 조심하시고 우민하사 후로 더불어 찬물에
목욕하시고 엄동설한에 후원에 단을 모으사 친히 올라 주야로 축원하
시니, 후가 대비 옥체 상하심을 염려하오사 몸소 대행하여 치성(致誠)
할 바를 아뢰고 간절히 애권하시되, 대비 듣지 않으시고 주야로 정성
을 한가지로 하시더니, 창천(蒼天)이 감동하사 가만한 가운데 도움이
있어 상후(上候) 평복하시니 신민의 열락(悅樂)하기 측량 없더라.

대비[91] 상후 중 한설(寒雪)을 무릅써 많이 근로하신 고로 옥체 자못
상하사 신음하시더니 점점 위중하시니, 상과 후가 우황초민[92]하사 주야
시측[93]하여 호읍[94]함을 마지 아니하시고, 대신을 명하여 종묘사직[95]에

----

84 포장(褒獎): 칭찬하며 권장함.
85 형특(逈特): 뛰어나게 빛남.
86 민부(閔府): 민부원군의 집. 즉 인현왕후의 친정.
87 계해(癸亥): 숙종 9년(1683).
88 두환(痘患): 마마.
89 미령(未寧): 어른이 병이 나서 편안하지 못함. 본문에서는 왕(숙종)이 편찮음.
90 띠: 허리띠.
91 대비: 영돈녕부사 청풍부원군(淸風府院君) 김우명(金佑明)의 딸. 숙종의 생모, 명성왕
    후 김씨.
92 우황초민(憂惶焦憫): 근심하여 속이 탐.
93 시측(侍側): 곁에 있으면서 웃어른을 모심.
94 호읍(號泣): 흐느껴 욺.
95 종묘사직(宗廟社稷): 본문엔 '종문사셕'으로 되어 있으나 문맥상 맞지 않음. 가람본엔
    '종묘사직'으로 되어 있기에 고침. 종묘는 역대 제왕의 위패를 모시는 왕실의 사당으로
    왕실을 가리킴. 사직은 토지의 주신(主神)과 오곡(五穀)의 신. 중국 고대에서 새로 나
    라를 세울 때 천자와 제후가 반드시 사직단을 세우고 제사를 지내어 국가와 존망(存
    亡)을 같이 하였으므로 전하여 국가(國家)라는 뜻으로 쓰임. 그러므로 종묘사직은 왕

빌라 하시며 조서(詔書)를 내리와 통개옥문[96]하사 사죄인[97]을 다 놓으시고, 모든 어의(御醫)로 시탕을 배설하여 의약을 지성으로 하시되 일호도 효험을 보지 못하시니 상 후가 망극하사 초황하시니 신민이 황황[98]하더라.

납월[99] 초오일 인시[100]에 창경궁 저승전[101]에서 대비 승하(昇遐)하오시매 춘추가 사십이 세시라. 신민이 진동하고 궁중이 경황하여 곡성이 흔천[102]하고 상과 후가 애통하심이 지극하사 육찬(肉饌)을 나오지[103] 않으시니, 궁중이 상하(上下)가 그 성효를 탄복지 않는 이 없더라.

이러구러 삼 년을 지내고 혼전(魂殿)을 파하매[104] 상과 후가 새로이 영모(永慕)애통하시더라.

궁인 장씨[105] 비로소 후궁에 참예하여 희빈(禧嬪)을 봉하시니[106] 간교하고 민첩혜힐[107]하여 상의(上意)를 영합하니 상이 극히 총애하시더라.

무진[108]년 정월에 상의 춘추가 삼십이 거의로되 농장의 경사[109]를 보

실과 나라를 함께 이르는 말임.
96 통개옥문(洞開獄門): 죄의 경중을 가리지 아니하고 은사로써 죄인을 다 내어놓음.
97 사죄인(私罪人): 사사로운 일로 죄를 저지른 죄인.
98 황황(遑遑): 마음이 몹시 급하여 허둥지둥하는 모양.
99 납월(臘月): 음력 12월의 고칭(古稱).
100 인시(寅時): 오전 3시~5시.
101 저승전(儲承殿): 창경궁(昌慶宮)의 전각. 본문에는 '휘승전'으로 표기되어있으나 오기임. 명성왕후는 계해년(1683) 12월 5일에 창경궁 저승전 서쪽 별당에서 승하함.
102 흔천(掀天): 하늘에 높이 솟음.
103 나오지: '잡숫지'의 궁중어.
104 파하매: 왕과 왕비는 3년상이 지나면 신위(神位)가 종묘로 들어가고 혼전은 치움.
105 장씨(張氏): 희빈 장씨(禧嬪張氏). 부록 등장인물 참조.
106 희빈(禧嬪)을 봉하시니: 1659년(인조 37)~1701년(숙종 27). 조선 숙종의 1폐왕후. 숙종 15년(1689, 기사년) 1월 15일 당시 소의(昭儀) 장씨가 낳은 왕자의 호를 정해 원자로 삼은 후 희빈의 첩지를 주었다.
107 민첩혜힐(敏捷慧黠): 약삭빠르고 교활함.
108 무진(戊辰): 숙종 14년(1688).

지 못하심을 근심하시는지라, 후가 깊이 염려하사 일일은 조용히 상께
고하여 어진 후궁을 빼서 자경110보심을 권하신대, 상이 처음은 허치
아니하시더니 후가 날마다 힘써 권하여 일여자(一女子)의 생산(生産)을
기다리고 막중종사111를 가비야이112 못할 줄로 간절히 아뢰니, 정정(貞
靜)한 덕과 유화한 말씀이 혈심이라113 상이 감탄하시고 조정에 후궁
간택하시는 전지(傳旨)를 내리오시니, 명안공주114가 이 하교를 듣잡고
놀라 고모 대장공주115를 뫼시고 입궐하여 상 후께 조현116하고 인하여
중궁 춘추가 정성117하시니 아직 생산하심을 기다릴 것이요, 후궁 빼심
을 불가하심을 주(奏)하니, 후가 좌(座)에 계시다가 안색이 정정(亭亭)하
여 가라사대,

"내 박덕미질118로 곤위에 모첨119하였으나 주야로 여리박빙120하는
바는 웃전121 성덕을 갚삽지 못하고 대전(大殿) 분122을 저버릴까 염려
하더니 박덕하여 생산의 길을 열지 못하니 이는 종사의 큰 염려 아니

109 농장(弄璋)의 경사: 아들을 낳은 경사. '弄璋之慶'의 준말.
110 자경(子慶): 아들 낳는 경사스러운 일. 옛날 아들을 낳으면 장난감으로 장(璋)이란
　　옥(玉)을 준 고사에 의함. 농장지희(弄璋之喜)의 준말.
111 막중종사: 종묘와 사직의 일. 지극히 중대한 나라 일.
112 가비야이: '가벼이'의 옛말.
113 혈심이라: 진심이라.
114 명안공주(明安公主): 숙종의 단 하나의 매씨(妹氏). 현종의 셋째 따님. 어머니는 명
　　성왕후 김씨. 숙종 6년(1680)에 해창위(海昌尉) 오태주(吳泰周)에게 하가함.
115 대장공주(大長公主): 왕의 고모. 여기서는 효종의 공주들을 말함. 효종은 6공주를 두
　　었으나 1공주는 일찍 죽고 5공주가 생장했음.
116 조현(朝見): 왕을 뵙는 것을 말함.
117 정성(鼎盛): 한창 왕성할 때.
118 박덕미질(薄德微質): 덕이 적고 바탕이 미약함.
119 모첨(冒忝): 감히 욕되이 자리를 차지함.
120 여리박빙(如履薄氷): 살얼음을 밟듯이 조심함.
121 웃전: 현종의 비이며 숙종의 생모인 명성왕후.
122 분(吩): 분부(吩咐)의 준말. 아랫 사람에게 명령을 내림. 여기서는 '기대'를 의미함.

리요."

언파(言罷)에 안색이 정일(精一)하사 내외징청[123]하시니 공주 등이 감복하여 다시 간(諫)치 못하고 서로 성덕을 칭찬하고 대왕대비 애중하심을 더욱 마지 아니 하시더라.

드디어 숙의 김씨[124]를 빼 후궁에 두시니 후가 예로 대접하시고 은혜로 거느리시니 덕택이 태임(太姙)·태사(太姒)와 일반이라, 궁중이 그 덕을 외우고 선(善)을 일러 탄복지 않는 이 없으나, 시운(時運)이 불행하고 후의 명도[125]가 기박하시니, 예로부터 홍안박명[126]과 성인의 궁액(窮厄)은 인력으로 못할 바이라, 실로 천도(天道)를 의심하는 바이라.

무진 추(秋) 팔월에 인조대왕비[127] 조씨가 창경궁 내원(內院)에서 승하하오시니 춘추가 육십오 세시라. 상과 후가 애통하사 조석 제전(祭奠)에 참례하사 슬퍼함을 과도히 하시더니.

이해 동(冬) 시월에 희빈 장씨 처음으로 왕자[128]를 탄생하니 상의 과애(過愛)하심은 이르도 말고 후가 대열(大悅)하사 어루만져 사랑하심을 기출[129]같이 하시니, 장씨 지분[130]하여 있은즉 영화가 가득할 바이로되 문득 참람[131]한 뜻과 방자한 마음이 불 일어나듯 하니, 중궁(中宮)의 성

---

123 내외징청(內外澄淸): 안과 밖이 해맑음.
124 숙의(淑儀) 김씨: 숙종 12년(1686, 병인년) 4월 26일 입궐, 청양현감(靑陽縣監) 김창국(金昌國)의 따님.
125 명도(命途): 운명과 재수.
126 홍안박명(紅顔薄命): 미인은 팔자가 나쁘다는 말. 미인박명(美人薄命).
127 인조대왕비: 본문에는 '인조대왕대비'로 되어 있으나 문맥상 잘못된 것이므로 바로잡음. 당시 인조의 계비(繼妃) 장열왕후가 대왕대비로 승하함.
128 왕자: 숙종의 첫 아들로 숙종을 이어 왕위를 계승한 경종을 말함. 부록 등장인물 참조.
129 기출(己出): 자기소생(自己所生).
130 지분(知分): 자기의 분수를 앎.
131 참람(僭濫): 제 분수를 모르고 방자함.

덕과 용색이 일국에 솟아나고 인망(人望)이 다 돌아간 줄 시기하여 가만히 제거하고 대위(大位)를 엄습코자 하니, 그 참람한 역심이 더하여 날로 기색을 살펴 중궁전을 참소132하되, "신생(新生) 왕자를 짐살133하려 한다" 하며, "희빈을 저주한다" 하여 궁모곡계134 아닌 것이 없어, 간악한 후빙135들을 처결하여 말을 날리고 자취를 드러내어 상이 보시고 들으시게 하니, 예로부터 악인이 의롭지 않으나 돕는 자가 있어 유유상종136이라.

중궁전 간해(奸害)하는 말이 날로 치성137하니 상이 점점 의심하사 중궁을 아주 박대하시고 장씨 요악한 정태로 천심138을 영합(迎合)하며 왕자로 협종139하여 권세 중하니, 상이 점점 편벽히 혹익140하사 능히 흑백을 분변치 못하시니, 전일 엄숙 광명하오신 성도(聖度)가 아주 변감(變減)하사 현량141은 다 물리치시고 간신(奸臣)을 많이 내와 쓰오시니, 조정이 그윽히 의심하고 후가 깊이 근심하사 장씨의 위인이 반드시 변괴를 낼 줄 알으시나, 왕자의 당당한 상이 있는 고로 지감142하시고 만행(萬幸)히 여기사 사색(辭色)지 않으시고 갈수록 숙덕 성심을 행하시더니, 이듬해 기사143에 여양부원군이 졸144하오시니 후가 망극 애

132 참소(讒訴): 거짓으로 중상모략하여 왕이나 관청에 고(告)함.
133 짐살(鴆殺): 독살. '짐새'의 독을 쓴 데서 연유함.
134 궁모곡계(窮謀曲計): 어거지의 계책.
135 후빙: '후빈(后嬪)'의 음변이나 여기선 궁녀라 해야 옳을 듯.
136 유유상종(類類相從): 같은 부류의 사람끼리 친함.
137 치성(熾盛): 아주 성함.
138 천심(天心): 왕의 마음.
139 협종(脅從): 남의 위협에 눌려 복종함.
140 혹익(惑溺): 혹하여 아주 빠짐.
141 현량(賢良): 어진 이.
142 지감(知鑑): 알아보는 감식력.
143 기사(己巳): 숙종 15년(1689). '정묘(丁卯)'의 잘못임. 부원군 민유중이 졸한 해는 정

통하사 장례를 지내시되, 육찬과 사미지식[145]을 가까이 않으시고 애훼
과절[146]하심을 마지않으시되, 상이 이미 결하신 뜻이 계신 고로 발설치
않으시나 민간에 소설[147]이 일어나,

"중궁을 폐위(廢位)하신다."

하더니 사월 이십 삼일은 중궁전 탄일(誕日)이시라, 각 궁과 내수사[148]
에서 공상단자[149]를 드리니 상이 단자를 내치시고 음식을 다 무르라
하시고, 대신과 이품(二品)이상을 인견[150]하사 폐비함을 전교하시니, 좌
승지(左承旨) 이시만[151]이 불가함을 간하니 상이 진노하사 승지 이시만
을 파직하시고, 또 헌납[152] 이만원[153]이 실덕하심을 간하시니 상이 익
노(益怒)하사 원찬[154]하라 하시니, 이렇듯 대신 중신 사십여 인이 원변
(遠邊)에 정배(定配)하고 또 비망기[155]를 나리오시니, 조정이 진경[156]하여

묘(숙종 13, 1687)임.
144 여양부원군이 졸(卒): 실록에 의하면 민유중은 숙종 13년(1687) 6월 29일에 졸함.
145 사미지식(奢味之食): 맛있는 음식.
146 과절: 절도에 벗어날 정도.
147 소설(騷說): 시끄럽게 떠도는 말.
148 내수사(內需司): 궁중에서 쓰는 미곡, 옷감, 노비, 잡화 등을 맡아 보던 관청.
149 공상단자(供上單子): 궁내 각 전궁(殿宮)에서 올리는 물품 목록을 적은 쪽지.
150 인견(引見): 아랫 사람을 불러들여 만나보는 것을 말함. 본문에서는 왕이 신하를 만
    나는 것을 말함.
151 이시만(李耆晩): 1641년(인조 19)~1708년(숙종 34). 조선 후기의 문신. 본문에는
    '이이만'으로 되어 있으나 오기임. 인현왕후 폐비 논의 당시 승지로 있으면서 폐비 반
    대를 간하다가 파직됨. 『숙종실록』 권20, 숙종 15년 4월 21일(정해) 참조. 부록 등장
    인물 참조.
152 헌납(獻納): 조선조 사간원(司諫院)의 정5품 벼슬. 본문에는 '수찬'으로 되어있으나
    사건 당시에 이만원의 벼슬은 헌납이므로 바로 잡음. 『숙종실록』 권20, 숙종 15년 4
    월 23일(기축) 참조.
153 이만원(李萬元): 1651년(효종 2)~1708년(숙종 34). 조선 후기의 문신. 부록 등장인
    물 참조.
154 원찬(遠竄): 먼 곳에 귀향 보냄.
155 비망기(備忘記): 임금의 명령을 적어서 승지에게 전하던 문서.

일시에 정청[157]을 배설하고 다투는 체하나 실정은 아니라.

이때 후의 부숙(父叔)과 종형제[158] 입조거세[159]하여 학문 도덕이 조정에 미만[160]하여 벼슬과 명망이 높고 이름이 세상에 가득하나, 후의 입궐하심으로부터 긍긍[161]함이 더하여 사업을 베풀지 못한 이 많으되, 소인(小人)들이 시기하여 기회를 얻고자 하던 바라. 그윽히 다행하여 색책[162]으로 하고 예조판서 민종도[163]는 죄목을 벗겨드리고 대사헌(大司憲) 목창명[164]은 정청을 역정(逆庭)하여 물리치고, 간신의 간언(奸言)이 방성[165]하여 상의를 영합하고 부운(浮雲)이 옹폐[166]하여 상총(上聰)을 가리오니, 충량[167]의 간언(諫言)이 효험이 있으리요.

이때 응교[168] 박태보[169]가 시방 파직(罷職)중 있어 정청에도 참예치 못하고 달리 간할 길이 없어, 이에 모든 파직 조사[170]들에게 통문[171] 놓

156 진경(震驚): 두려워 놀라는 것. 또는 두려워 놀라게 하는 것.
157 정청(庭請): 어떤 큰일에 즈음해서 세자나 백관들이 궁전에 엎드려 왕의 결재를 촉구함.
158 종형제(從兄弟): 아버지 형제들의 아들. 사촌 형과 아우. 당형제(堂兄弟).
159 입조거세: 조정에 나와 벼슬하고 있음.
160 미만(瀰滿): 널리 가득 참.
161 긍긍(兢兢): 두려워하고 조심함.
162 색책(塞責): 책임만 모면하는 정도로 적당히 함.
163 민종도(閔宗道): 1633년(인조 11)~ ?. 조선 후기의 문신. 본문에는 '민종'으로 되어 있으나 '민종도'로 바로 잡음. 당시 예조판서(禮曹判書)는 민종도였음. 부록 등장인물 참조.
164 목창명(睦昌明): 본문에는 '목창경'으로 되어있으나 오기이므로 바로 잡음.『숙종실록』권20, 숙종 15년 4월 25일(신묘) 참조. 부록 등장인물 참조.
165 방성(方盛): 한참 성하게 일어남.
166 옹폐(壅蔽): 웃 사람의 총명을 막아서 가림. 즉 간신이 임금의 총명을 가림을 비유함.
167 충량(忠良): 충성스런 사람.
168 응교(應敎): 홍문관의 정4품 벼슬.
169 박태보(朴泰輔): 1654년(효종 5)~1689년(숙종 15). 조선 중기의 문신. 부록 등장인물 참조.

아 한가지로 상소할새, 전 판서(前判書) 오두인[172]이 벼슬 품(品)이 높으매 소두[173]가 되고, 응교 손수 짓고 조사 여러 손이 합소(合疏)하여 이십오일 정원[174]에 바치고 비답[175]을 궐하(闕下)에서 기다리더니, 상(上)이 상소를 보시고 대노하사 즉지[176]로서 추국[177]하려 하시고 옥교(玉轎)를 타시고 무감(武監)과 여간[178] 내관(內官)을 데리시고 인정전(仁政殿)에 문죄어좌(問罪御坐)하시니, 금부당상[179]들과 대신(大臣) 삼사[180]들을 급히 불러 천지 진동하사 추국기구(推鞫器具)를 일시에 차리실새, 횃불이 궐내에 조요[181]하고 일시에 내외에 지져내는[182] 소리가 진동하더라.

그 때에 진신[183]들이 날이 벌써 어두우매 명일에 다시 현비 할 양으로 각각 흩어가고 궐하에는 오직 소두 오두인(吳斗寅), 전 판서 이세화[184], 전 참의(參議) 심수량[185], 진주목사(晋州牧使) 이돈[186], 전 응교 박태보, 전

<hr/>

170 조사(朝士): 조정에 몸 바치고 있는 신하.
171 통문(通文): 돌려보는 글. 요즘의 회람 같은 것.
172 오두인(吳斗寅): 1624년(인조 2)~1689년(숙종 15). 조선 후기의 문신. 부록 등장인물 참조.
173 소두(疏頭): 연명하여 올리는 상소에서 맨 먼저 이름을 적은 주동이 되는 사람.
174 정원(政院): 승정원의 약칭. 승정원은 왕명의 출납을 관장하는 관청.
175 비답(批答): 신하들이 올린 상소에 대한 왕의 회답.
176 즉지(卽地): 즉석에서.
177 추국(推鞫): 왕이 국가의 중죄인을 직접 다스림.
178 여간(如干): 약간 명.
179 금부당상(禁府堂上): 조선시대에 의금부에서 관리를 감찰, 규탄 등 죄인을 추국하는 일을 맡아보던 정3품 이상의 벼슬.
180 삼사(三司): 홍문관, 사간원, 사헌부의 총칭.
181 조요(照耀): 밝게 비치어서 빛남.
182 지져내는: 불로 지지는 형벌, 낙형(烙刑), 단근질.
183 진신(縉紳): 천자 이하 공경사대부(公卿士大夫)가 조복(朝服)을 입을 때 옥, 상아, 대나무 등으로 만든 홀(笏)을 허리에 큰 띠로 메고 남은 부분을 늘어뜨려 장식하는 것으로 고귀한 사람의 의관용에 이용되었기에 널리 고관(高官)을 일컬음.
184 이세화(李世華): 1630년(인조 8)~1701년(숙종 27). 조선 후기의 문신. 부록 등장인물 참조.

수찬(修撰) 김몽신[187], 전 한림(翰林) 이인엽[188], 전 정언(正言) 김덕기[189], 정자(正字) 조대수[190] 등이 약간 있으되, 오두인·이세화·김덕기 각각 의막[191]에 있더니 궐내에 횃불이 조요하고 지져내는 소리가 진동함을 듣고 가로되,

"이것이 필연 우리를 다스리려 하는 거조[192]이로다."

하더니 과연 정수 기별을 듣고 일시에 한가지로 금오문[193] 밖에 가 대죄(待罪)할새 사람마다 죽게 하였다 하고 떨며 말을 못하되, 응교가 홀로 신색(身色)이 자약[194]하여 이르되,

"이 일이 이 지경에 이르기 고이치 아니하니 놀라 어찌 하리요?"

하고 언에 상시와 조금도 다르지 아니하더라.

해창위[195] 그 대인[196]더러 이르되,

185 심수량(沈壽亮) : 심수량(沈壽亮)은 검열, 수찬, 도승지(都承旨), 이조 참의(吏曹參議), 교리(校理) 등 벼슬을 거침. 홍문록에 오름.
186 이돈(李墩) : 1609년(광해군 1)~1683년(숙종 9). 부록 등장인물 참조.
187 김몽신(金夢臣) : 조선 숙종 때 정언 벼슬을 지낸 문신. 박태보와 함께 인현왕후의 폐위를 반대하는 소를 올림. 정언(正言)은 사간원의 정 6품 벼슬로 헌납(獻納)의 아래 벼슬임. 『연려실기술』 제35권, 「숙종조 고사본말」 참조.
188 이인엽(李寅燁) : 1656년(효종 7)~1710년(숙종 36). 조선 후기의 문신. 부록 등장인물 참조.
189 김덕기(金德基) : 1654년(효종 5)~1719년(숙종 45). 조선 후기의 문신. 부록 등장인물 참조.
190 조대수(趙大壽) : 본문에는 '조제수'로 되어 있으나 오기이므로 바로 잡음. 조대수는 조선조 숙종 때 정자(正字)의 벼슬을 지낸 문신. 박태보와 함께 인현왕후의 폐위를 반대하는 상소를 올림. 정자는 조선시대 홍문관. 승문원. 교서관의 정 9품 벼슬임. 『연려실기술』 제35권, 「숙종조 고사본말」 참조.
191 의막(依幕) : 임시로 머무르는 집.
192 거조(擧措) : 행동거지.
193 금오문(金吾門) : 의금부의 문.
194 자약(自若) : 큰 일을 당해도 당황하거나 흥분하지 않고 침착하고 태연함.
195 해창위(海昌尉) : 숙종의 누이 명안공주의 남편 오태주(吳泰周). 1668년(현종 9)~1716년(숙종 42). 조선 후기의 문신·서예가. 부록 등장인물 참조.

"대답하올 말씀을 의논치 않으시니이까?"

응교 가로되,

"대감이 들어가시면 상(上)이 만일 저 상소를 물으시거든 바른대로 하소서."

한대, 오판서 가로되,

"어이 차마 할꼬."

응교 가로되,

"이 일은 임군을 속이지 아니함을 으뜸을 삼을 것이니 부디 일을 바로 하소서."

하더라. 이세화가 이에 바지와 대님을 풀어 다리를 만져 가로되,

"삼십년 국록(國祿)을 먹어 살을 찌웠더니 이 다리 오늘날 연정[197]에 가문 회최리로다."

하더라. 이윽고 대궐에서 횃불 네희 살 갖추어[198]와 금오랑[199]과 나장[200]이 급히 소리하여,

"소두(疏頭) 오두인이 어디 있느냐?"

하거늘 오판서 왈,

"예 있노라."

하고 큰 칼을 메고 달려 잡혀갈새, 박응교 오공의 직령[201] 귀를 잡고

---

196 대인(大人) : 어르신네. 여기서는 오태주의 아버지 오두인을 가리킴.

197 연정 : 전정(殿庭)의 잘못임. '대궐의 뜰'을 뜻함. 『연려실기술』 제35권, 「숙종조고사본말」에 있는 "今日殿庭 有將受打" 참조. 왕이 직접 신문하는 자리.

198 횃불 네희 살 갖추어 : 본문에는 '횃불에 희살각치'로 되어있으나 오기로 생각되어 바로 잡음. 『연려실기술』 제35권, 「숙종조고사본말」에 있는 "俄而四炬如箭自闕飛到金吾郎及羅將傳呼" 참조.

199 금오랑(金吾郎) : 의금부의 낭관.

200 나장(羅將) : 의금부의 말단 관리. 죄인을 잡아 문초할 때 고문하는 사람.

201 직령(直領) : 옷자락이란 뜻. 직령은 깃이 똑바른 옷. 무관용(武官用)이나 본문에서는

왈,

"이 일을 바로 할 것이 으뜸이니 대감이 드르시면 우에 응당 제소(製疏)를 물으실 것이니 부디 바른대로 하소서. 이 일이 혼자 담당할 일이요. 내 실로 지어 썼으니 행여 바른대로 고치 않으면 이제 자수할 것이니, 부디 일을 바로 하라."

새삼 당부하더라. 인하여 목화²⁰²를 벗고 미투리²⁰³를 신고 앉았더니, 안으로 횃불이 또 달려와 이세화 유현을 찾으니 이 둘은 차례 버금 일러라. 이세화는 칼을 쓰고 들고, 유현은 이때 병이 중하여 문밖 본집에 있더니 금오랑과 나장(羅將)이 급히 달려가 잡아들이다. 이윽고 횃불이 또 달려와,

"제소 뉜고?"

묻거늘, 응교 즉시 일어나,

"내로라."

하고 망건을 벗어 담뱃대와 한가지로 종을 주어 모친께 드리라 하고, 이에 큰 칼을 갈희여²⁰⁴ 쓰고 들어가니 이인엽, 김몽신, 조대수 등 제신(諸臣)이 응교의 소매를 잡고 이르되,

"어이 의논도 않고 혼자 담당하려 들어가느냐?"

응교 웃고 대 왈(對曰)

"내 이미 정하였으니 무슨 의논할 일 있을꼬?"

이인이²⁰⁵ 답 왈(答曰),

박응교가 잡혀가는 오두인의 옷깃을 잡고 말하는 것을 뜻함.

202 목화(木靴): 본문에 '묵화'로 되어있으나 오기로 생각되어 바로 잡음. 목화는 관복을 입을 때 신는 신발, 바닥은 나무나 가죽으로 만들고 검은 빛의 사슴가죽으로 목이 길게 만든 신발. 장화와 비슷함.

203 미투리: 삼으로 삼은 신발.

204 갈희여: 뒤지어. 뒤집어 씀.

"그 글을 구태여 자네 혼자 짓지 않아 우리 한가지로 의논하였거늘 어이 담당하려 하느뇨?"

응교가 웃어[206] 왈,

"그 상소를 내 짓고 내 썼으니 자네 내 죄 입을 일 있는가? 죽어도 내 혼자 죽고 남을 죽이지 않을 것이니 염려 마소."

하고 소매를 떨쳐 내달으니 이돈이 왈,

"사원[207]이 자네 어이 낙기에 다라드듯[208] 경솔히 내닫느뇨?"

응교가 돌아보고 웃어 가로되,

"이 때를 당하여 아니 달려들꼬. 다시 우스운 말 마소. 내 벌써 정하였으니 이때를 당하여 면할까?"

하고 신색이 자약[209]하여 들어가더라.

오공(吳公)은 벌써 원정[210]하였고, 이공(李公) 세화는 아직 당 밖에 있더니 응교가 들어가 한데 앉은 데, 이공 왈,

"우리는 나이 많고 국은(國恩)을 많이 입었으니 이제 죽어도 한이 없거니와, 자네는 어린 나이라[211] 양 노친(老親) 두고 형제 없으니 나라 은혜를 우리 같이 입었는가? 이제 들어가 죽을 것이니 부디 내게 미루소."

....

205 이인(二人)이: 두 사람이. 『연려실기술』 제35권, 「숙종조고사본말」에 작품과 같은 내용 중 "덕기, 대수가 말하기를"라는 구절이 있다. 이로 보아 '이인'은 김덕기와 조대수 두 사람을 말함을 알 수 있다.

206 웃어: 본문엔 '우어'로 되어 있으나 문맥상 '웃어'가 옳을 것 같아 바로 잡음.

207 사원(士元): 박태보의 자(字).

208 낙(樂)기에 다라드듯: "좋아하는 곳에 나가는 듯이"라고 해석됨. 『연려실기술』 제35권, 「숙종조고사본말」의 본문과 같은 내용 중 "李墩 曰 士元何若是如就樂地" 참조.

209 자약(自若): 큰 일을 당해도 당황하거나 기색이 변하지 않고 침착함.

210 원정(寃情): 사정을 하소연함.

211 자네는 어린 나이라: 『연려실기술』 제35권, 「숙종조고사본말」의 내용 중 본문과 같은 내용의 "而如君妙齡"에 의하면 "꽃다운 젊은 나이"로 해석됨.

응교가 칼 머리를 잡고 이르되,

"대감도 되지 못하는 말을 하시나이까? 내 들어가 하올 말씀을 대감이 지휘하시릿고? 인신(人臣)이 이에 이르러 죽을 따름이라. 어이 차마 기우[212]로 하리요?"

하며 종시 정대(正大) 씩씩하니 사람마다 기특히 여기더라.

이에 잡혀들며, 상이 어좌(御座)에 두간 동안은 따에 꿇리시고 크게 소리 하사, 응교더러 일러 갈오사대,

"내 네놈을 자전(自前)으로 통악(痛惡)히 여긴 지 오래거든[213] 네 가지록 이렇듯이 하는가? 전부터 나를 범하여 독을 부리니 괘씸히 여기되 목도시[214]를 지금 어기지 아니하였다가 욕을 본 바라. 이제 나를 배반하고 간악한 부인을 위하여 무슨 뜻을 안아[215] 간특흉역(奸慝兇逆)의 노릇을 하는가?"

응교 도쳐[216] 엎드려 정색 대 왈,

"전하(殿下), 어이 이런 말씀을 차마 하시나니이까. 군신부자일체(君臣父子一體)라 하오니, 아비 성이 과하여[217] 애매한 어미를 내치고자 하면

----

212 기우: 본문에는 '가우'로 되어있으나 문맥상 '남의 눈을 피하다'인 '기우'로 봄이 옳을 것 같음.『연려실기술』제35권,「숙종조고사본말」의 본문과 같은 내용 중 "不可臨死有變" 참조.

213 내 네놈을 자전으로 통악히 여긴 지 오래거든: '내 너에게 본래 괘씸하다는 생각을 가진지는 오래지만'으로 해석함이 옳을 것 같음.『연려실기술』제35권,「숙종조 고사본말」의 본문과 같은 내용 중 "予於女 素懷痛惡之心久矣" 참조.

214 목도시(目睹時): 눈으로 보았을 때.

215 무슨 뜻을 안아: '무슨 뜻이 있어'로 해석됨.『연려실기술』제35권,「숙종조고사본말」의 본문과 같은 내용 중 "汝有何意" 참조.

216 응교 도쳐: '일어나'로 해석됨.『연려실기술』제35권,「숙종조고사본말」의 본문과 같은 내용 중 "朴泰輔起伏曰" 참조.

217 아비 성이 과하여: 아버지가 만일 지나친 노염을 내어.『연려실기술』제35권,「숙종조 고사본말」의 본문과 같은 내용 중 "其父若發過中之怒" 참조.

자식이 어이 살고 싶은 뜻이 있으리이까? 이제 전하가 연고 없이 무전 과거[218]를 하오셔 곤위[219] 장차 평안치 못하시게 되오니, 의신이 망극하와 오늘날 죽사옴을 정하여 상소를 드리오니, 어찌 전하를 반(叛)하올 뜻이 있사오리이까? 중궁 위하온 일이 정히 전하를 위하온 일이오니 전하 보온 중궁(中宮)이 아니시니이까?"

상이 익노[220] 왈,

"급급 결박[221]하라. 이놈아, 네 가지록 나를 욕하는가? 네 역률[222] 쓰리라."

하시고,

"우선 형문(刑問)을 치려니와 압슬[223] 화형(火刑) 기구를 차리라."

하신대,

응교가 아뢰되,

"다른 말씀할 일 없사와 의신을 이 상소를 지었다 하시고 다스리려 하시면 상소를 가지시고 문목[224]을 내사, 묻자오시면 의신이 자세히 아뢰리이다."

상이 가라사대,

"네 그중에 '침윤기간 상알상핍 교무등어'[225] 어찌된 말인고? 자세히

---

218 무전과거(無前過擧): 전에 없던 실수.
219 곤위(坤位): 왕비의 자리.
220 익노(益怒): 더욱 화가 남.
221 결박: 몸이나 두 손을 묶음.
222 역률(逆律): 역적의 죄목.
223 압슬(壓膝): 죄인을 고문하는 방법의 하나. 큰 돌을 무릎 위에 올려놓고 괴롭힘.
224 문목(問目): 죄인을 심문하는 조목을 적은 기록.
225 침윤기간(浸潤惎間) 상알상핍(相軋相逼) 교무등어(矯誣等語): 이간질, 서로대립, 자리다툼, 꾸며서 속임. 본문에는 '침윤거간 상알상립 교수등새'로 되어있으나 오기이므로 바로 잡음. 『연려실기술』 제35권, 「숙종조고사본말」의 본문과 같은 내용 중 "上曰 汝疏中浸潤惎間 相軋相逼 矯誣等語 是何言也" 참조.

아뢰라."

하신대, 응교가 그 상소를 두 줄을 외워 낱낱이 여짜오되 이 말씀은 이리이리하온 일이요, 저 말씀은 저리저리 하온 말씀이니,

"이 다 무릇 여염의 일처일첩(一妻一妾)을 두는 사나이라도 가장(家長) 노릇을 잘못하여 첩을 편애하는 일이 있으면 가간 '침윤기간 상알상핍하는' 일이 있어 가도(家道)가 고히²²⁶되는 이 많사오니, 전하 요사이 후궁에 총(寵)이 계오신 후, 하오시는 일을 보오셔 의신이 매양 그러하오신가 의심이 있삽더니, 이제 과거(過擧)를 하오시니 의신은 전혀 과연 그러하오신가 그리 아옵나이다."

상이 왈(曰)

"네 일정 저런 말을 하는가? 그러면 나를 창첩의 거짓말 곧이 듣고 해거²²⁷하는 사람 같다 하는가? 네 나를 무고한 이광한²²⁸같다 하는가?"

하시고, 이에 금부 나장이 고이치믈²²⁹ 명하사,

"매질하라."

하시고, 그 목을 노호로²³⁰ 두어 번 얽어 무릎에 잔뜩 잘라 고개를 움직이지 못하게 하고, 추²³¹를 가슴에 닿게 조이고 개개이 고찰하여 각별 엄형하시니, 좌우 승지(承旨)와 금부 당상들과 도사²³² 나장들이 일시에,

---

226 고히: 어지럽혀짐.
227 해거(駭擧): 해괴망측한 행동.
228 이광한(李光漢): ?~1689년(숙종 15). 조선 후기의 문신. 부록 등장인물 참조.
229 고이치믈: 매를 몹시 때리라는 말.
230 노호로: 노끈으로.
231 추(錘): 저울 추. 본문에서는 저울 추와 같은 쇠 덩어리를 말함.
232 도사(都事): 의금부의 벼슬. 처음에는 종5품이었다가 후에는 종9품까지 내려갔음.

"매우 치라."

하는 소리 진동하니, 동고 안[233] 궐내서 매질하는 소리가 천지 진동하여 향교동(鄕校洞)까지 들리더라. 피는 치뛰고 살이 헤어지되, 응교 한 번 앓는 소리도 아니하고 움직이지 않고 낯빛을 자약[234]히 하니, 마치 헛것을 치는 듯하더라. 상이 더욱 대노(大怒)하사, 왈(曰),

"이놈아. 네 무상부도[235] 지만[236]을 안 일다[237]. 홍치상[238]이 무상부도로 죽었거늘 네 갓 보았거늘 네 어이 아니 할꼬?"

응교가 소리를 낮추어 가로되,

"전하가 어이 신(臣)을 그리 모르시나이까? 홍치상은 제 가만히 하온 일이옵거니와, 의신의 상소는 공공지론(公共之論)으로 하였삽거늘 어이 홍치상에게 비(比)하시나니이까?"

상이 익노 왈,

"음측한 계집을 위하여 저렇듯 강악하뇨?"

응교가 그 말씀을 듣고, 각별 소리를 엄정히 하여 다시 기침하고 주(奏) 왈,

"전하가 어이 차마 이런 말씀을 하시나니이꼬? 부부는 인륜지시[239]요, 성(聖)은 인륜지지(人倫之至)라 하오니, 무릇 여염 사람도 부부의(夫婦

233 동고 안: 문맥상 동구(洞口)으로 보아 동네어귀로 해석함이 옳을 것 같음.
234 자약(自若): 큰일을 당해도 당황하거나 흥분하지 않고 침착하고 태연함.
235 무상부도(無常不道): 일정함이 없고 부도덕함.
236 지만(遲晩): 죄인이 자백하는 일. '너무 오래 끌어 죄송하다'는 뜻으로 자기의 죄를 솔직하게 자백한다는 뜻.
237 안 일다: 아니 이르겠느냐.
238 홍치상(洪致祥): 조선 중기의 문신. 효종의 왕녀인 숙안공주(淑安公主)의 아들. 부록 등장인물 참조.
239 인륜지시(人倫之始): 본문에는 부부는 '인륜지대(人倫之大)'라고 되어 있으나 『연려실기술』 제35권, 「숙종조 고사본말」의 본문과 같은 내용에 "夫婦人倫之始, 聖人人倫之至"를 참조하여 바로 잡음.

義)를 중히 여기옵거늘, 중궁(中宮)이 뉘 배필이시라 성노(聖怒)가 발하
시기로 성인의 말씀을 글히게[240] 아니하오셔 사어를 이렇듯 상되이[241]
하시나이까."

상이 익익[242] 대로 왈,

"네 다학 나를 공책하느냐[243]? 네 일정 지만[244]을 안 이르느냐?"

응교가 대 왈,

"전하가 근래 주역(周易)을 강(講)하시며 어찌 건곤(乾坤)의 의(義)를
알지 못하시리잇고? 중궁에서 설사 흉허물이 계오시다 일러도 명성왕
후 계오실 적 극진히 사랑하실 따름이요, 과실이 계시다 하옴을 듣잡
지 못함을, 어이 이제 원자 탄강(誕降) 하오신 후 저렇듯 허물을 아오시
니 의신은 이위침윤 임숙지참[245]을 듣자오실 줄 아오이다."

상이 극노하사, 성음을 이루지 못하사 왈,

"이놈아, 그 말 또 하라. 그 무슨 말인고? 네 일정 부도지만(不道遲晚)
을 아니 이르느냐? 이놈의 강악이 김에서[246] 더하구나. 역률로써 압슬

---

240 글히게: 가리다, 구별하다. 본문에서 '생각하다'로 해석함이 옳을 것 같음. 『연려실기
술』제35권, 「숙종조고사본말」의 본문과 같은 내용 중 "不念古聖之訓" 참조.

241 상(常)되이: 상스럽게.

242 익익(益益): 더욱더.

243 네 다학 나를 공책(攻責)하느냐: '네 과연 나를 공격하고 책망하느냐?'로 해석함이
옳을 것 같음. 『연려실기술』제35권, 「숙종조 고사본말」의 본문과 같은 내용 중 "汝
果斥我一向如此, 而不以誣上不道遲晚耶" 참조.

244 지만(遲晚): 죄인이 자백하면서 너무 오래 속여서 미안하다는 뜻으로 일컫던 말.

245 이위침윤 임숙지참(以爲浸潤 稔熟之讒): 이간질하는 참소가 오래되었으나 살피지
못함. 본문에는 '칠년침뉸 염숙지참'으로 되어있으나 오기이므로 바로 잡음. 『연려실
기술』제35권, 「숙종조고사본말」의 본문과 같은 내용 중 "臣斷以爲浸潤 稔熟之讒" 참
조.

246 김(金)에서: 김은 김홍욱(金弘郁)을 말함. 효종 때 황해 감사이던 김홍욱이 '소현세
자의 빈을 폐위한 것은 억울한 일이다'는 소를 올려 곤장을 맞아 죽음. 간악하고 독하
기가 김홍욱보다 더하다는 뜻. 『연려실기술』제35권, 「숙종조고사본말」의 "奸毒甚於

(壓膝) 화형(火刑)을 하리라. 네 고놈 말하는 주둥이를 찌여라."

하시니, 나장이들이 차마 못하고 거짓 그리는 듯이 하니 그리 상치 않게 하되, 능장247으로 옆을 쥐고 지리니 점점 치라 하시더라.

형문(刑問) 두 채248 맞은 데 첫 채에, 세지 않은 것이 열 네이요. 둘째 채에 헤지 않은 것이 아홉이니, 통대하면 세 채짝이니, 살이 미여지고 피 낯에 뛰어 바지에 잠겨 짜게 되였은데, 응교가 아픈 사색(辭色)을 아니 하더라.

상 왈,

"급히 압슬(壓膝)하라."

하신대 응교가 대 왈,

"의신은 오늘날 죽음을 정하였삽거니와 전하(殿下)가 일을 이렇듯이 하오셔는 후일 망국지주249 되올 것이니 그를 서러워하나이다."

상 왈,

"내 망국 하여도 네 아랑곳 있으랴?"

하신대, 대 왈,

"전하는 저리 이르셔뇨? 의신은 교목세신250이라 나라흐로 더불어 휴척251을 한가지로 하올 몸이오매 서러워하나이다."

상 왈,

"잔말 말고 압슬하라."

金弘郁遠矣" 참조. 김홍욱 부록 등장인물 참조.
247 능장(稜杖): 위쪽 끝에는 울림쇠를 달고 아래에는 날카로운 창을 붙인 막대기.
248 채(次): 무릎을 누르는 형벌과 화형은 모두 열세 번을 한 차례로 침.
249 망국지주(亡國之主): 나라를 망친 왕.
250 교목세신(喬木世臣): 대대로 나라의 중신을 지내 나라와 운명을 같이 하는 집의 신하.
251 휴척(休戚): 기쁨과 슬픔. 평안과 근심.

하시고 돌아 사관(史官)더러 이르시되,

"태보(泰輔)의 그런 말은 쓰지 말라."

하시더라. 압슬 기구를 차려 그날 즉시 압슬 할 때, 쇠 널252을 놓고 사감팔253을 가득히 널(板) 위에 깔고 형문 맞은 다리를 그 위에 앉히고, 그 위에 사감 모은 것을 두 섬을 붓고 좌우로 푹푹 다릴 못 드는 데를 막대로 쑤시니라고 그 널을 위에 엎고, 상하 머리를 잔뜩 잘라매고 건장한 나장(羅將)이 한 머리에 셋씩 올라 서서 질근질근 하는 소리, 소리치며 널뛰듯 발 굴러 부비길 한 채에 열세 번씩 하여,

"바로 지만(遲晚)하라."

일시에 소리하되 응교가 더욱 안색을 동(動)치 않고 한 번 앓는 소리도 아니 하니 상이 더욱 대로 왈,

"이놈의 강악(剛惡)이 김에서 더 심하다. 저렇거든 나를 욕 아니 하리요. 종시 지만을 아니 하고 강악이 무비(無比)하니 네 일정 지만을 아니 하겠느냐? 네 종시 무상부도 지만을 아니 할까. 꿈254 말은 어인 말인고?"

응교가 대 왈,

"의신의 회포(懷抱)는 상소에 다 하였사오니 무슨 무상(無常)을 하였다 하시나니이까? 의신은 추호도 무상부도하온 일이 없사오니 지만하올 일이 없나이다. 꿈 말씀도 다른 데로 아옵지 않았사오니 어이 아오

252 널: '널빤지'의 준말.
253 사감팔: 사금파리. 사기그릇 깨어진 조각.
254 꿈:「어느날 중전이 나(숙종)에게 말하기를 "꿈에 선왕과 선후를 만났는데 두 분이 나를 가리키며 말하기를 '내전(內殿)과 귀인(貴人)은 선묘(宣廟) 때처럼 복록이 두텁고 자손이 많을 것이다. 그러나 숙원(淑媛)은 아들이 없을 뿐 아니라 복도 없으니 오랫동안 액정(掖庭)에 있게 되면 경신년(1680, 숙종 6)에 실각한 사람들에게 당부하게 되어 국가에 이롭지 못할 것이다.'」말한 꿈이 내용.『숙종실록』권20, 숙종 15년 4월 21일(정해) 참조.

리까마는 전하 비망기 중에 있삽기 보압고 알았삽나이다."

"이놈, 네 그러면 나를 거짓말을 한다 하는가?"

응교가 대 왈,

"궁내간(宮內間) 일을 의신이 자시 아옵지 못하거니와, 꿈이란 것은 본디 허탄한 일이오니 어이 구태여 일일이 맞히기를 기약하리잇고? 우연한 몽사(夢事)를 맞히지 못하신들 그 무슨 과실이오며, 몽매간(夢寐間) 일을 우연히 부부간에 아뢰었사온들, 그 무슨 대단하신 허물이시라 일을 절박하여요서 큰 죄를 삼으시니, 이 큰 과거(過舉)가 아니시니이까? 비록 중궁을 꿈을 믿는다 하오셔도 이전에는 전하가 재미의 호몽(好夢)을 하오셔 여러번 인견(引見)에도 꿈 말씀을 하여 계시오니, 의신은 전하가 스스로 잘못하신 같으신가 하나이다."

상이 더욱 대로 왈,

"네 나를 다함 거짓말을 하는 광한(光漢)같다 하느냐? 네 불과 간악한 계집이 네 편당(偏黨)이라 하고 저리하느냐?"

응교가 왈,

"의신이 입조(入朝)하온 지 열세 해오되[255], 의신의 인물이 세상 사람과 합함이 적어 평생에 편일[256]하기로 무덧기로 이리 삼가는 줄 모르시나이까? 만일 편당을 따라 그른 일을 하옵고 뜻 맞히기로 행세하옵게 되면, 어찌 전하께 뜻을 얻잡지 못하였사오리이까? 이 상소는 일국이 공공지론을 하여 하였삽고, 전하의 신자(臣子) 되어, 전하의 실덕(失德)하심을 보옵고, 도리에 응당 죽도록 간(諫)하올 일이니이다. 전하 하

---

255 의신이 입조(入朝)하온 지 열 세 해오되: 『열려실기술』 제35권, 「숙종조 고사본말」에는 "臣入朝十五年"으로 되어있으나 박태보는 1667년에 알성문과에 장원하면서 벼슬길에 나갔다. 폐비 반대 상소 건으로 문초를 당할 때(1689)는 열 세 해째가 된다.

256 편일(遍一): 어느 쪽으로도 치우침이 없이 두루 한결같음.

교(下敎)를 듣자오니, 전하께오서 의신을 서인(西人)이라 하오셔 이리 참형(慘刑)을 하오시는가 싶으오이다."

상이 익노(益怒) 왈,

"네 일정 날더러 서인이라 하기로는 잘 하는가?"

응교가 대 왈,

"전하, 마음을 깊이 생각하여 보소서. 아비가 어미를 아무 죄도 없이 내치려 하오면 그 자식이 어이 죽도록 간치 아니리이까. 알기 어렵지 아닌 일이어늘 전하, 어이 그리 생각지 아니하오시나이까?"

상이 말마다 더욱 대노(大怒)하오사 왈,

"저놈이 다 함독257을 부리니 바삐 화형(火刑)을 행하라."

시시로써 두 섬 숯을 응교의 곁에 피우되 미처 부채를 찾지 못하여 나장이 옷자락을 부쳐 불기운이 좌우로 쏘이니 시위한 사람이 낯이 더워 견디지 못하더라. 쇠를 불에 달와 지지며,

"네 이제도 지만을 안 이르느냐?"

응교가 고쳐 앉아 전교(傳敎)를 듣잡고 대 왈,

"의신이 부도하온 일이 없사오니 어찌 부도지만(不道遲晩)을 두오리이까?"

상이 더욱 대노하사 왈,

"독하고 독하다."

팔을 뽐내시며258 앉자락 일락259 하오시며 이르시되,

"급급 화형하되 큰 나무에 높이 달고 무릎으로부터 온몸을 지지라." 하오시고 기둥 같은 나무를 박고 엄지 발을 노호로260 잘라매고 머리

257 함독(含毒): 독기를 품음.
258 뽐내시며: 팔을 굽혔다 폈다 함. 화난 모습.
259 앉자락 일락: 앉았다 일어났다 함.

펼쳐 아래 감아 매어 거꾸로 달라시고 아래 대엿치나 뜨게 달았으니[261], 진실로 다른 사람 같으면 기겁하여 말하기도 어려울 듯하되 정신을 더욱 가다듬어 단정히 고하여 가로되,

"의신은 듣자오니 압슬 화형을 역적 물으실 적에 쓸 형벌이라 하오니 의신이 무슨 역적의 죄 있사오리까?"

상이 익노(益怒) 왈,

"너의 죄는 역적에서 더하니라."

하신데, 나장(羅將)이 바지를 추스려 하니 상 왈,

"채 치고 살이 나는 족족 못지질까."

하시며 급하기 번개 같고 위엄이 뇌성(雷聲) 같으시니, 미처 바지를 벗기지 못하여 찢고 벗겨 쇠를 불같이 달구어 낯에 쏘이고 기둥에 스쳐 연기가 풀풀 이는 거동을 보지 못할러라. 쇠를 둘씩 달구어 지지기를 한 체에 열세 번씩 하여 전후 남은 살이 다 녹아 무릎까지 다 남은 데 없으니 검기 숯덩이 같으되, 사기자약[262]하여 말씀을 더욱 명백 평안히 하며 한번 아프다 소리 아니 하고 눈도 찡그리지 아니하니, 좌우 시위(侍衛)한 사람들이 다 떨어 안접[263]지 못하다가도 응교(應敎)가 내려 밀어보면 잠깐 진정하더라. 상(上) 왈,

"이제도 무상부도 지만(遲晩)을 안 하겠느냐?"

대 왈,

"의신이 이제 이르러 뜻을 고쳐 거짓 지만을 못하리로소이다."

상 왈,

---

260 노흐로: 노끈으로.
261 달았으니: 바짝 매달았다는 뜻.
262 사기자약(辭氣自若): 말씨와 안색이 태연자약함.
263 안접(安接): 걱정없이 평안함.

"네 일정(一定) 옳다 하고 지만을 않으니 무궁히 지져 지만을 받겠다."

하신대 대 왈(對曰),

"의신 의절이라 하오니, 의신이 오늘날 신절(臣節)을 다하오려 하옴이니 무슨 다른 지만을 하라 하시나니잇고? 의신이 다만 십년을 경락264출입을 하되 보조군덕265을 못하였삽더니, 오늘날 전하로 이런 실덕(失德)을 하시게 하오니 이것이 신의 죄옵지 달리는 죄 입사올 일이 없사올까 하나이다."

상이 익노 왈, 사관(史官)더러,

"태보의 그런 말을 쓰지 말라. 인간이 저런 강독(剛毒)한 놈이 어디 있으리요. 저렇거든 나더러 참혹대욕266을 아니 할까. 사오납기가 김(金)에서 백배나 더 하도다."

하시기를 열 번이나 더 하시더라. 화형을 무릎과 온 몸을 다 지지라 하오신대, 우의정(右議政) 김덕원267이 가장 머뭇거리다가 여짜오되,

"화형이 본디 할 곳이 있사오니 이리하시면 각별하온 법이 되리이다."

상이 왈,

"그러면 역적(逆賊) 다스리는 화형 규구268대로 하라."

하시니 고쳐 발뒤축을 지지니 상 왈,

"어이 발뒤축만 지지리요. 옆과 바닥을 다 지지라."

하시니, 비로소 치술조정치 못하여 엽엽히 염접하여 바닥까지 꺼멓게

---

264 경락(京洛): 왕의 궁궐이 있는 곳. 서울. 여기서는 대궐을 가리킴.
265 보조군덕(補助君德): 임금의 덕을 도움.
266 참혹대욕: 지독한 큰 욕.
267 김덕원(金德遠): 1634년(인조 12)~1704년(숙종 30). 부록 등장인물 참조.
268 규구(規矩): 법도.

지지되, 응교가 불변 안색하고 정신이 조금도 흩어지지 아니하며 말씀이 조리 있어 조금도 지분(知分)의 의(義)를 잃지 아니하니, 상이 소리를 높여 이르시되,

"이놈, 네 일정(一定) 이러하기냐? 유헌269이 상소(上疏)를 모르노라 하니, 일정 모르느냐?"

대 왈,

"유헌이 제 어이 상소하는 것을 모르리이까마는, 그때 병이 극중(極重)하옵기에 들어오게 못하여 제 자식을 시켜 이름을 대차(貸借)하였사오니 상소글이야 어찌 보았사오리이까?"

상 왈,

"이세화는 너와 같이 글을 지었노라 하니 옳으냐?"

대 왈,

"글을 지어 쓰기를 의신(矣身)이 하였사오니 세화는 의신을 구하여 살리랴 하옵고 제가 하였노라 하오이다."

이로써 이 이인270이 살기를 얻었다 하더라.

상 왈,

"네 마침내 지만을 아니하는구나."

대 왈,

"신(臣)을 죽이고자 하오면 바로 내어 베이시는 것이오니, 만일 지만을 구하여 만드라 하시나니잇고? 신이 보오니, 전하(殿下)가 사기271를 과격히 하사 밤이 새도록 절로를 쓰시오니, 예사 성만 내셔도 기운이

---

269 유헌(兪櫶): 본문엔 '유헌'으로 되어 있으나 오기이므로 바로잡음. 1617년(광해군 9)~1692년(숙종 18). 조선 후기의 문신. 부록 등장인물 참조.
270 이인(二人): 유헌과 이세화를 가리킴.
271 사기(肆氣): 제멋대로 성질을 부림.

손상하옵는 것이오니 옥체(玉體) 상하실까 염려하옵나이다. 아무리 지만을 받으려 하오셔도 신(臣)의 마음에 임군을 속여 거짓 지만을 못 두리로소이다."

또 울어 가로되,

"신이 죽어 지하(地下)에 가온들 형벌(刑罰) 못 견디어 거짓 지만하온 귀신이 되어 기군(欺君)²⁷²하게 되오면, 어이 부끄럽지 않으리잇고? 신의 어미²⁷³ 나이 칠십이 넘삽고 생부(生父) 나이 육십 일이오니, 오늘 다시 보지 못하옵고 죽사오면 그 정사(情私)가 망극하옵거니와, 벌써 나라에 몸을 허(許)하였사오니 오늘날 죽기를 정하와 어찌 사정(私情)을 돌아보리잇고? 죽이시거던 빨리 하소서. 다만 신은 죽사와도 옳은 귀신이 되올 것이오니 한(恨)이 없사오대, 전하가 어이 차마 이 거조(擧措)를 하오셔 국가 흥망(興亡)이 여기 판단하고 성궁(聖躬)의 누덕(累德)이 되는 줄 모르시나니잇고? 중궁(中宮)이 본래 세자(世子) 아니 계심으로 민망히 여기오사 적년²⁷⁴에 시위²⁷⁵를 권하시며 모오시니 오늘날 원자(元子) 나오신 후 어찌 내처하오실리 있사리잇고? 이 절연 침윤지참²⁷⁶을 듣사오시고 이런 무전(無前) 과거(過擧)를 하오시니 신이 살아서 간하와 구(救)치 못하오면 차라리 죽어 모르고자 하나이다. 이제 신의 소회를 다 아뢰었사오니 빨리 죽이소서."

하고 눈을 감고 아무리 물은데 한 말도 아니 하니, 상이 손을 두드리시

---

272 기군(欺君): 임금을 속임.
273 어미: 박태보가 5세 때 중부 박세후(朴世煦)가 소생없이 죽자 중부의 양자가 되었다. 본문에서의 어미는 양모(養母) 윤씨(윤선거의 女)를 가리킴.
274 적년(積年): 여러 해.
275 시위(侍衛): 본래는 임금을 모시는 신하를 말하나, 여기서는 후궁을 뜻함. 즉 인현왕후의 권유로 숙종 12년 4월 26일에 입궐한 숙의김씨를 가리킴.
276 침윤지참(浸潤之譖): 물이 차차 배어들어가듯이 은근히 헐뜯어 점점 곧이 듣게 함.

며 물으시되,

"일정 판의금[277]이 손수 내려가 지만을 못 받을까."

하신대 민암[278]이 온몸을 떨려 내려와 소리를 이루지 못하여 왈,

"죄인은 어서 지만하라."

한데, 응교가 감았던 눈을 떠 장목질시[279]하고 소리를 고이 하여 이르되,

"헤여 보소. 내가 무슨 지만을 하리라 하고 어이 핍박[280]을 하느냐? 난신적자(亂臣賊子)가 국록만 허비하고 임군을 어진 일로 돕지 못하고 아유첨녕[281]하여 국모를 폐출(廢黜)하되, 태연한 일로 알고 오히려 나를 꾸짖으니, 차는 금수이적[282]이라. 나는 죽어도 용봉비간[283]의 무리 되려니와, 너희는 살았으매 국적(國賊)이요, 죽으매 더러운 귀신되어 앙화(殃禍)가 자손에 미치리라."

하니, 민암이 참괴무류[284]하여 올라가 여짜오되,

"아무리 지져도 지만할 의사가 없더이다."

상이 나중에는 속이고자 하사 왈,

"그놈 매욱[285]한 놈이로다. 지만 곧 하면 놓일 것을."

하시니, 응교가 왈,

---

277 판의금(判義禁): 판의금부. 의금부의 우두머리. 종1품직.
278 민암(閔黯): 1636년(인조 14)~1694년(숙종 20). 조선 후기의 문신. 부록 등장인물 참조.
279 장목질시(張目疾視): 눈을 부릅떠 흘겨봄.
280 핍박(逼迫): 강압적으로 달려듦.
281 아유첨녕(阿諛諂佞): 아첨하여 간사하게 비위를 맞춤.
282 금수이적(禽獸夷狄): 짐승과 오랑캐.
283 용봉비간: 관용방(關龍逢)과 비간(比干). 용방은 걸왕(桀王)을 직간한 충신, 비간은 주왕(紂王)의 충신. '逢'은 음을 '방'이라 한다.
284 참괴무류(慙愧無類): 부끄럽기 짝이 없음.
285 매욱: 어리석고 둔함.

"전하가 신을 속여 무엇하시리이까?"

화형(火刑) 두 차 되니 다리가 다 벗어지고 힘줄이 오그라져 보기에 참혹한지라. 상이 오래 보시매 아니꼬이[286] 여기사 이에 들어오시며, 다시 내병조[287]로 내라 하시고 무감(武監)더러 이르시되,

"일찍 흉역(凶逆) 박태보의 지독은 알았거니와 그토록 하니 완악(頑惡)하기 김에서[288] 심하다."

하시더라. 모든 나장이 일시에,

"해박[289]하오."

하고 맨 것을 끄르니, 그제야 숨을 길게 쉬고 소리 하되,

"목이 타 거의 죽게 되었더니."

자비문[290] 서원[291]이 어디 가 찬 미수[292] 한 그릇을 갖다가 입에 부으니, 비로소 눈을 떠 서원의 성명(姓名)을 묻더라. 중사[293]를 맡겨 내병조에 가 다시 또 형벌하니, 수형(受刑)한 것이 형문[294] 삼 차에 보진[295]이 십이요, 압슬[296] 이차(二次)에 화형[297] 이차로되 남형[298]은 허튼 수 많고

많은 줄 모르더라.

등소제인[299]이 문외에 대죄(待罪)하더니 응교의 중형(重刑) 세는 소리가 들리매, 저러할 제 죽을 양으로 정하고 가슴을 두드려 통곡하더라. 형국(形鞫)을 그치고 병조에 나와 그 다리를 싸맬 것이 없어,

"박죄인의 다리 쌀 것 들이라."

하니, 김몽신[300], 조대수[301] 이인(二人)이 옷자락을 찢어 들여보내니 모자라는 지라. 응교가 이르되,

"내 도포(道袍) 소매로 싸라."

하고 낱낱이 기걸[302]하야 싸매고 부채를 내어 주어 왈,

"이것이 걸려 좋지 아니하니 내 집으로 보내소."

하더라. 이에 금부(禁府)로 올새, 창과 조총[303]가진 군사가 옹호하여 오거늘, 종질 박칠순이 군사를 헤치고 들이달아 덮은 홋이불을 축혀고 그 손을 잡아 왈,

"아주버님, 참일을 하셔이다. 전후 일이 아무리 될 줄 모르오니 진정하소서."

한대, 응교가 이불을 들쳐보고 이르되,

"아심이정의구의[304]라."

---

299 등소제인(登疏諸人): 상소를 올린 여러 사람들.

300 김몽신(金夢臣): 본문에는 '김종신'으로 되어 있으나 오기이므로 바로 잡음. 주석 187 참조.

301 조대수(趙大壽): 본문에는 '조재수'로 되어 있으나 오기이므로 바로 잡음. 주석 190 참조.

302 기걸: 『연려실기술』제35권, 「숙종조 고사본말」의 본문과 같은 내용 중 "당시 태보가 도사(都事) 이정태(李廷泰)에게 '내 도포를 찢어서 싸시오' 하여 정태가 소매를 찢었으나 질겨서 찢어지지 않았다. 태보가 '칼로 실밥을 뜯고 찢으면 쉽다' 하였으나 마음이 흔들리고 손이 떨려 싸매지 못하니 태보가 지휘해서 무릎을 싸매었다."는 내용이 있다. 그러므로 문맥상 '일러주어', 또는 '지휘하여'라고 해석함이 옳을 것 같다.

303 조총(鳥銃): 화승총(火繩銃)의 구칭. 화승으로 화약에 불을 붙여 쏘던 구식총.

하더라. 금부에 드니 그 부친이 교외 있고, 불의에 친국하시니 미처 보지 못하여 드디어 발서가 금부로 바로 갔으며 보지 못하여 금부 밖에 의막 잡아 있더니, 그 살았음을 듣고 정신 기운을 보려 하나 살까 싶거든 글자로나 적어 보내라 한대, 응교가 대 왈,

"역률(逆律)로 하였다 하오니 밖으로 수서(手書) 통하기 미안하여 못하노라."

하였더라. 명일에 다시 추국(推鞫)하려더니 영상 권대운305이 주하되,

"태보의 죄 만사무석306되오나 또다시 치기는 참혹하오니 감사(減死)하소서" 절도(絶島)에 위리안치307하라 하시다.

부친께 적으니 하였으되,

"자(子)는 혹형을 겸하니 입으되, 오히려 살았으니 하늘이 크오이다. 즉금(卽今) 증정은 다리 붓고 음식을 받아 토하오니 이로써 위로하오셔 배소(配所)는 진도로 되나 보오니다."

하였더라. 문필이 조금도 감치 아니하였고 옥졸들이 다 이르되,

"자고로 이런 형벌 입고 옥문 밖을 난 이 없으되, 지금 살아계시니 나으리 충성을 하늘이 감동하여 지금 살아 있다."

하더라. 사월 염 칠일308 적소(謫所)를 정하여 금부 문밖에 나니 그 얼굴 보려 다투어 사람이 메워 싸 길을 나오지 못하는데, 응교가 중인(衆人) 중에 친붕(親朋)을 알아보고 손을 들어 사례하더라. 경중(京中) 상하

와 노소 없이 한결같이,

"충신의 얼굴을 살았을 제 보리라."

하고 무수한 사람이 메였으며, 혹 통곡하여 아껴 함을 마지 아니하더라. 응교가 목숨이 끝치지 아니 하였으나 화열(火熱)이 급하여 명(命)이 경각에 있을 듯하니 명례방 집³⁰⁹ 겻재에 잠깐 내려 쉴새, 그 부친을 위로 왈,

"마음을 진정하옵소서. 이때 모친 기운이 어떠하시니이까?"

하더라. 모든 사람이 이르되,

"날이 이미 저물었고, 병이 저러하니 밤을 성중에서 지내고 명일(明日) 문외(門外)로 나가라."

하되, 응교가 왈,

"내 병이 비록 중하나 죄명이 중하고 오히려 목숨이 멀었는지라. 어이 감히 성중에서 잠시인들 머물리요."

하더라. 날이 어둡기에 미처 남문으로 나오려 하니 길에 어른 시정(市井)들이 갓을 벗고 짚둥우리 채 매기를 다토 왈,

"이 양반 타신 틀 메기는 영화라."

하고 연하여 편토록 여럿이 메니, 이제 인심도 오히려 귀함이 있더라. 남대문 밖에 부자(父子) 한데 모이고 정신을 차리니, 그 모친이 나이 칠순이 넘고 어려서 길러 정이 기출³¹⁰에 지나니 급히 나와 아자(我子)를 보니, 온 일신이 참혹히 되었으니 편작(扁鵲)이 부생(復生)하나 살아날 길이 없으시니, 살뜰히 설워 실성 체읍하여 눈물을 거두지 못하니, 응

---

309 명례방 집: 본문에는 '명여동 겻재'로 되어있으나 오기이므로 바로 잡음. 『연려실기술』 제35권, 「숙종조고사본말」의 "暫憩明禮坊第" 참조. 명례방은 현재 서울의 명동지역임.
310 기출(己出): 자기가 낳은 자식.

교가 불효를 슬퍼 위로 왈,

"오늘날 모자가 만남은 성은(聖恩)이라. 죽어도 한이 없도소이다. 모친은 깊이 슬퍼 말으사 불효의 죄를 더하게 하지 말으소서."

하매, 정신이 완연311한 듯하되, 화열이 날로 올라 약간 진미를 목에 넘기지 못하며 증세 위약한데, 먼길을 당하여 아모 명의(名醫)라도 고칠 길이 없으니, 보는 이 아니 슬퍼하는 이 없더라. 응교가 왈,

"내 아마도 살지 못할 줄 알되, 지금 죽지 않았으매 혹 살아날까 하여 길을 차리라 하되, 길에 심심한데 보겠으니 책을 차려 달라."

하니 그 대인312이 이르되,

"책을 차려 부질 없으니 말라."

한데, 보고 듣는 이 다 참혹히 여기더라. 병세 날로 더하여 즉일에 등정(登程)313을 못하여 문외314에서 병을 보아 가려 하더니, 수일이 지나되 병이 더욱 중하고 왕명이 날로 급하신지라. 머물기 미안하여 오월 초일일 강 건너 동막에 가 병세 더욱 심하여, 시시로 화열에 급히 막히매 가지 못하여 머물고 조사 찰계315하여,

"병세를 보아 가랴."

함을 아뢰니, 비답(批答)이 더디다 하시다. 응교가 스스로 살지 못할 줄 알고, 만신이 참혹히 붓고 아픔이 심하여도 양친이 계시매 침으로 화독 씻어내라 소리 않고, 이따금 벗과 희담(戲談)하더라. 그 종질이 나간 후,

"나랏일이 어찌 되었나뇨?"

---

311 완연(完然): 흠이 없이 완전한 모양.
312 대인(大人): 아버지. 본문에서는 박태보의 생부(生父) 박세당(朴世堂)을 가리킴.
313 등정(登程): 길을 떠남.
314 문외(門外): 남대문을 일컫는 듯.
315 찰계(察啓): 살펴서 계를 올림.

"궁중을 구태여 폐출하시다."

하니, 차탄[316]하여 왈

"가이없다."

하더라. 그 벗들이 구완하여 불쌍히 여겨 병세 지난(至難)이 될지라도 살기를 바라더라. 그렇듯 신고(辛苦)하되 부디 한 번도 애매히 형벌 입어 나라를 원망 않고 신자(臣子)의 응당한 일로 알아 그 충성이 난부난재[317]라 가히 믿기 어렵더라. 곁의 사람이 거짓 웃고 조롱하여 왈,

"파쥐[318] 저렇다가 살면 작히 기특할까. 하지(下肢) 특히 단단히 하니 살리."

한대, 대 왈,

"성상은 살리고자 놓아 계시나 내 기운이 내 붓지 못할까 싶고, 음식을 하 못 먹으니 황당할까 싶으이."

하고 희롱의 말로 대답을 하되, 살이 날로 썩고 화열이 점점 중하여 정신이 때로 쇠하여 일신이 죽게 되니 할 일 없더라. 점점 병이 중하여 정신이 가이 없으되, 그 벗 최석정[319] 나가 보고 악수 유체[320]한대, 응교가 왈,

"어르신네 병환이 어떠신고?"

하며 어전에서 제 문생들과 의논하여 대인의 화상을 평안도 화사 조세걸[321]을 맡겨 하더니 임의 마지못하여서 그 화사가 평안도로 가매 못

---

316 차탄(嗟歎): 탄식하고 한탄함.
317 난부난재(難復難再): 다시 하기 어렵고 두 번 하기 어려움.
318 파쥐: 박태보는 파주목사로 부임하여 성혼(成渾)과 이이(李珥)의 위패를 문묘에서 빼버렸는데 그가 부임하여 재직하는 파주에서는 조정의 명을 따르지 않고 그대로 존속시켜나갔다 하여 인책, 면직되었다. 박태보를 '파주'로 부른 것은 이에 근거한 것으로 생각됨.
319 최석정: 1646년~1715년. 조선후기 문신. 부록 등장인물 참조.
320 유체(流涕): 눈물을 흘림. 또는 그 눈물.

하였더니, 평안 부사 유득일³²²이 응교가 죽던 날 아침에 가 보니 응교
가 이르되,

"평산이 조세걸 있는 데서 가깝고 왕래 쉬우니, 나의 화상을 수이
하여 주고자 하는 뜻을 영숙³²³은 부디 칙념하여 수이 통하오."
하니 그 정신이 그때까지 기특하더라. 오월 초오일 병이 더 극하매 죽
을 줄 정하고 밤에 사람더러 이르되,

"내 아무려도 살지 못할 줄 알되, 양 노친을 위하여 현약을 받고 화
열을 막아 발을 놀리더니, 이제 점점 중하고 또 인후 부어 비록 배고픈
줄 아나 진미를 넣지 못한지 여러 때니, 이제 죽을 줄을 알며, 괴로이
할 것이 아니고 이것들을 다 앗아라."
하여, 이에 다리 매었던 것을 끌러서 안고 새 자리를 가져오라 하여 펴
고 누워 그 밤에 그 대인을 청(請)하여 사뢰되,

"국청에 갔던 설화사³²⁴는 자(子)가 아니 여쭈오면 자세히 알지 못하
실 것이니, 종시를 아뢰오리다."
하고 두어 조건을 이르거늘, 박공³²⁵ 왈,

"네 기운이 참혹하였고 네 아니 하여도 들은 이 많으니 알 것이니
다른 말이 있거든 하라."

대 왈,

"부친의 비명³²⁶ 짓던 글이 좋사오되 두어 조건 빠진 것은 전에 여

---

321 조세걸: 1635년(인조 13)~? 조선 중기의 화가. 본문에는 '조세길'로 되어있음. '조세
길'은 미상이나 화가 '조세걸'이 있으므로 고침. 부록 등장인물 참조.
322 유득일(兪得一): 본문엔 '유주일'로 되어 있으나 오기임. '유득일'로 바로 잡음. 1650
년(효종 1)~1712년(숙종 38). 조선 후기의 문신. 부록 등장인물 참조.
323 영숙(寧叔): 유득일(兪得一)의 자(字).
324 설화사(說話事): 말한 일. 임금 앞에서 사건과 관련되어 있었던 모든 말.
325 박공(朴公): 박태보의 부친 박세당.
326 비명(碑銘): 비석에 새긴 글.

쭙던대로 하여 쓰소서."

하니, 그 양부327의 비명을 박 부제학328이 지었더니 그 말일러라. 또 사뢰어 왈,

"형님 행장(行狀)을 자(子)가 지었으되 혹 빠진 것이 있어도 감사 형님과(박태상329이니라) 의논하여 극진히 하여 쓰시고, 자(子)의 후사는 담의 형제 중 자라는 대로 정하소서."

하니, 담의 형제는 박태유330의 자(子)라. 또 가로되,

"자의 산소는 금노 이전에 자의 치총한 혈처(穴處)가 있사오니, 그 혈을 혹 금할 이 있사오나 언약하였사오니 부디 얻어 쓰시고, 그를 두어는 부디 금노 땅에 쓰셔 부친의 산소331 외로운 고혼332이 되지 않게 하소서."

한대, 금노 양부(養父) 산소더라. 이에 양모를 '나오서소' 한대, 대부인333이 부인334을 데려 나왔는지라. 응교가 사뢰되,

"이제 모친 안전(眼前)에서 죽사오니 불효 막대하오나, 이 또 명(命)이니 모친은 과도히 슬퍼 말으시고 마음을 진정하소서. 자의 후사는 담의 형제 중 내리이다."

---

327 양부(養父): 박세후. 태보는 세당의 아들이나 세후(世煦)에 입양했음.

328 박 부제학(朴 副提學): 부제학 박태상을 가리킴.

329 박태상(朴泰尚): 1636년(인조 14)~1696년(숙종 22). 조선 후기의 문신. 부록 등장인물 참조.

330 박태유(朴泰維): 1648년(인조 26)~1746년(영조 22). 조선 후기의 문신. 태보의 친형. 부록 등장인물 및 반남 박씨 가계도 참조.

331 부친의 산소: 태보의 양부(養父) 박세후의 묘.

332 고혼(孤魂): 조상(弔喪)하여 줄 사람이 없는 외로운 넋.

333 대부인(大夫人): 태보의 양모(養母)인 박세후의 처를 가리킴. 노서선생(魯西先生) 윤선거(尹宣擧)의 여. 윤선거(尹宣擧), 1610년(광해군 2)~1669년(현종 10). 조선 중기의 학자. 부록 등장인물 참조.

334 부인: 박태보의 처. 완남공의 따님.

하니, 대부인이 오열체읍하여 차마 보지 못하여 하더라. 이에 대부인 고부(姑婦)가 들어가고, 모든 붕우(朋友) 응교더러 왈,

"우리더러는 할 말이 있는가?"

하니,

"무슨 낱낱이 할 말이 있을꼬."

하고 잠깐 눈을 감았다가 이르되,

"현부 왔는가?"

두세 번 물으니 이는 그 대인의 문생(門生) 박지[335]러라. 그 매부 이제민[336]이 이르되,

"파주 전생 행실이 한 일 부끄러움이 없사이다."

응교가 가로되,

"사람이 전생 부끄러운 일이 조금도 없기 쉬울까. 다만 대단한 부끄러움 없는가 모를세."

대 왈,

"육신 분묘[337]가 곁에 있으매 대하여 서로 부끄럽지 않으리라."

응교 왈,

"젊은 사람이 어이 부러워하는고."

하더라. 그 종질서(從姪婿) 통진(通津) 신학[338]이 이르되,

"통진에서 올라올 때, 길에서 국정 들었던 사람을 만나 들으니, '원정[339]하기도 너무 골똘히 하고 여럿이 상소하되, 혼자서 담당할 일이

---

335 박지(朴贄): 1616년(광해군 8)~?. 조선 후기의 문신. 부록 등장인물 참조.
336 이제민(李齊閔): 1528년(중종 23)~1608년(광해군 즉위년). 조선 중기의 문신. 부록 등장인물 참조.
337 육신 분묘(六臣墳墓): 사육신(死六臣)의 묘.
338 신학(申㴴): 1645년(인조 23)~? 조선 후기의 문신. 부록 등장인물 참조.
339 원정(原情): 사정을 하소연함.

아니로되 혼자 당한가 싶으더라'하니, 그 말이 옳던가. 이토록 한 참형을 입어 죽기에 이르렀는고."

응교가 눈을 감았다가 고개를 들어 이르되,

"누가 그런 말 하더뇨. 무상지언도 하던가. 그러면 최석정[340] 이돈[341]에게로 미루라 하던가. 최석정 이돈이는 이 상소를 지어 왔으되, 말이 모호하거늘 내 고쳐 써 하였거늘, 어이 남에게 미루며 그리 알았은들 그때를 당하여 남을 지워 무엇할꼬."

무상한 말도 하듯이 인하여 국청에서 하던 말을 이르되, 화독이 오르매 침이 말라 말이 단(斷)하여 하니, 통진이 이르되,

"천천히 아니 들을까."

하니 그만하여 그치니라. 이튿날 대부인(大夫人)이 고쳐 나와 보니 응교가 눈을 감았다가 들 떠 보기를 세 번을 하되, 오래 하고 여짜오되,

"모친께 다시 아뢸 말씀이 각별 없삽거니와 아마도 길이 평안하소서."

하며 척연한 빛이 많더라. 그 부인이 대부인 곁에 와 우니, 응교가 눈을 감았다가 고쳐 떠 보고 이르되,

"이리 죽은 후에 어머님이 마치 그대만 의지하실 것이요, 하물며 내 후사는 그대 죽으면 더욱 어려울 것이니, 과훼(過毀)하여 상하게 하지 말라. 내 이제 죽겠으니 그대는 들어가라."

한대, 부인이 울고 머뭇거리니 고쳐 고개를 들어 꾸짖어 왈,

"남자가 죽음에 부인의 곁에 앉지 아니하오니 수이 들어가라."

---

340 최석정(崔錫鼎): 1646년(인조 24)~1715년(숙종 41). 조선 후기의 문신·학자. 부록 등장인물 참조.
341 이돈(李墩): 1609년(광해군 1)~1683년(숙종 9). 조선후기의 문신. 부록 등장인물 참조.

하고 종질더러,

"뫼셔 들어가라."

하더라. 그 부친이 이르되,

"또 무슨 할 말이 있느냐?"

"다른 말씀은 구태여 할 말씀이 없사오나 무준[342]이 나이가 자랐으되 글이 미거[343]하니 부디 힘써 가르치소서."

하니, 그 부친 왈,

"내 어이 너를 살리라 바라리요마는 오히려 지금 살았으니 천행으로 살까 바랐더니, 이제는 살지 못하겠으니 이도 천수(天壽)라. 취사[344]나 조용히 하라."

응교 대 왈,

"취사는 조용히 하리이다."

하니, 그 부인이 차마 보지 못하여 나가서 오열비읍(嗚咽悲泣)한대, 응교가 탄식하고 매부더러 하되,

"내가 친히 부친께 사뢰려 하였더니 참혹히 여기심을 망극하여 못하였나니, 다시 가 여쭙고 우리 형제 다 안전(眼前)에서 참경을 보시게 하니 현마 어이 하리요. 과도히 상회[345]치 말으소서 여쭙고, 치상(治喪)을 내 평생에 물든 것은 입지 아니하던 것이니 또 죄인으로 죽으니 부디 치상을 죄인과 같이 검박히 하소서, 여쭙소."

하더라. 점점 담[346]이 오르매, 응교가 왈,

---

342 무준: 박태보의 동생 박태한(朴泰漢)을 말함. 1664년(현종 5)~1698년(숙종 24). 조선 후기의 문신. 부록 등장인물 및 반남 박씨 가계도 참조.

343 미거(未擧): 철이 안 나고 사리에 어두움.

344 취사(就死): 죽음에 나아감.

345 상회(傷懷): 마음이 상함. 상심(傷心).

346 담: 가래.

"어이 그리 흘길성 브르니."347

하고 울며 말하더니, 오월 단오일(端午日) 사시(巳時)에 멍석에 누워 졸(卒)하니, 슬프다!

자고 이래로 충신열사 원사한 이 많되 태보의 정충지절(精忠之節)은 고금에 희한하니, 아름다운 이름이 금석에 금석 새겨 유전하리니 어찌 죽었다 하리요마는, 칠십 지난 생양가(生養家) 부모 있으니 극히 참혹하고, 태보의 죽음을 듣고 장안 사서인348이 아니 울 이 없고, 간신소인(奸臣小人)이라도 차탄(嗟歎) 않는 이 없더라.

이때, 후가 부원군 상사 후에 애훼 과상(過傷)하사 옥체 종종 미령(未寧)하시더니, 좌우 상궁이 이 말을 듣고 대경(大驚) 통읍(痛泣)하며 빨리 들어와 후께 아뢰오니, 후가 불변안색하실새 위연탄 왈(喟然嘆曰),

"또한 천수라, 뉘를 원하리요. 여등(汝等)은 수구여병349하라."

하시고 태연 부동하시더라. 명안공주 변을 듣고 여러 고모 대장공주로 더불어 크게 놀라 급급히 입궐하여 상께 조현(朝見)하고 후의 숙덕성행과 참언이 간사한 줄로 밝히고, 대왕대비 사랑하시던 바를 주하여 눈물이 좌석에 떨어지고 간언(諫言)이 지극하고 통언(痛言)이 격렬하되 상이 종 불윤(不允)하시니, 공주 등이 상의를 보며 능히 하릴없어 탄식하고 물러나 후께 뵈옵고 오열 비창하야 옷을 잡아 엄읍350하여 능히 말씀을 이루지 못하니, 후가 탄식하고 위로하여 왈,

347 어이 그리 흘길성 브르니: 앞 뒤 문맥상 이해가 되지 않는다. 소설 〈박태보실기〉의 본문과 같은 내용에는 '명이 끊기 이리 더딘고'라고 되어 있다. 본문에 적용해도 문맥상 무리가 없을 것 같다.
348 사서인(士庶人): 일반백성. 사대부(士大夫)와 서인(庶人).
349 수구여병(守口如甁): 입을 지키기를 병과 같이 하라는 뜻으로 말을 조심하라는 말임.
350 엄읍(掩泣): 얼굴을 가리고 욺.

"화복이 재천하니 나의 행색이 천수(天壽)라. 다만 순수351할 따름이라. 누구를 원(怨)하리요마는 공주 이렇듯 권연(眷戀)하시니 은혜난망이로소이다."

공주 그 덕망을 탄복하고, 부운이 일시 성총(聖聰)을 가리었으나 성상이 인명(仁明)하시니 오래지 않아 깨닫고 뉘우치실 바를 일컫고 차마 놓지 못하여 후를 붙들고 눈물이 만연하니 무수 궁녀 다 울고 차마 떠나지 못하더니, 상의(上意) 불안하여 하실 줄 알고 인하여 출궁하니, 이튿날 감찰상궁이 상명(上命)을 받자와 침전에 이르러 중궁 폐하는 전교를 아뢰니, 후가 천연히 일어나사 예복을 벗고 관잠352을 끄르시고, 중계353에 내리오셔 전교를 듣잡고 즉시 대내를 떠나 본결354으로 나오실새, 궁중이 통곡하여 곡성이 낭자하더라.

상이 들으시고 대노하사, 궁녀들을 궁중에 부과(付過)하고 급급히 하교하사 빨리 나시라 하니, 입아조하여355 일찍이 이런 예절이 없은 고로 등대한 일이 없는지라. 급히 기별하여 본결에 탈 것을 들으라 하였더니, 이때 궁녀 다 권세를 따르고 은총을 구하는지라. 후의 형세 외로움을 보고 업수이 여겨 언어방자하며 행지교만(行止驕慢)하여 조금도 동정하는 예(禮) 없고 양양자득356하나, 후가 지이부지357하시고, 좌우에 뫼신 궁녀 불승경분358하되 죄를 두려 감히 말을 못하고 구석구석 머

---

351 순수(順守): 도리를 따라 지킴.
352 관잠(冠簪): 모자와 비녀.
353 중계(中階): 집을 지을 때 기초가 되도록 한 층을 높게 쌓아 올린 단.
354 본결: 왕후의 친정.
355 입아조(入我朝)하여: 조선조(朝鮮朝)에 들어와서.
356 양양자득(揚揚自得): 뜻을 이루어 뽐내는 빛이 외모에 나타남.
357 지이부지(知而不知): 알면서도 모르는 체함.
358 불승경분(不勝驚憤): 놀라고 분함을 이기지 못함.

리를 모아 체읍(涕泣)하고 서러워할 따름이라.

한 궁녀 장씨의 가르침을 들은 고로 앞에 와 옷을 뒤려 하거늘, 후가 문득 참연히 한 번 웃으시고 옷을 끌러 보이시며 쌍안(雙眼)으로 궁녀를 흘려보시니 맑은 광휘 햇빛 같으시니, 사람의 오장을 깨부시는 듯 말씀을 않으시나 엄정한 기상이 추천(秋天) 같으시니, 궁녀 부끄리고 송연359하여 고개를 숙이고 물러나니 좌우 더욱 어려이 여기더라.

상노(上怒)가 급급360하사 나심을 재촉하시니 본곁에 사람이 빨리 가 가마를 들이라 하니 빠르기 성화 같은 지라. 본곁에 서문 밖 애오개361로 나가고 약간 부인네만 있더니, 미처 가마를 꾸미지 못하여 벌써 요금문362까지 나오셨다 말이 들리니 황황급급363하여, 가마에 흰 명주 보의(褓衣)로 가마 위를 덮어 들여가니, 후가 벌써 경복당364 앞에 내려 기다리시는지라. 개연(慨然)히 교자(轎子)에 올라 요금문으로 나실새 궁녀 칠팔 인이 통곡하며 걸어 뒤를 쫓으니 액정소속365들이 일시에 따라오며 소리하여 통곡하니, 행색이 처량하고 수운(愁雲)이 둘렀으니 천지 또한 음음366하여 슬픔을 돕는지라. 참담함을 어찌 다 형언하리요.

선배 오십여인이 요금문 앞에 대령하였고 백여인은 돈화문367 앞에 엎디어 상소를 드리고 호읍하더니, 후의 출궁하심을 보고 대경 망극하

---

359 송연(悚然): 두려워 몸을 궁상스럽게 몹시 웅그려 작게 함.
360 급급(汲汲): 그치지 않음.
361 애오개: 지금의 아현동.
362 요금문: 본문에는 '운금문'으로 되어 있으나 오기이므로 '요금문'으로 바로 잡음.
363 황황급급(遑遑急急): 매우 급함.
364 경복당(景福堂): 창덕궁의 정문.
365 액정소속(掖庭所屬): 액예(掖隷). 조선조 때 액정서(掖庭署)에 딸린 이원(吏員) 또는 하예(下隷).
366 음음(陰陰): 날이 흐리고 어두침침함.
367 돈화문: 본문에는 '구화문'으로 되어있으나 오기이므로 바로 잡음.

여 미처 신을 신지 못하고 버선 바닥으로 따라오며 일시에 방성대곡하
니, 선배 이백여인이 안동[368] 본결 문밖까지 따라와 우니 천지 진동하
고, 백성 노소남녀 없이 길을 막아 통곡하며 각전시정[369]이 다 저자를
파하고 슬퍼하니, 초목 금수가 다 서러워 수운(愁雲)이 참참[370]하고 일
색(日色)이 무광한지라.

이 때, 상이 금중(禁中)에서 이 말씀을 들으시되, 성총이 막혀 도리어
인심을 통한(痛恨)히 여기사 선배 상소한 자 소두(疏頭) 삼인[371]을 잡아
엄형추문하사 정배[372]하시니라.

후가 본결으로 나오시니 부부인[373]이 마주 나오사 붙들고 통곡하시
니, 후가 부원군 옛 자취를 느끼사 애원 통곡하시고, 이윽고 부부인께
고 왈,

"죄인의 몸으로 친족을 모셔 안연[374]치 못할 것이니 나가소서."

권하시니, 부인네 통곡하며 마지못하여 애고개로 나가신 후, 당일 명
하사 내외문을 다 봉쇄하고 본결 비배[375]를 일인도 두지 않으시고 다
만 궁녀만 두시고 정당(正堂)을 폐하시고 하당(下堂)에 거처하시니, 궁녀
는 다 본결에서 들어간 궁인이요, 삼인은 궐내 궁인으로 죽기를 무릅
써 나온지라. 후가 가라사대,

---

368 안동: 지금의 안국동.
369 각전시정(各廛市井): 각종 전방이 있는 시가(市街).
370 참참(慘慘): 매우 근심하는 모양.
371 삼인(三人): 오두인, 이세화, 박태보를 가리킴.
372 정배(定配): 죄인에게 내리던 형벌의 하나. 지방이나 섬으로 보내 일정 기간 동안
    정해진 지역 내에서만 감시를 받으며 생활하게 함. 이세화는 정주(定州)로 원찬(遠
    竄)되고 오두인은 의주(義州), 박태보는 진도(珍島)로 정배됨.『숙종실록』권20, 숙종
    15년 4월 25일(신묘) 참조.
373 부부인(府夫人): 인현왕후의 계모 조씨.
374 안연(晏然): 편안하고 침착함.
375 본결 비배(婢輩): 친정집에서 부리던 여자종들을 말함.

"네 본디 금중 시녀라. 어찌 외람히 거느리리요, 들어가라."

하시되, 삼인이 머리를 두드려 울며 대 왈,

"신첩 등이 낭낭[376] 성은을 갚삽지 못하오리니 어찌 일신들 슬하를 떠나리잇고? 낭낭을 따라 죽으리로소이다."

후가 그 지성을 감동하여 버려 두시니, 집은 크고 사람은 적고 각 방이 다 비어 봉하고 휘휘 고적하여 인적이 끊였으니, 금궐옥전(禁闕玉 殿)의 번화 부귀를 보다 가서 슬프고 한심함을 이기지 못하나 괴로운 줄 생각지 않고 후를 지성으로 뫼시고 슬퍼, 매양 서로 대하여 탄읍(嘆 泣)하다가도 후가 천연 정숙하신 것을 뵈오면 감히 슬픈 사색(辭色)을 못하더라.

이때, 후의 삼촌 좌의정 민공[377]이 찬적[378]하시고 다섯 종형제 다 원 적[379]하고 애오개 집에 부인네만 있으니, 조석수라(朝夕水剌)를 안동(安 洞)으로 나르는지라. 칠팔일 지난 후 좌우더러 가라사대,

"식반(食飯)을 먼데서 이우기 어려우니 차후는 물건으로 받아들이 라."

하사, 궁중에서 하여 드리고 일일(一日) 일종[380]도 진어치 못하시니, 좌 우 더욱 체읍하고 조카님네 지친(至親)들이 문밖으로 오되 보지 않으시 고 또한 오지 말라 하시오니, 감히 가지 못하더라. 이러구러 추칠월(秋 七月)을 당하여 본결에서 송이를 드리거늘 보시고 척연[381]히 안색을 변 하시고 옥루(玉淚)를 내리오시니 꿇어 묻자오되,

376 낭낭(娘娘): 왕후를 말함.
377 민공: 인현왕후의 숙부 민정중을 가리킴.
378 찬적(竄謫): 파면하고 귀양보냄.
379 원적(遠謫): 멀리 귀양감.
380 일종: 한 종지.
381 척연(慽然): 근심하고 슬퍼하는 모양.

"낭낭이 위란한 때를 당하셔도 태연(泰然)하시더니 오늘날 새로이 슬퍼하심은 어쩐 일이잇고?"

후가 타루382 왈,

"내 이리 되나 백옥무하383하니 시운만 탄하고 무엇을 슬퍼하리요마는, 내 대내에 있을 적에 본곁에 기별하여 송이를 무역하여 들이면 양대비전에서 즐겨 진어하시던 고로 위하여 수라에 쓰더니, 오늘날 송이를 보니 마음이 절로 척감(戚感)하도다."

말씀을 좇아 용루(龍淚)가 떨어지시니 좌우가 체읍하고 우러러 뵈옵지 못하더라.

창호(窓戶)와 사벽을 바르지 않으시고 너른 동산과 집에 풀을 매게 아니 하니 길같이 자라 인적이 끊겼으니, 이매망량384이 날 곧 저물면 예사 사람과 같이 다니니 궁인이 움직이지 못하고 두려하더니, 일일(一日)은 난데 없는 큰 개 들어오니 거동이 추한지라. 궁인들이 쫓으되 또 들어오고, 다시 쫓으되 또 들어오니 후가 가라사대,

"그 개 출처 없이 들어와 쫓아도 가지 아니하니 고이한지라. 버려두어 그 하는 양을 보라."

하시니 궁인들이 밥 먹이어 두었더니, 십 여일 후 새끼 셋을 낳으니 가장 크고 모진지라. 이후는 날이 저물어 망량385의 불과 이매386의 자취 있은즉, 네 개 함께 짖으니 잡귀 급히 달아나 종적을 감추니 인하여 궁중이 평안한지라. 무지한 짐승도 도움이 있거늘 하물며 신민을 이르랴

---

382 타루(墮淚): 눈물을 흘림.
383 백옥무하(白玉無瑕): 백옥에 아무런 티가 없음. 아무 흠이 없는 사람을 비유한 말.
384 이매망량(魑魅魍魎): 산천(山川), 목석(木石)의 정령(精靈)에서 생겨난다는 온갖 도깨비를 말함.
385 망량: 산천(山川)의 요망한 마귀, 산도깨비.
386 이매: 사람을 잘 호린다는 인면수신(人面獸身)의 네발 가진 도깨비.

마는, 후 폐출(廢黜)하신 후로 조정에서 기꺼하는 소인이 많으니 도리어 금수(禽獸)만 못하더라.

후가 성(性)이 단중(端重)하사 요동하시는 바가 없으시나 매양 급한 풍우(風雨)에 뇌성을 두려하사 청사(廳舍)에 계오시다가도 빨리 방중으로 들으시더라.

매일 요적387함을 이기지 못하사, 오라버님 민정자388 딸이 팔세라 데려다가 두시고 『소학』과 『열녀전(列女傳)』을 가르치시고 여공방직(女工紡織)을 가르쳐 소일하시고, 신세 구차하고 황락(荒落)하되 일찍 사람을 탓하고 귀신을 원하는 바가 없어 천연자약389하시니 좌우가 더욱 열복(悅服)하더라.

부원군 삼상390을 마치매, 후가 더욱 애훼통상391하사 옥후392가 자주 미령하시더라. 본곁에서 채복(彩服)을 드리되 받지 아니하시고 가라사대,

"죄인이 어찌 채복을 입으리요. 무명으로 의복 금침을 하라."

하오사, 무명 치마와 순색 저고리를 드리오니 입사오시고 보물과 진찬(珍饌)을 가까이 않으시더라.

선시(先時)에 상이 민후를 폐출하시고 희빈 장씨로 책봉(冊封) 비(妃)로 곤위에 올리니393, 궁중이 조하394를 받게 하니 일궁(一宮)이 중궁395

----

387 요적(寥寂): 고요하고 적적한.
388 민정자(閔正字): 이름은 민진후. 인현왕후의 오라버니. 정자(正字)는 홍문관, 승문원, 교서관 등의 정9품 벼슬.
389 천연자약(天然自若): 인공적으로 바꾸지 않고 기색이 태연한 모양.
390 삼상(三喪): 삼년 상(초상, 소상, 대상)을 말함.
391 애훼통상(哀毀痛傷): '애훼'는 '애훼골립(哀毀骨立)'의 줄인 말로 '부모의 죽음을 슬퍼하여 몸이 바싹 여윔'을 말함. 본문의 '애훼통상'은 아버지의 죽음을 몹시 슬퍼하여 몸이 매우 수척해졌음을 말함.
392 옥후(玉候): 임금이나 왕후의 몸. 옥체.

을 생각하고 설워하고 장씨 참람396함을 분앙397하니, 조정에 어진 사람이 없으니 누가 감히 말하리요. 그윽히 원분398을 참고 눈물을 머금고 조하를 마치매, 희빈의 아비를 옥산부원군(玉山府院君)을 봉하고 빈의 오라비 장희재(張希載)를 훈련 대장을 시키시니 일국이 한심히 여기고 기강이 흩어져 위망399을 기다리고, 팔도의 인심이 산란하여 소설400이 흉흉하니, 대개 예로부터 성제명왕401이라도 한 번 참소는 듣거니와 숙종대왕 성신문무402로도 장씨에게 이대도록403 하사 국체를 손상하심은 실로 의외라.

이듬해 경오404에 장씨의 생자로써 왕세자를 책봉하시니 장씨 양양자득405하여 방약무인406하니, 이러므로 발악을 일삼아 비빈407을 절제하며 궁녀를 엄형(嚴刑)하여 포학한 말과 교만한 행지(行止) 불가형언408이라. 궁중에 기강이 없고 원망이 절천한지라. 장희재 탐람409하고 음

393 비(妃)로 곤위(坤位)에 올리니: 중전으로 삼음을 말함.
394 조하(朝賀): 조정에 나아가 임금에게 축하하는 예식.
395 중궁: 본문에는 '궁중'으로 되어 있으나 가람본에는 '중궁'으로 되어 있고 문맥상 오기로 생각되어 바로 잡음.
396 참람(僭濫): 하는 짓이 분수에 지나침.
397 분앙(忿怏): 분하게 여겨 앙갚음 할 마음을 품음.
398 원분(怨憤): 원망하고 분통함.
399 위망(危亡): 위태로워 망할 것 같음.
400 소설(騷說): 시끄럽게 떠도는 소문.
401 성제명왕(聖帝明王): 덕이 높고 지혜가 밝은 임금.
402 성신문무(聖神文武): 일반학식과 군사적 책략에서 성스럽고 신령스러움을 모두 겸비하여 훌륭함.
403 이대도록: 이다지, 이토록.
404 경오(庚午): 숙종 16년(1690).
405 양양자득(揚揚自得): 뜻을 이루어 뽐내는 모양.
406 방약무인(傍若無人): 곁에 사람이 없는 것 같이 함부로 행동함.
407 비빈(妃嬪): 본문에는 발음대로 적어 '비빙'으로 되어 있으나 오기이므로 바로 잡음.
408 불가형언(不可形言): 말로는 이루다 나타낼 수가 없음.

험하여 팔도에 장난하되 감히 말할 이 없더라.

이렇듯 삼사 년이 지나니, 천운이 순환하여 흥진비래[410]요 고진감래(苦盡甘來)라. 부운이 점점 걷으매 태양이 밝는지라 성총이 깨달음이 계셔, 민후의 원억[411]하심을 알으시고 장빈의 요음[412] 간악[413]함을 깨치사 의심이 가득하시니 기색이 전과 다르시고, 소인들이,

"후의 삼촌 숙질을 다 안율[414]하여지라."

날마다 계사[415]하여 수년에 이르되 마침내 불윤(不允)하시니, 이러므로 민씨 일문이 보존함이 되니라.

장씨 그윽이 상의를 쓰치고[416] 크게 두려 오라비 희재로 더불어 꾀하여 갑술[417]년에 무옥을 다시 일으켜 천유(千儒)를 다 죽이고 폐비를 사약하려 하니 변이 크게 나니, 상이 짐짓 그 하는 양을 보시고 궁중 기색을 살피사 망연히 간인의 흉모를 깨달으사 즉일 당각에 국옥(鞫獄)을 뒤치시니, 영신[418]을 다 물리치시고 옛 신하를 내어 쓰실새, 갑술 삼월에 대전별감[419]이 세 번이나 안동(安洞) 본곁 궁을 둘러보고 들어가더니, 사월 초구일 비망기[420]를 내리오사 폐 중궁 무죄하심을 밝히시고

---

409 탐람(貪婪): 재물이나 음식을 탐함.
410 흥진비래(興盡悲來): 즐거운 일이 지나면 슬픈 일이 닥쳐오는 것처럼 세상이 돌고 돌아 순환됨. 고진감래(苦盡甘來).
411 원억(冤抑): 누명을 써서 미움에 맺히고 억울함.
412 요음(妖淫): 요사스럽고 음란함.
413 간악(奸惡): 간사하고 악독함.
414 안율(按律): 법률에 부치어 죄를 다스림.
415 계사(啓辭): 약식으로 올리는 상주(上奏)문서.
416 쓰치고: 본문에는 '쓰치고'로 되어 있어 '생각하다', '눈치채다'로 해석됨.
417 갑술(甲戌): 숙종 20년(1694). 기사환국(1689) 후 실각했던 소론의 김춘택, 한중혁 등이 폐비 민씨의 복위 운동을 일으키자 남인(南人)인 민암 등이 소론을 제거하려다가 실패한 사건을 말함. 부록 주요사건 중 '갑술옥사' 참조.
418 영신(佞臣): 간사하고 아첨하는 신하.
419 대전별감(大殿別監): 조선조 때 임금을 직접 모시던 벼슬.

별궁으로 옮기시게 하라 하시고, 어찰(御札)을 내리오사 상궁 별감과 중사421를 보내시니, 후가 사양하사 가라사대,

"죄인이 어찌 외문(外問) 인접(引接)하여 감히 어찰을 받들리요."

하시고 문을 열지 않으시니, 연 삼일을 별감이 문밖에서 경야(經夜)하고 문 열기를 청하되 마침내 요동(搖動)치 않으시니 이대로 봉명(奉命)한대, 상이 어려이 여기시고 또한 답답하사 예조 당상422으로 문 열기를 청한대 종시 허(許)치 아니하시니, 예조(禮曹)와 승지(承旨) 국체(國體) 그렇지 않음을 아뢰니 듣지 않으시는지라.

상이 민부(閔府)에 엄지423를 내리오사, '차(此)는 임군을 원망하는 일이라. 빨리 문을 열게 하라.' 하시니, 민부에서 황공하여 서간(書簡)을 올려 무수히 간하되 종시 열지 아니하시는지라. 또 수일 후 일찍 이품(二品)을 보내사 '문을 열으소서'하니 중신이 말씀을 아뢰와 사체424 그리 못하실 줄로 누누이 밝히고 개문(開門)을 청하니, 후가 궁녀로 전어 왈,

"죄인이 천은(天恩)을 입어 일명이 살았은 즉, 이 집이 뼈를 감출 곳이라. 어찌 국명(國命)을 받자오며 번화히 사람을 인접하리요. 사명(使命)이 여러 번 내리시니 더욱 불안하여이다."

사관이 절하여 명을 받잡고 재삼 간청하여 민부께 두 번 엄지를 내리오시니, 후의 큰오라버님 판서 민공425이 황률426하여 간절히 권하니

---

420 비망기(備忘記): 임금이 명령을 적어서 승지에게 전하던 문서.
421 중사(中使): 궁중에서 왕명을 전하는 내시.
422 당상(堂上): 각조(各曹)의 정3품 당상관 이상의 벼슬. 여기서는 예조 참의를 말한다.
423 엄지(嚴旨): 임금의 매우 엄한 명령.
424 사체(事體): 일의 이치와 체면.
425 민공: 민진후(閔鎭厚)를 가리킴. 1659년(효종 10)~1720년(숙종 46). 조선 후기의 문신. 부록 등장인물 참조.
426 황률(惶慄): 떨고 두려워함.

겨우 밖문만 열라 하시니, 사월 이십일일에야 비로소 대문을 여니 초목이 무성하여 사람 키와 같은지라. 상명(上命)으로 발군(發軍)하여 풀을 베어 들어가니, 풀이끼 섬 위에 가득하고 티끌[427]이 창호를 분변치 못하니 사관[428]이 탄식하여 눈물을 흘리더라.

외당을 쇄소[429]하고 사관과 군사가 들어앉으니 일각에 황락[430]하던 집이 번화한지라. 궁인들이 문틈으로 보고 일희일비(一喜一悲)하여 눈물을 흘리며 즐겨하되, 후는 조금도 기쁜 사색[431]이 없어 불안히 여기시더라.

밖문이 열리매, 민씨 일가에서 가마가 무수히 들어가고 밖문이 열림을 봉명하니 상궁 넷을 보내사 어찰을 내리오시니, 상궁이 왔음을 아뢰되 중문을 열지 아니하시니, 반일(半日)을 밖에 있는지라. 그사이 별감이 길에 이어 연하여 어찰 보심을 청하는지라. 후의 오라버님네 민연(憫然)하여 국체불경(國體不輕)하심을 누누이 간권[432]하시고 체면에 불안히 여기사 잉구고[433] 문을 열라 하오시니, 상궁이 대하[434]에서 고두청죄[435]하고 눈물을 흘리며 우러러뵈오니 용모 복색이 초췌무색[436]하신지라. 슬픔을 이기지 못하여 소리남을 깨닫지 못하여 통읍[437]하나 후가

---

427 티끌: 본문에는 '쓰글'로 되어있으나 가람본에는 '진애'로 되어있으므로 티끌로 함. 먼지.
428 사관(辭官): 왕명을 전달하는 내시(內侍) 등의 벼슬아치.
429 쇄소(刷掃): 깨끗이 치워놓음.
430 황락(荒落): 황폐하여 쓸쓸함.
431 사색(辭色): 말씨와 얼굴 빛.
432 간권(諫勸): 웃사람에게 그의 잘못을 간(諫)하여 옳은 일을 하도록 권함.
433 잉구(仍舊)고: 예전대로, 잉구관(仍舊貫).
434 대하(臺下): '대'는 높이 쌓아 사방을 볼 수 있는 곳을 말함. 가람본에는 '계하(階下)'로 되어 있으므로 '섬돌아래, 층층계'로 해석함이 옳음.
435 고두청죄(叩頭請罪): 머리를 조아리며 죄를 청함.
436 초췌무색(憔悴無色): 고생이나 병으로 몸이 여위고 파리하여 보잘 것 없음.

쌍안(雙眼)을 낮추어 못 보시는 듯하고, 어찰을 드리니 북향사배(北向四拜)하고 양구438후 펴 보시니 장(長)이 칠촌이요, 광(廣)이 삼척이라. 만지439에 가득한 사연이 다 전과(前過)를 뉘우치고 시운을 슬퍼하시며 대내로 들으심을 청하신지라. 후가 간필440을 궤에 넣으시고 묵연단좌441하오셔 말씀을 않으시니 상궁이 복지 주 왈(伏地奏曰),

"성상이 신첩에게 전지(傳旨)하사 부디 낭낭의 답서를 맡아 오라 하신지라 회답을 청하나이다."

후가 양구에 탄 왈,

"너희는 다만 돌아가 죄첩(罪妾)이 답서 아룀이 불감하여 못하는 줄로 아뢰라."

상궁이 감히 청(請)치 못하고 하직하고 입궐하여 뵈온 대로 아뢰오니, 상이 추연감동442하사 더욱 뉘우치사 명일 아침에 또 어찰을 내리오시며 의복 금침과 반상을 보내시니, 모든 상궁이 봉명하고 와 옛말을 일컫고 체읍한데 후가 반겨하심도 없고 박절하심도 없어 왕왕이443 천경파(千頃波) 같으시더라. 상궁이 당에 올라 아뢰되,

"작일(昨日) 대전에서 신첩 등을 인견하사, 물으시되 '중궁전 의복 금침과 반상이 있느냐?' 하시니, 대 왈, '하나도 없나이다.' 하온즉 대전께서 노하오셔 가라사대, '내 일시 분결에 과거444를 하였은들 일궁이 그

---

437 통읍(慟泣) : 대단히 슬퍼하여 욺.
438 양구(良久) : 꽤 오래됨.
439 만지(滿紙) : 종이에 가득 씀.
440 간필(簡筆) : '편지 쓰기에 알맞도록 맨 붓'을 말한다. 문맥상 맞지 않는다. 가람본의 남필(覽畢)이 문맥상 맞기에 '다 보고 나서'로 해석함.
441 묵연단좌(默然端坐) : 아무말 없이 앉아 있음.
442 추연감동(惆然感動) : 수심에 잠겨 마음이 크게 움직임.
443 왕왕(汪汪)이 : 물이 깊고 끝없이 넓은 모양.
444 과거(過擧) : 실수, 실책.

홋 끝이 없게 하니 가이 해완445하다.' 하시며 '즉각에 준비하라.'하시니 내수사가 주 왈, '의금(衣衾)은 즉일 내에 하려니와 반상 만들기는 금일 내로는 못하리로소이다.' 대전께서 '능행(陵行)적 은반상을 새로이 만든 것을 올리라.' 하사 친히 감(鑑)하시고 보내시며 금침 만듦이 더디다 하사 대전 금침 새로 한 것을 감하시고, 베개 수는 봉황수(鳳凰繡)로 바꾸어 왔사오며, 일야(一夜)에 의복을 짓삽는데 치마 빛이 무색하다 하오시고 진노하오셔 내수사를 가두시고 다른 남초446를 바꿔 신전447에 급급히 지어 친감(親鑑)하시고 보내심."주하고 은영448이 호탕449하심을 외어 감루450가 종행하되, 후가 소리 못 듣는 듯하시고 인하여 잠깐 몸을 굽혀 가라사대,

"천은이 망극하시니 어찌 감히 거역하리요마는, 천궁기물451을 여항452에 둠이 불감453하고 더욱 대전 반상 금침(衾枕)을 일신들 사가(私家)에 두리요. 외람454하니 감히 받들지 못할지니 도로 가져가라."
하시니 상궁이 재삼 간청하오되 듣지 않으시고 들여 보내시며,

"범사455가 외람하니 분을 전케456 하소서."
하시더라. 상궁이 할 일 없어 봉명하니 상이 그 집례457함을 아름다이

445 해완(懈緩): 게으름, 느림.
446 남초(藍綃): 남빛깔의 비단.
447 신전: 가람본에는 '식전(食前)'으로 되어 있음. 문맥상 '식전'이 옳을 것 같음.
448 은영(恩榮): 임금의 은혜를 입는 명예.
449 호탕(豪宕): 의기가 장하여 작은 일에 구애하지 아니함.
450 감루(感淚): 마음에 깊이 느끼어 나오는 눈물.
451 천궁기물(天宮器物): 천자의 궁전에서 쓰는 그릇.
452 여항(閭巷): 일반 백성의 살림집이 모여 있는 마을.
453 불감(不敢): 감히 하지 못함.
454 외람(猥濫): 하는 생각이나 행동이 분수에 넘침.
455 범사(凡事): 모든 일.
456 분(分)을 전(全)케: 제 분수에 알맞게, 지켜가는 도리를 온전하게.

여기시나 오래 고집하심을 답답히 여기사, 다시 어찰을 내리오사 후의
마음을 위로하고 국체458 그렇지 못한 줄을 밝히시고,

"차(此)는 위를 원망하며 조롱하여 과인으로 허물이 드러나게 한다."
하시고 도로 다 보내시며 상궁에게,

"죄 있으리라."
하시니, 후가 어찰을 받자와 거역 못하시는 줄 알으시고 불안히 여기
사 봉한 채 두라 하시고 답서를 않으시니, 형제 숙질이 간절히 권하고
궁인들이 빌어 청하니 인하여 종이를 내어 쓰오시니 대엿 줄 되더라.
봉하여 상궁을 주니 상궁이 봉명한대, 상이 반겨 급히 떼어 보시니 말
씀이 온공(溫恭)하여 무수히 청죄하심이라. 상이 추연 감탄하시고 이튿
날 이십 삼일은 중궁전 탄일(誕日)인 줄 아오시고 어찰과 수라를 내리
시고,

"각궁(各宮) 공상(供上)을 예와 같이 하라."
하시니, 영광이 도로에 이었는지라. 인민이 열락459하여 뛰놀며 즐기고
민씨 일문이 감읍하되, 후가 크게 불안하사,

"죄인이 어찌 공상을 사가에서 받으리요."
하시고 물리쳐 받지 않으시니, 상이 재삼 권유하시고 조정이 다 청하
나 마침내 받지 않으시니, 일국(一國)이 다 성행(聖行) 처신하심이 예의
엄숙하심을 거룩히 여겨 흠송460함을 마지 아니하더라.

이 때 부부인이 들어가시니 후가 뫼시고 성효 가작하사 슬퍼하시며,
일가 부인네 가마가 날마다 들어오니, 이때 내관이 입번(入番)하고 액

457 집례(執禮): 예절을 지켜 집행함.
458 국체(國體): 나라의 체면.
459 열락(悅樂): 기뻐하고 즐거워함.
460 흠송(欽頌): 흠모하여 찬양함.

정 소속과 궁속이 호위하여 예절이 엄한지라. 문금(門禁)을 엄히 하니 후가 명하사,

"들어 올 이를 금치 말라."

하시고 비로소 친척을 만나 반기시되, 한결같이 친소[461]가 없으시더라.

관상감[462]에 입궁 택일하라 하시니 사월 이십칠일로 주달하니, 상이 명천중사[463]로 입궐하심을 전하시니, 후가 대경하사 사양 왈,

"천은이 망극하여 천일(天日)을 보고 부모 동생을 상접함도 바란 밖이어늘 어찌 감히 궐내에 들어가 천안(天顔)을 뵈오리요."

굳게 사양하시고 예물을 받지 않으시니, 상이 엄지를 민부에 내리오시고 대신이며 중신들이 문밖에 청대(請待)하고 어찰을 일일(一日) 사오 차씩 내리오시니, 후가 그윽이 현이[464]를 예탁(豫度)하사 입지를 세우지 못하실 줄 알으시고 읍연탄식[465]하시고 마지못해 예복을 입으시고 입대하실새, 작은 오라버님 민정자의 따님 팔 세에 들어와 이미 십삼 세 되니, 후의 교애(敎愛)를 받자와 언동과 성행이 아름다운지라. 차마 떠나지 못하사 손을 잡고 울으시니 민소저가 또한 엄읍[466]하여 능히 참지 못하는지라. 좌우가 다 눈물 뿌려 위로하더라. 황금 채연[467]을 들이니 물리치시고 상시 교자[468]를 들이라 하시니,

---

461 친소(親疎): 친하여 가까움과 친하지 못하여 틈이 있음.
462 관상감(觀象監): 조선조 때 천문·지리·역수(曆數)·측후(測候)·각루(刻漏) 등의 사무를 맡아보던 관청. 세종 7년(1425)에 종래의 서운관(書雲觀)을 개창하여 설치하였는데 고종 31년(1894)에 폐지하고 관상소(觀象所)로 고침.
463 명천중사(命天中使): 임금이 친히 명하는 중사.
464 현이(賢異): 성품이 어질고 재주가 뛰어남.
465 읍연탄식(泣然歎息): 울면서 한탄함.
466 엄읍(掩泣): 얼굴을 가리고 욺.
467 채연(彩輦): 채색 가마.
468 교자(轎子): 평교자(平轎子)의 준말. 의자와 비슷하고 뚜껑이 없는 작은 가마.

"상이 듣지 아니하시더라."

하고 사관이 청대하고 모든 일가(一家)가 떠들어 권하니 마지못하사 연(輦)에 드오시니, 허다 위의[469] 대로(大路)를 덮어 칠보 웅장한 궁녀가 쌍쌍이 벌였고, 각 군문 대장이 어림군[470] 수천을 거느려 호위하고 대신과 백관이 시위하여 입궐하시니, 예모가 존중하여 복위하실 줄 알아 향취옹비[471]하고 광채 찬란하여 천기화창(天氣和暢)하여 혜풍[472]이 날으며 일어나고 상운(祥雲)이 하늘에 일어나니, 장안 백성이 영락[473]하여 굿 보는 이[474]가 길에 메여 즐겨 뛰놀고 일변 옛일을 생각하고 눈물을 흘리며, 재상명사(宰相名士) 부인네 의막[475]을 잡고 굿 보니 틈 없어 도리어 가례(嘉禮)하실 적과도 더하고, 향년(向年)의 가마에 흰보 덮어 나오실 적 궁인과 선배 통곡하고 따라가던 일을 생각고 어찌 오늘날이 있을 줄 알이요. 이는 전혀 민후의 원려[476]와 덕망으로 덕을 본대 깊이 쌓으시고, 고초 중 처신을 아름다이하사 천의(天意) 감동하심이라. 제(諸) 부인네 기쁘고 슬퍼 혹 울고 혹 웃더라.

후의 지밀[477] 상석기구(床席器具)를 갖추고 이날 아침부터 이당[478]통에서 거니시며 전중(殿中) 고친 것을 고쳐 보시더니 내인을 불러 문 왈,

---

469 허다 위의(許多威儀): 많은 의장과 기물.
470 어림군(御臨軍): 임금이 임석할 때 수비하는 군사.
471 향취옹비(香臭擁鼻): 향기로운 냄새가 코를 찌름.
472 혜풍(惠風): 향기로운 냄새를 전하는 봄 바람.
473 영락(榮樂): 영화롭고 즐거움.
474 굿 보는 이: 구경하는 사람이란 뜻.
475 의막(依幕): 옛날 임금의 거동 같은 큰 구경이 있으면 종로 좌우편의 상점을 빌어 재상집 부녀들이 가서 머무르며 구경하던 곳.
476 원려(遠慮): 앞으로 올 일을 헤아려 생각함.
477 지밀(至密): 대전·내전이 항시 거처하는 처소.
478 이당(裏堂): 집안. 본문에서는 인현왕후가 거처하시는 전각 안을 말함.

"어찌 소첩479이 없느뇨?"

궁인이 황공 대 왈,

"미처 생각지 못하도소이다."

상이 진노하사 빨리 가져오라 하시니, 소첩 내인이 황망히 하여 속의 대가 격인 것을 모르고 가져오니, 상이 손수 펴보시고 진노하사,

"다른 것을 드리라."

하시고 소첩 내인을 궐내에 부과480하라 하시니, 좌우 상의(上意) 자상명찰481하시니 전혀 중궁을 위하신 진정이신 줄 감탄하더라.

입궁 때 몸소 높은 누상(樓上)에 오르사 만민이 즐겨함을 보시고 천심이 흔열482하사, 이미 봉연483이 궐문에 들어 지밀 앞에 놓자오니 상이 명하사,

"난간 아래 뫼시라."

하시니, 궁녀 연 아래 나아가 대전(大殿) 계오심을 아뢰니, 후가 가라사대,

"죄인이 무슨 낯으로 전하를 감(鑑)하오리요."

덩문484밖에 즉시 나지 않으시니, 상이 친히 덩문을 열어 주렴485을 걷으시고 쥐신 부채로 덩속에 바람을 내시고 물러서시니, 후가 성은이 망극하여 덩에 나오셔 난간에 엎디사 청죄하온데, 상이 궁녀를 명하사,

"빨리 뫼셔 전중에 드오시게 하라."

---

479 소첩(梳貼): 빗접. 빗 등 머리를 빗는 데에 쓰는 물건을 넣어두는 도구. 창호지를 여러 겹 부쳐 만든 것과 나무로 만든 것이 있음.

480 부과(付過): 잘못된 허물을 적어 둠.

481 자상명찰(仔詳明察): 세심하게 똑똑히 살핌.

482 흔열(欣悅): 매우 기뻐함.

483 봉연(鳳輦): 족대기에 황금의 봉황을 장식한 임금이 타는 가마.

484 덩문: 가마문. '덩'은 공주나 옹주가 타는 가마.

485 주렴(珠簾): 구슬을 실에 꿰어 만든 발.

하시니, 궁녀가 일시에 붙들어 전중에 뫼시되 감히 방석에 앉지 아니하시고 돗을486 피하사 엎드리사, 예와 이제를 생각하시매 비회교집487하사 천산화미488의 슬픈 안개 일어나고 효성쌍안489에 주루(珠淚)가 맺히시니 안색이 처연하사 애원 하신 거동이 만좌490에 나타나시니, 상이 일변 반기시고 옛 일을 생각하시고 감창491하심을 이기지 못하사 봉안492에 용루가 떨어지사 용포 소매를 적시시니, 좌우가 일시에 눈물을 흘려 감히 우러러 뵈옵지 못하더라.

차시493 세자가 춘추(春秋)가 칠 세시라, 체지(體肢) 장성하여 어른 같더라. 이에 들어오셔 후께 사배하고 슬하에 뫼셔 앉으니, 후가 그 숙성함을 아름다이 여기시고 심히 비창494하사 그 손을 잡고 어루만져 희허장탄495하실 뿐이라.

상이 좌를 가까이 하사 전일을 뉘우치시고 지금을 위로하사 말씀이 관유496하사 금석(金石)이라도 녹을 듯하시나, 후가 불감함을 일컬으시고 조금도 태홀497함이 없어 한결 같이 유순정정498하시니, 상이 더욱

---

486 돗을: 본문에는 '돗들'로 표기되어 있으나 문맥상 '돗', 즉 '돗자리'로 해석함이 옳을 것 같음.

487 비회교집(悲懷交集): 슬픈 회포가 교차하여 몰려들음.

488 천산화미(天山畵眉): 산을 그린 것 같은 눈썹. 즉 수려한 눈썹.

489 효성쌍안(曉星雙眼): 새벽별 같은 두 눈. 곧 광채가 어린 눈.

490 만좌(滿座): 왕후 계신 자리에 가득함.

491 감창(感愴): 마음으로 사모하며 슬픔.

492 봉안(鳳顔): 천자가 타는 수레를 봉가(鳳駕)라 하고 천자가 타는 연은 봉연(鳳輦)이라 한다. 그러므로 봉안은 천자의 얼굴로 해석할 수 있다. 본문에서는 임금인 숙종의 얼굴을 말함.

493 차시(此時): 이때, 지금.

494 비창(悲愴): 마음이 아프고 슬픔.

495 희허장탄(欷歔長嘆): 크게 한숨 쉬며 길게 탄식함.

496 관유(寬裕): 마음이 크고 너그러움.

497 태홀(怠忽): 게을러 소홀히 함.

경복499하시고 좌우가 감탄하더라.

후가 입궐하시매 심사가 불안하사 아무것도 진어500치 못하신지라 수족이 궐냉501하시니, 상궁이 염려하여 수라를 재촉하여 올리니 상은 진어하시나 후는 진어치 않으시니, 상궁더러 진어하심을 물으시니 대왈,

"낭낭이 전일 신기(身氣) 불안하사 현명502후로는 진어하신 일이 없나이다."

상이 놀라사 친히 보미를 들어 권하시니, 후가 성은을 감사하사 마지못 받자오셔 두어 번 진어하시고 상(床)을 물리매.

이 적에 희빈이 오래 대위(大位)를 찬탈하여 천만세나 누릴 줄로 알았다가, 홀연히 상이 일각에 변하여 국옥503을 뒤치고 폐후께 상명(上命)이 영락504하여 즉일 복위하오셔 들어오심을 듣고, 청천의 벽력이 일신을 분쇄505하는 듯 놀랍고 앙앙분통506함이 흉중에 일천 잔나비 뛰노니, 스스로 분을 이기지 못하여 시녀로 전어(傳語) 왈,

"내 오히려 곤위(坤位)에 있거늘 폐비 민씨 어찌 문안을 아니 하리요. 크게 실례하여 방자함이 심하도다."

---

498 유순정정(柔順淨淨): 성질이 부드럽고 온순하여 맑고 깨끗함.
499 경복(敬服): 존경하여 복종하거나 감복함.
500 진어(進御): 음식을 잡수심.
501 궐냉(厥冷): 체온이 식을 때 생기는 모든 병증.
502 현명(顯名): 현명은 '세상에 나타난 명성'을 말한다. 문맥상 본문에서는 갑술옥사 후 입궐하여 명성을 되찾았기에 '입궐'로 해석함이 옳을 것 같음.
503 국옥(鞠獄): 죄를 신문하여 처벌함. 본문에서는 숙종 20년(1694)에 일어난 갑술옥사(甲戌獄事)를 이름.
504 영락(纓絡): 구슬을 꿰듯이 연이어 있음.
505 분쇄(粉碎): 가루처럼 잘게 부스러뜨림.
506 앙앙분통(怏怏憤痛): 마음에 만족하지 않은 모양과 몹시 분하여 마음이 쓰리고 아픔.

궁녀가 이 말을 아뢴대, 후가 어이없어 못 듣는 듯 사기태연507하시고 안색이 정정하사 답언(答言)이 없으시니, 이때 상이 후로 더불어 병좌(竝坐)하사 후의 기색 살피시고 전일이 다 맹랑하여 스스로 혼암508함을 부끄리시고 장씨의 방자함을 통한하사, 즉시 외전(外殿)에 나오사 즉일 전지하사 후를 복위하시고 여양부원군509을 복관작510하시고, 후의 삼촌511 좌의정 벽동512 적소513에서 졸(卒)하신고로 복작 추증514하시고 그 자손을 옛 벼슬을 주시고 새 벼슬로 부르시며, 장씨 아비 삭탈관직515하시고 빈의 옥책516을 깨치시고 "장희재를 제주 안치(安置)하라" 하시고, 내시로 전교하사 빈을 소당(小堂)으로 내리오고 큰 전각을 수리하라 하시니, 궁인과 중사(中使)가 전지를 전하고,

"바삐 내리라."

하니, 장씨(張氏) 대노하여 고성대질517 왈,

"내 만민의 어미요 세자 있거늘, 어찌 너희가 무례히 굴리요. 내 부득이 폐비의 절을 받고 말리라."

악독을 이기지 못하여 세자를 무수히 난타하니 상이 들으시고 친림

---

507 사기태연(辭氣泰然): 말과 얼굴의 빛이 아무렇지도 않은 모양.
508 혼암(昏暗): 어리석어서 사리에 어두움.
509 여양부원군: 민씨의 친정 아버지, 민유중.
510 복관작(復官爵): 벼슬과 지위를 다시 회복함.
511 후의 삼촌: 민정중.
512 벽동(碧潼): 평안북도 중앙에 있는 군(郡).
513 적소(謫所): 죄인이 귀양살이하는 곳.
514 추증(追贈): ①종2품 이상의 벼슬하는 자의 부, 조부, 증조부에게 죽은 뒤에 벼슬을 줌. ②나라에 공로가 있는 자에게 죽은 뒤에 벼슬을 높여 줌.
515 삭탈관직(削奪官職): 벼슬과 품계를 빼앗고 벼슬 명부에서 이름을 깎아 버림. 본문에서는 장희빈의 아버지 옥산부원군의 관직을 빼앗음을 가리킴.
516 옥책(玉冊): 제왕, 후의 존호를 올릴 때에 송덕문을 새긴 간책(대쪽으로 엮은 책).
517 고성대질(高聲大叱): 목소리를 높여 큰소리로 꾸짖음.

(親臨)하시니, 바야흐로 장씨 수라를 받았더니 상(上)을 뵈옵고 독악이 요동하여 얼굴이 프르락 붉으락하여 가로되,

"하루라도 내 위(位)에 있거늘 폐비 문안을 아니 하며 내 무슨 죄로 하당(下堂)에 내리라 하시나니잇고?"

상이 용안이 진열[518]하사 가라사대,

"어찌 감히 문안받으며 또 어찌 이 위(位)를 길게 누리리요."

장씨 문득 밥상을 박차고 발악 왈,

"세자 있으니 내 이 위를 어찌 못가지리요. 내려도 부디 민씨의 절을 받고 내리리라."

수라상을 산산이 헤쳐 방중에 흩어 놓으니 좌우가 악착한담[519]을 어이없어 여기고 상이 해연대노[520]하사,

"빨리 장씨를 끌어내리라."

하시니, 궁중이 다 절분[521]하던 차 상의(上意)를 보고 황황[522]히 달려들어 장씨를 끌어 업고 총총[523]이 당에 내려 소당으로 가니, 장씨 발악하며 중궁전을 후욕[524]함을 마지 않으니, 상이 즉각에 내치시고 싶으되 전후의 일이 너무 편벽[525]하고 세자의 낯을 보아 버려 두시니라.

다시 양일(良日)을 택하여 예의를 갖추어 후를 청하여 곤위[526]에 오

---

518 진열: '진에(嗔恚)'의 오기. 또는 '진노(嗔怒)'의 오기로 생각되어 '몹시 화가 남'으로 해석함. 가람본에는 '진노'로 되어 있음.
519 악착한담(齷齪悍膽): 악착스럽고 거셈.
520 해연대노(駭然大怒): 해괴하게 여기고 크게 놀람.
521 절분(切忿): 매우 원통하고 분함.
522 황황(遑遑): 마음이 몹시 급하여 갈팡질팡함.
523 총총(忽忽): 급하고 바쁘게.
524 후욕(詬辱): 꾸짖고 욕설을 함.
525 편벽(偏僻): 마음이 한쪽으로 치우쳐 바르지 아니함.
526 곤위: 왕후의 자리.

르시게 하니527, 후가 세 번 사양하시다가 마지못하여 법복을 갖추시고 남면528하여 곤위에 오르신 후, 상(牀)에 내려529 상께 사은530하오시니 법도가 숙연531하시고 광채 찬란하사 전자로 배승532하시더라.

상이 용안에 희감(喜感) 가득하사 붙들어 탑533에 오르사 한가지로 어좌를 이루시고, 비빙(妃嬪) 궁녀의 조하(朝賀)를 받으시고 조정이 새로이 진하(進賀)하니, 화풍(和風)은 수막534을 침노하고, 상운535이 옥루536를 둘러 화기 알연537하고, 궁중이 환열(歡悅)하여 뛰놀며 즐기는 소리가 양양(洋洋)하고, 조정이 숙연하고 일국의 신민이 뉘 아니 열복538하리요.

대장공주와 명안공주 들어와 조현하고 일희일비하여, '도시539 성상 융은540이요, 중궁 성덕(聖德)이시라.' 하고 못내 즐기며, 후는 천은을 감축할 뿐이시고 육년 고초541를 일컫지 않으시니, 공주가 더욱 어려이 알고 성상 총명 성덕이 장하심을 무수히 일컫고 사오일 묵어 나가려

527 후를 청하여 곤위에 오르시게 하니: 인현왕후에게 요청하여 중전에 오르게 함.
528 남면(南面): 임금이나 왕후가 자리에 나아가 앉음. 그 자리가 남쪽을 향하게 되어 있어서 '南面'이라 한다. 이에 대하여 신하는 북면(北面)을 함.
529 상(牀)에 내려: 의자에서 내려.
530 사은(謝恩): 은혜를 감사히 여겨 고마움을 표함.
531 숙연(肅然): 고요하고 엄숙한 모양.
532 배승(倍勝): 어떤 물질이나 일에 비하여 갑절이나 나음.
533 탑(榻): 좁고 기다란 평상.
534 수막(繡幕): 수를 놓아 장식한 막(幕).
535 상운(祥雲): 좋은 일이 일어날 조짐이 있는 구름.
536 옥루(玉樓): 궁궐, 대궐.
537 알연(戛然): 밝고 아름다움.
538 열복(悅服): 기쁜 마음으로 복종함.
539 도시(都是): 모든 것.
540 융은(隆恩): 임금이나 또는 웃사람의 높은 은혜.
541 육년 고초: 인현왕후가 폐비되어 6년 동안 괴로움을 당한 일.

하니 상이 각별히 명하사 중궁에 잔치하사 공주귀척(公主貴戚)들을 모아
즐기시게 하니, 중궁에 화기(和氣)가득하더라.

상이 성이 엄하시고 천위묵묵542하시나 그윽이 살피시고 고집하사,
후 출궁(出宮)하실 때 방자하고 박대하던 궁인들을 다 원찬543하시고,
뫼시고 갔던 궁인은 벼슬을 높이고 녹을 후히 주어 평생을 한가히 놀
게 하시니, 모든 궁녀 도리어 부러워하더라.

폐비 간쟁(諫爭)하던 신하를 적소의 역마로 불러544 화직545을 주시니,
죽은 자는 정충546을 생각하사 감루547를 내리어 후회하시고 복관작 추
증(追贈)하시며 친히 제문 지어 치제548하시며 서원549 지어 춘추로 제
하여 그 충절을 포장(褒獎)하여 후세에 이름이 빛나게 하시고, 그 자손
을 승직550을 주시고 녹봉(祿俸)을 주사 그 부모처자를 살게 하시고 수
조551로써 일문을 위로하시니 은혜 형특하신지라. 조야(朝野) 감축하고
열복하더라.

희빈의 간악 방자함을 절분552하시되, 세자의 안면을 보사 희빈553을

----

542 천위묵묵(天威默默) : 침묵 중의 임금의 위엄.
543 원찬(遠竄) : 멀리 귀양 보냄.
544 적소(謫所)의 역마(驛馬)로 불러 : 인현왕후를 폐비할 당시에 귀양간 충성스러운 신
   하를 관용으로 쓰던 말을 타고 달려가 귀양지에서 빨리 불러옴.
545 화직(華職) : 고귀한 지위, 높은 벼슬.
546 정충(貞忠) : 절개가 굳고 충성스러움.
547 감루(感淚) : 감격하여 흘리는 눈물. 마음에 깊이 느끼어 흘리는 눈물.
548 치제(致祭) : 공신에게 내리는 제.
549 서원(書院) : 조선시대에 선비들이 모여 학문을 강론하거나 이름난 선비나 유명한 학
   자를 제사하던 곳.
550 승직(陞職) : 벼슬을 올림.
551 수조(手詔) : 임금이 손수 쓴 조서(詔書).
552 절분(切忿) : 매우 원통하고 분하게 여김.
553 희빈(禧嬪) : 빈은 조선시대 내명부의 정1품임.

존봉554하시고 무릇 공상범절555을 정궁 버금으로 하고 궐내 영숙궁556 취선당557에 거처케 하시니, 은영이 자못 호탕558하시니 사갈시랑559이라도 제 죄를 짐작하고 지극 감격할 바로되, 장씨 외람이 곤위에 있어 일국이 추존560하고 상총(上寵)이 온전하다가 졸지에 폐출하여 희빈에 내리니 앙앙 분노561하고 화심(禍心)이 대발하여 전혀 원심(怨心)이 곤전에 돌아가니, 불순한 언사가 패악(悖惡)하고 불승분화562하여 세자를 볼 적마다 무수히 난타하여 마침내 골병이 드니, 상이 대노하사 세자를 영숙궁에 가지 못하게 하시고 정전(正殿)에서 놀게 하시니 세자 이따금 아뢰되,

"어이 어미를 보지 못하게 하시나잇고?"

눈물을 흘리니 상이 위로하사 놀 것을 주어 중전 슬하에 두시니, 후가 심히 사랑하시는 고로 생각하지 아니하시더라. 장씨 세자로 유세(有勢)하다가 세자도 보지 못하고 대전 자취 돈절563하시고 일인도 불쌍히 여겨 들이밀어 보는 이 없으니, 형세 외롭고 고단564함이 당년(當年) 민후보다 더 심하니, 슬프다, 복선화음565의 윤회보응566이 분명하여 하늘

---

554 존봉(尊奉): 존경하여 받듦.
555 공상범절(供上凡節): 진상하는 모든 절차.
556 영숙궁(永肅宮): 창경궁 춘당대 후원에 있던 궁.
557 취선당(就善堂): 창경궁 안의 건물 이름. 지금 낙선재 부근에 있었는데 경종을 낳은 곳이다.
558 호탕(浩蕩): 물이 세차게 내달리 듯 의기가 장하여 작은 일에 거리낌이 없음.
559 사갈시랑(蛇蝎豺狼): 뱀, 전갈, 승냥이, 이리. 즉 남을 해치는 사람을 비유하는 말.
560 추존(推尊): 높이 받들어 존경함.
561 앙앙분노(怏怏憤怒): 마음에 차지 않아 몹시 분하여 성을 냄.
562 불승분화(不勝忿火): 분노를 참지 못함.
563 돈절(頓絶): 편지나 소식 등이 갑자기 끊어짐.
564 고단(孤單): 외로워 의지할 곳이 없음.
565 복선화음(福善禍陰): 착한 이에게 복이 가고 악한 이에게 화가 옴.

높으시나 낮추 들으시는지라. 민후를 폐출하시되, 일국 만성(萬姓)이 다 칭원567하여 도리어 몸이 괴로우나 이름이 빛나셨거니와, 장씨는 폐출하매 만성이다 '낙(樂)다' 하고 궁중이 쟁그러워 은은이 웃고 비소568하니 더욱 분노하고 부끄러 원망 악담이 공연히 중궁께로 돌아가니, 전후원(前後苑)에 배회하여 귀를 기울여 들은 즉, 중궁전 자비569에서 즐기는 소리와 번화한 거동이 간담570이 보아지는 듯, 의론(議論)으로 소문을 들으면 민씨 일문은 혁혁571히 조정에 벌어 상총(上寵)이 융중572하시고 조야(朝野)가 축복하고, 제 오라비 형주573가 죄인이 되어 하나도 불쌍 하는 이 없으니, 보고 듣는 것이 다 가슴 가운데 영원574이 뛰노니 주사야탁575하여 불같은 흉심(凶心)이 구름 뭉듯 하니 어찌 능히 끝을 누르리요.

평생탐학576 보물을 흩어 궁인을 처결577하고 독약을 구하여 중궁 수라에 놓으려 하되, 후가 짐작하고 궁인을 신칙578하사 조석 수라를 다 심복 내인으로 시키오사 변(變)이 없게 하시니, 궁중이 다 교하에 습

---

566 윤회보응(輪廻報應): 수레바퀴가 돌고 돌아 끝이 없는 것과 같이 선과 악이 그 원인과 결과에 따라 갚음을 받게 됨.
567 칭원(稱冤): 원통함을 말함.
568 비소(鼻笑): 코웃음.
569 자비: 차비(差備)가 변한 말. 차비는 차비문의 준말. 차비문은 임금이 평상시에 거처하던 편전(便殿)의 앞문을 말함.
570 간담(肝膽): 간과 쓸개. 마음, 심중.
571 혁혁(赫赫): 공로나 업적이 빛나는 모양.
572 융중(隆重): 융숭함.
573 형주: 희재의 오자임. 가람본엔 '희재'로 되어 있음.
574 영원(獰猿): 악독한 원숭이.
575 주사야탁(晝思夜度): 밤낮으로 생각하고 헤아림.
576 평생탐학(平生貪虐): 평생 동안 탐욕과 포악한 마음으로 긁어 모음.
577 처결(處決): 결정하여 조치함.
578 신칙(申飭): 단단히 타일러서 경계함.

복579하여 흉사를 행할 자가 없는지라. 할 일 없어 저주 방정580을 무수히 하여 궁모극계581 아니 미친 곳이 없으니 차희582라. 장씨 회과수덕583하여 공순이 있은즉 세자의 당당한 세(勢) 있고 중궁의 성덕을 의지하면 천심도 감동하사 영화가 제미584할 바이로되, 족한 줄 모르고 자작지얼585로 대역을 도모하여 필경 앙급기신586 하니 어찌 두렵지 않으리요.

이때 시절이 흉황587하니 상 후가 염려하사 폐 정전(正殿)하시고 수라를 반감(半減)하사 비망기588를 내리와 구원지책589을 존절590 하시사 정성이 지극하시니 신민이 감동치 않을 이 없더라.

병자591년에 동궁이 구 세시라. 행(行) 관례592하시고 세자빈을 간택하사 상 후가 친히 보시고 빠시니593, 재덕이 겸비하니 첨정594 심호(沈

---

579 습복(習服): 두려워서 굴복함(복종함).
580 방정: 남이 못 되기를 빌어 재앙이 내리게 하는 행동.
581 궁모극계(窮謨極計): 가람본에는 궁모흉계(窮謀凶計)로 되어 있으나 궁모극계 즉 '계략으로 속이기를 깊이 연구함'으로 해석하는 것이 옳을 것 같음.
582 차희(嗟噫): 아하! 한탄하는 말.
583 회과수덕(悔過修德): 과실을 뉘우치고 덕을 닦음.
584 제미: 본문에는 '제미'로 되어 있으나 문맥상 맞지 않다. 가람본에 '무궁하다'로 되어 있기에 '재미(在尾)' 즉 '끝까지'로 해석함이 옳을 것 같다.
585 자작지얼(自作之孼): 자기 스스로가 만든 재앙.
586 앙급기신(殃及其身): 재앙이 자기 몸에 미침.
587 흉황(凶荒): 흉작으로 농사가 결딴남.
588 비망기(備忘記): 임금의 명령을 적어서 승지(承旨)에게 전하던 문서.
589 구원지책(救援之策): 어려움을 구하려 짜내는 방법.
590 존절(撙節): 비용을 아낌.
591 병자(丙子): 숙종 22년(1696).
592 관례(冠禮): 왕이나 왕족이 성년에 이를 때에 하는 의식, 즉 성년식(成年式)을 말함. 남자는 갓을 쓰고 여자는 쪽을 찜. 유교에서는 원래 스무 살에 관례를 하고 그 후에 혼례를 하는 것이지만 조혼(早婚)의 풍습이 성행하자 관례와 혼례를 겸하여 했음.
593 빠시니: 본문에는 고어로 '쓰시니'로 표기되어 있음. '뽑으시니'로 해석함.
594 첨정: 종4품 벼슬.

浩)의 여595시라. 가례를 행하여 세자빈을 책봉하시니 연(年)이 십이 세
시라. 덕성이 아름답고 슬기로우시니 상 후가 크게 사랑하사, 상이 조
정국사(朝廷國事) 여가(餘暇)에는 주야에 중궁을 떠나지 아니하오사 화언
(和言)으로 한담하시고 세자빈과 왕자를 앞에 두사 재미를 보시니, 이
때 숙인 최씨596 왕자를 탄생597하여 바야흐로 삼 세라. 기상이 비범하
시니 상 후가 사랑하사 슬하에 무애598하심이 기출(己出)같으시더라. 빈
은 숙덕이 근하고 후께 지성이라.

숙의 김씨(淑儀金氏)는 마침내 무자(無子)하니 불쌍이 여기오사 각별
은휼599하시니 궁중에 화기 가득하니 습복600하여 악한 자(者)가 없으
되, 장씨 마음은 도척601같아서 고침이 없으며,

"세자가 나의 기출이로되 빈을 얻어 무색 초초히 한번 보고 무궁한
영화와 극진한 효성으로 중궁전이 혼자 보는도다."

오매602에 교아절치603하여 원수를 갚으리라 하고 요기로운 무녀와
흉악한 술사604를 얻어 주야에 모의하여, 영숙궁 서편에 신당(神堂)을
배설하고 각색 비단으로 흉악한 귀신을 만들어 앉히고 후의 성씨(姓氏)
생월(生月) 생시(生時)를 써 축사605를 만들어 걸고, 궁녀로 화살을 주어

....

595 심호(沈浩)의 여(女): 경종의 비. 청은부원군(靑恩府院君) 심호(沈浩)의 딸.
596 숙인(淑人) 최씨(崔氏): 영조의 생모(生母). 숙빈(淑嬪) 최씨(崔氏).
597 왕자를 탄생: 숙종 20년(1694) 9월 13일에 후일 영조가 될 이를 낳음.
598 무애(撫愛): 쓰다듬어 사랑함.
599 은휼(恩恤): 특별한 은혜로 도움.
600 습복(慴服): 두려워서 굴복함(복종함).
601 도척(盜跖): 중국 춘추시대의 큰 도둑. 공자와 같은 시대의 노(魯)나라 사람. 현인
    (賢人) 유하혜(柳下惠)의 아우로 그의 도당 9천명과 떼지어 전국을 휩쓸었다 함. '몹
    시 악한 사람'을 비유하여 이르는 말.
602 오매(寤寐): 자나 깨나. 언제나
603 교아절치(咬牙切齒): 몹시 분하여 이를 갊.
604 술사(術士): 음양, 길흉, 화복을 점치는 술법에 능한 사람.

하루 세 번씩 쏘아 종이가 헤어지면 비단으로 염습606하여 중전 신체
라 하고 못가에 묻고 또 다른 화상(畵像)을 걸고 쏘아, 이리한 지 삼년
되나 후의 신상(身上)이 반석607 같으시니 더욱 앙앙608하여, 희재의 첩
(妾) 숙정(淑正)은 창물(娼物)로 요악한 재조 극심하여 적모(嫡母)를 모
살609하고 정처(正妻)가 되었더니 장씨 청하여 의논하니 이는 유유상종
(類類相從)이라, 궁흉극악610한 저주 방정을 다하여 흉한 해골을 얻어 들
여 오색 비단으로 요기611 사기612를 만들어 야중(夜中)에 정궁 북벽 섬
아래 가만히 묻고, 또 채단613으로 중전 일습614을 지을새 해골을 작
말615하여 솜에 뿌려 두었으니 누가 그 흉모616를 알리요. 옷 사이와 실
마다 그윽이 다 방자를 하여 거짓 공순한 체하고 편지하고 중전께 드
리니 말씀이 관곡617하사 위로하시고 받지 않으시거늘, 할 일 없어 기
회를 얻으려 두고 날마다 신당축원(神堂祝願)과 요술 방정이 천만가지로
그칠 적이 없으니, 이른바 사불범정618이요 요불승덕619이라 하였으되,
예부터 손빈620이 방연621을 해하였는지라. 액운622이 불행한 때를 당하

605 축사(祝邪): 사악한 기운을 축수함.
606 염습(殮襲): 죽은 사람의 몸을 씻긴 후 옷을 입히고 베로 묶는 일.
607 반석(盤石): 견고하고 든든한 돌.
608 앙앙(怏怏): 마음에 차지 않아 원망하는 마음이 있음.
609 모살(謀殺): 계획적으로 사람을 죽임.
610 궁흉극악(窮凶極惡): 흉악함이 극도에 달함.
611 요기(妖器): 요망스러운 기물.
612 사기(邪器): 사악한 기물.
613 채단(彩緞): 비단의 총칭.
614 일습(一襲): 옷, 그릇, 가구 따위의 한 벌.
615 작말(作末): 가루를 만듦.
616 흉모(凶謀): 겉으로 유순한 척하나 속으로는 흉악한 계책을 세움.
617 관곡(款曲): 매우 정답고 친절함.
618 사불범정(邪不犯正): 간사한 것이 정의를 침범하지 못함.
619 요불승덕(妖不勝德): 요사스러움은 덕을 이기지 못함.

여 요얼[623]이 침노하니 경진중추[624]부터 홀연히 옥후(玉候)가 미령(未寧)하사 각별 극중(極重)하심도 없고 때때 한열(寒熱)이 왕래하고 야반(夜半)이면 골절(骨節)을 자통[625]하시다가는 평석 같은 적도 있고 진퇴무상[626]하신지라.

궁중이 크게 근심하고 상이 깊이 염려하사 민공 등을 내전으로 인견하사 별증[627]을 이르시고 치료하심을 극진히 하시되 일호(一毫) 효험이 없고, 겨울을 지내고 명춘[628]이 되니, 후의 백설같은 기부[629]가 많이 소삭[630]하사 시시로 누런 진이 엉기였다가 없었다가 하니, 의자(醫者)가 다 병을 측량치 못할지라. 상이 적년(積年) 심혈을 적상[631]하사 고질이 되심인가 더욱 뉘우치시고 차석[632]하사, 후가 기상이 너무 맑고 빼어나시니 행여 단수하실까 염려하사 용침(龍枕)이 능히 편치 못하시니 후가 불안하사 매양 아픈 것을 강작[633]하시더니, 장씨 후의 이러하신 줄 알고 요행(僥倖)하여 악사[634]가 점점 더 흥하더니, 하(夏) 4월에 후의 탄일

620 손빈(孫臏): 전국(戰國) 제(齊)나라의 병법가. 귀곡선생(鬼谷先生)에게 방연(龐涓)과 함께 동문수학하고 사회에 나와 방연에게 다리를 잘렸으나, 뒷날 방연과 전투하여 방연을 살해하였음(十人史略 참조).
621 방연(龐涓): 전국(戰國) 위(魏)나라의 병법가. 손빈과 전투에서 마릉(馬陵)에서 포위되자 자결하였음(十人史略 참조).
622 액운(厄運): 모질고 사로운 액을 당할 운수.
623 요얼(妖孽): 요악한 귀신의 재앙.
624 경진중추(庚辰仲秋): 숙종 26년 8월.
625 자통(刺痛): 몸을 찌르는 것 같은 아픔.
626 진퇴무상(進退無常): 나아갈 수도 없고 물러설 수도 없이 덧없음.
627 별증(別症): 병의 형세가 유별남.
628 명춘(明春): 내년 봄.
629 기부(肌膚): 피부.
630 소삭(消削): 차차 쇠약해짐.
631 적상(積傷): 마음 상하는 고통이 오래 누적 됨.
632 차석(嗟惜): 애달프고 아깝게 여김.
633 강작(强作): 억지로 참음.

이 되시니 상이 하교하사 대연(大宴)을 배설하사 민씨 일가 부인네를 모아 연락(宴樂)케 하시니, 이는 후의 환후 진퇴하시매 여한이 없게 하심이라.

후가 불안하사 재삼 사양하시되, 상이 고집하시니 천은을 황감[635]하시고 또 세자의 효성을 막지 못하사 여러 날 연작[636]을 베퍼 양전이 세자와 빈의 효성을 두굿기시고[637] 민씨 부인네를 청하시니, 민부(閔府)에서 대내 출입을 외람히 여기되 후의 병환이 진퇴하시고 상의 은혜 각별하심을 감축(感祝)하여 모두 들어와 조현하오니, 후의 은은한 병색을 뵈옵고 깊이 근심하는지라. 후가 척연[638]히 옥루(玉淚)를 내리와 가라사대,

"내 무재박덕(無才薄德)으로 성상의 융은을 입사와 갚사올 바가 없거늘 근래 신사가 황홀[639]하여 정신이 때때 아득하고 운무중[640] 사람 같으니, 의심컨데 차생[641]이 오래지 않을까 하나니, 위로 성상 심려를 끼치고 버거[642] 동생 자매 연락이 다시 쉽지 않을까 하나니, 원컨대 제자매(諸姉妹)는 자녀를 교훈하여 덕을 쌓고 복을 심어 후손까지 영화가 및게 하소서."

언파[643]에 오열(嗚咽)하시니 궁중이 다 후의 비척[644]한 말씀을 듣고

---

634 악사(惡事) : 흉악한 일.
635 황감(惶感) : 황송하고 감격스러움.
636 연작(宴酌) : 잔치.
637 두굿기시고 : 몹시 기뻐하심.
638 척연(慽然) : 근심스러운 모습.
639 황홀(恍惚) : 흐릿하여 분명하지 않음.
640 운무중(雲霧中) : 구름과 안개 속.
641 차생(此生) : 이승.
642 버거 : '버금으로, 다음으로'의 옛말.
643 언파(言罷) : 말을 끝냄.

놀라고 의심하여 누수(淚水)가 여우(如雨)하고, 본결 부인네 심회 요동하
여 눈물이 영락하되 강작⁶⁴⁵하여 참고 위로하여,

"춘추가 정성⁶⁴⁶하시니 일시 환후에 어찌 이런 하교를 하시나니잇
고?"

하며 하직코 나올새, 후가 측연⁶⁴⁷ 탄우하시고 부인네 다 교중(轎中)에
들며 체읍⁶⁴⁸하고 나가니라.

대장공주가 육궁비빙⁶⁴⁹이 다 진작하여 의복을 하여 올리니 후가 일
제히 받지 아니하시니, 공주가 재삼 간청하시니 그 정성을 능히 물리
치지 못하사 받으시고, 장빈이 올린 의대⁶⁵⁰도 물리치시매 세자가 뫼셨
다가 간권⁶⁵¹하시니 후가 세자의 효성과 안면을 박절치 못하사 받으시
니, 슬프다! 간인(奸人)의 해(害) 궁극하되 이토록 흉참⁶⁵²할 줄 누가 알
며, 동궁은 추호나 앎이 있은즉 친모의 허물을 낮추지 못하신 들 어이
권하여 받으시게 하리요마는, 비록 장씨의 몸에 생(生)하였으나 온전하
온 자애지정⁶⁵³은 중궁께 받자와 친생에 지나는 정이 있거늘, 다른 후
궁들은 전중에 왕래 빈빈하여 화기와 은혜 온전하되 친모는 자작지얼
로 스스로 용납지 못하니, 모자간이라도 간언이 무익하니 평생에 무안
무색(無顔無色)한지라. 어미 행여 공순한 뜻 진가⁶⁵⁴ 권하심이어니 종신

---

644 비척(悲慽): 슬퍼하고 근심함.
645 강작(强作): 억지로 기운을 냄.
646 정성(鼎盛): 한창나이라서 혈기가 매우 왕성함.
647 측연(惻然): 불쌍히 여겨서 언짢아하는 마음.
648 체읍(涕泣): 소리 없이 눈물을 흘리며 슬피 욺.
649 육궁비빙(六宮妃嬪): 궁궐 안의 왕비와 모든 빈들.
650 의대(衣帶): 옷과 띠.
651 간권(懇勸): 지극히 정성으로 권함.
652 흉참(凶慘): 흉악하고 참혹함.
653 자애지정(慈愛之情): 인자하고 사랑하는 마음.

지한655이 되시니라.

후가 장씨의 옷을 입지 않으시나 전중(殿中)에 있는지라. 요얼이 밖으로 침노하고 또 방중에 살기(殺氣) 성하니, 이해 오월부터 병환이 중하사 상석(床席)에서 이지656 못하시니, 약청(藥廳)을 배설하고 상이 크게 우려하사 후의 형님 민판서 형제657 약을 잡고 병측에 모신 즉, 후가 보실 적마다 슬퍼 체읍하시며 아우와 조카를 경계하사 가라사대,

"너희 벼슬이 높고 명망이 중함을 근심하나니 직임658을 명찰659하며 행신(行身)을 숙념(熟念)하여 선인660의 청덕(淸德)을 첨욕(忝辱)지 말고 보신지책(保身之策)하여 효로 종(終)하라."

하시며 병환 중에는 더욱 일일 떠나기를 어려워 하시니, 민공 형제 척연 감읍하여 지성으로 치료하며 의관(醫官)을 밖에서 등대하고 안에서 백가지로 다스리되 일호 효험이 없고 점점 더하시니, 이는 신상으로 솟아나신 병환이 아니시라. 사질661이 왕성하고 저주의 독을 백초지물662로 어찌 제어하리요. 낮이면 정신이 계시다가 밤마다 더욱 중하사 섬어663를 무수히 하시니, 증세 고이하나 능히 깨닫지 못하니 이 또한 후의 액수664가 불행하신 연고이라. 칠월의 별증을 얻어 위독하시매 조

654 뜻 진가: 뜻이 진실 된다고 믿음.
655 종신지한(終身之恨): 평생의 한.
656 이지: 일어나지.
657 민판서 형제: 인현왕후의 친정 오라버니 민진후(閔鎭厚)와 동생 민진원(閔鎭遠)을 말함.
658 직임(職任): 직무상 맡은 책임.
659 명찰(明察): 똑똑히 살핌.
660 선인(先人): 돌아가신 아버지.
661 사질(邪疾): 사악한 병.
662 백초지물(百草之物): 온갖 약초로 만든 약.
663 섬어(譫語): 헛소리.
664 액수(厄數): 재액이 돌아오는 신수.

석에 있는지라, 일궁이 진동하고 조야가 망극하여 천신께 빌며 북두(北斗)에 제(祭)하여 세자가 친림하시며 정성이 아니 미친 곳이 없으되, 일일극중(日日極重)하신지라.

상이 침식을 폐하시고 근심하사 용안이 초췌하시니, 후가 미란665하신 정신 중도 과도히 염려하사 간하시더라.

후가 스스로 회춘(回春)치 못하실 줄 아시고 명하사 의녀를 물리치시고 의약을 내오지 않으시니, 상이 임어(臨御)하사 들으시고 놀라오사 약을 친히 권하시며 가라사대,

"병중에 약을 어찌 끊으리요. 강잉(强仍)하여 약을 내오시고 수이 차복666하여 과인의 바라는 바를 저버리지 말으소서."

후가 정신을 겨우 정하사 가라사대,

"첩이 아직 나이 적고 영화가 제미하오니 무어 죽고자 하리잇고마는, 달로667 아픔이 자심668하니 어서 죽어 모르니만 못하이다. 약을 써도 효험이 없고 오장이 더 아프되, 전하의 염려하심을 저버리지 못하와 강잉하와669 먹삽더니, 첩이 반드시 오래 않을지라. 먹고 괴로운 것을 권치 말으소서."

상이 청필670에 옥루가 떨어져 척연히 가라사대,

"후가 어찌 이런 불길한 말씀을 하여 과인의 심사를 요동하시느뇨? 만일 장히 괴로운즉 수일만 그쳐 심사를 평안히 하여 조양671하소서."

665 미란(迷亂): 정신이 흐리멍덩하여 어지러움.
666 차복(差復): 병이 회복되는 차도.
667 달로: 가람본엔 '달포'로 되어 있음. 즉 '한 달 이상 되는 동안'이 문맥상 더 맞을 것 같음.
668 자심(滋甚): 더욱 심함.
669 강잉하와: 억지로 그대로 하여.
670 청필(聽畢): 듣기를 마치고.
671 조양(助陽): 양기를 도움.

　친히 미음을 권하시며 병전에 계셔 떠나지 않으시더니, 과연 약을 그치심으로부터 조금 감세(減勢) 계오신 듯 하시니 궁중이 잠깐 다행하더니, 일일은 스스로 미음을 찾아 진어하시고 좌우 시탕하던 시녀를 돌아보아 가라사대,

　"내 이제 살지 못하리니 너희 지성을 무엇으로 갚으리요. 너희 등은 내 삼년 후672 각각 돌아가 부모 동생을 보고 인륜(人倫)을 갖추어 살다가 구천타일673에 지하로 모듬을 기약하라."

　좌우가 천만 의외 이 하교를 듣삽고 망극하여 일시에 낯을 가리와 체읍하고 눈물이 쏟아져 목이 메어 능히 대답 못하더라.

　후가 명하사, 전각(殿閣)을 쇄소674하고 향을 피우고 궁인에게 붙들려 세수를 정히 하시고 양치 물 하시고 새 옷과 새 금침을 갈아 입사오시고 궁녀로 상(上)을 청하시니, 상(上)이 들어오시매 후가 의상을 정돈하시고 좌우로 붙들어 앉아 계시매, 궁인들이 다 망극하여 슬픈 빛일러라. 천심(天心)이 당황하사 좌(座)를 가까이 일우시고 왈,

　"어이 이렇듯 실섭675하시느뇨?"

　후가 문득 옥루를 내리와 가라사대,

　"신이 곤위에 거하여 성상 융은으로 영복(榮福)이 극진하오니 한(恨)하올 바가 없사오되, 다만 슬하에 골육(骨肉)이 없어 그림자가 외롭고 성상 대은(大恩)을 만분지일도 갚지 못하옵고 도리어 천심을 손상하시게 하옵고 오늘날 종천영결676을 짓사오니, 구천지하(九泉地下)에 눈을 감지 못하오리니, 복원(伏願) 성상은 박명하온 신을 생각지 말으시고

---

672 삼년 후(三年後): 삼년상을 마친 후.
673 구천타일(九泉他日): 죽어서 다른 날.
674 쇄소(灑掃): 쓸고 닦음. 청소하여 깨끗이 함.
675 실섭(失攝): 몸조심을 하지 않음.
676 종천영결(終天永訣): 죽어서 영원히 이 세상과 결별함.

백세안강(百歲安康)하오소서."

상이 크게 슬퍼 용루가 영락(纓絡)[677]하사 가라사대,

"후가 어찌 이런 말씀을 하시느뇨?"

말씀을 능히 이루지 못하사 용포(龍袍)소매 젖으시니, 후가 정[678]이 황난[679]하시나 어찌 상의 과상하심을 모르시리요. 눈물을 흘려 길이 탄식 왈,

"성상은 용체를 보중하사 돌아가는 첩 심을 평안케 하시고 만민의 해를 덜으소서."

세자와 왕자를 어루만지시고 후궁 비빙을 나아오라 하사 가라사대,

"내 명운(命運)이 불행하여 육년 고초를 겪고 다시 성은이 망극하사 곤위에 올라 세자 왕자의 종요로이[680] 여년을 마칠까 하였더니, 오늘날 돌아가니 어찌 명박[681]지 않으리요. 그대 등은 나의 박명[682]을 본받지 말고 성상을 뫼셔 만수 무강하라."

연잉군[683]이 이때 팔 세시라. 손을 잡고 슬퍼 왈,

"차아(此兒)가 영특(英特)하니 내 극히 사랑하더니 그 장성함을 보지 못하니 한(恨)이라."

하시고, 비빙을 치우시고 오라버님네와 조카네 사촌들을 인견하사 오열비창[684]하심을 금치 못하시니, 민공 등이 배복[685] 오열하여 능히 말

---

677 영락(纓絡): 구슬을 꿰어 만든 장신구. 본문에서는 구슬을 꿰듯이 눈물이 이어짐을 말함.
678 정: 가람본에는 '정신'으로 되어있으므로 '정신'으로 해석함이 옳음.
679 황난(慌亂): 정신이 정리되지 않아 어지러움.
680 종요로이: 없어서는 아니 될 만큼 긴요하게.
681 명박(命薄): 운명이 기구함.
682 박명(薄命): 기박한 운명. 좋지 못한 팔자.
683 연잉군(延仍君): 영조가 아이 때에 책봉받은 이름. 본문에는 '연이궁'으로 되어 있으나 오자이므로 바로 잡음.

을 못하는지라. 상이 이 거동을 보시고 천심이 무너지고 꺾어지는 듯 차마 보지 못하시더라. 좌우가 미음을 올리니 상(上)이 친히 받아 용루를 머금어 권하시니, 후가 희허탄식686하시고 두어 번 마시고 상이 친히 붙들어 베개를 바로 누이시더니, 이윽고 창경궁(昌慶宮) 경춘전687에서 엄연688 승하(昇遐)하시니, 세(歲) 신사689 추(秋) 팔월 십사일 사시(巳時)요, 복위 팔 년이요, 춘추 삼십오 세시라.

궁중에 곡성이 진동하여 귀신이 다 우는 듯 궁녀 서로 머리를 부딪쳐 앙앙690이 따르고자 하니, 하물며 상의 과도히 슬퍼하심이 어수691로 난간을 두드리시며 하늘을 우러러 방성통곡(放聲痛哭)하시니, 용안에 쌍루가 비오듯 용포가 물 부은 것 같으시니, 궁중이 차마 우러러 뵈옵지 못하더라. 조정과 사서인이 슬퍼함이 심산공곡(深山空谷)에 이르니 다 부모 상도(喪道)로 더하니, 후(后)의 숙덕 성행 곧 아니면 어찌 이대도록 하리요. 왕예로 입관성복692을 지내고 사시제전(四時祭典)에 친림곡배(親臨哭拜)하사, 애통하심이 날로 더하시니 궁중 신료(臣僚)가 근심하더라.

구월 초사일 상이 친림하사 친제(親祭)하실새 제문(祭文)지어 예관(禮官)으로 읽히시니, 대강 제문에 왈,

"모년 모월에 국왕은 비박지전693으로 대행왕비694 민씨지영(閔氏之靈)

---

684 오열비창(嗚咽悲愴): 마음이 아프고 슬퍼 목메어 욺.
685 배복(拜伏): 엎드려 절함.
686 희허탄식(欷歔歎息): 한숨짓고 탄식함.
687 경춘전(景春殿): 본문에는 '춘전'으로 되어있으나 오기이므로 바로 잡음.
688 엄연(儼然): 현상이 뚜렷하여 누구도 부인할 수 없음.
689 신사(辛巳): 숙종 27년(1701).
690 앙앙(怏怏): 마음이 섭섭하여 만족하지 않은 모양.
691 어수(御手): 임금의 손.
692 입관성복(入棺成服): 시체를 관에 넣고 상제가 상복을 입음.

에 고하나니, 오희[695]라. 현후의 돌아가신 길이 진여아 몽여아[696], 달이 가고 날이 바뀌고 이제 과인이 황란[697]하여 능히 깨닫지 못하니, 속절없이 천수가 막막하고 음용[698]이 그쳤으니 그 돌아감이 반듯한지라. 옛 사람이 실우지탄[699]과 고분지통[700]을 일렀으나 과인의 지통(至痛)과 유한은 고금에 비겨 방불[701]한 자가 없도다. 오호라[702], 현후는 명문의 생출이요, 현부형(賢父兄) 교훈을 받았도다. 빼혈[703] 자질(資質)과 아름다운 성덕이 갈담규목[704]의 극진치 않음이 없으되, 시운이 불리하고 과인이 불명(不明)하여 육년 손위[705]는 차마 어찌 이르리요. 위태한 때에 처신을 더욱 곧게 평안하시고 어지러운 때에 덕행을 더욱 바로 하여 과인으로 하여금 과실을 많이 감춤은 현후 성덕이라. 꽃다운 효절(孝節)과 규잠[706]하는 덕이 국풍에 순이하여 한가지로 이 도를 임하여 태평을 누릴까 하였더니, 창천[707]이 어찌 숙인[708] 앞길을 빨리 하여 과인의 내

---

693 비박지전(菲薄之奠): 간단한 제전.
694 대행왕비(大行王妃): 임금이나 왕후가 돌아가신 뒤 아직 시호를 올리기 전에 부르는 말.
695 오희(嗚嘻): 한숨쉬는 소리.
696 진여아 몽여아: 꿈이냐 생시냐
697 황란(慌亂): 어지러움.
698 음용(音容): 목소리와 얼굴.
699 실우지탄(失偶之歎): 짝을 잃은 탄식.
700 고분지통(叩盆之痛): 상처(喪妻)함을 일컫는 말.
701 방불(彷佛): 거의 비슷함.
702 오호(嗚呼)라: 슬픔이나 탄식을 나타낼 때에 내는 소리.
703 빼혈: 빼어난.
704 갈담규목(葛覃樛木): 왕후의 근검경효(勤儉敬孝)와 관후한 덕행을 말함. '葛覃'과 '樛木'은 『시경(詩經)』의 편 이름으로, 왕후의 덕을 노래한 작품을 가리킴.
705 육년 손위(遜位): 장희빈의 간계로 6년 동안 곤위의 자리에서 물러나 있었음을 말함.
706 규잠(規箴): 경계함.
707 창천(蒼天): 맑게 갠 파란 하늘. 고대 중국에서 하늘을 아홉 개로 구분하고 동방을 창천이라 함. 즉 구천(九天)의 하나로 동북쪽 하늘을 가리킴.

조 다시 바랄 것이 없는지라. 차희라, 현후는 평안 돌아가 만사를 잊었 거니와 과인은 길고 먼 세상에 지한과 설움을 어찌 견디리요. 오희라, 현후의 맑은 자품(資稟)으로 일개 혈육이 없고 어진 성덕으로 하수[709]를 누리지 못하신고. 천도(天道)가 무심하신지라. 이는 반드시 과인의 실덕 묘복(失德眇福)을 하늘이 넘히[710] 여기오사, 과인으로 하여금 무궁 한탄 이 되게 하심이로다. 통명전[711]을 바라보니 현후의 덕된 의용(儀容)과 화한 성음(聲音)을 듣는 듯 하되, 이제 길이 막힘이 몇 천 리인고. 과인 이 중간 실덕함이 없이 지금까지 무고하다가 돌아가셔도 슬프다 하려 든 과인의 허물로 육년 고초를 생각하니 골똘한 유한이 여광여취[712]로 다."(제문이 너무 장황하니 그치노라.)

읽기를 마치매 방성대곡하시니 곡성과 눈물이 영인감창[713]이라. 좌 우시신(左右侍臣)이 다 체읍하고 감히 우러러 보옵지 못하더라. 인현왕 후라 추존하시고 능호는 명능(明陵)이니 고양[714]이라. 능전(陵殿)을 경연 전(景延殿)이라 하시고 대신을 명하사,

"능역(陵役)을 지성으로 감찰하라."

하시고,

"능묘(陵墓) 우편을 비워 타일 동폄하라[715]."

708 숙인(宿因): 숙연(宿緣). 오래 묵은 인연.
709 하수(遐壽): 장수.
710 넘히: 가람본에는 '미워하사'로 되어 있음. 문맥상 '넘'을 '염(厭)'으로 보아 '싫어하다' 로 해석함이 옳을 것 같음.
711 통명전(通明殿): 창경궁 안에 있는 정전.
712 여광여취(如狂如醉): 미친 듯도 하고 취한 듯도 함.
713 영인감창(令人感愴): 사람으로 하여금 슬프고 느껍게 함.
714 고양(高陽): 경기도 고양군. 현재는 경기도 고양시 용두동 산 30-1. 명릉은 서오릉 (西五陵)에 있음.
715 동폄(同窆)하라: 한 구덩이에 장사지내라. 합장하라. 숙종은 사후 인현왕후와 합장하 였음.

하시고 납월(臘月) 초파일로 인산(因山) 택일하오시니, 오회라, 사람의 수요는 인력으로 못한들, 후의 현철 성덕으로 마침내 무자(無子)하시고 단수(短壽)하시며 더욱 간인의 참화를 입으시니 어찌 천도가 순환지리[716]라 하리요마는, 어진 사람도 복을 누리지 못하거든 하물며 악인이 종시(終始)를 안행(安幸)함을 얻으리요.

차설[717], 장희빈이 후의 병환 시 두어 번 뵈옵고 칭병하고 문후(問候)치 않으니, 후가 그 심정이 교화치 못할 줄 아오시나 지이부지(知而不知)하시니, 후를 중궁전이라 아니 하고 민씨라 하며 언두(言頭)에 반드시 이를 갈며 잡귀 요괴로이 세상에 용납지 못하니라 하고 날마다 무녀(巫女) 술사(術士)로 축원하더니, 마침내 승하하시니 대희(大喜) 대락(大樂)하여 합수축천[718]하고 이수가 애애하여[719] 양양자득(揚揚自得)하고, 신당을 즉시 없이할 것이로되 여러 해를 위하였으니 졸지에 거저 없이 함이 세자와 빈에게 해롭다 하고 무녀·술사들이 상의하여 구월 초칠일 굿하고 파하려 그대로 두었더니, 이 또한 제 인력(人力)으로 못할지라. 어시(於時)에 상이 왕비를 생각하시고 모든 후궁을 찾지 아니하시고 과도히 슬퍼하사 조석으로 애통하사 천광(天光)이 환탈[720]하시니, 제신이 간유(諫諭)하온즉, 추연 탄 왈,

"과인이 부부지정(夫婦之情)으로 슬퍼함이 아니라 그 덕을 생각하고 선을 잊지 못하여 그리함이라."

하시니, 제신이 다 감창하더라.

구월 초칠일 석전[721]에 참례하시고 돌아오사, 추기(秋氣)는 서늘하고

---

716 순환지리(循環之理): 흥망성쇠가 바뀌는 이치.
717 차설(且說): 각설. 화제를 돌려 말할 때 첫머리에 쓰는 말.
718 합수축천(合手祝天): 손을 모아 하늘에 빔.
719 이수가 애애하여: 평상시와 달리 평화로운 기운이 있음. 화기애애함.
720 환탈(換奪): 많이 야윔.

초월(初月)이 희미한데 실솔성⁷²²이 일어나니 심사가 더욱 처량하사, 촉(燭)을 대하여 용루를 내리오시다가 안석(案席)을 의지해 잠깐 졸으시더니, 사몽비몽(似夢非夢)간에 죽은 넋이 앞에 와 아뢰되,

"궁중에 사질(邪疾)과 요얼⁷²³이 성하와 중궁이 비명에 참화(慘禍)하시고 앞에 대화가 불 일어나듯 하올 것이니, 복원(伏願) 성상은 살피소서." 하고 손을 들어 취선당(就善堂)을 가리키며 상을 뫼시고 한 곳에 이르니, 후의 혼전(魂殿)이라. 전중(殿中)에 중궁이 시녀를 거느리시고 앉아 계오신데 안색이 참담하사 애연(哀然)히 통도⁷²⁴하시며 상께 고(告)왈,

"신이 명이 비록 단(短)하오나 독한 병이 잠기어 올에 죽을 자가 아니로되 장녀(張女)가 천백가지로 저주 방정하여 요얼의 해를 입어 비명원사하니, 장녀로 불공대천지수⁷²⁵라. 원혼이 운간(雲間)에 빗겨 한(恨)을 품었으니 당당히 장녀의 목숨을 끊을 것이로되, 성상이 친히 분변하사 흑백을 가리어 원수를 갚아 주심을 바라고, 요사를 없이하여야 궁내가 평안하리이다."

상이 크게 반기사 옷을 잡아 물으랴 하시다가 놀라 깨달으시니, 침상일몽(寢牀一夢)이라. 추영(秋影)은 휘황하고 좌우 환시(宦侍)들은 장(帳) 밖에 뫼셔 앉았으니 크게 슬퍼 일장(一場)을 통곡하시고 좌우더러 때를 물으시니 초경⁷²⁶이라. 이에 옥교(玉轎)를 내와 타시고 위의(威儀)를 다

---

721 석전(夕奠): 염습 때부터 장사 때까지 저녁마다 신위(神位) 앞에 제물을 올리는 의식.

722 실솔성(蟋蟀聲): 귀뚜라미 우는 소리.

723 요얼: 요사스러운 귀신 또는 그 귀신이 끼치는 재앙.

724 애연(哀然)히 통도(痛悼): 매우 아프고 슬픔.

725 불공대천지수(不共戴天之讎): 불공대천의 원수. 이 세상에서는 함께 살 수 없는 극악한 원수.

726 초경(初更): 오경(五更)의 하나. 하룻밤을 다섯 등분한 맨 첫째 부분으로 오후 7~9시.

떨으시고 인적(人跡)과 헌화727를 내지 말라 하시고 영숙궁으로 가시니, 이 궁에 행(行)하신지 칠팔 년이라, 누가 상(上)이 행하실 줄 알리요. 이 날이 장빈(張嬪) 생일이라. 숙정(淑正)이 들어와 하례(賀禮)하고 중궁 죽임을 치하하여 모든 궁인들이 공을 다투고 옛말을 이르며, 신당에서는 무녀·술사가 촉(燭)을 밝히고 설법(說法)하더니, 부지불각(不知不覺)에 대전 옥교 청사에 이르사 들어오시니 궁녀들이 놀라 급급히 일어 맞아 아무리 할 줄 모르더라.

상이 그 쟁공728하는 말을 들으시고 심중에 대노하사, 묵연(默然)히 관형찰색729하시니 궁녀들이 생각하되, '희빈의 생일이요, 중전이 아니 계오시니 오시다' 하여 야반 수라(水剌)를 성비(盛備)하여 들이니, 상이 냉소하시고 멀리 살펴보시매, 마침 전당(殿堂)에 등촉(燈燭)이 조요하더니 다 끄고 괴괴한지라. 의심이 동하사 몸을 일어 청사(廳舍)를 나오시니 맞은편에 병풍을 쳤거늘,

"치우라."

하시니, 궁녀 황겁하되 할 일 없어 걷으니 벽상(壁上)에 한 화상을 걸었는지라. 자시 보시니 완연한 민후로 다름이 없는지라. 살 맞은 굼기730 무수하여 다 떨어졌는지라. 문 왈,

"저 어인 것이뇨?"

좌우 황황하여 아무말도 못하거늘 장씨 내달아 고(告)하되,

"이는 중궁전 화상이라. 그 성덕 감격하와 화상을 그려 두고 시시(時時) 곧 생각하나이다."

---

727 헌화(喧譁): 떠드는 소리.
728 쟁공(爭功): 공을 서로 다툼.
729 관형찰색(觀形察色): 모양과 얼굴을 자세히 관찰함.
730 굼기: '굼'. '구멍'의 옛말.

상이 비로소 진노하사 가라사대.

"후(后)를 생각하여 그렸으면 저렇듯 살 맞은 데 많으뇨?"

장씨는 답지 못하거늘, 데려오신 내관을 명하사 촉(燭)을 잡히시고 서편당(西便堂)에 가 보시니 흉악한 신당이라. 천노(天怒)가 진첩731하사 청사에 앉으시고 궁노(宮奴)를 불러 모든 궁녀를 다 잡아내어 길에 결박하고 엄치(嚴治)하사 가라사대,

"내 벌써부터 짐작하고 알았으니 궁중 요악한 일을 추호나 숨기면 경각에 죽이리라."

하시니, 천노가 진첩하사 급한 뇌성 같고 엄하신 기운이 상설(霜雪) 같으시니 어디가 감히 은휘732하리요마는, 그중 시영(時英) 간악하여 처음은 모르노라 하더니 피육이 떨어지며 제녀(諸女) 일시에 응성733하여 주초734하여 전후사를 역력히 다 아뢰니, 상이 새로이 모골(毛骨)이 송연735하여 가라사대,

"범을 길러 화를 받는다 말이 과연 이제 같도다. 내 장녀를 내치지 아니하고 두었다가 대화(大禍)를 자취(自取)하였으니 이것도 불가사문어 인국736이라."

하시고 상궁(尚宮) 시녀 등을 금부737로 내리와 명일(明日)로 친국(親鞫) 하려 하시고 외전(外殿)에 나오사, 능히 잠을 이루지 못하시고, 이튿날 중외(中外)에 반포(頒布)하사,

731 진첩(震疊): 존귀한 사람이 몹시 성을 내어 그치지 아니함.
732 은휘(隱諱): 꺼리어 감추고 숨김.
733 응성(應聲): 소리에 응함.
734 주초(奏招): 죄를 고백함.
735 송연(竦然): 두려워하여 몸을 소스라치는 모습.
736 불가사문어인국(不可使聞於隣國): 수치스러워서 이웃 나라에 소문을 퍼지게 할 수 없음.
737 금부(禁府): 의금부를 말함.

"중궁이 비명 원사(非命寃死)하심과 장빈의 대역부도(大逆不道)와 흉교
간악(奸惡)이 불가사문어인국(不可使聞於隣國)이라. 제주 안치 죄인 장희
재(張希載)를 급급 몽두나래738하고, 역율(逆律) 죄인 정수를 한가지로 모
역한 유(類)이니 정형739하라."

하시고,

"내수사(內需司) 춘상·철향·시영 등을 금부에 가 잡아 인정문(仁政
門)에서 친국하라."

하시니, 승지(承旨) 윤이부(尹吏部) 복두(伏頭) 왈,

"희빈의 죄악이 중하오나 세자를 보아 식노(息怒)하소서."

상이 대로 왈,

"장씨 처음에 중궁을 간해하되 세자의 낯을 보아 두었더니, 궁중에
신당을 만들고 저주를 묻어 국모를 모살(謀殺)하니 궁흉극악한 대역부
도는 천고에 없는지라. 내 친히 국문하여 죄를 밝혀 중궁 영혼을 위로
하려 하거늘, 승지 역적을 두호하여 금부로 추국하자 하니, 신자(臣者)
가 국모를 모살한 원수를 어찌 이렇듯이 하리요. 극히 한심한지라. 윤
(尹)을 삭탈 관직하여 문외출송(門外出送)하라."

하시고, 국청죄인(鞠廳罪人)인 철향740은 형문삼장(刑問三杖)에 복초741 왈,
을해742년부터 신당을 배설하고 무녀, 술사로 축원하여 중궁이 망하시

---

738 몽두나래(蒙頭拿來): 죄인의 얼굴에 천일(天日)을 못 보도록 물건을 씌워 잡아옴.
739 정형(正刑): 사형(死刑).
740 철향: 장희빈의 저주 사건이 탄로 난 후 사건의 전말을 밝히기 위한 문초가 여러날
    계속되었고 실록에는 당시의 상황이 매우 자세하게 기록되었다. 궁녀 축생, 설향, 시
    영, 숙영, 철생 등과 무녀 오례, 희빈의 세답방 내인 몽렬, 장희재의 첩 숙정, 장씨집
    계집종 정월의 어미 신월 등은 발견되나 철향은 거명 되지 않았다. 오기로 생각된다.
    『숙종실록』권35, 숙종 27년 9월 23일(정미)~10월 3일(병진) 참조.
741 복초(服招): 취조에 승복하는 말을 함.
742 을해(乙亥): 숙종 21년(1695).

고 장씨 복위하게 빌던 말과 화상을 걸고 쏘아 임염743하여 묻은 말이며 절절히 아뢰고,

"이 밖은 시향 등이 알고 소인은 모르나이다."

시향을 엄문하시니 연(年)이 이십삼이라. 복초 왈,

"희빈 오라비 장희재 첩 숙정으로 서간왕래(書簡往來)하되 빈이 숙정의 편지를 본즉 소화(燒火)하니 그 연고를 모르고, 숙정을 불러들여 구구히 의논하고 작은 동고리744를 치마 속에 싸 가지로 철향과 소인을 데리고 황혼에 통명전(通明殿)의 연못가에 곳곳에 묻고, 또 무엇인지 봉한 것을 봉봉이 만들어 상춘각(賞春閣) 부중745 섬 아래 곳곳에 묻고, 신은 돌아다니며 사람의 기척을 살피고, 신은 철향 등으로 한가지로 다니오나 그 속에 든 것은 모르옵고 일일(一日)은 취영이 빈께 고 왈, '행사를 다하였나이다.' 한 즉, 빈이 답 왈, '시영, 철향이 다 그곳을 아느냐?' 대 왈, '한가지로 다니며 하였사오니 어찌 모르오며 철향 등이 심복이오나 명목이 다르오니 기이는746 것이 좋지 아니하오니 알게 하소서.' 하던 말과 신은 그 속을 모르오되 이해로 달래고 계(計)를 두 녀(二女) 모역한 것이 적실하오이다."

시영은 사십일 세라. 요악하나 감히 은휘747치 못하여 복초 왈, 해골을 오색 비단 옷을 입혀 중전 성씨 생일·생시를 써 묻고, 의복 지은데 해골 가루를 솜에 뿌리고 또 해골을 빻아서 염습하여 묻었다가 들여가니, 중전이 받지 아니하시더니 이듬해 탄일에 올리오니 또 받지 아니하시다가 춘궁저하748의 낯을 보사 받으시던 일을 아뢰고,

743 임염(臨殮): 죽은 사람의 몸을 씻긴 뒤에 옷을 입히고 베로 묶는 일.
744 동고리: 고리버들로 만든 둥글납작한 작은 옷상자. 고리짝.
745 부중(府中): 관청.
746 기(欺)이는: 사실을 숨기고 바른대로 말하지 않는.
747 은휘(隱諱): 꺼리어 숨김.

"축사와 요얼을 만든 것은 숙정의 조화로소이다."

즉시 숙정과 무녀·술사를 잡아들이어 엄형국문[749]하시니, 무녀·술사의 초사[750]에 왈,

"일찍 장희재를 사귀었삽더니 귀향갈 적 은자(銀子)를 많이 주며 빈께 천거하니, 천인(賤人)이 무지하와 보화를 탐하여 대역을 지었사오니 지만[751]이로소이다."

숙정을 국문하시니 주초 왈,

"희빈이 매양 궁녀를 보내어 어린아이 옷을 지어 달라 하매 지었노라."

하고,

"시시로 보물을 많이 보내고 또 이르되, '취선당이 절로 울고 희빈 병환이 계시니 굿을 하겠다'고 청하거늘 들어가오니 무녀·술사로 중전 망하심을 축수하는데 빈이 실정을 일러 모의하니 죽을 때라 동참하옵고, 중전 의대 지은 것도 신이 하고 해골은 희재 청지기 철명이 얻어드렸나이다."

"철명을 잡아들이라."

하시니 도망한지라. 용모파기[752]하여 수일내 잡아들이니,

"희재와 사생(死生)의 의(誼)가 있어 귀향갈 적 은자를 많이 주며 '희빈이 부리는 일이 있거든 진심(盡心)하라' 한 고로 팔도에 몹쓸 해골을 다 얻어드렸더니라."

초사 여출일구[753]하니 만조시신(滿朝侍臣)이 다 모골이 송연하여 곳곳

---

748 춘궁저하(春宮邸下): 왕세자의 별칭.
749 엄형국문(嚴刑鞫問): 엄중한 형벌로 죄인을 심문함.
750 초사(招辭): 죄인이 범죄 사실을 진술함.
751 지만(遲晚): 죄인이 고백함. 너무 늦게 자백하여 죄스럽다는 뜻에서 나온 말.
752 용모파기(容貌疤記): 얼굴을 검사하여 그 특징을 적은 기록.

이 묻은 것을 파내니, 모양이 흉한 것도 있고 요사한 것도 있어 차마 대치[754] 못하고 중전 의복을 내어 솜을 터니 푸른 가루가 날리니, 상이 진노하시고 이윽고 추연 장탄 왈,

"다시 과인이 불명하여 궁중에 이런 변이 나니 불가사문어타인이라. 구천타일(九泉他日)에 하면목(何面目)으로 중궁을 보오리요."

당일에 죄인 십여 인을 군기시[755]에 능지처참[756]하고, 기여[757] 궁인·마직[758]은 원찬[759]하시고 전교 왈,

"국모를 모살하니 이 막대한 옥사로되, 대역부도(大逆不道)의 신하가 연일 계사[760]하여 드러날까 두려 친국함은 임군의 체면이 아니라 하고 기롱[761]하니, 너희 뜻을 좇아 중궁 모살한 원수를 갚지 않음이 옳으냐? 이런 신하를 두면 반드시 후환이 있을 것이니 영의정 최석정으로 변원(邊遠)에 정배하고 기여(其餘)는 삭탈 관직하라."

하시고, 장빈을 본궁에 가두었더니 처치[762]를 생각하실새 경각에 부월[763]처로 참하시고 싶으되, 부자(父子)는 오상[764]의 대륜(大倫)이라 세자의 낯을 보지 못하사 중형을 못하시고 이르시되, 옛 한무제(漢武帝)는

----

753 여출일구(如出一口): 한입에서 나온 것과 같음.
754 대치(對置): 마주 보도록 놓음.
755 군기시(軍器寺): 조선조 군기를 만드는 일을 맡은 관청.
756 능지처참(陵遲處斬): 대역죄를 범한 경우에 머리, 몸, 팔, 다리를 토막 쳐서 죽이는 극형.
757 기여(其餘): 그 나머지.
758 마직(馬直): 마지기. 각 궁방(宮房)의 하인.
759 원찬(遠竄): 먼 곳으로 귀양 보냄.
760 계사(啓辭): 알아듣도록 거듭 타일러 훈계함.
761 기롱(譏弄): 빗대어 놓고 실없는 말로 농락함.
762 처치(處置): 일을 감당하여 치름.
763 부월(斧鉞): 작은 도끼나 큰 도끼. 본문에서는 중형을 가리킴.
764 오상(五常): 오륜(五倫). 인(仁), 의(義), 예(禮), 지(智), 신(信)의 다섯 가지 덕.

무죄한 구익부인765을 죽였거니와, 이제 장녀(張女)는 오형지참766을 할 것이요, 죄를 속이지 못할 바이로되, 세자의 정리를 생각하여 감사감형 (減死減刑)하여 신체를 온전히 하여 일기독약(一器毒藥)을 각별 신칙767하 사 궁녀를 명하여 보내시며 전교 왈,

"네 대역부도의 죄를 짓고 어찌 사약을 기다리리요. 빨리 죽음이 옳 거늘 요악한 인물이 행여 살까 하고 안연(晏然)히 천일을 보고 있으니 더욱 사죄(死罪)라. 동궁의 낯을 보아 형체를 온전히 하여 죽음이 네게 영화라. 빨리 죽어 요괴로운 자최를 일시도 머무리지 말라."

하시니, 장씨 이때 적년768 죄악이 다 탄로(綻露)하여 일국 만성에 회 자769하되, 조금도 두리는 빛과 부끄러움도 없어 중궁 모살함만 쾌(快) 하고, 세자의 형세를 믿고 설마770 죽이랴 하여 양안이 말똥말똥하여 주살771만 부리더니 약을 보고 고성 발악하며,

"내 무슨 죄 있관대 사약하리요. 구태여 나를 죽이려 할진대 내 아 들을 먼저 죽이라."

하고 약그릇을 엎치고 궁녀를 호령하니, 궁녀 위력772으로 핍박773치

---

765 구익부인(鉤弋夫人): 성은 조씨(趙氏). 한(漢)나라 무제(武帝)의 부인(夫人). 구익 궁(鉤弋宮)에 거처하였으므로 구익부인이라 하였다. 소제(昭帝)를 낳았으나 소제가 태자였을 때 방자하여 죽음이 내려졌음.

766 오형지참(五刑之斬): 다섯 가지 형벌로 다스려 죽임. 오형(五刑)은 곧 태형(笞刑), 장형(杖刑), 도형(徒刑), 유형(流刑), 사형(死刑).

767 신칙(申飭): 단단히 타일러 경계함.

768 적년(積年): 여러 해.

769 회자(膾炙): '회와 구운 고기'라는 뜻으로 칭찬을 받으며 사람의 입으로 퍼져 전해짐 을 이르는 말.

770 설마: 본문에는 '혈마'로 되어있으나 문맥상 '설마'가 옳음.

771 주살: 빠질거리며 요리조리 빠지기만 하려함.

772 위력(威力): 위풍 있는 당당한 힘.

773 핍박(逼迫): 형세가 매우 절박하고 바싹 죄어서 몹시 괴롭게 함.

못하여 이대로 상달(上達)하니, 상이 진노하사,

"내 앞에서 죽일 것이로되, 제 얼굴 보기 더러워 약을 보내니 네 염치 있을진대 스스로 죽어 자식이 편하고 남의 손에 죽지 않음이 옳거늘 자식을 유세하여 뉘게 발악하느뇨? 이 약이 네게는 상일 줄 알고 죄 위에 죄를 더어 삼척지율[774]을 받지 말라."

궁녀 명을 전하니 장씨 발 구르며 손뼉 쳐 발악 왈,

"민씨 단명하여 죽음이 내 아랑곳이냐? 너희가 감히 나를 죽이고 후일 세자의 손에 살까 싶으냐?"

불순패악[775]한 소리 악착하니, 상이 들으시고 분연[776]하사, 좌우로 옥교를 가져오라 하사 타시고 영숙궁으로 친림하사 청사에 좌하시고 좌우를 호령하사 장씨를 끌어내려 당에 내려오고 꾸짖어 왈,

"네 중궁을 모살하고 대역부도가 천지에 관영[777]하니 반드시 네 머리와 수족을 베어 천하에 효시[778]할 것이로되, 자식의 낯을 보아 특은으로 경벌(輕罰)을 쓰거늘 갈수록 태만하여 죄 위에 죄를 짓느뇨."

장씨 눈을 독히 떠 천안을 우러러뵈오며 고성 왈,

"민씨 내게 원앙을 끼치어 형벌로 죽었거늘 내 무슨 죄 있으며, 전하가 정치를 아니 밝히시니 인군의 도리 아니시라."

살기등등[779]하니, 상이 진노하사 용안을 높이 뜨시고 소매를 걷으시며 여성[780] 왈(曰),

---

774 삼척지율(三尺之律): 법을 말함. 옛날에 법을 3자되는 죽간(竹簡)에 썼으므로 '三尺之律'이라 하였음.
775 불순패악(不順悖惡): 공손하지 못하여 도리어 어그러지고 흉악함.
776 분연(忿然): 벌컥 성을 냄.
777 관영: 가득 참.
778 효시(梟示): 목을 베어 높은 곳에 매달아 놓고 민중에게 경계하는 뜻으로 뭇사람에게 보임.
779 살기등등(殺氣騰騰): 살기가 얼굴에 가득 차 있음.

"천고에 요악한 년이 어디 있으리요. 좌우로 빨리 약을 먹이라."
하시니, 장씨 손으로 궁녀를 치며 몸을 부딪쳐 발악 왈,

"세자와 함께 죽이라. 내 무슨 죄 있느뇨."

상이 익노(益怒)하사,

"좌우로 붙들고 먹이라."
하시니, 제녀781가 황황히 달아들어 팔을 잡고 허리를 안고 먹이려 하나 입을 다물고 뿌리치니, 상이 내리밀어 보시고 더욱 대노하사 분연히 일어나시며,

"막대로 입을 벌리고 부으라."
하시니, 제녀가 술총782으로 입을 벌리는지라. 장씨 이에는 위급한지라. 실성애통783 왈,

"전하, 내 죄를 보지 말으시고 옛날 정과 자식의 낯을 보아 일명(一命)을 용서하소서."

상이 들은 체 않으시고 먹이기를 재촉하시니, 장씨 공교한 말로 눈물이 비같이 흐르며 상을 우러러뵈오며 참연(慘然)히 빌어 왈,

"이 약을 먹여 죽이려 하시거든 자식이나 보아 구원784에 한이 없게 하소서."

간악한 소리로 슬피 우니, 요악(妖惡)한 정태(情態) 사람의 심장을 녹이고 처량한 소리 차마 듣지 못할 듯 하니, 좌우가 도리어 불쌍한 마음이 있으되 상이 조금도 측은지심785이 아니 계시고 '빨리 먹이라' 연하

---

780 여성(厲聲): 노하여 목소리를 높임.
781 제녀(諸女): 여러 궁녀.
782 술총: 숟가락의 자루.
783 실성애통(失性哀痛): 정신을 잃을 정도로 슬퍼서 울부짖음.
784 구원(九原): 저승.
785 측은지심(惻隱之心): 인간의 본성에서 우러나는 네 가지 마음, 사단(四端)의 하나.

여 세 그릇을 부으니, 경각[786]에 크게 한 소리를 지르고 섬 아래 거꾸러져 유혈(流血)이 샘솟듯 하니, 일기약(一器藥)으로도 오장이 다 녹으려든 세 그릇을 함께 부으니 경각에 칠규[787]로 검은 피 솟아나 땅에 고이니, 슬프다, 조그마한 궁인의 몸으로서 천승국모[788]를 모살하고 여러 인명이 다 검하(劍下)에 죽게 되니 하늘이 어찌 앙화를 내리오지 않으시리요. 상이 그 죽는 양을 보시고 의전으로 나오시며 신체를 궁외로 내라 하시고, 이튿날 하교 왈,

"장씨 죄악이 중하여 왕법을 행하였으나 자식은 모자지정(母子之情)이라. 세자의 정리를 보아 초초히[789] 예장(禮葬)하라."

하시고, 장희재를 극형하여 육신을 이체[790]하여 죽이시고 가재를 적몰[791]하시니, 일국 신민이 상쾌하여 아니 즐거한 이 없더라. 장씨 주검을 누가 정성 시수[792]하리요. 피 묻은 옷에 휘말아 소금장[793]을 덮어 궁외로 내어 방중에 누이고 상명을 기다리더니, '염장[794]하라' 하시매 들어가 입관하려 하니, 일야내(一夜內) 신체 다 녹아 검은 피 방중에 가득하여 신체 뜨게 되고 흉악한 내음새 차마 맡지 못하니, 차라리 형벌로 죽음만 못한지라. 보는 자가 차탄하여 천도(天道)가 소소[795]하여 윤회

불쌍히 여겨서 언짢아하는 마음.
786 경각(頃刻): 아주 짧은 시간. 눈 깜짝할 사이에.
787 칠규(七竅): 사람의 얼굴에 있는 일곱 개의 구멍. 귀, 눈, 코, 입.
788 천승국모(千乘國母): '제후의 국모'라는 뜻. 주나라 때 큰 나라의 제후가 1000대의 병거(兵車)를 내놓은 데서 유래됨.
789 초초히: 간략하게.
790 이체(離體): 사지를 갈라 몸체를 갈라 놓음.
791 적몰(籍沒): 중죄인의 가산을 모두 몰수하는 일.
792 시수(屍收): 시체를 거둠.
793 소금장: '소금저(素錦褚)'의 잘못. 무늬없는 흰 비단 덮개.
794 염장(殮葬): 시체를 염습하여 장사 지냄.
795 소소(昭昭): 사리가 뚜렷이 드러나 밝음.

보응을 목전에서 본다 하더라.

희재의 신체는 찾을 이 없고 인심이 다 절치(切齒)하는 고로 군기시 앞에 사람마다 막대에 꿰어 들고 효시[796]하니, 슬프다, 사람이 근본을 생각지 아니한즉 앙화있는지라. 제 불과 한 천인 궁속으로 다니다가, 제 누이 경궁[797]에 깃들여 옥궐(玉闕)에 귀인이 되니 분에 족하고 영화 재미한 바로되, 족한 줄을 모르고 참람[798]한 뜻을 두어 대역을 행하다가 이 지경이 되니, 세상 사람에게 경계하여 조심되지 않으랴. 상이 친국 옥사를 다 결단하시고 시월 십삼일을 당하사 혼전(魂殿)에 친림하사 제문지어 제하시니, 그 대강을 가라사대,

"현후(賢后) 운간(雲間)에 오른 지 이미 일월(日月)이 여러 번 갔는지라. 음용[799]이 깊고 깊었으나 과인의 생각하고 슬퍼함은 날로 더하고 달로 더하여 전일을 뉘우치고 이제를 느껴 한(恨)이 골수에 삭였거늘, 누가 도리어 현후로 하여금 간인(奸人)의 작해(作害)를 입어 비운에 추명하실 줄 알리요. 대역 간인의 궁모극계, 밖으로 신당을 베풀고 안으로 요사를 묻어 흉얼지해[800]가 후의 신상에 미칠 줄 알리요. 별증(別症)을 참지 못하시던 일을 생각하면 심장이 뛰는지라. 후의 현덕과 지선[801]한 성(性)으로 어찌 간인의 해를 입으며 민씨의 집은 덕이 깊고 음[802]이 후하거늘 어찌 여음(餘蔭)이 무심하뇨. 차희(嗟噫)라, 이는 과인이 박덕불명[803]하여 간흉을 미리 제방할 줄 모르고 대화(大禍)를 자초함

---

796 효시(梟示): 목을 베어 높은 데 메달아 경계하는 뜻으로 뭇사람에게 보임.
797 경궁(瓊宮): 옥으로 장식한 아름다운 궁전.
798 참람(僭濫): 분수에 넘쳐 외람됨.
799 음용(音容): 음성과 용모.
800 흉얼지해(凶孽之害): 흉악한 재앙의 피해.
801 지선(至善): 지극한 선.
802 음(蔭): 음덕(蔭德)의 준말. 조상의 덕.

이라, 뉘우친들 미치랴. 후는 비명에 돌아가고 간인은 화당804에 안거
(安居)하니 후의 영(靈)이 운소805에 비겨 과인으로 한함이 깊었도다. 오
희라, 뉘 죽으면 알음이 없더라 하더뇨. 후의 일월 같은 정신이 흩어지
지 아니하여 혼이 밝고 백806이 철807한지라. 현몽을 빌어 가르침이 명
명한지라. 이 어찌 돌아갔다 하리요. 명연(明然)히 깨쳐 간흉을 잡아 요
얼을 숙청하니 요악한 허리와 간사한 머리를 부월과 짐약808으로써 죽
이도다. 후의 원억한 수한(讐恨)을 갚음이 분명하되 사자(死者)는 불가부
생809이라. 후를 일으키지 못하니 지통이 더하며 설분(雪憤)함이 종시
쾌(快)치 못한지라. 오희라, 후의 정령(精靈)도 유명간(幽明間) 더 슬퍼하
리로다. 석일(昔日)에 후가 지인지감810이 영특하사 '간인을 근시(近侍)치
말라.' 하시되, 과인이 암약하여 깨닫지 못하고, 대화(大禍)를 자취(自取)
함이 오히려 후의 명령(明靈)의 가르침이 없던 들 반드시 원수를 갚지
못하고 도리어 요얼이 궁중에 흩어져 위망(危亡)을 볼 것이로되, 명령
(明靈)의 가르침을 입어 궁내를 숙청하고 과인의 어두운 매명811을 면하
리라. 요인(妖人)이 후의 생전해인(生前害人)이요 사후원수(死後怨讐)로다.
후의 체모가 높고 덕이 두터워 세자 애휼(愛恤)함이 기출에 지나고 세
자를 고염812하여 화를 자취함이로다. 현재(賢哉)라, 후의 명철한 덕성이

---

803 박덕불명(薄德不明): 덕이 부족하여 어리석음.
804 화당(華堂): 좋은 집.
805 운소(雲宵): 구름 긴 하늘
806 백(魄): 혼백(魂魄)의 준말. 넋. 사람의 정신.
807 철(哲): 명철(明哲)의 준말. 총명하고 사리에 밝음.
808 짐약(鴆藥): 짐새 독약. 짐새는 독이 강하여 독약으로 사용함.
809 불가부생(不可復生): 다시 살아날 수 없음.
810 지인지감(知人之鑑): 사람을 잘 알아보는 감식.
811 매명(昧名): 세상일에 어두움.
812 고염(顧念): 돌아보아 생각함. 뒷일을 염려함.

생전 신민에 들리고 사후(死後) 밝은 정령이 일국의 원을 풀었도다. 오
희라, 후의 정령이 명명히 살피는지라. 과인의 이렇듯 슬퍼함을 유념
(留念)치 않으시느뇨?"

읽기를 파하매 곡성이 절절 애애(哀哀)하시니, 좌우가 우러러 눈물을
금하지 못하고 궁중이 새로이 골돌 망극하되 세자 계오신 고로 감히
말을 못하나, 인사813를 아오신 후 자모(慈母)로 지한(至恨)이 되시나 중
궁전 성모의 은애를 받자와 지성이 극진하시더니, 몽매 밖 화변을 만
나사 처변(處變)을 아무리 하실 줄 모르사 자처(自處) 죄인하고 여러 번
상소하사 청죄하시고 동궁 위(位)를 사양하시니, 상이 추연감오814하사
가라사대,

"어미 죄로 무죄한 자식을 폐하리요. 이런 말은 다시 말라."

세자가 오히려 두문불출(杜門不出)하고 위815를 임치 않으사 사양하시
니, 상이 불러 앞에 앉히시고 손을 잡아 개유816하시며 탄 왈,

"네 어미 앙화(怏禍)가 자식에게 미쳐 골수에 병이 들고 진퇴무안(進
退無顔)하여 말이 이러하니, 네 어미 죄는 다시 죽음즉 하고 내 마음은
아프도다. 부자는 천성지친(天成之親)이라. 아비 용서하니 자식이 어찌
거스르리요. 다시 이런 말을 말라."

하시니 세자가 고두체읍(叩頭涕泣)하시고 성은을 감격하사 마지못 위에
서시나817, 평생 무광한 지통으로 아오시더라. 납월에 장차 발인818할
새, 또 제문지어 가라사대,

---

813 인사(人事): 세상의 일이나 신상에 벌어지는 일.
814 추연감오(愀然感悟): 서글퍼하여 느낌.
815 위(位): 동궁자리.
816 개유(開諭): 사리를 알아듣도록 잘 타이름.
817 위(位)에 서시나: 동궁자리에 있음.
818 발인(發靷): 상여가 집에서 묘지로 떠나감.

"오희라, 현후는 명가 현원[819]이요, 학자 교훈을 얻었도다. 가례 후 입궐하매, 위로 대비께 대희(大喜) 심하심을 받잡고 아래로 만궁(滿宮)의 축복함을 입었도다. 성사의 기틀이 완전하며 내조(內助)로도 덕이 빈빈[820]하도다. 국운이 불행하고 과인이 박덕하여 후의 덕성으로 수(壽)를 누리지 못하시니, 오호 애재라, 후의 자취를 어느 곳으로 향하여 반기며 과인의 의심된 곳을 눌로 더불어 해석(解釋)하리요. 혼전을 임하여 영구[821]를 대한즉 오히려 후의 음용을 대한 듯하더니 일월이 유매[822]하여 장례 박두하니, 후의 음용과 영구가 길이 궐중을 떠나게 되니 과인이 스스로 잃은 듯하며 취한 듯하니, 후의 영(靈)이 있을 진대 또한 유념하여 느끼리로다. 후는 돌아가시니 생전 꽃다운 덕이 빛나고 사후(死後) 슬퍼하오니 만화영명(萬華榮名)이 더욱 빛나니 비록 세상에 없으나 있는 이 같거니와, 과인은 길고 긴 세상에 전과를 뉘우치고 유한히 골돌하여 지통을 어쩌고 견디리요. 차생의 산해(山海)같은 은의로 느끼어 영결하며 능 우편을 비워 써 타일에 동폄[823]하기를 꾀하오니 천추만세에 체백[824]이 한가지로 놀리로다."

하였더라. 인산[825]하신 후, 슬퍼하심을 더욱 참지 못하시고 민문에 은영을 자주 내리오사 영이하심을 나타내시되, 민부에 더욱 송황겸퇴[826]하여 긍긍업업[827]하여 갈충보국[828]하더라.

---

819 현원(賢媛): 현명하여 덕행이 뛰어난 미인.
820 빈빈(彬彬): 문과 질이 알맞게 조화됨.
821 영구(靈柩): 시체가 들어간 관(棺).
822 유매(流邁): 빨리 흐름.
823 동폄(同窆): 한 구덩이에 묻힘. 합장함.
824 체백(體魄): 죽은 지 오래된 송장. 폄 속에 묻은 송장.
825 인산(因山): 나라의 장례.
826 송황겸퇴(悚惶謙退): 황송히 여기어 겸손히 사양함.
827 긍긍업업(兢兢業業): 퍽 조심함.

국체에 곤위를 비우지 못하므로 조정이 아뢴대 상이 슬퍼 듣지 않으시더니, 대신이 여러번 아뢰니 마지 못하사 중궁 간택하사 경은부원군(慶恩府院君) 김주신의 여829를 빼사 임오830년에 책봉왕비(冊封王妃)하시고, 조하(朝賀)를 받으실 새 옛일을 추모(追慕)하사 용루 떨어져 용포를 적시시니 비빙궁녀 다 슬퍼 체읍하더라. 홀홀히 삼년을 마치시매 슬퍼하심이 세월 갈수록 마지 않으사, 후의 유언을 좇으사 후를 뫼셔 육년 고초(苦楚)한 상궁과 근시하였던 궁인 십여 인을 통은(通恩)으로 상급을 많이 하시고 민간에 돌아가 인륜을 차리라 하시니, 제녀(諸女) 황공 감읍하여 대내(大內)를 차마 떠나지 못하더라.

무술831년에 창경궁 장춘헌832에서 세자빈 심씨(沈氏)833 홍(薨)하시니 자녀가 없으니, 그해에 다시 간선하여 함종(咸從) 어씨834로 세자빈을 책봉하시나 또 생산을 못하시고, 경자835 유월 초팔일 묘시(卯時)에 경희궁(慶熙宮) 융복전(隆福殿)에서 상(上)이 승하하시니, 재위 사십 육년이요, 춘추 육십 세시라. 일국신민이 다 망극하여 그 성덕대도(聖德大度)와 성신문무(聖神文武)하심이 만대의 명군(名君)이시라. 자고로 참소에 속은 임금이 많으시되 우리 숙종대왕처럼 미구(未久)에 환연명각836하사 광

828 갈충보국(竭忠報國): 충성을 다하여 국가에 보답함.
829 김주신의 여(女): 1687년(숙종 13)~1757년(영조 33). 숙종의 제2계비(繼妃) 인원왕후(仁元王后) 김씨. 부록 등장인물 참조.
830 임오(壬午): 숙종 28년(1702).
831 무술(戊戌): 숙종 44년(1718).
832 장춘헌(長春軒): 본문에는 '상춘전'으로 되어 있으나 오기이므로 바로 잡음.
833 세자빈 심씨: 1686년(숙종 12)~1718년(숙종 44). 1696년(숙종 22) 세자빈으로 간택됨. 사후 세자가 숙종을 이어 왕이 되었기에 단의왕후(端懿王后)가 됨. 부록 등장인물 참조.
834 어씨(魚氏): 1705년(숙종 31)~1730년(영조 6). 경종의 계비(繼妃). 함원부원군(咸原府院君) 어유구(魚有龜)의 따님. 부록 등장인물 참조.
835 경자(庚子): 숙종 46년(1720).

명정대하심은 역대(歷代)에 혼자시더라.

왕세자 즉위(卽位)하시고 빈전어씨(嬪殿魚氏)로 책봉 왕후하시나, 상이 병환이 계오사 농장[837]의 경사(慶事)를 못 보실 줄 알으시고 이듬해 신축[838]에 연잉군(延仍君)(영종대왕)으로 왕세제(王世弟)를 책봉하시고, 군부인 달성 서씨[839]로 세제빈을 책봉하사 우애 지극하시더니, 갑진[840] 팔월 이십오일에 창경궁 환취정[841]에서 승하하시니, 재위 사년이요 춘추 삼십 칠 세시라. 양주(楊州) 능(陵)에 장사하옵고 왕세제 즉위하사 이는 영종대왕이시라.

효의출천(孝義出天)하시며 요순[842]의 도덕이 계사 오십여 년 태평을 누리시니 숙종대왕 성덕여음(聖德餘蔭)이시라. 어려 계실 때부터 민대비 무애[843]하시던 은혜를 잊잡지 못하사 추모하심을 세월로 더하시고, 명철성덕[844]으로 무자(無子)하심을 크게 슬퍼하사, 즉위하신 후로 안국동(安國洞) 본궁(本宮)에 거동하사 육년 고초하시던 당(堂)을 둘러보시고 대성 통곡하시고 현판(懸板)을 들여 어필(御筆)로 감고당(感古堂)(옛일을 느낀다는 말)이라 하시고, 술위골 민판서 집은 여양부원군 형님집이라,

---

836 환연명각(渙然明覺): 의혹이 풀리고 밝히 깨달음.

837 농장(弄璋): 사내아이를 낳음. 옛날 아들을 낳으면 장난감으로 장(璋)이란 옥을 준 고사(故事)에 의함.

838 신축(辛丑): 경종 1년(1721).

839 군부인(郡夫人) 달성(達成) 서씨(徐氏): 1692년(숙종 18)~1757년(영조 33). 영조의 비 정 성왕후(貞聖王后). 왕후가 입궁 시엔 영조가 연잉군(延仍郡)이였기에 군부인라 했음. 군부인은 종친 정·종1품의 아내에게 주는 칭호임. 경종이 후사를 두지 못하여 영조가 세제가 되자(1721, 경종 원년) 세제빈으로 책봉됨. 부록 등장인물 참조.

840 갑진(甲辰): 경종 4년(1724).

841 환취정(環聚亭): 본문에는 '완취정'으로 되어 있으나 오기이므로 바로 잡음.

842 요순(堯舜): 중국 고대의 훌륭한 임금 요와 순.

843 무애(撫愛): 어루만져 사랑함.

844 명철성덕(明哲聖德): 밝은 지혜와 훌륭한 덕성. 『시경(詩經)』에 "說明且哲 以保其身"이라 했음.

인현왕후 탄생하시던 집이니, 또 거동하사 둘러보시고 석비(石碑)를 세워 인현성후 탄강구가(誕降舊家)라 어필로 쓰시고, 민씨 일문에 은혜를 형특히 나리오시니, 자고로 민씨 일문은 무사히 보체(保體)하여 이제까지 내려오니 이 또한 인현왕후 겸공비악(謙恭非惡)하신 덕으로 천심(天心)을 감동하신 바이라. 주(周)나라 임사(姙姒)의 성덕이 천추 만대에 유전(遺傳)하고 아조(我朝)의 인현성비(仁顯聖妃) 성덕이 임사 후(後) 처음이시라. 어찌 아름답지 아니하리요. 술위골 집과 안국동 집으로 민씨 대전(代傳)하여 옮기지 못하나니라.

민후 출궁하신 후, 장빈이 안으로 내응(內應)하고 간신이 밖으로 모의하여 후를 사약(死藥)하고 민씨의 일문을 어멸[845]하려 기회를 엿보나 천심이 허(許)치 않으시더니, 수년(數年) 후로부터 깨달음이 계사 만단 의심(萬端疑心)과 고요히 생각하시더니 임신[846]년에 일몽(一夢)을 얻으시니 명성대비(明聖大妃) 안색이 진노하사 상을 책하사 왈,

"중궁은 동국의 성녀요, 과인의 사랑하는 바이거늘 폐출하고 요악한 천인(賤人)을 대위에 올리니 종묘사직(宗廟社稷)이 욕된지라. 제향(祭享)을 흠향[847]도 않았노라."

하시고 노색(怒色)으로 떨쳐 일어나사 옥교를 타시고 후원 문으로 중궁을 보러 가노라 하시거늘, 상이 황황[848]하사 따라가시니, 전후 문을 긴긴이 봉쇄하고 집 가운데 풀과 띠끌이 무성하거늘 한 곳 소당으로 다달아 보시니, 민후 무색(無色)한 의복으로 천애(天涯)를 바라고 앉아 계시다가 대비를 보압고 눈물을 흘려 사은(謝恩)하시니 대비 붙들고 애연

---

845 어멸(御滅): 망하여 다 없어짐.
846 임신(壬申): 숙종 18년(1692).
847 흠향(歆饗): 신명(神明)이 제물을 받음.
848 황황(惶惶): 갈팡질팡 어쩔 줄 모르게 급함.

통곡하사 왈,

"이는 다 전생의 원수로 액운이 태심[849]하나 불구(不久)에 천운이 일시 완전할 것이니 스스로 보중(保重)하여 간인의 뜻을 맞추지 말라."

하시니, 중궁 모신 궁인이 일시에 통곡하는 소리에 놀라 깨치시니 침상일몽(寢牀一夢)이라. 대비전 용안이 완연명백[850]하시고 민후의 거처하신 집과 자처죄인(自處罪人)하고 겸차한 모양이 처량하시거늘, 도리어 슬퍼하사 감창[851]함을 종일 정(定)치 못하시고 애연 마음이 계시니, 경각에 환탈[852]하고자 하시나 국체(國體) 중난(重難)하여 가비야이[853] 못하시는 고로 묵묵히 참으시고 기색을 액정(掖庭)에 근시하고 충근자[854]를 놓아 염문하시니 이때 액정 소속은 다 궁인의 족속이라. 중궁을 외와[855] 지한(至恨)이 되었더니 이때를 타 폐후의 자처폐인(自處廢人)하시고 인적이 끝이인 말씀과 민씨의 충공정넘(忠恭貞念)하여 조심하는 바를 천심이 감동하시도록 아뢰니, 상이 몽사(夢事)와 같으신 줄 알으시고, 간인의 참소하는 바는 중궁이 참복난의 외인을 상통(相通)하고 인심을 교결(交結)하여 대역을 도모하고 신령께 축원하여 상을 방자[856]한다 하니, 상이 들을 만하시고 천위묵묵[857]하사 민씨를 두호[858]하심이 되니라.

갑술[859]년에 환탈하사 급급히 복위하시고 국사 여가에는 중궁전을

849 태심(太甚): 아주 심함.
850 완연명백(宛然明白): 아주 뚜렷함.
851 감창(感愴): 느끼어 애처로워함.
852 환탈(還奪): 이전대로 다시 빼앗음.
853 가비야이: '가벼이', '가볍게'의 고어.
854 충근자(忠勤者): 충성하고 부지런한 사람.
855 외와: 여의고.
856 방자(放恣): 남이 못되기를 신에게 빌어 재앙이 내리게 하는 짓.
857 천위묵묵(天威默默): 제왕의 위엄이 말없이 잠잠함.
858 두호(斗護): 두둔하여 보호함.

떠나지 않으시더니, 일일은 상이 가라사대,

"입궁하심을 그대도록 고집하여 과인으로 하여금 답답게 하시뇨. 과인이 성도가 급거하여 참지 못하나니 사체(事體)를 깊이 생각지 못함이 회장화급[860]이라. 내 장녀(張女)를 먼저 폐하고 과인이 친림 거동하여 후를 맞아왔다면 체모 극진하고 중궁께 영화와 체위[861] 차중[862]할 것을 내 미처 생각지 못하였으니, 애닲도소이다."

후가 손사(遜辭)하사 성심이 이에 미치심을 사례하시더라.

세자 매양 앞에서 놀새, 아름다운 실과와 빛난 꽃을 갖다가 후께 드리고 상께 고(告) 왈,

"영숙궁 모친[863]은 어진 기운이 없고 새로 오신 모비는 얼굴조차 착하시이다."

하시더라. 일일은 산호수로 꾸민 칼 하나를 갖다가 후께 드리며 왈,

"이것이 곱사오니 차오소서."

하시더라.

복위하시던 날, 상이 내전에 들어오사 부원군 작호를 친히 써 내리오실새 후께 가라사대,

"전부부인(前府夫人) 작호는 생각하되[864] 즉금 부부인 작호는 생각지 못하니 무엇이뇨?

하신대, 후가 아뢰어 대(對) 왈,

---

859 갑술(甲戌): 숙종 20년(1694).
860 회장화급(悔將禍及): 후회하고 끝내 화에 미치게 됨.
861 체위(體威): 체면과 위엄.
862 차중: 더욱 중함.
863 영숙궁 모친: 경종의 생모 희빈 장씨를 말함.
864 부부인은 왕비 어머니의 작호다. 인현왕후가 폐위되었다가 다시 입궐 한 직후엔 장희빈이 아직 중전으로 있었기에 인현왕후의 어머니는 전 부부인 이 된다.

"상해[865] 일컫지 않으오니 또한 생각지 못하나이다."

상이 미소 왈(曰),

"탁사[866]이라. 어찌 생각지 못하시리요."

하시고 깊이 생각하시다가 깨치시고 작호를 써 조정에 내리오시니, 후가 척연(慽然)히 슬퍼하시나 나타내지 않으시더라. 조정에서 친필 하교(下敎)하시는 은영(恩榮)을 감축 흠복[867]하더라.

민씨 제인(諸人)을 새 벼슬로 부르신대 황공불감(惶恐不敢)함을 사양하고 입조치 아니하나, 상이 여러번 은혜 형특(亨特)하신고로 마지못 입조하니 충렬이 새로이 늠연한지라. 상이 예우하심을 극진하사 후께 가라사대,

"평생에 쾌(快)하고 기쁜 일이 없더니 중궁이 다시 복위하시니 그 밖 기쁜 일이 없다."

하시더라. ✠

세 임인 초하 충주 족동 필서

---

865 상해: 늘, 항상.

866 탁사(卓思): 탁월한 생각.

867 흠복(欽服): 마음으로부터 깊이 존경하며 복종함.

인현왕후전

影印原文

가람본(375~504쪽)

국립도서관본(205~374쪽)

☞ 504쪽부터 보세요.

셩회을 흐실노 감회 생각ᄒᆞ시고 졍ᄒᆞ오믈 ᄢᅢ ᄯᅩ혀

ᄆᆡ나 보오니 회회면 이ᄉᆞᆯ회 ᄒᆞ나 나와 미처 면 이셔더니

용혈의셔 젼ᄒᆞ킈 ᄒᆞ고 흐시는 온 졍을 감ᄒᆞ오믈 ᄒᆞ시되

빌셔 졔긴을 셔 너셜노 부르온 위 ᄯᅬ 옹 불ᄒᆞ온 흐믈 ᄉᆞᆫ양을

으업노 쳐여믄 이르나 ᄉᆞᆼ의여 더면 은 졔형 흐믈 ᄡᅵ지 못ᄒᆞᆷ

ᄯᅩ 흐나 흐ᄧᅥ 딸 이셔 믈에 ᄂᆞᆷ면 흐에되 ᄉᆞᆼ의여 우 흐셩을 죡

젼 흐ᄉᆢᆨ 흐긔 ᄀᆞᆯᄒᆞ우 위 졍 ᄉᆞᆼ의 ᄀᆡ 흘고 김 부믄을 이옹다

ᄂᆡ 흐옹이 다시 복 졔 흐ᄯᅩ그 엇 갈보 불에 옹 ᄯᅡ흐

ᄉᆞᆼ회인

에 임인 ᄌᆞ 하 즁 슉 즉 등 빅셔

스러 흐기 라하 베쳐 민망 오 희어야 오에야 첩 담온 설 라와
빗노 뎝 을 잇다 가 후세 드리고 상거오 밧 명 후 을 오
은어한 져우돌이 업호 셔올오션 모비도 얼을 도오며 채 흐
이라 흐시 더라 일을 엇 양오 흉오 셔민 갈 흐 나돌을 잇다가
후 거도 져세 빵이 거 가 흠온 오 쟈 노으 나 흐 디 러 라
북셔 흐 던을 상이 기젼라 도게옷 부원 호 짜 호 돌을
천 희 셔 나 더오셜 의 후 거 갈 옷 제 젼 오 인 쟈호 노 논
셩샹 흐 리 죽 흠 부틀 인 쟉 샹 지옷 무더부어인돌
흉 년 러 회 낟 후어 디옐 샹 희이올 쳐 얘 으 긔 뎌 돌
두이못 흐 어 라 샹이 셔 후 얼 바셔 나 낫 더 영후 쳐 옷 흐

실외면 마음이 제 어이 경겨의 환탈호고의 죵신 후
혜죵받은 때 가의 아이 못흉오로 히 책 옷치 더
셔울외경의 죵죵혼 투어 벋오 하 밤옴 혼이 벼
녜외쳥 죵죵혼 나 그 보와 죵죵이의 죵죵혼의
와 지혼이 되여더니의 디 놀다 틔 후의 사외 헤넌 호
실 인적어 옷 치 빗 말솜와 민씨외 흉은 젼 뗘 호대
흉와 갓 튼 줄 믜 특셜 간 보외 잠 오 홀노 뗘 는
흉종이 촬 복 반외외 보 노 본 종 혼 그 인 셤 노 못 뗘
흉와 터 녁 노 노 호노 신 졍 거 호혼 호 셔

라 샹이 올히 크뎔ᄒ시거늘 됴뎡이 다 와라 붓이

만됴ᄎ규ᄒ의 북으로 현히올 뵈파 안즌 계신라 외

터비 올을 ᄋ얼은 손의올 불으며 샹은 흐ᄂ 틱ᄇ부올 을

인뎐흥록 ᄒ샐뗠 이노 다 뎐셩의 현규로 인ᄂ의 뎌

샴롤나 불녀와 뎐읃나 쒈셩 혈뎌의샹 숭올 ᄆ

둉올애 긴노의 앳올 또둇지 앺노 ᄒᄂᄉ 홍흥뫄ᄒ ᄉ

인뎌 얼시의 홍올툴 솔뎌 비올 의셔 ᄒᄉ니 챰ᄋ

일흥이외 뎡이뎐 홍쌍ᄂ 쌘뎐 명봉 톨올 빌ᄒ록 의

거ᄒ권 졉롸 ᄎ둇 쥔ᄆ 올흥 ᄍ른로 양이 뤼ᄡᄒ을

외리볼 로ᄌ릐 울ᄒ올홰 ᄉ양 쟝ᄒ올 둉일 렁 롼 ᄆᄉ 을

만왜여졈은 여망복원 근행범졉이라 인현왕후 션

셩호신 졍이니 뎌러툰호샤 들 머모시고 셕비를 셰워

인현뎡후 관산 구ㅎ라 머믈노 ㅆ셜고 민이 글본의 우

예를 형틋 히나리오ㅇ 쳐으로 만쟝 일은 부즈이 븟

호녀 이위샤지 난되노니 이읏돈 벨현 왕ㅎ후 경금 비ㅐ

춍션 덕으로 뎐셤을 갑ㅎ호신 비라 즁나라 만 소의

엉뎌의 현호쎼위의 몽쳔호고 안즐의 인현 뎡비 비

뎌 어엽쓰우 혀음에 시라 엇지 이람 당과 벨여를 갑ㅎ들

올여믈 졈라 안즉동 졉으로 민시키원 호여 춤디못들

누우라   인후들 경호신ㅎ누 명번이 안호드 비옹호ㄴ

출활월 봉후의 경 화을 낭경옥변외더 성이승하 호셔

너져위 수업 흥변 일을 흐흥 흐숩 데라 벌국 신이

이라 뻥옥 흐데그 벙데 더도와 벙신을 무 흐기네 쁜의

의 병혼이 서의 소골 잠 소의 속은 법곤이 뻰 흐지의

우의 송흥 되왕 혜를 째우의 혼면 병각 흐쟉 쟝명

령매 흐셔은 뻐혀와 후은 서버라 왕 병혜 이여오스 송

빈현 어서흐 쳐용 왕후흐흐션 성이병혜이여오스 송

쟝의 경삼을 벗 봇실 들 이돈 희신 흐의연

인근 영흥 뎌왕 흐을 봰데 흐의 쳐옹 흐셔 군 법 별 연서

호셰에 민을 쳐옹 흐쟉 우의 치옥 흐셔더니 감젼 혤월

나이갓 거의와 바닌은 길을 긋혜 샹의 현화을 취우는 뜻한

이줄을 흐니 지통을 웃지 근 젼히되느 츤뎡의 안은뢰 갓튼

온회로 못거의 명결흐며 능우쳔을 뵈여혀 파닐 둉념

그기길을 깨흐느뎌 쳔흐의예와 혜빅이 근쳐 지료는줄이로

가흐며 되뢰 일홈 흐간으로 울위흐로 더옥 흐雜 치 못흐

샬 민공의 눈여 눌을 즈노 나뢰뜻 밴우 흐위를을 나라셔록을

만복의 더우흉흥 졍팃 호파 흉을 업느 흐혜 달흥 뵈옥을

더뢰 굿혜의 은위를 뵌오뎌웃를 보고 죠헝나 얄외샤

샹의 줄여 돗지 안이거ᄂ 니신이여뢰면 얄외니 뼈치못

泰 츙즁간류 흐른 경홈부원 근 김홈ᄒᆞᆫ 닐흐여 뵐닉ᄉᆡᆫ

위틀셀 치셔여 샌소홍 흐니 생이 불 어이 휜쎠쥔던 손

블쟝흰 긔틀 흐여데 탸쎤데 어며 완회 젼셕의게 민쳐 쿨

수의 병이 둘은진 회 외모은 후 쌔뺘이 니쳐 흐니 네 어 쳡을

쟈시 즐셀 흑 흐을 넋빤쩔이쥴 흑져 복쟌는 쳔셩 자쳔에 이쒸

아여 놓혀 흐니 즐셕 이 엇쉬 겯을에 둘난 슈 이션

에져 긔뤼 슈 흐션 셩울 블흰 젹 흑못 위의 네쟝이언

펑셩무광 햐지 툥 울흘 어쪄쳐던 냥튈 비짱 훗 밤인 햐션

셔 젼뤈져여 흘은 쌍회 한회 현 후는 병가 혀완 이오

훅즌코 훈블흘 으허글느다 가미흑 넘젼 흐매 우으블

댜비게 져 허십 흐여꾼을 때 흐을 버월블 빤 궁외 촉붛 흐블

하교샤 경셔 죄악이 듕ㅎ야 왕법을 행홀 거시로ㅡ 죠졍의 일 데쟝의 졍의를 보아 후ㅡ 히비친 고런 후에 행희져 ㅎ고 죠졍 졔신ㅎ야 긔약ㅎ고 죄인은 간졀이 불혀 ㅎ여라 그 거죄 한션인의 샹쾌ㅎ야 쥬레여 죄인이 나라 광샤 죽엄ㅎ 거졀 국션인 에서 죄ㅎ야 누리여 하 경샤 수홀보 죄무를 못ㅎ 쳔ㅎ다 ㅇ늘쟝 ㅎ려ㅎ리 궁의교 셩샤 두림보 죄무를 못 ㅇ여 쳔ㅎ야 니 놈 등의 누일 쟝명ㅎ기 무려 변쟝 흐여매 드하 가임관 글쟈 ㅎ며 언신 졔닌 구 거본 죄명 등의 그 두 ㅎ셔신 예 ㅎ되 흉악 ㅎㅕ 놈셔 군ㅕ 엿지못 ㅎ다 쳔ㅎㄹ 나라 형벽 그 쥭음 못ㅎ지런 보눈 져 놋 ㅎ다 현 리주ㅡ ㅎㅕ눈 죄보 ㅎ쇽 목젼의 보라 흐려ㅎ 희지 의션 졔눈 쳔 쥬리엇ㅇ

념여 흐느껴 감어 한 소회를 술회하니 북받쳐 한 정회슈란의

삼장을 누으로 쳐량 흐르혀 춘비 둣지못하야 좌변을

조회 불샹 한 쌍을 이엇스되 샹어 흐ᄂᄆᄋ 흑구흐리심 이야

거간신뎌어 뎌이리 년뎌 배 그릇츨 비롯다 경긱비 크게한오

뎌을 지으로 법어서 건구뎌져 츙혈이 셔 알흣츠하니 일긔

ᄲᅡ을 그쇼창이라 누ᄉᄋ뎌는 졔그ᄅᆞᆯ 츌홈게 븐득너 졍긱의

쳑구를 거로 회혼니 뎌 혼양이 술프거ᄃᆞ 마ᄂᆞᆫ 궁인의 볼

을러러 천승 국모를 술독하ᄂᆞᆫ 여렁인녕어가 검하야죽게

되야 한훙이 츙쳔야 화를 ᄂᆡ리오ᄂᆞᄉᆞᅥᆷ 샹이 그쥭ᄂᆞᆫ 양을

북은 외쳔을 ᄂᆞ오ᄉᆞᅥᆷ 신쳐를 즁외ᄅᆞ 너리 흔오 이들을

선종와 홀게죽이라 내 무슴 죄잇관대 생이야고 죄라
우흐로 벗들과 미이며 좌상 제예항 이도흐르 활복잡고허
젼울쏘 그 며이재 한나 이엇을다 물고 샬되쳐사 생이누려 며
불셔 젼로 젹로 흥며 분변어업더 박상며 젼로 읍불
러라고 분노화흥여 졍예술 흥올 읍불 벼리놀허라 방시
이에 쇄금한지려 셩경이통힐 젼회여져룰 봉화물실
볏올 졍회 위식외못흘 분베 일명올 놀허흥혀 생일로
도회 약우셜 며이기올지 흑흥여 과우 공오한 백노흥롤
이비갓치 호올여 생을우려 븨쳐짜 참편 이비져올
이약올멱여 즈이혜 휴거 는 죠석 이런 불어 구웬의 학에

얼굴 보기 어려워 얼굴을 면티 데염치 잇실 전티
슘을 드리어 조식이 된 효로 남의 손의 죽지 아니케을
거울 조소을 우례하니 뉘게 발어 효을 이야비게
계로 생일 효을 얼고 회우 희 회을 더어 삼힐하고을
을앗지 얼나 궁며명 효을 젼하니 당시 발 구르며 효면
희발어 왈 만셰 연명 효여 죽으니 비아랑 것 하니니
희얏히 발을 죽이고 후의 세천의 혼의 발게 나시 보니
불을 희야 흐로 희악 책흐니 생어 드도셔 분연 흐
사 좌우로 훅코을 가위으라 하시 타실 멍쓰궁 으을 젼
괌흔 형소의 좌 후실 좌우을 후렁 흐새 당세을 仝

영화라 빗이 둘어 요괴로 요즌 형을 비스텨 여우룩지 이살
나 ᄒᆞᆫᄌᆡ라 ᄯᅡ에 엿 련면 되야이라 ᄒᆞ매 밧굿
ᄯᅡ형의 회ᄎᆞ ᄒᆞ되 됴ᄒᆞᆯ 두리ᄅᆞᆯ 밋 화 븟조넘도ᄆᆞ
셔 튱졍 복셜 ᄒᆞᄆᆡᄶᅢ ᄒᆞᆫ 비ᄌᆞ의 형ᄒᆡ올 ᄯᅳᄋᆞ 혈
ᄯᅡ 튱의 ᄎᆞᄒᆞᄂᆞ 양언 이실 둉ᄂᆞ ᄒᆞᆯ 너ᄆᆞᆫ 복ᄒᆞᆯ
너 약을 본ᄅᆞᆫ 형 ᄠᅡᆯᄋᆞᆨ ᄒᆞᄂᆡ 비무ᄃᆞᆫ 회이 ᄲᅡ위 九
ᄋᆞᆨ흐리ᄅᆞ도 굿흐여 나ᄃᆞᆯ흫 듕 이라 흫 져 디 비여 둘흫
본 ᄎᆞᆨ틈의라 ᄒᆞ고 약그룻 셜 법치ᄅᆞ ᄒᆞ여둘 호령흫
너둉여위젹ᄂᆞ 둘렴 ᄶᅥ 복ᄒᆞ여 이져ᄅᆞ상 달흫
너 샹이젼로 눈ᄯᆞ 미엄 휘셔 둉올 거시ᄒᆞ외 매

뎌부즈를 복창외 뎌르믄 이라 비즈외 비즈를 복회 못즈나

츙협을 못호시니 내죵은 지뎻한듯 례도의 회호두어

므나는 죽어 거이와 이뎌 양녀를 온형 지참을 할

거럴로 회를 쇽의 못할 비를 뎌 례즈외 뎡이올 양

강을려 감스간 행호며 신혜를 온혈 이올매 일괴

죽긱을 간뼈 신젹을 샤 궁녀를 뼝호며 복라셔며

젼교왈 데뎌뎌 부도의 회을 맛고 엿지 스악을 기나

디로 샐이홍오니 을뎌 안분이 힝혜을

가흘그안면이현 일을 붉그 잇스긔 더욱 회라 즁

궁외 낫을 복긔 혀혜을 손혈이 호며 츙으메게

어린인일이 구천 타의 하편 무술

럼로 강일의 젼인섭영인 술 군기시의 능지쳐참하고

기여 궁인 짜자 운원 한 후실노 면고왈 국문을 무술

하니 이뗘 거한 우셜노 져벽브르긴 희 변일게

소홀바 드려 쓰끼 두뎌 친우 호믄 남군의 희 변이여우희

궁로거 좋기 너희 뜻즐 호촛 등둥 둇술 한 원후

술감다여 씨올 후뿌 이뢴신히 술 두변 맏라우 후환

이인 슬거어우 병의 졍 희박 졍올 변원의 졍 밥즐어라

기녀논 솃태 과 위 흐환 후션당빈 을 분 궁의 가 두엇어라

쳐지 솔 영가 후설서 졍각 의 부원 훠로 참 후운 십브

신이흐르히 골온 회져졍직이 졀셩이 어뎌드헌는의

쳠녕불충인 드티회구 도방 훈지회라 훙모라기훈의

슈울 더잠이 두회이 회져와 소셩의 위기 잇셔 귀향갈 쪽

온존쓸은 히록뎌 회빈에 부회 물이 잇거를 진심 호회

한 골회 회도 의봉을 회골을 라어 더들 뎌니와 초소병출

흴구 흐히 뜨 죠시신 이뎌 모골의 승변 호야 못이 이무를

거을 회 너니 모뎅이 흥한 것으로 잇고 홍한 것으로 잇셔

촌뎌 뎌티 못출로 등현 외복을 너여 오흐을 허니 뜨

를 갈너 놀니~ 셩이 진그흐뎌를 이욱르 츅별뎅 란빨

두시과 인이 불뎡흐 궁훙의 이뎐 변이나니 불가을솜

크오이라 즈구시 슉졍과 무녀을 슉올 잡아쓰리며 벌형긔

문호여니 무녀을 슈외 후의 왈 쥬 광희젼을 슉기녀숨

러나 져향겻격 올은둘 싼 히 쥬며 빈게쳔거흐니 쳔인이북

지줄의 보화을 담 흐며 져역 놀지못 삭쩍 지싸이올스이라

슉졍올 국 몸 혹키 근 흐쎠 희빈 어미 영공더을울 보

녀야 어띤이히 녓술지더 갈는 흐디지 변 누렷울르신쏘

병환 이기신니 굿숦 흐겟관로 쳥흐거늘 드러가옥니 희빈

불올 올딴 히 부구로 伍 이올채 취현궁 이챤노올로

술 동면상 흐시물 튝 쥬흐는러 빈 이실 졍올 일더모

의 흐니 쥭을 偷띿 둉친흐옵을 두쥼면 외 졔기옹것로

눈 □□춘의 엇지 모를□□여 힝□ 동의심 복□□ 명목

이□르□□ 리이 는 거□로 쳐□□ 호□□ 올 개□□□□ □

런□ 과 신 온 □□□□을 □□□□ 이 희□□ 도□□□□ 올 두 녀□

□ □□ 거 □ □□□ 호 □□□ 신명 □ 수□□□ 제□□ 올□□ □나 □

히 올 획쳐 □□ □□□ 복□□왕 희 을 올 오 석 비□ □ □□□ □□□□□

□□ 젼 □□□□ □□□□ 올 □□ 못□□ □□ 복지 □□□ □□□ □□

□□ □□□ 의 □획□로 □ 히□ 올 □□□ □ □□□□ 무 □□□

□□□□ 듕 년 이 □□지□□ □□□□ □ 이 □ 희□□ 한 □□□ 올

이 올□ □□□□ 키 아□ 한□□ □□ 련 한□□ 노□ 올 복□ □□□

시 □□□□ 올□□ 뫼□ 로 □□□□ 오 복 올 □ 든 □□□ 속 졍□□ □

시형을 병운 후시니 년이 섭섭하미 복호왕 희빈으
라 비땅희 저첩 숙정을 책잡 방녀 후의 빈이 숙정의뎐
지를 본즉 소화후니 그뎐 글을 프록 숙정을 불너 드
려 구ᄒ의 일이 후고 져근 듯 훈의 취ᄡ속의 ᄲ가질노 쳘형
라 요인 일두뎔노 황후의 ᄐ뎐 뎐의 뎐못가의 곳ᄾ지못
리 인모의 살히 봉하여슬 불ᄉ니 민돈도 셩훈락 부등ᄉ
하외 옷ᄉ이 ᄆᆞ리 션손 돌회 권니에 ᄉ람의 긔쳑을 살려온 신
롤 쳘향 등을 한 강계로 다니오ᄂ 고 슉의 돈거슬 모도ᄒ을
일ᄉ을 취명 이면제로딸을 ᄒ잇ᄉ올디 후여ᄂ어니 후 즉 빈이
담왕 신명쳘 형이라고 그곳흘디 언ᄂ 져왕 한ᄀᆞ에 ᄐ뢴어며

의신 강을 던 두고 젹국을 북허 국가물을 못하 궁출후
악한 재악 부르든 현고의 왕 느리되 녀 친회 국튼흐 회
를 붉히 허 둥궁 명후 위로 하 흐거놀 승지 박젼을
두 효흐 금부로 흐구 흐엇흐니 신져 국토 흐 되 흐 한
원쉬를 벗지에 토시 되로 국히 한심한 되라 눌흐 색
학관 직흐여 문퇴 츨 호 후로 국 형젹으 철행
형물음 장의 북으로 흐 회 년봇 러 신강을 비탈흐
무여술 소로 흐 원후 둥궁이 상 흐얼 광시 북회흐
거비두뜰과 회상 흐겻는 쁘나 임법흐여 무뜰 이쎄
혈ㅅ이외의은 이엇으시 향 의 놀을 슨은 모른 느리라

여듕을 금부ᄒᄂ 리와 명벽ᄂ 친구호호려 호심ᄅ 의젼

의윤ᄊ 능히 ᄭᆷ을 어ᄅ게 못 후심ᄅ 이ᄅᄂᄇ 듕의예

방퇴ᄒᄊ 듕궁이 비명원ᄉ 후심과 ᄝ빈의 ᄃ녀

부도와 ᄒᄭ교간 악이 불자ᄉ문 어인구인란 졔졉ᄂ

처뢰 연댱희 지를 ᄀᆸ 둉도나희 ᄒ로 북ᄂᆯ 젹인 ᄝ

ᄎ을 ᄒᆫ가질로 ᄆᄐ 한귀 ᄂ 졍졍ᄒ로 후심로 녀듀ᄎᄋ

ᄉ혈 행시 녕듕을 금부의ᄀ ᄌᄋᄂ 연졈물의 ᄆ친구

호라 ᄒ거시니 ᄒ지 ᄎᄂ 부 북ᄅᄀ로 희빈의 죄ᄲ이 듕ᄒ

ᄒᄂ 뎨껏을 북ᄂ ᄉᄂ 호후계 ᄊᆼ이덕로 ᄬᆼ ᄤᆼ시 펴ᄆᆷ

의 듕궁을 ᄭ 희후희 졔운희 멋ᄒᆯ ᄇᄬᆯᄋᄉ 러이 궁듕

백들고 넘의후 길오슈매 미울어 붕거 짐작고 어와

션졍충효역슐을 즁효나솜이며 젼조외쥭

어화라 즁이 편뇌진협호시 음들외혈 갓고 업고

가온이 샹별 맛튼이 어뎌 갈회 은획을 배뚜고

즁신여 간악을며 회음은도도라 호여 되옹이여라

지며 제여셔외 봉졍호예 슈즁여 련호시 블을여

그하다할외아 샹이여도이 보물이죵들며 갈오고

뒤범을 길여 회을 밧보아 필이 가면이 례잇도다

셔랑여울 디쳐지아 이를고 두위볘기 미화을 죤회

후여시아 이로 블지 슈요여 난쥭 아라 호실 샹즁시

녯말을 다 니르매 신긔의 혀는 무뎌 옥셔 후를 붉히리니

법은 려의 보지 못하긔 의 젹현옥교 쳥소의 일즉 드럿오

셩의 즁 년들의 놀나고 히니져 빠 이미리 할줄 모르되

라 ㅅ 쌍이 그 졍공 혼는 섈을 드르지고 심즁의 더로고야 무

년이라 형챤 져 혼시의 즁녀들의 셩칭 호리 희빈셩

빌어오 둥뎐이여 게못의 옥ㅅ리 호여 양만 슉향을영

비호 두의니 쌍이 낭소호지로 번니슬 퍼복셩대 빠좀

년간의 둘후 이효로 두여 니다시로 한지라 의심이

둥 혼쌍 품을 달녀 쳥소 혼나호니 빠젼현의 병츙을 젹지

놀치올라 혼셔의 즁녀 황검혼리 할 일 넘셔 거두더 빅산의

을깨 회여 뭘수를 갑히 주시믈 버터고 좋은 올 써서
호녀배 궁녀 가령 안 흐리어라 상이 크게 반기샤 올
잡에 믈라 흐시라가 눈나 셔러 르시나 쳘땅 일룸이되
흑병은 휘 황흐고 죄 우 환시 들은 땅쓰게 픠더 안즈
시니 크게 슬허 뭘장 올 통곡 흐신 죄우 가허 셔들르
르시나 스졀이러 이의 우 곳을노와 튼 시르 우의 물 가혈
신 인젹과 현희를 너려 말나 흐셔 영숙궁을 가혈이
이궁의 힝후신지 쳘 탈연 인니 뉘 상의 힝호실 줄노 알
니로 여봐 이랑 빈 셩일이러니 숙 경이 드려왕 허혜흐
둥 궁 죽이믈 치히 흐여 모든 궁인들이 공 올 만토ㄹ

이젼 후의 동궁이 비명의 참화 흐기로 업회러 화 불너

더눈듯 호올거시니 복원 셩샹은 슬히오셔 흐오은올 드

러 취션 강을 ᄆ죽치여 셩을 되션 혼 곳의 니르ᄯ

후의 혼젼이되 뎐둥의 동궁이셔 더를거ᄂ 취오얻즌

데오신지 안셕이 참람흔 ᄡ의 연이둥 도흐시며 셩거

고별 신이 명이 비록간 호오ᄂ 독 항 병이 즙기녀올

의 듁을 젼의 흐외 량비쳔 박지칠로 져두 방졍흐ᄭ오

별의 희를 념여 비 명 변소흐니 량녀로 불공 되쳔 지칙

리 원 혼이 운간의 빗겨 한 올 흘 어셔니 강ᄀ 이 량 여올어

무슬흘 믓흘 거ᄌ로저 셩샹이 쳔 하ᄇ 변흐샤 후ᄇ

인셰을 듯 햘지라 어사의 생이 왕비을 성각ㅎ

시고 또 든 후궁을 흣지 악후신과 도히 슬허ㅎ

새도셕으로의 듕ㅎ샤 현광이 환할ㅎㅎㅅ 졔신

이간 우흔 쥭 츄 변탄 왈 과인이 부ㅅ 지졍을 슬

허ㅎ ㅆ더라 그럭 흘셩 쟝ㄱ변 ㅎ 잇지못ㅎ며 ㄱ 화 ㅎ미

쟈호셩ㅅ 졔신이 다참 창ㅎ 더라 구월 초칠일 셕 년 ㅎ 참

셰 후셜 콰환ㅇ며 츄거ㄴ셔 ㄴ흐고 ㅊ월 이 희 미 흐러

쳘 슐 셩이 ㅅㄹ셔 더욱 휘향 ㅎㅅ 츅 을 져 호ㅑ ㅎ

누롤 ㄴㅓ가 안 셕의 지허 잠간 죠 ㅇㅓㅅ ㄴ 손몽비

몽간의 쥭은 녀시 알 취와 알 히 저 궁 듕의 ㅅ 졀 ㄹ 거 올

츠흘 관 희빈이 후의 병환이드되 변 빅의논 칭병

호를 둔 후 치오 ~ 휘오신졍이 교회쳐 못호물 을 쌀

신지의 부치 호오니 혹 르를 통 중견의의 못 를 만시회

남지못 후의한 호를 놀 맛 무며를 소로 춤 원후 여오며

춤녀 승하 후 다 희 뎌팍 후여 함 속 특 쳔 후를

이속가의 소 호야 양 ~ 조득고 신강을 즉시 외며 할거

시로의 볘뎌 회를 위 후여소되 좀지의 거졔 임시 후미

쎄 근와 빈의 졔회를고 혹 소울 도들의 상외 후야 十

월 호 칠 일 굿 후를 리 후쉬 그리 조 두어라 이 스 한 죄

방셩터 욱후야 곡셩과 눈물이 영임감창이라 젼후

시신이 다 체읍하고 감히 우러러 보옵지 못할러라

인현왕후의 죽존하심 능호는 명능이라 오방 일허능

젼불경 변연일의 후셜 대신을 셩호샤 능벽을지졍오

로간췬호라 후셜 능모우현의 뷔쉬 탁일를 튼렴흔

튼후셜 십월 초략왹도 인산 택일 후호션니 수회라

사람의 수오는 인박 울믈 못한들 후의 현쳘 셩덕

울모춤너무진 후셜 단수 후야띠 러옥 강인의 참회를

일웁후야 벗지 현뢰 슌환 지우희 후리로 쌀 변진슬 팔로 북

울누러지 못후거든 혼믈 떠 아인이 측거믈완 행혼믈 어드랄오

라 인은 겸오 인셰샹 외 지한라 셜움을 벗기 젼 져 되도오

회퇴 현후의 빵 근 전틈을 울 일기 혈 북 이웁고 써진

셩덕을 히우틀 누리지못 궁친으 쳔퇴무심 한진 러라

이는 빤가 과인의 실 덕모복 을 한을이 벌히 벽이

오샤 과인으로 한여금 무궁한 탄이되게 호셔 미쳐 통

명현을 브디 복이 현희의 덕퇸의 통라 회 한 셩

음을 드틀흘 듯호 져 이졔 길이 꺄귀 며 멧쳔난으 과인

이등 갓실 덕호 머 어지 지금 써지 무호라 가도퇸려열

술트라 흘 쳐 들 라 인의 허물노 북연고초을 셩각 흐야 골

들한 복 한 이 며 광 여 취록히 졔물 이며 포장 함
호쳐 치노라 너희기룰 바롯매

훈을 바다 또 다 생혈 조 달과 아름다온 셩덕이 견

담규 목의 국진치어니 미 업스틴시운 이불너 호

고 과인이 블명호야 슉연은 위 는 추 미 엿지 이

르리 오 위터 한 셔의 췬신을 더 우 못게 졍반흔시

고 어 조로 온 셔의 덕 힝을 더 우 보로 호야 러인을

호 여 음 과 쳘을 쓰이 감 초 문 현 후 셩 덕이되 못다온

호쳘과 국감 호는 덕이 국통의 슘이 호아 훈 가질

이 도록 임 후에 히 평을 누쳘가 호 묏 덕 창 현 이 여쳬

슉인업기를 샐에 호 아 러인의 디 회가 기 바랄 거시 업

눈 거라 초회 히 현 후 는 졍 안 즈 히 가 샹 슐을 나 젹 거이오

제젼의 친님국비 대 그동ᄒᆞ여며 ᄯᅩ노려ᄒᆞ아 궁즁신

뇌궁즁ᄒᆞ런구 ᄃᆞᆨ 조잎 ᄉᆡᆼ이친님후ᄭᅵᆺ친졔ᄒᆞᆨ셔

졔문지어네ᄭᅡᆫ ᄶᆖ히셔ᄂᆞ ᄭᅥ졍졔문의왈 모번 모일

ᄒᆡ국왕ᄶᅩ버박지졀 을ᄯᅥ힝왕비밀셔 지병의 고ᄒᆞ

ᄂᆞ오희ᄒᆞ 현후의 ᄃᆞ라가신걸이 진녀의 몸여ᄭᅥ랴

이ᄭᅡᆫᄲᅢᆯ이ᄲᅢᆯ이ᄶᅦ괘인히황ᄭᅩ호ᄭᅡ ᄂᆞᆼ히셔졋지못ᄒᆞ

ᄂᆞ슉혈업셔 현리ᄭᅡ ᄒᆞᆯ음ᄒᆞ여 옥쳐슈그동ᄒᆞ

가마빗ᄃᆞᆫᄒᆞᆫ기히 멋ᄉᆞ람이실우지 ᄭᅡᆫ과ᄅᆞᄫᅥᆯ지동 을ᄒᆡᆯ

너신ᄂᆞ란인의지동과육한을고ᄃᆞ의 비겨방벌ᄒᆞᆫ졍법

도라오회ᄒᆞ 현후ᄂᆞᆫ 명문의 셩츌이오 현부형고

이윽고 챵졍궁흘 젼슨와더 엄면 숭희 ᄒ...시 헤신 스듯
팔월 삼소 어신모 북위 랄 변이로 ᄒᆞ며 삼쑵 희신화
궁흉희 후 병이 젼듕ᄒᆞ여 진신이화 우는 듯ᄉᆞ며
조뎌희 흘 ᄉᆞ규러 ᄆᆞ디 ᄆᆞᆼᄋᆞ이 ᄉᆞ로 공희 ᄒᆞ니 ᄉᆞᆼ희
라도 희 흘리러 즈시니 어쓰로 ᄆᆞ간 흘 두다 희신 때 ᄒᆞ눌
흘 수는 ᄡᆞᆼ졍 흉흉ᄒᆞᆯᄉᆞ니 ᄒᆞ욘의 ᄲᆞᆼ 희 비ᄅᆞ눗
궁희 ᄆᆞᆯ 붓ᄒᆞ니 즈드러니 궁듕이 흔마 우러 ᄡᅬ 흥희 못
흐러러 도혀과 수업은의 슐 희 흐미 심산 공구의 니로
히라 부모ᄉᆞᆼ 도로 더흑 후의 슉력 영 히룻 악면
엇지 이리 도ᄃᆞ 후ᄅᆡ로 ᄲᆡᄆᆡ 르니 ᄇᆞᆯ ᄇᆞ 병 북 흘지 걸 는시

ㄹ 즉호랴 ㅎ니 엇지 망아지 아니ᄒ리오 그러동 온 나의 뺙 병을 볼ᄯᅡ

더ᄲᅳᆯ ᄉ 셩샹을 ᄆᆯ여 슈 무가ᇰᄒᆫ 변이군이 잇셔 달

비ᄉᆞᆫ 슐을 잡ᄀ ᄉᆞᆯ희왈 츈여 병두ᄒᆞ니 니구희 ᄉᆞᆯ랑

ᄒ러여 그 관셩을 불볼 피 못ᄒᆞ니 훤니 ㅎ월 비벼ᇰ을 쳥ᄒ오

싱 오판따우녀와 쥭호ᄒ니 ᄉᆞ츌들 을 인건호야 오 별 비참

ᄒ 쥬 물 금치 못ᄒᆞ여 니 빈 공듕이 빈북오 별 호야 능히ᄒᆞᆯ

을 못ᄒᆞ 누 리라 시이ᅌ 거둥 을 북셜 현심 이 무여질ᄉᆞᆫ께

거지 눈듯 ᄎ 말 볼 리 못ᄒᆞ여 더 라 좌 위 마 음을 ᄉᆞᆯᄒᆞ니 시이ᅌ 원

히 바혀 춘누 을 ᄯᅡ ᄒᆞᆸ ᄉᆞ 뎐 ᄒᆞ니 회회 혀 칸 식 혼실

두 어 번 ᄲᅳᆯ 시이 친 히 붓 드러 뎌 기 를 발 수 어 ᄒ려

하의 눈물 감지 못한 우희니 부월 셩상 온짓 병후은

신을 셩구지 쓰럴고 빅셰안강 은후야 샹이 크게 솔

허능 넘편 우후야 물은 산지 회 벗지이 젼쁠 솜을 한신

노쁠솜을는 하비롤치못 한후 놉흐신히 주후니 휘졍

이환난 후션다 엇지 샹의 라샹 후긔 물 모룰시휘로 눈물을

훌녀 기회한 식쁠 녕샹은 슬혜물 브등 후후 두환긴는 젼쳠

솔졍 안케 후녕 빅민 의혜롤 러른후여 혜즌의 왕즌올씨

르니쁘지신로 후궁 비밍 울씬후휘 후샤롤온 샤러니 병 은이

불힝 호야 눅년 으로 격 으라시 셩은 어짱 윤후샤 묜 휘의

훌노 셔즌 왕즌의 죵 죠로이 변년 올 씨쁠 끼 호녓 러니 오쁠

로 궁인의게 붓들며 셔듀를 졍히 ᄒᆞ오ᄉᆡ 앙 후 물ᄒᆞ져ᄅᆞᆯ셔

옷과서 금쳔을 ᄀᆞ로 임ᄉᆞᆨ여ᄅᆞ 궁녀로 ᄉᆡᆼ을 젼ᄒᆞ샤

ᄉᆡᆼ이 듯더 오시매 휘의 ᄉᆡᆼ을 졍ᄃᆞᆫ 후로 좨ᄋᆞ로 붓들며면

저계대 궁인들어가 망구호 벼술을 빗쳐더러 쳔셤이

당황ᄒᆞ야 졀을 갓ᄀᆞ례 일우시고 볼 어이 그러듯칠덤호야

ᄂᆞ로 휘문두 슉누솔나ᄒᆞ외 갈오샤ᄒᆞ신이 곳 윈되거

ᄒᆞ유 젼샹 용눈을 졍부이 구진ᄒᆞ두 혼 ᄒᆞ올 ᄢᅢᅄᅥᆷ

ᄉᆞᄋᆞ리 가ᄭᆞ 술ᄒᆞ외 골 복이 어봐더 구림져외 룸은 셤

ᄉᆡᆼ저 눌둘 받분 지웰 더 꺾기듯 ᄒᆞᄋᆞᄅᆞ 도로혀 현셤을

ᄒᆞᆫ졍 호시게 ᄒᆞ유은 𐩐ᄂᆞᆫ ᄀᆞ 죵 쳔 염겹을 짓솔ᄂᆞ 구쳔지

뜻갓쳐심스울평안이흐며 둥영흐며 친히 미몸을켠

흐시며 병졍의게 뎐느지악 시졀이 괴변쁘울굿치건모

로붓터 줌곰갑의 덛의진듯 흐시나궁중이람 갈려 행흐

터니 일 ~ 운슐을 미몸울른 젹진어흐시고 좌우시항곤흐시

뎌룰 됴화로알울 은쉬 나이게 스진못흐리어 더희지졍을무

벗슐겁우쳐오 너희툿은 사람 변흐가 ~ 도라가 부므죵

셩울보닌눈울 갓초와사략가 구쳔타일의지할호모듬

울기우흐리 젹위쳔삐의의이 하고울듯슐을싱구흐

일시의 앗출 ㅎ 소리 흐용흐로눈물이 빗나적 뭇이매 뎌눈

히 덕갑못흐리라

휘 명은 새 변각 을 쇄쇼흐그 행울희

졍신이졔셔ᄒᆞ며가 밤낫 더욱 둉ᄒᆞ 셜어ᄋᆞᆯ 무궁히

호시니 즁셰오 이ᄒᆞ나 능히 셔리못ᄒᆞ니 이ᄉᆞ한 텬의

익ᄉᆔ 불ᄒᆡᆼ 궁즌 연괴라 쳘텬의 ᄲᅳᆯ 즁ᄒᆞᆯ 더려 위ᄒᆞ올

시며 둉역의 잇ᄂᆞ리라 뵉궁 의진 즁 ᄒᆞ고 돈ᄆᆡ 방구ᄒᆞᄉᆡ

텬션 ᄉᆡᆨ빌 며 북주의 졔호ᄲᅩ 의지 친남 후셔며 졍셩이

ᄋᆞ믜 텬 못지 ᄂᆞᆳᄃᆡ 뷬 ᄉᆞ궁 둉친 ᄀᆡ라 ᄉᆡᆼ의 침ᄉᆡᆼᄋᆞᆯ

헤후젼 군심 ᄒᆞᆷ 통 연이 초 혜 후시니 휘 쾡 돈산 졍

신 둉도ᄲᅥᄎᆞᆯ 히 텬며ᄒᆞ ᄉᆡᆼ간 후시런 휘 슈ᄐᆞ회 쥰 쳔못

호국 쥴 알ᄉᆞᆯ 볗ᄒᆞᆷ 의ᄅᆡᄋᆞᆯ 물의 졔ᄉᆞᆯ 의ᄋᆞᄋᆞᆯ ᄲᅩ지

ᄋᆞᄒᆞ디 ᄉᆡᆼ이 임어ᄒᆞ 드로쳘 놀나ᄉᆞ 약ᄎᆔ친히 궐

졔악을 잡아 명 측의 되신주 취보설젹 마라 슬허 ᄒᆡ
ᄋᆞᆷ을 ᄒᆞ며 안으로 죽화를 경졔ᄒᆞ야 ᄃᆞ을ᄉᆞᄉᆞ저 벼 ᄒᆡ ᄆᆞ슬
일ᄒᆞ고 명ᄇᆞ이 드믄 ᄒᆞ물 궁삼ᄒᆞᄂᆞ 직임을 명ᄒᆞᆯ ᄒᆞ
ᄲᅢᄒᆡᆼ신을 슈 연혼아 션인의 ᄒᆞᆼ 력을 쳠 ᄎᆞ 지 ᄆᆞᄉᆞ
본전 지칙 ᄒᆞ야 ᄒᆞ로 죵 ᄒᆞ야 ᄒᆞ기 ᄆᆞ 명환 ᄒᆞᆼᄋᆞ란 것ᄃᆞ
원 ᄉᆞ ᄉᆞ나 길을 ᄇᆞ 뎌 뒤 ᄒᆞ기ᄂᆞ 민 공 형졔 ᄎᆡᆨ 연 감 ᄒᆞᆫ
ᄒᆞᄆᆞ 지졍 을 치로 ᄒᆞᄋᆞᄋᆞ관 을 ᄲᅳ기에 등자 ᄒᆞ을 안의
셔 ᄇᆞᆨ 가 질ᄅᆞ 다ᄉᆞ리되 일 로 ᄒᆞ 혐이 ᄋᆞ믕 졈 ᄃᆞ 더 ᄒᆞᄉᆞ니
이ᄂᆞ 신생을 ᄎᆞ 나 명 환 이ᄋᆞ ᄉᆞ린 ᄉᆞᄅᆞ의 왕 셤 ᄒᆞ고
졔 ᄌᆞ ᄇᆞ 옥 ᄎᆞᆯ 빅 초 의 믈 노 옷 지 졈 ᄂᆞ ᄒᆞᄅᆞ로 ᄂᆞ 지 면

비록 쟁시 의몸 의 셩 호려지 니 울원 후 노 조희 지령

온 동궁거밧 조희 친셩 외지 는 졍의 잇거 늘 리로져 호후

궁들 은 졍 등 의 왕 셔빈 노후다 화거 와 은 헤 올젼 호

러 친모 는 조작 지별 노스 소로 용납 지못 후다 모조 간이

러 조간 션이 무의 후니 형셩 의 무 안 무 셕 둘러 라 니

머 회 혀 공 슌 한 뜻진 간 후서 머 어니 종신 지 하니 되

니라 취 랭 시 의 옷 솔 임 지화 시오 년 등 의 잇 눈 러 라

노 월 이 뜻 그 로 침 노 으로 션 빵츙 의 쥴 기 셩 후니 이 헌 노월

붓 허 병 환 의 둥 호 션 턱 의 이 지 못 후 니 빠 형 를

비 셜 후 고 쌍 이 크 게 우 려 후 뢰 후 의 형 님 민 왼 셔 형

야 참고 원통 후미라

야 춘 취졍졍 후미 일시 환후 의요 지 이런 하요를
추뉴왕을 후여 하쳣는 부명셔 취 후 변한 후 후실근 부
인 난 고죵 외 둘 슈 혜 현몽 후은 샹 우왼 졔장 공 취 늬죵
비 평 비 진쟉 후여 되 부를 후여 놀 이 나 취 일 졉 이 써
더우 흐 실 아 공 쳐 졉 슘 근 졍 후미 근 평 졍 쓸 능 히 못이
치 지 못 후 는 빨 겨 량 비 외 놀 은 의 지 를 놀 이 쳐 신 예
외 엿 다고 근 권 후 다 회 되 조 외 흑 뎡 과 안 변 을 써 텰 치
못 이 빨 아 다 슬 흐 라 간 이 외 혜 우 구 후 뎌 이 쳐 로 후 홍
참 할 쥴 녁 을 셔 즁 궁 눈 즁 호 근 빨 임 의 잇 는 즉 기 권 모
되 니 놀 을 ᄂ 로 지 못 뉴신 흐 셔 외 권 후미 빨 거 긔 흐 외 로

현후유니 후회응 ~한 범석을 발우고 갑히 근심호는라

라 취쳑년이 유누룰 느희와 글우셔 젹 너무져빡

셩샹의 춍을룰 입엇되 갑쇼룰 빈엉거늘 근녀신셔 황을

호부 졍샨이셔 ~발두 호로온 무룹 우음 굿드니 위홈견

져추셩이 오뢰지 아운가 호다니 우호로 셩샹삼면룰 씨치

~ 뼈거 글솝진 며년나 이져 취지이셔 ~위견지

례즈떤룰 즈며론 곱호호여 려룰 빳구 부룰 심겨~후근가

지영회가 밧게호 번위와 후별 구뭉을이라 후

의비젹한 뜻을 볼롯그 의심호뺘 누쉬 뼈후 흐르

볼겻부안 니심 화보뚱 흐뼈 눈물이 볜나 흐희 강쟉호

휘 블안 후사 딘망 얼물거슬 간걸후시던이 광시 후외이

더훈신즐벅 그노힝후에 박서졈 더훙후러이 한스빌

의 후위 관월이되여 싱에 한교후사 저변을 빅블흐

사 믜시월거부은 니을모회 년낙게흐어 이눈 후외환

후진회 후거매 여한이 임의게후시미 휘블안 후사져

승사양후거져 싱이 고졍후어니 현논놀 황검흘을 소

렬즈위 흑졈블 빅지못 후여 년짜쳐메히 엉던이

뎌즛위 빈의 후졈 블두것기걸 민신부위 니을쳥후어

민부외러 더더 출엄흘 외람이 빗기지 후외 병환 인진

휘후신 싱회은 혜강벌 후지를 검득 후야 믈엇 그러외도

— 116 —

죠여블 셔흐 한 녈이 왕비흐로 애반이면 불젼출도 동흐
시과간은 졍덕 굿흔 젹 죠잇그 진 되무상 호신더라 궁듕
이크게큰심 흐그 셩이겁히 넘녀흐야 민공 등을 너 면
올인젼 흐야 별 증 흐이조실 치됴 흐션물을 그 진 이흘
진져 읫흐흐 험이 엄으 겨물을 진덕 병츈이 젹흐 되
후외 박협굿든 거 바 쯧히 죵사 흐야 시드조 누굴흔 진
이엉기엿갓거 엄덧라가 흐여의 져리 병을 즉 병 치 못 할
더라 쌍이 젹 변 실혜을 젹 셩 흐 궐이 되 깁 인간 젹 록
뉴우 쳘 흐 혁 흐 현의 샹아 엄므리 세 현각 사 듀 힝
혀 란 죽 흐 쇽 가 념 녀 흐 샤 죵 침 비 능히 변 치 못 흐 이

뗘셜이라 ㄱ밧 못ㄱ더 쳐관을 등뎐 일슈을 지을

셔희 쳘츌 쟉뽈흐며 오놀외 쳔힝 ㄱ옷 슈긔 부ㄷ흉모

츙쥿으로 눗슐죄 셜읷 그약 히ㄱ밤 쥰츌 흐ㅆ 거즛용

슌함 쳬흐로 뎌지흐을 듕뎐ㄸ 둘히 쌍숨이 광믁 흐ㅆ

텰로 쳘을 싸리ㅇ 시긜을 확뵨 흐여 거회을 누러 텽부

ㄱ놀 밧자 신쟝 츅훤 ㅘ 노슐뱡졍이쳔 싸ㄱ지로 ㄱ흘

젹이 읎니 니른 법졍이로 쇼뵬 슈 여ㄱ의ㅆ ㄱ것

녓슈희 뮈로 뮛ㅎ며 슨빈이 뺭뎐을 힌흐뵨 누러 뮈혼

이불힝 한 졔 쳘량 흐며 노별이 쳔 ㄴ흐이 경진 둥

츅 뮛 ㅎ릐 흘연이 누 휘 믜졍 ㅊ 강뺭 구등 혼심

신을명 호러안치 후의 녕시 셩월싱시을 뼈 후을

명쳐 걸으 궁 별노 화원을 즉어 호고 뎌번 석번 즉희

가 희녀지 반 비간을 연습 호여 듕학신 궤라 호긔 못

고의 못그 요 간걸을 회상을 걸어 뺭 이러 헌지 슙연 되여

후외신 샹이라 셕 굿 독이 거복 앙그 후여 희지의 쳡후

뎡 온 챵 물노 놀 뷱 한 져외 국산 호 뎌 젹복 무슬 홀을 졀

쳐 되엿 러그 뢍서 쳔 호여 의인 호니 이눈 누~샹 똥 이 원

궁 흉구 뫽 한 젹 쥭 뱡정을 다 쥭여 흉한 희 출을 어러

드혀 오셕 비 한을 폭기 수기 홀니 뮌 두외 빼 홍 외 뎡 군 복

비등군을 션으로 삼우 후은 황면을 한갈호셔 씨 전비과

한 전혼을 젹 후삼 전민을 복셔우 이뢰속인 하셔 한 전을한

셩혼게야 후를삼 에히 거셩이 비범 후셔우 샹회소랑 후

샤 술한의 묘인을샤 미거를 긋 드어젼희 빈눈속 더이근

호고 후셰지졍이 젹 속의 갇시눈 믓춤더 묻즛 후니 불

샹이억이롤 각별눈 후 룸셔우 군등의 희육 갈록 후니

습복 혼야 악한 젹 업셔 광시 눔 눈그죄 굿 하여고

치의 업 보셔 세전의 기출 비롤히 빈눈 어려 두셔

그히 보 무궁한 영희 의 구진한 후졉 눌 등즁 연이로

젼보눈 슘이 노면의 금의 젹 후여 힘슈를 겁 후의희 후고

텬심도감동ᄒᆞ샤 병 ᄒᆡᄒᆡ미 활ᄢᅢᄅᆞ쳐 구ᄒᆞᆫ줄을 ᄯᅩ

ᄂᆞ자 즉지ᄲᅩᆯ 노ᄅᆡᄃᆞ 불죠모ᄒᆞ애 헐졍안 ᄒᆞ기젼ᄒᆞ니

잇지 두협 지ᄋᆞᆷ보 잇셔시졀이 홍황ᄒᆞ고 ᄉᆡᆼ취

념녀ᄒᆞ샤 되던던 한졍 슈딸을 뻐감 ᄒᆞ샤 비망긔ᄅᆞᆯ ᄂᆞ리

의 구원지척은 눈졀ᄒᆞ샤 졍셩이지극ᄒᆞ더니 신민이

감동쳐억ᄒᆞᄂᆞᆫ더라 병죠번의 즁궁이 우뎌ᄒᆞ리 회안제

후의 비ᄌᆞ빈 놀건틱ᄒᆞ샤 ᄉᆡᆼ취친히 붓그ᄅᆞ샌시니

져력여 겸비ᄒᆞ니 쳠졍심호녀시리 가ᄒᆞᆯ을 ᄐᆡᆫ후ᄒᆞ 싯빈

울쳐봉호시 ᄂᆞ던 임업이ᄇᆞ시리 덕셩이 완함 ᄒᆞᆯᄒᆞᆫ 덕곡

셥니 ᄉᆡᆼ취크게ᄉᆞ당ᄒᆞ샤 ᄉᆡᆼ이도졍 구ᄉᆞ녀기되ᄂᆞᆫ 두ᄒᆞ야

이회더 ᄒᆞᆫ호불션 ᄒᆞᆯᄅᆞᆯ ᄂᆞᆯ 여ᄅᆞᆷ숨이 부ᄂᆞᆯ ᄎᆞᆫᄅᆞᆫ 거시랑가

숨갈오 지병 원이ᄉᆞᆸ으니 주소ᄇᆞ ᄒᆞᄋᆞ 불졋ᄃᆞᆯ 홍심

이구크ᄂᆞ 못ᄃᆞᆺᄒᆞ니 버진ᄒᆞ 히 ᄀᆞᆺ흘누ᄐᆞ펼로 졍셩 함흑

브물놀 ᄃᆞᆺ더 궁인 놀ᄒᆞ 겯흘 ᄃᆞᆨ바놀구ᄒᆞ애 궁

궁슈틱의 ᄂᆞᆫ이 더흐에 훠진자ᄀᆞ 리궁인 놀신 칙ᄒᆞ

샹듀텩슈ᄒᆞᆯ놀 다심부닌 놀식이 눈애 번여 읍게 ᄒᆞ더

궁듕어 다교회의 슈부흐ᄅᆞ 홍슐 힝ᄒᆞ여 지 ᄒᆞᄂᆞᆫ 지리

ᄒᆞ일ᄒᆞ 슈더 져 쥬빵힝 놀부쥬히 흐애 궁모 듁 게여ᄊ

츤오지 셔슈기 쳔화되 랑시 회과 슈더 흐애 공원이이 、

ᄂᆞ죽 셰죄의 관 、한 녜왕오 ᄀᆞ늠흑의령 억욜의지흐에

크로 여삽호니 술로 갓 복션 화돌의 은회 복은 이 브비

호아 한호 납 후으니 호그로 젼 오디라 민 후 뎨츌 호여

러오 국 빵당 이연 칭원 호야 크로 혀 몬이니 노 신 삼홈

이 빗 노 껴지 이와 량시 노 되츌 한 먼 빵법 이연 써 여 거 호그

궁중이 졍 으 롸 와 온 에 빗 스 호니 러 오 복

허 혼 방 오 감 이 공 변이 둥 궁 거 롤 크롸 오 젼 후

븐의 비회 호야 젼울 긔우 여 놀 쥬 중 젼 오 비 러 디

줄기 노 오회 와 변 회 한 크 죵이 강 감 이 브여진 노 듯 외 롤

놀 소 돌 블 드러 뎐 민 시 왼 론 노 혁 ~ 히 죡 졉 의 법 럼

쌍 춘 이 놓 둥 축 오 죠 여 추 복 룰 젼 오 와 뎌 형 궤 련

후에 희빈 일손하여 안어보오매 회심이 과히 호여 전하옵션

심이 긋절의 교화같어 불출한 번셔 칙과 호을 불승봄

회후에 바춘을 불쳐까고 모음은 호오매 못홈니올면이

두기 샹이 젼교호샤 혜졋을 명구호외 강지못호시 호을

경현외 아올제호실지 비갓가집엄와의 비이어비올보

지못호거십사드인외 모음을 호이니 샹이위로 호옵을

거슬쥬어 교현을 호외두온니 혜션히스랑 후신온니

됴신가지악 후외인지 경시 비옵을욱 쉬를쓰겨 비엇호보

지못홈을 현현즌쳐르젼 후온 일온 비드불쏘이여겨드

리미여 본니 업슬쏘 형외외홈우 간후미 갑 볜민호

지아으기 공회 뎌국이 뎌이올 넘신흥 명병뎌이뎐 흐셩을

동수 히알 굿 그 소로웬무어이가뎌하니 상이 각별히 병을

생동 궁의 잗 쳔흐샤 공 주거져 젹들올 모회 줄기 기신들으홍

궁의 회 기 그르그흐 뎌되 상이 병이 범으로 현위 무그흐시니

그 글 이 샬희신 집흐샤 후 블중흐올 셔 밤젓흐고 맛져

흐돌 궁인를 쓸 감원챵쳘 뫼신가한 궁인은 벼을 올놈

혼 누를 흐히 주어 현셩을 한가 하올 계오신이 모든

궁여 그로 뎌블 위흐뎌되 뎨빅간 뎐하신 하올 뎡오되

여뜰 블여 회쳑을 주시이 즉오 존은 뎡츙올 심꺼

효 감누를 니히외 후 회흐셜 복바 젹흐그 흐이뎌 뎐

수빈 최시러가 빠지 못ᄒᆞ야 북을 굿쳐 후ᄂᆞᆫ 삼 변ᄒᆞ며 공쥬와
오라ᄉᆞᆫ 후ᄉᆞᆫ거ᄂᆞᆫ더 삼 거ᄉᆞᆫ을 ᄒᆞ야 법긔로 변ᄒᆞ야 빈 쳡찬
ᄂᆞᆫ 후에 졍ᄌᆞ로 비송ᄒᆞ여ᄅᆞ 샹이 노ᄒᆞᆫ이의 회를 구ᄒᆞ샤 붓
ᄅᆞ혀 탄ᄒᆞ야 노ᄒᆞ심 큰거ᄒᆞ늘 버죄를 일긔신 비방 궁 변화 도ᄒᆞ
샹이 이셕ᄒᆞ놀을 둘펴 이셜 이진 ᄒᆞ늘이 회ᄅᆞᆫ 수빠ᄅᆞ 칠ᄂᆞᄒᆞ ᄅᆞ
붉빠셜 둘텸 이셜 이진 ᄒᆞᆫ을이 화 ᄅᆞ 궁듕이 화 별ᄒᆞ얌 伊ᄒᆞᆯ
버를 긴ᄂᆞᄉᆞ회 앙 솔ᄅᆞᆫ 돌텸 이슉뎐 ᄒᆞᄅᆞᆯ 일국 인신 이ᄂᆞᄒᆞᆷ
붉북ᄒᆞ려 져젼 공쥬와 뎡야 쥬 ᄉᆞ제와 둘 현ᄒᆞᄅᆞ 일 회
일비 ᄒᆞᄊᆞ로ᄉᆞ 셩ᄉᆞᆫ ᄂᆞ둉 노이오 둉궁 뎐 덕 비셩 ᄅᆞᆯ 못ᄂᆞᄋᆞ
글기며 후ᄂᆞᆫ 현옥 둘검 츅ᄒᆞ 별 이셜ᄂᆞ 츅 변 ᄅᆞ로 놀 일ᄂᆞᆫ 굿

빈의 죽척을 써 지시고 정희전을 폐하니라 친히 효성이

실젼 고호샤 빈을 소랑을 노리혀 큰 경각을 슬허하시니

니 구호며 궐셔 진짓 셜화혼고 빈이 긔라리 쥐더니 뎡시 원호샤

춤 진정홰 녀닌 민의 셔긔건을 밧치더 희라 문졔히

쳐 진정호시 민이 셰조긔 굿이 셔긔의 졍을 뻣고져 헐못

궁의호시니 듀의 계비의 졉을 뻣고져 희라고 못

효셰 쳐진을 무긔의 안다 흐니

브딕 흐로 졍시 슈화를 밧엇더니   싱의 빈을로 죽악이로

궁아 빗 골이 크르학 불그학 호의 흐를 뎌 흐르쳐고 닉위

과옛건을 괴 비눈 악 희 니 두고졀을 한라외노라니 흐리

뉴녀일 싱이 눈 알에 별 흐헐들로 쌍려

싱이 눈 알에 진 별 흐헐들로 쌍려   벗지걸 히 듀온 바드

기지못ᄒ야 신명을젼ᄂᆞ와ᄂᆞᆫ오 하셔 온쳥의이건을빈빈시

ᄉᆞ지문으로 바다 흘리고 크게셜ᄂᆡᄒᆞᄂᆞᆫ방ᄌᆞ비 심ᄒᆞ고 구ᄅᆡ

이말ᄉᆞᆷ앗반ᄃᆡ 휘ᄂᆡ의의ᄆᆡᆫ못ᄃᆞᄂᆞ는ᄃᆞᆺᄉᆞ러온반ᄂᆡ

그안셕이젼 ᄒᆡ ᄉᆞᆨ ᄀᆞᄆᆡ연이엇분셔ᄂᆞ 잇쎄 냥ᄒᆞ고

더브러 명죄ᄒᆞᄂᆡ ᄒᆞᄋᆡ가식삼리ᄉᆡᆯ 젼일의앗ᄋᆡ홀ᄒᆞᄂᆡ

ᄉᆞ을혼ᄉᆞᆷ호물 북ᄒᆞ리실 강셰되반거ᄉᆞ을ᄒᆞᆫᄒᆞᄉᆞᆷ

즉시의젼와ᄂᆞ와 즉월 젼지ᄒᆞᄉᆞ ᄒᆞᄋᆡ을북원ᄒᆞ라신

ᄂᆞᄒᆡᆼ부원군을 북관작 ᄒᆞ실 후의삼촌기의힝ᄇᆡᆨ

동졍ᄋᆞ의 ᄉᆞ을후신을 북작 ᄒᆞᄌᆞᆨ ᄒᆞ구을호ᄉᆞ실 곳ᄉᆞᆫᄒᆞᄋᆡ

ᄇᆞᄉᆞᆯ을 주ᄌᆞᆯ 셔버ᄉᆞᆯ노 부ᄒᆞᄉᆞᆫᄃᆡ 강시비ᄆᆡ 사건 광진ᄒᆞᄋᆡᆯ

후호여 놀아여 생은 진여 후지니 후는 진여 치여지어니
상군 더저 후기를 므릇서 대왈 신 이현 월 신거 볼혼
흉 현명 후를 는 진여 혼 일이법 사이거 생 인을 사 친
히 브르를 드혀 권 후거니 희명 논 강수후 먹지 못서
서 두어 번진 여후시고 산을 물이 매 이져와 희빈이오
리 거동을 찬 갈호여 쳐쁜 빈는 누월 눌노 아랫 라건 후던
이 생이 월 긔 의 판 호여 국 호 눌 뒤 쳐 ㄹ 폐 후 며
생명이 년 삭호여 쥭 월 복 위 후 며 드러 충 을 뜻 ㄹ
쳥 쳔 의 박 여이 일신 을 부 쇄 후 눈 듯 놀 넘 으 앗 ㅅ
둔 호 더 홍 등 의 월 졉 잔 닙 이 쉬 후 니 슈 를 볼 을 이

감히 우러러 브라디못 헌텬지 텬시 뷔쳐 츌 취 획졔
심히 훼지찬텅 후얘 어른 갓 헐 이외 르려보며 후미엇
비훌 슐헌외 뫼터 만죠니 훼 구국명 혼 둘 일 보라 이여
기 신히 비칭 후얘 근 놀 잔 멘 어룰 뽀외 회 허 장 탄 후얘
샌 이외 싱 이 외 둘 갓 갓 구 후얘 연 왁 줄 뉘 우 취 신 지 근 롤 셔
츠호여 받 솜 애 관 욕 홀 롤 텅 이 외 룰 누 롤 둣 홀 신 ㄴ 회 블
감 호 룰 일 크 랴 신 쵸 금 르 히 홀 훌 터 만 터 한 걀 갓 취 우
슐 졍 ㄱ 후 신 ㄴ 싱 네 져 독 경 복 루 후 로 좌 쉬 졈 만 후 려 외
회 엄 튈 후 신 대 심 셔 불 만 후 얘 안 도 것 르 견 너 쳐 못 혼 외
더 외 수 륵 이 릴 녕 후 신 ㄴ 싱 즁 이 몀 여 후 얘 수 외 록 르 져

수의 보람을 닛고 믈너 나아가 휘뎡을 이뤄 그후
아뎡의 옥톄 졈졈 위셕의 샹톄 되옴애 샹이 궁
녀로 뎡호게 살나 되여 젼광의 도오시게 호디 후
녀즁 보물이며 붓그레 젼광의 되더니 감히 밧셧의
애 비회고 집을 쳥츈 화미의 슬픈 안니이러난 혼뎡
지봐 흐르눗 듯돌 리호나 슬퍼 셩각호시고
방안의 뤼톄 믜첫누나 안셕이 쳥연 후호 니뤈 눈긴 거
둥이 밧 죄의 슛ᄧ 니러나 싱이온 반 기일 넫물을 셔
각 후젼의 감챵호시믈 이긔디 못호야 봉안의 눈믈을 흘녀
지ᄶ 눈믈로 때를 젹시니 죄 위 보니뤄 눈믈을 흘녀

— 99 —

외져 석권 거술 모로고 가쳐보니 생이 손소 현몽신진느

호상 기를 거술 드리되 흐실소 쳐더 읻을 걸 녀뇌 부리흐

리 흐시니 젼후 산위 즈생명 흘 흐신니 젼혀 등 즁흘

외춘진졍이 산 즐 감한 흐더니 임즁 셔 몸 소롭 흔느

상위 흘심민 위 질겨 흐 물 불설 현심 이혼 뎐흐

샤임외 봉녀에 궐문의 느혜 지 빈 얻뇌 놋즐노니

산이명 흠샤 노간 아혜뇌디 흐시니 궁녀 녀 안혜샤

가 대위 긔오 서 볼 알외니 휘 갈오 샤 거 쳐먼이무 소손

츨 녀 흐흘 감 호 흐웨오 령 문 밧게 즉 신며 지 야흐니

산 이 친 회 령 문 놀 녈어 즈렴 눌거 드 셜 쉬긴 부쳐 놀 졍

비러호르 갓면 의가씨와 흰보검 허나몸을 쩍 궁인과

빈동곡흐 소리 갈든 활을 성각고 벗지오면, 이웃

술 준 왈 이온젼허 믿후의 원녀와 뎍방을

덕을 본져겁 허 빗호신 쵸등 허신을 앏음 다니

효부헌의 감동 허며된 졔부인 버깃부고 술어혼

울르흑 눗러라 후와지말 싼뎍 가구를 갓호고 이윰

아춤붓 허 이랑 흥의뎌 건너 뎌 련들로 친거를 곡쳐

복거허 닌을 불너문왈 엇지 오렴이 옵는 오궁인이

환공진뵈 미뢰실각지 못호르 후리 성이진노호

샐나가입보 젹 혼섯다 소 혐섯언 이 황방이 후여 숙

리호더 샹이흉거ᄒᆞ니흉셔진디이라ᄒᆞ고ᄉᆞ방이쳥죄ᄒᆞᄂᆞ

몬득일허더ᄂᆞ되린ᄒᆞ니ᄲᅡ지못ᄒᆞᆯ녈외ᄃᆞᄅᆞᆺᄂᆞ허

ᄀᆞ등의젼교를겁ᄒᆞᆫ쳘됴놈잔ᄒᆞᆫᄂᆞᆼ이ᄲᅡᄉᆞ이버려ᄂᆞᆯ

쟉군돈대쟝이녈럭군ᄉᆞ쳔ᄋᆞᆯ걷ᄒᆞᆯ호위ᄒᆞᆯ리

신과빅관이시위ᄒᆞ야ᄂᆡ보월을ᄒᆞ니녀뎌ᄃᆞ등ᄒᆞ여

복위흉슐ᄃᆞᆯ의항취ᄒᆞ비흉ᄒᆞᆯ광취쳘란흉여쳔리

화창흉ᄒᆞ혜즁이날ᄒᆞᆯ에이혀ᄂᆞ고ᄉᆡᆼ온이ᄒᆞᆫ눌외이쳔ᄂᆞ

랑ᄂᆞᆫ박ᄉᆞᆼ이ᄇᆞᆼ국을ᄒᆞ야구별ᄂᆞ니검ᄒᆡᄲᅢ줄셔쳔ᄒᆞᆯ리

일번ᄇᆞ며ᄒᆞ여ᄒᆞᄅᆞᆫ몰을ᄒᆞᆯᄂᆞ며져샹벙션ᄇᆞᆼ

니긔ᄅᆞᆺᄂᆞᆯ잡ᄅᆞ못ᄇᆞ니돌ᄉᆞ여ᄲᅡ그를ᄒᆞᆯ가졔흉흉쪅

가련야를 뫼오리로 극게 슁 흐고 베믈을 맛 지야니히

싱이 엄지를 민복외 리오를 때인이며 듕신 들이 문맛

리 쳥젹을 어를 들 밧스 슬 흐고 노려오기 취호

기현디를 떼 라편 엄외를 비우리돗흐을 흘 아드고

흡 혼 탄 샹흘이 씨지못 뫼복을 입드을 인위흐을 이지

그 노례버 민 졍겨외라 남 베뫼 드뷔와 임의상음제라

니 후외 공의를 맛 겨외 언을외 잉형이 이을던 간노지라

쳔리 현오지못 흐야 흐을 잠노 우을지 민소례신 한 남름

흐여 노히참지 못 흐릐의 진외 디 는물 삣례 위로흐며

나 환 금처 엳을 그을니 들이 최신 싱시로 흐을 드뫼

용혼을 마주 아울러 하되 이 셩부 인이 드러가시니 회되

실영호기 측호 승 회 호시며 일쳐 분이 바겨 만 낫시니

간 회호며 이 현니만 이임면 호니 언졍 수 즉러 궁듕이

호 회 호아 벼졀이어 번지되 건 듁을 넘히 호니 회

명츈 드러 올 니을 금치 못시 호시고 비물고 친쳐 올며

나 뼉 기시져 간졀 갓치 친쳐 올며 이러되 밧 승 갈 회 법

궁 히 분 회 되 올시니 소 회 임 철 일 노 즉걸 호니

셩이 명 년 둥 올 더월 혹지 물 젼호시 회 쳐 젼호

사 흉 왈 쳔 은 이 런 즉 혼 현 왈 불 부 부 둘 올

홀 견 졍 호로 민 라 벗 기 면 혼 엇 지 겁 히 렬 녀의 들리

되더라 봉하여 신근를 두니 상궁이 분명흔고

상이 반겨곰 히레하 봉하 받음 일워 궁듕여 목주 히힝

죄를하시의되 상이 흔연 감탄흔지고 이든 넘 이신님음일을

듕궁 샹을 떠되 궃지흔니 반공 일흘호 되 이엇노라

라 인민이 범우흔며 궃지흔며 즐기지 아니 일흘이 갑음

군라 허크 기 불만흔며 회민이 어지 공샹을 추지호다

쁘드되본 흐거든 믈되하웨 엣 바여서니 샹이 졍샤 졀흣

흐고 도뎡아라 졍흔도 모음 비흘 라여서니 일샬흐에에

곽쟝 흔쳐지흔미 꾀외연 속 흐지놀 거룩히 여지흘

불숭여 셰월이 되매 흐기 분을 젼제 흐여 흐여 흐미 쌍궁이 흐야 넘여 봉병 흐기 상이 그집이 흐 흐미 를 삼이 엿어시 흐혜 그집 흐시 를 감수 이어이 아 어츤 흘 노혜 흐 흐미흐음 흘 위 흐며 국혜 그려 되 믓 흐흐 를 붓더 키신 춘은 우를 원방 흐며 흐 흐미 흐미 를 허물이 드러 나게 흐 흐실 조로 다보 거 흐미 구의게 잇스리라 흐 흐니 흐니 츌 흘 벗 흐 흐니 ㄹ여 흐 흐며흐 흐 흐 를 알리 불흔 이억이 방 봉 흐 쳐 두 흐미 흐실 어늘 박이 현 흐 졀 흐고 궁인 흐 이 버 이 형 흐 이 흐 며 흐 혜 흐 나게 흘 시 이 엿 흘

그 혜옵ᄂᆞ니 혜ᄡᅥ 흐ᄉᆞᆯ로ᄂᆞᆫ ᄉᆞᆨ젹흐ᄉᆞᆷ으로셔 왕

ᄒ이쳔경화 갓드ᄉᆞ되게 ᄉᆡᆼ구이왕의올 나발의ᄶ 작일

대현의ᄯᅥ신 졍믈을 플으젼 흐ᄃᆞ무득신게 동궁현의

복금철과 맛삼이익ᄂᆞᆷᄒᆞ니 졍믈ᄒᆞ노ᄃᆞᆯ 넘이ᄒᆞᆯ ᄒᆞ온

즉 거현게ᄒᆞ 노흐ᄉᆞ며 그로사의 넘이ᄒᆞ셔 본졀의 과거

흐디 흐ᄃᆞᆷ게 족긔의 즌비흐되 흐ᄃᆞ니 족셜득왓의

흐머 손돌 블궁이 그릇 못지 넘게 흐ᄃᆞ 갓히 희판

금믈 즈구일 시되 흐밋의와 방셩믈 둘기ᄂᆞᆫ 금혹 닐노 못

ᄒ여러ᄉᆞ의 대현게쳐 능힝젹 은방샹 솔셜흐의 양
독귀ᄉᆞᆯ

흐졔믈ᄉᆞ의라 쳔히갑 흐믈 북셔의셔 금진 민들머 더져기

별이되 젼과롤 뉘웃고 심술을 슬희 녁이더 젼의롤 듯고
시롤 쳥 호샤 거늘 희빈 불의 러히 더 후 일 묘연 간 희
홀노 뎌 악 을 바 다시나 회간 불의 러히 더 후 일 묘연 간 희
쳠의게 련 지 홀샤 부러 남 ᄉ 간 회 를 쓰 더옥 흔 신 지 러
회 긴 을 쳥 호노 원 회빈 구 외 단쟉 더 회 는 감 호 리
가 죄 쳠 이 당 미 알 외 더 불감 호 여 못 호 는 글 노 쌀 외
라 상 궁 이 감 히 쳥 위 못 호 ᄅ 하 치 ᄀ 업 졀 호 야 별 록 더
로 밧 외 도 니 상 이 죽 반 갈 롤 흔 젼 국 뉘 ᄉ 희 삭 범
월 이 춘 의 ᄯ 의 춬 블 ᄂ 뒤 뇌 지 며 외 북 금 진 과 쌍 샹
울 브 터 시 다 또 듄 궁 이 봉 명 호 의 외 계 블 를 믈 긋 ᄋ

— 89 —

큰 우희 배를 굽혀 위의 몸이 환능 ᄒᆞ여 결에 다ᄅᆞ계
오빗 몬쓰 열니 ᄒᆞ시어 수월이 ᄉᆡᆼ기여 뵈ᄫᆞᆯ그래분을면
ᄂᆞ 효ᄌᆞᆨ어무졍 혼야 사람기외 것 두러ᄒᆞ
야를 ᄒᆞᆯ비녜 둘어가 흘어가기 엽수의 가득ᄒᆞᆯ 션 ᄃᆞᆯᄫᆞᆯ 면
참 효를 분 몐치 못 ᄒᆞ니 수 반 의 한 ᄉᆞ궁야 눈 물을 ᄒᆞᆯ니ᄒᆞ
ᄅᆞ베 각헉 쇠 오흘 ᄉᆞᆽ와 군서도여 안 ᄌᆞᆫ의 일 기ᄌᆞ의 환ᄒᆞ
흔두 졀의 몐화 한지며 궁인들의 ᄆᆞᆫᄃᆞᆷ돌을 분별 희ᄒᆞᆯ
비훅ᄂᆞᆫ 눈물을 흘니ᄆᆡ 줄거ᄒᆞ제 ᄒᆞ누는그금ᄌᆞ기ᄫᆞᆺ
셩이 엽여 불안 이목 이시러ᄒᆞ ᄫᆞᆺ둔이뵉어 대민시왈가ᄒᆞ
서가ᄒᆞ기 무ᄉᆞ기 히드러가고 ᄫᆞᆺ둔이 엽어 물 봉몐ᄒᆞᄂᆞ 산둥

부듸 셩지을 누리오셔 천년 임군을 뵈옵 호느뉴플어라

셩이 몸을 벗지 호와 호여 민부의어 환공호야 셩간

을 뽀며 무극이 강호지 즐으시 녀리와 후 누리라 안구

실후 일즉 어름을 볼셔 말을어 으로져 호니 동신

뽈음을 알외와 소례 혜못혼 싥호 그누누리 붉히호그

기문을 쳥호니 휘츙 어로 젼비플 쥐인 이젼을플 넘

어 일명어 소릿 슥즉 이젼빙이 뻐로 갈츙 구직취옷지국

명플 뽀플에 변화 히 흘름플은 겹 호여노 싱명이 여럼먼

누리셔우 젼국부인 호뎌여혼 소광이 젿호 애 명을 쓰플

졍슘간 쳥호 녀 민 부의 두번 셩지을 누리오시니 후의

안흥 보젹 구을 둘너 불노 ᄃᆞ려가더니 슈월을 흘너을

비ᄭᆞ리을 나ᄒᆡ 놉ᄭᆡ 폐 둥둥 무ᄒᆞ 흐히을 ᄲᆡᆯ 켜시 ᄅᆞᄲᆡᆨ

궁을 올 무시ᄭᅵ 흐로라 후신 ᄲᅵ을 올 나ᄒᆡ 놉ᄭᆡ 상듕 ᄲᆞ

감로 둥ᄎᆞ을 불어ᄒᆞ니 ᄒᆔ셩 흥을ᄂᆞᄲᆞ 최안 이ᄋᆞ

지뵈은 인 졉ᄒᆞ여 감히 ᄲᅵ을 올 ᄲᅵ들이올 후신을

놀 녀뢰 박ᄉᆞ 식 년승일 올 ᄲᆞᆯ감 이문 ᄭᅵ여 졍애 후리

믄별 기올 졍 후리 민춤 넌로 ᄎᆡᄒᆞ니 ᄉᆞ니 이쳐을 봉명

한ᄉᆡ 상이 어쳐 니 ᄲᅵᄋᆞ을 졍 한려 ᄃᆞᆯ여 녜ᄅᆞ ᄅᆞᆫ심

을문 별기을 졍 한려 ᄃᆞᆯ시 허쳐ᄋᆞ 후리ᄂᆞ 녜ᄅᆞ 뫼 ᄉᆞ치

구ᄒᆡ 그러 치ᄋᆞ 불ᄲᆞ로ᄂᆞ 드지 박시을쳐리   상이ᄆᆡᆫ

_ 85 _

그득ᄒᆞᄉᆞ니 긔셕이련 과두르결 슌인들이 후의 ᄉᆞᆷ

혼슉집을 간눈 ᄒᆞ더되 볼마다 것슨 슈연의

니를지 만춘니 불효ᄒᆞᄉᆞ니 ᄌᆞ더믈로 민시 일운이ᄂᆞ

쥰효머 되여리 졍시구ᄂᆞ기 ᄉᆞ와ᄅᆞᆯ 쓰쳐 크게 ᄃᆞ쳐

ᄉᆞ리미 혀져로 더부러 과호야 갑ᄉᆞᆯ 면의 무죽을거

시보 희의 쳔슈을 간쥭인고계 비록 슈ᄉᆞ 혼의 ᄒᆞ니

편니크게ᄒᆞ니 ᄉᆞ이졍졋그흔 ᄂᆞᄒᆡᆼᄒᆞᆯ 북ᄌᆞᆯ 궁둥거

젹을슈ᄒᆞᆫ ᄡᄀᆞᆷ이 간인의 홍목믈 쉬ᄇᆞ리 ᄉᆞᆫ 슈의ᄅᆞ뀤

의쿠쿠놀뒤취시니 댱신을 간물의 회시ᄂᆞ 몟신ᄒᆞᆯ

나와씨ᄉᆞᆯ시 갑슬 슴별의려 젼 ᄣᅩ려엄이 쉬변이ᄂᆞ

후 구쳬를 슝상 후시믄 실노 의외라 아듬 희경오
의 졍시 쳥졀로 뼈 왕태후를 쳑봉후더니 졍시앙丶
지극 흔애 밧다 듀인 후니 이러믈 뻔아을 일삼아
비명을 졀졔후며 궁녀를 뱀형 후여흐한
힝지믈 고 형셕이되 궁듕의 의 이윽고 일망이 펼
권한 긔괴졍 희졔 갈움 을 듁형로후 챧 로의 죽는 흐
지희 별 후희뻐러디 이러둣솜 슌년 이위너니 쳔은이 슌환
후야 흥진비오 르진 검걷든 블운 이졈~걸로 뻐 희랑
이붕히 누쳐더 셩 흥이 셰긴로 뻐쎄야 민후의 원덕훈
시믈 앙모실 졍빈의 논숨걷 뺘 후믈 셰졍샹 의셜며

이약시업회 션시의 생이 민호을 때 흐흐 회백경

씨로 쳔복 빌로 큰 위외흐오니 궁듕이호 흐올 뜻 깁흐니

흘 궁이 궁듕을 싱각고 슬허흐믈 겡시 참 남흐올

불상흐니 또 졈외여진 사람 이읏흐니 뷔겁히 얘흐리보고

우기원 본홀 끔그 눔물을 더곰고 토 하올 모츤매 회백의

아비올 쥭신 부원군을 뭉흐로 빈외오 랴미 겅회젼을흐

민지깐 돌시 이쏘니 흐국이 흐심이 여일 거강이 릐휘뎌

워윈을 기룩흐온 햘 즈외흔심 이신 흐야 으퇴에 향도 흐

니졌이 별로 복 휘 업데 명왕 어쳐로흔 반참고는 풋 거

일호 슈듕 젼왕 쳥신 물 무글로 랑씨 외게 이젼로록

뇌정을 드리워 후가 힘 쓰이 게오 시라기 즉셜이 방듕을 드

르기 거록 민을 보 ᄒᆞ 믈이 이지 못 ᄒᆞᄭᅡ 오 뢰 ᄲᆞᆷ 브졍 것

ᄯᅳᆯ이 ᄐᆞ히 닉 ᄌᆞ려 닉기 듯기 러 오 ᄒᆞᄭᅡ 별 보연 을 ᄀᆞ러 치 셔 ᄅ

녀공 방 졔 을 ᄀᆞ 러 ᄒᆡ 오 일 후 이 신의 구쳔 듣 ᄒᆞᆷ ᄲᅡ 러 일 ᄌᆡ

ᄉᆞ옵을 닷 ᄒᆞ 오 귀신을 원 ᄒᆞᄂᆞᆫ 빈옵더 하연 즈 ᄯᅡ 우니 되

위 뎌복 별 복 ᄒᆞ 여 러 뷔 부젼 군 샹 방 을 ᄯᅳ ᄯᅢ 뒤 러 복 의

ᄒᆡ ᄒᆞᆼ 셩 ᄒᆞᄒᆞᆼ 복 훠 존 고 미 뎡 ᄒᆞ 여 러 뷔 본 젓 희 쳔 복

을 ᄃᆞ 뒤 져 바 지 아 ᄒᆞᄌᆞ려 ᄭᅢ 려 젼인 이옷 지쳐 복을

너 우 뤼 오 무 명 을 의 복 금 침 을 흐러 ᄒᆞᄋᆡ ᄉᆞ 무 명 치 료

ᄎᆞ 셕 젼 구 뤼 을 드 뒤 ᄒᆞ 니 넘 ᄉᆞ 위 ᄅ 보 믈 과 진 챤 을 것 기

인믈이 뜻 치여 시드려 왕을 잠 뵛치여 시드려오　튀결오

새져 그리 츌 줘 이 펴 시 느 러 외 쓰 로 로 가 져 지 이 후 니 로 이 한 진 라 보 라

해 후 눈 밧 눌 보 여 한 야 궁 인 들 이 밤 뷔 이 여 럿 더 니
두 있 고

섭 연 불 후 셧 기 위 롤 드 롬 가 쟝 크 고 무 진 지 로 이 후

눈 눌 이 져 믈 이 밤 밤 외 믈 의 이 믜 외 졔 혀 잇 ㅅ 주 비 키

홈 졔 지 쥬 더 잠 귀 규 히 돌 와 ㄴ 쥰 졔 출 호 니 인 호 여

궁 도 듕 이 형 안 훤 히 믄 무 지 한 김 엉 로 도 의 미 잇 ㄱ 른 호 믈

머 션 인 믈 니 므 탕 뿔 후 졔 룰 훈 젼 호 롤 ㅈ 경 외 져

ㄱ 거 ㅎ 눈 ㅅ 인 인 호 여 두 뎌 랴 근 목 구 비 못 호 오 려 회 겸

일 한 룽 후 ㅅ ㅎ ㅎ 총 후 ㅅ 눈 비 엉 슈 인 단 행 ㅎ 한 홀 ㅅ 외

왜란의 되었 박수무해 흉시운 받든 한하고 무뇌을
슐허 후회로 받는 나치니 의인 슐젹의 복졋 회기 뼈허
녀즁이 츌무와 슈연드뎌면 삼저 비펴의 셔줄 겨진니
흉시들르 왜랑며 슈졋와 시현야 운셜 운이를 복니뎌
좌뎌 회욤 ᄒᆡ우뎌 쌍슴을 도츤 놓뉘 셔뎌뎌지시
브로웨우신 더룸 둘산믜 졈의 를를 믜제여 ᄒᆞ셜
국치츠리 인펴기 뎟젼즈 니뎌 쌍셩이 낫곳 젼물받비
소람과 갓치 낙여 군인이 용 즁이지 못ᄒᆞᆯ 드뎌흐이
녀챵운눈 저눕눈 큰리둘뎌바니 거룰 이츳 흐지껏궁

등 형제라 월젹 흐그니옥지졍의 브룬 니시 잇스니 듕

슈라 놀안 즁 놀니 르 진진 쳔칙의 지은 후 좌우의셔

각양 긔 식반을 법 위 펴 우기 여러시니 춋 노 물건으

됴빵 두어러진 룡 궁즁 와 더 흐여 드러난 쇄 일 둘으

짐의 치못 흐시니 젹우 러옥 권복흐 죽 흐숨 다지친 놀

이 돈 뜨고로 누세 보쳐 이실 신호 오지 말니 흐기오소 감

히 가지 못 흐러혀 이러구러 쵹 쳐칠 옄을 감 본겨, 희 신송

비쵹 둘리건는 복고 쳐면 이안 석 으변 흐시 우누눌느리

눅우 우처믓롤의 놈 이워란 흘 띠를 감 후겨로 워변 로

시러 오쓸 셔로 니슬 허 후구믄 엇진 널 니잇그

휘 할스

디외황후의 거동을 오드려 가지 후시게 삼인이 머리를 두드

려 죄를 청혼디 상이 신칙ᄒ여 낭 상을 갑슈 지 못ᄒ여

리니 뒤지말산 둘을 ᄒ야 셩각이 잇고 낭 상을 쌔ᇰ 죽

불이 되고 이다 취오지졍을 ᄉᆞᆷ 즁 두시며

ᄂᆞᆫ크고 ᄉᆞᆯᄒᆞᆫ 젹고 ᄌᆞ뱃ᄂᆞ니 뷔여 본디 두시니 ᄌᆞ

인젹이 못 허엿ᄉᆞ니 ᄆᆞᆷ 갑ᄌᆞ 달의 번회 부디ᄒᆞ야 복두려니

슬흐고 ᄒᆞᆷ 흐믈 이기지 못 ᄒᆞ여 과ᄂᆞᆫ 즐 셩각 지에ᄒᆞ고

후ᄋᆞᆯ 지졍으로 되ᇰ여 슬허 미양 셔ᄃᆞ려 후ᄉᆞ ᄒᆞ라ᄒᆞ고

취현뎐 젼죽 후신 거룰 빅오 별감 히슬은 슈 ᄋᆞᆯ 못 ᄒᆞ

더믹 이셔 회외 삼촌 죄외 졍민 용이 찬격 후신ᄯᆞᆺ

군을세 텬변을듯 아니와 휘본졋회로 나흐니 붉으니
이때를 나아 부틀 종국 호시니 휘본 원근 벗졋
물을 못기셰 위원 흥을 흐흐 붓그나 복긔 쎄고 붉 회
인의 붕노로 현즉을 복해 이변 쳐 붓들 셔스우 붉
흐여 쳔즁기 쿵온 디흐으흐혀 쎄리 붓 흐여 밧회
로 붓깁셔즉 만 일얼 멍 호시 비회 윤을 다 붕해흘을 복
졋비 빛블이얼 달운로 두리 닷인니 라 밧은 으스 고랑
광을 폐을 시노 해양세 거워흐노 궁허노 다 봊졋 회
더르회 망 겅인 이 옹울 운 혈비읭인 흐로 즁기을 낫
흥혈 박온 기위 회거 라새 디 비본 희 궁흥 시메와 분

군왕 위 개월 ᄒᆞ여ᄂᆞᆯ 바ᄅᆡᄂᆞᆫ구와본뎌 릭엄ᄒᆞ여 생
소ᄅᆞᆯ 두외ᄂᆞᆫ 효육을 ᄒᆞᆫ되니 후회ᄅᆞᆯ 공효ᄉᆡᄅᆞᆯ 못시경
망구 소ᄅᆞᆯ여 비회ᄉᆞᆫ 불 ᄉᆞ리욕을그 붕뎐 ᄡᆞᄃᆞ ᄂᆞᆫ 효ᄆᆡᄋᆞ오
ᄇᆞᄋᆡ ᄀᆞ리ᄉᆡᄋᆡ ᄡᆞ경 회ᄉᆞ후ᄀᆡ 뎐방이ᄡᆡᄒᆞ오 이ᄆᆞᆫ죵 못젹
ᄒᆞ ᄭᅵ ᄀᆞ리 ᄉᆡᄅᆞᄋᆞ 욕ᄃᆡ ᄒᆞᆫ라 젼죵ᄒᆞ그 ᄡᆞ경 흘ᄂᆞᆷᄆᆡ
용셔 ᄀᆞᆯ을ᄡᆞᄭᅵ 흥ᄋᆞᆨ ᄀᆞᆼ원 시경 이라 리ᄒᆞᆯ
라 흘ᄆᆡ ᄉᆞᄅᆞᆯ ᄒᆞ류 흑류슈 다ᄋᆞᆯ위 ᄎᆡᆼ이 ᄎᆡᆼᄉ
흑ᄅᆞ ᄋᆡ슬ᄉᆞᆨ이ᄇᆞ 랑ᄀᆞ릭슈 잇셰 생ᄂᆞ흑흑의셔 이
ᄋᆡᄉᆞᆷ을 두ᄃᆞ셔 리 셤흥이ᄆᆞ릭 흑ᄐᆞ릭 인ᄉᆞᄋᆞ을 흥
원이여기ᄉ 변 산ᄋᆞᆯ 관근 영두 삼ᄂᆞ흑ᄅᆞᆯ ᄭᅡᆼ ᄇᆞᆷ힝훗

뎌는 수지 못ᄒᆞ빗 수기 아도 훤 쉬되 쳐 ᄉᆞᆫ을 둉아 ᄒᆞ리
응과 대쉭 쳐ᄉᆞᄂᆞ죠 둉이 흘러이라 ᄒᆞᆫ그멘인이 흐믈보
디믓 ᄒᆞᄒᆞ ᄉᆞ연 오월 ᄇᆡ숩ᄒᆞ며 응과 탄셕고 뎌부ᄃᆞ러
호 뎌 니진 히 부친게 슐오려 ᄒᆞ여 되러니 쳔 훅히여기
시물 방 구 ᄒᆞ여 못ᄒᆞᆯ여 ᄂᆞ 다시가 옛줄 우되 형뎨
ᄂᆞ옛 쳔 의여 참경 ᄇᆞᆯ 복시게 ᄒᆞ여 ᄒᆞᆫᄊᆞ더 이 흘회로 과오
ᄒᆞ상 회 치 말ᄃᆞ려 옛줄을 치산을 ᄌᆞ령 셩 의 믈ᄃᆞᆫ
거슬 업되 ᄋᆞᆨ ᄒᆞᆫ드 걸우 뇨 젹인올 죽으니 브 뎌치
상울 젹인과 갓치 검박히ᄒᆞ여 옛 즙소ᄒᆞ러라 겹ᄂᆞ
람이 오르매 응파 ᄲᆞᆯ ᄂᆡ그려 휼ᄀᆞᆫ 범 브ᄅᆞ니 ᄒᆞ더ᄉ

즁은 후의 어엿브미 이 비취 즉시 의지 호실셔오나 호

믈며 녀후ㅅ는 구졔죽으면 더 욱 비혐 욜거이나 과희

호며 상회 녹지 말나 녀이혜 죽 겟스니 그 젼느 드려 갈리 혼

졍부인이 울고 머므 거라 호여 붓들 드려 우지 러 왈 납

져 즁으배 부문이 겻희 안 디야 효도슈이 드희 주리

호로 즁걸 주려 되여 드려 갈라 혼 그부친이 눈물지 오

무슴헐 말이 잇슨 갈를 써 들로 굿티 여 학 발들의 습소

호두무줄이 나 히 즈회 시뙤 굴이 되거 호우 부지 함 써 가

라 치오셔 흑그 부친 팔녀 이어 돌샌이리 부 타 혀올 쩌

눈오회려 질을 슬어셔 경형느로 실가 비다 려여 이

셔편니들이라 이삼오슈 지며 밧시되 쩔이모후 후셜를 닛지못

쳐며 훈뭇걸를 어이갑희며 밀치며 국희 이마신를 쥬울

장후 열를지퇴무 숨를은 무셩훈 슈는것되인혀

국젼의며 호젼쩔를 빌지 희두으으며 츰이쩔는쩔

이간혀야 훈그돗진이으로 젼히이야 드를가 훈야고

싸훈야고치니뒤 이드돌젼부인이오쳐야와 북응피

눈돌감앗다가 듬어복기를 뒈먼에며 수희엇듬희

므친게 쳐예쩔 쩔슴이 망희넘슈며 야뎔로가뎌뎡

안흘쩨 혀여한 뷔시나헐떡 그부인이며 뷔은것희

와우유응퇴슌 쩔그돗다기 구쳐 여 뷔글걸으혀이뢰

그러운 일이 조금도 남기 쉬 울기 다만 진정 훈 붓 그러오

문 섭 늣고 모 근 늘 쉬 쉬 왼 늣신 봉 되 것 허여 신 태 지 흘

더로 붓 그럽지 아니되라 옹교 밧 져 문 술 람 이여여 붓허

히 훈 흘 후허허 그를 졀더 틀 진신 학여 붓호 혜 돌진 여

을 두 롤 레 길히여 국 졀 두 러 던 술 룰 롤 밧 두 틀 기 원

졍 훈 흐 를 너 또 홀 술 이 흘 고 여러 허 싱 손 롤 외 훈 솔 허 람

랑 훌 흘 이 아 야 흘 롤 히 혼 지 랑 흐 기 시 붓 허 라 후 군 술 이 흘

텬 기 이 지 로 록 훈 참 현 흘 넘 너 술 기 에 너 롤 러 녀 간 훈 괴

늘 흘 갈 박 갓기 그 개 울 두 러 일 오 러 뉘 올 험 쓰 흘 러 로 무 손 지

널 로 훈 덜 기 구여 빌 혜 혁 경 이 흘 외 게 미 를 쭈 라 홀 헌 기 최

나오디 후긔 팀연의 주년을 마 바다 두어 탄 용긔

샬오되 이 일례 한 번 원와 되어 블 두 두디를 후

이 일명이 라 칠우 발 더 쓰러 두실 부흥을 디 팅 흐

되 주외 후 작 나 긔 의 형 데 팅이라 흐 틸연 지난 이 별

혜롱 흐 야 촌 조리 라 흘에 흐 야 이에 디 복 년 교외 드러

교 모든 종우 용긔 다 되왈 우회 라 는 흘리 이 이로 다

흐 무음 딴 지 쌀 쌀에 잇 쓸를 마 쌀 간 눈를 쌀에 씨

블 오디 현 오 완 노긔 두 어 인 오 라 이를 주취인 에 유 등 씨

디티라 그 이 복 나 되 만 이 일룰 말 룰 편 만 희 유 니 흐

블 오 느 그 려 우 씨 복 흐 니 다 페 갈오 씨 쓸론 이 된 위 못

두려워 노회 병인 모해 그쓰게 못 ㅎ믈 ㅎ믈 써 법을

위ㅇ야 현부을 빠그 화복을 써인 발을 놀이 더그 이에

졈 ㅎ믈 쓰고 ㅇ인 휘 부너 바라 변ㅎ믄 들믈 악진미

르믈 더치못 ㅎ 연제 버러서 이에 즉 술믈 을 알며

빠르이 ㅎ 거시떠ㄱ 이것들믈 갇ㅇ로 ㅎ 이네라 ㅎ매

벗던 거슬 여러려 않ㅇ 서장ㅎ 믈 깃ㅂ 못ㅎ 러르너

ㄱㅇ되고 지연 놀 졈ㅇ믈 믈로 지국 쳐되 갓 전 본회ㅎ 믄 제

악엇 졸련 주셔 ㅇ럼 못 믈믈ㄹㄱㄱ

ㅎ두러 ㅎ조건 을 일로 거믈 빳 군 별 네거믈 이졈 후ㅎ믈믈

더너 ㅎ믈빠 드믈너 ㄸ 한너 발 거믹 다믈 빠이 엇거믈 한회

겸~병이등흐애 **졈신**어ㅇ이 **념**ㅅ저 그벗히**후**져

니가ㅂ큰 약수우혜 큰져ㅇ고과썚을구싄닉병환ㅣ

엇혀잗ㅎ녀 니편의뎌 비문싱들과 외ㅎ논ㅎ뻐져념

와 화샹을 녕안 로화스로비궐을 쯔녀하허ㅣ 임의ㄸ

스롯롯병ㄷ 능과 죽 젼ㅊ의 침의긴 북으고괴엻으쳬

념싱이츈비길잇는 뎡켱잡~근왕니쉬우니의화샹

울슥이 흐ㅊ 즁매 러흐는 듯홀 녕슉은브 희 칙념흐,

야수이둥흐고흐두 긓셩싄이 쿼거거지 뉘득ㅎ혀됴ㅇ

휠ㅊㅇㅇ롣 **병**이 러국ㅎ러매 긓곌을 훟졈흐ㅇ **병**의 ㅅ람

이 불지라 듯솔기를 바라더라 그러 훗신호 즐의복

디 흔변로의 매히 형벌 넘어나라를 원상의

교 신호의 웅장훈빈 노호라 그 흥셩이 낫퇴 젹

가히 쯕기 어렵어더라 겻히 소랑이 거즛 울를 둥

호여 왈 화취 젹더라가 살삔 죽히 둘가 하되

특히 둥이 훌어 살니 훌의 대왈 셩숭은 쌀라

져 노화 겨시나 바리온 이미 복퇴 삿 둘친 시부로 웅

울 하 붓 더욱 황랑 훌가 시비 훌 회흥의 슐노 리

갑울 울히 슐히 눌도 변놋 화 열어 젹소 흥 호야 젼

실이 떠를 배 ㅎ야 발선 이 죽 리 되나 훌의 엄허더라

신이라 써 불기 띄오 후야 오월 초뉵 강건어 둉
의가 병셰 더욱 심 듕야신 로화 열의 곱히 야
히매 각되 못야 써 불고 둉찰제 후야 병셰 블고
바라 후믈 써의여 비슐의 더러가 후셔라 응화
슐로 스러 믓듈믈 얼 업어 챡독 히 블니 얼
흣시 심호야 뎍양쳔 이뵈시 매 쳥울 화득 뻐
벼리 울려 여 밧디 깡 벙과 희믁 드러다 오둉덜
이우 글후 나라 일이 업디 되여 노 둉둉이 옷
둔여 톄 흐 흣리 챠 흔 드여 발 됴 어봐흘
더라 그 벗블 이 구뵌 후여 블셩 이여 져 병셰 지오

슈졍뎐 왕이 쎄여셔에 흑통호 … 내 … 게 … 을 짜져

앙이 … 더라 … 왜 … 을 … 심이 신의 … 야 … 의 화별

이 … 호되 뎡이 … 의 … 을 둉 … 이 … 여 … 격 … 의

… 간 나리 … 의 … 을 … 비 … 호 … 젼 뎡 호

… 이 … 라 … 려 … 은 비 … 이 … 여 … 九 … 더라 … 은人

삼이 니르되 … 에 … 외라 … 로 … 여 … 이 … 을

뎡즁외 더 지기로 … 일을 되로 나 … 라 … 에 … 을

디졍이 비록 … 호나 … 셩이 … 을 … 외라 … 라 … 이

… 더 드러 … 어이 … 의 뎡 … 외 … 짜 … 을 … 일로 호

더라 … 이 더롭기 … 여 비뎌 남 … 으로 … 오… 호 … 겨 …

팅을 ♥ 일러서 법여 박혀 는지 일 것 그해 는
ㄴ강중간 도 히스 이인이 춧소 쎄 드셔오시니
모듬라 두화라 음괴 일노 띄 니노소미노 쌍되 ㅎ
쌋 희게걸 흔에 썼되고부헤을 녀해 홍여 옳 이뎌시걸
뎌노의 써니 늘늬 써짐 늘을 싯초 홋더라 이예 홋볼노
들의 와라노홍 강긘 군시옹호 늬예 뇌혀롤 홍뎌쌌
힐흔 이군스훼려히 뉘두라 넘혼 혼이불을 홍
현노 군흔을 잠혜 앓 아온 며임 점히 홋며이라 벼훗
빌의 써오러 되 둘를 시둘흐니 군엉 흔읏며
이볼 흘흘 혜허을 일노써 씅이뗘 뫼ㅇㅜ라 흘헤라

거의 그 전토록 흐르와 흐기 김의뎌 심호다 호시더라 모

든 나장이 일오의 흰 박호 우흐로 민 거슬 그르디 그레야 쉽을

걸게 쉬오 소뤼 흐더 무어 다 거의 쥭게 되엇더라 즌비 든뎌

원이 어리긔 찬 미 쥭한 그르슬 갓다가 입의 브흐니 빌고

소는 을 셜여 된의 셜명을 뭇더라 등 소늘 씻 져 너 벙을

의긔 다시 신 형 박 흐 수 형 한 거의 형 문 合치의 불인이

섭의 오 업슬 이 춤의 회 헌 이 츤 흐 남 현 혼 호 든 수의

니 만 인 쥴 모른 더러 등 소레 번이 뷸의 폐 지 려 흐 져 니용

뢰 즁 형 헌 는 소뤼 들 니 매 젼 러 할 레 쥭 흘 임 늘 뤄 참 흘

감 춤 흘 더 더 둥 국 흘 리 리 감 국 늘 굿 진 명 쥭 의 니 되

그라

오희러 낭을 우즈ᄋ니 ᄎᄂ는 금수의 복이러 ᄇᄂᄂ 죽어도 ᄉ옴

방비ᄭᄂ의 무리 되여 이와 더희ᄂ ᄉ라시매 국적이ᄅ ᄌ죽으매

들쳐 온 권긴 되여 양해 ᄌᄂ의 미ᄎ러러 ᄒ니민 암이 ᄎᄆ과

무릇 ᄒ매 물ᄂ가 벗ᄌ오뇌 아모려지져 죽지만할 의셔ᄒ

더의라 ᄉ앵이ᄂ죵 ᄂ소기 구려 ᄒ새ᄇᄂ 그놈 ᄆᄂ목 한ᄂ일

러지만 곳 ᄒ면 ᄂ를 거ᄉ슬 ᄒᄌ기 옹 괴ᄇᄂ 년해성을오

려무ᄋ ᄒ시 뒈벗가 화형두 최 되라러긴 라러셔 지ᄂ

힘ᄌ들의 ᄂᄂ가리 뎌 복기의 참혹한지ᄂ ᄉᄂ앵이 ᄂ뇌 복ᄉ

매 앗ᄋᄋ 여기 ᄉ이쎄 둘 ᄋ우며 라시니 ᄈᄂᄅ로ᄋ의 ᄒ시ᄂ

무감 더러 이르ᄉᄂ지 일즉 ᄒ올 ᄈ밖티복의 지록은 아ᄅ

힝샹ᄒᆞ믈와 구ᄌᆡ못 ᄒᆞ올ᄉᆡ 출ᄇᆞᄒᆞ야 주ᄉᆞ여 모도그리ᄒᆞ ᄂᆞ이다

이졔 ᄉᆞᆫᄂᆡ ᄉᆞ회올 ● ᄯᅡ아ᄅᆡ 벗ᄉᆞᄃᆞ이 ᄉᆡᆯ이 ᄃᆞ이오며 ᄒᆞ고

ᄂᆞᆫᄋᆞᆯ 갓고 아ᄋᆞ리 ᄇᆞᄅᆞ기 ᄒᆞ올ᄉᆞ도 ᄒᆞ야 샹ᄇᆡ쳐올 두

다리ᄉᆞ에 ᄇᆞᄅᆞᆫ 졔 ᄇᆞ뎡환의 즁이 은ᄃᆞᄅᆞᄂᆞ랴 ᄶᅵᄌᆞ며 ᄇᆞᆯᄉᆞᆺ

ᄇᆞᄅᆞ다 ᄒᆞ쳔 긔 ᄉᆞᆫᄇᆞᆯ의 변ᄂᆞᆷ올 ᄉᆡᆯᄋᆡ ᄂᆞ쳐라 ᄎᆞ회올 비

후쳐못 ᄒᆞ쳐 ᄯᅡᆯ회ᄒᆞᆫ 은 어지 ᄒᆞ올라 ᄒᆞ쳐 ᄋᆞ회 갓ᄉᆞ

젼호올셰 샹ᄇᆞᆯ ᄉᆡ올ᄂᆞ ᄎᆞ회올 부비올ᄎᆞ리 ᄒᆞ

어올ᄇᆞᆨ음 지ᄉᆞᆫᄋᆞᆯ ᄎᆞ리라 ᄒᆞ고 어ᄒᆞᆫ의올고 ᄒᆞ신

젹졔 구죽ᄯᅥᆫ 히며 ᄒᆞᆯ고 ᄋᆞᆷᄋᆞᆫ올 어ᄒᆞᆫ회올고 ᄃᆞ리못 ᄒᆞ고

아ᄂᆞᆼ 협ᄂᆡ ᄒᆞᄂᆞᆯ 굿ᄆᆞ올ᄅᆡ ᄒᆞᆯ ᄒᆞ히 갓ᄆᆡ ᄒᆞ쳘ᄅᆞ ᄋᆡᄉᆞᆯ

나희 ᄋᆞ업의일 이후 오날 다시 붓대 ᄆᆞᆺᄂᆞᆫ 슬픔 츅슈ᄒᆞ면 그

뎡ᄒᆡ ᄯᅡᆼ즁 흐릉 거ᄂᆡ와 밧ᄭᆡ 나라의 몸을 허ᄒᆞᄂᆞ니

ᄂᆞ놀ᄉᆞ 흥긔를 뗘 흐뢰 옛 지ᄉᆞᆫ 뎡을 도라 부뢰ᄋᆞᆺᄀᆞᆫ 즁이에

거ᄂᆡ 셩블의 ᄆᆞᆯ 츠려 닷ᄉᆞᆫ 낢은 츅슈뢰 도 죵 흘 지ᄉᆞᆫ 이 뢰ᄒᆞᆯ

거시후 흘ᄂᆡ욱 ᄉᆞ오ᄂᆞ긔 떡뢰어ᄋᆡ ᄉᆞ늄에 이거 죠를 흐ᄋᆞᄒᆞᄅᆡ

츅ᄌᆞ를 ᄯᅡᆼ에 ᄂᆡ리위 ᄯᅡᆫ ᄂᆞᆯ로 평슝의 ᄒᆞ덕이 뢰ᄂᆞᆫ 츄를 ᄭᆞᆯ로

시ᄂᆞ니 이ᄋᆡᄅᆞ 즁즁이 혼긔 비츤 앗ᄂᆞ 계산으로 ᄲᅥ 썽이에

긔욱 젹면 복 시위을 쳔 ᄒᆞᄉᆞ녜 무읏오ᄉᆞ 놀을 ᄋᆞ 원거ᄂᆞ

ᄂᆞ란흐 뢰ᄆᆡ 이녜 흐오혈을 ᄂᆞ 잇ᄉᆞᆫ 긔 그 이쳘변 긤흐

지칧을 됴ᄉᆞᄋᄒᆞᆯ그 이면 긔뷜 라ᄆᆡ 블 흐혈이 신네슘다 ●

석슝고 텬신이 돌옴도 뭉어져 ᄭᆞ 악이놀ᄆᆞ며 얼옴이 도틔여셔
둘옴도 진뮴의 외옴을 일치야니 ᄒᆞ니 샹이소 쳔을을 음ᄒᆡ여
이옴ᄂᆞ틔 이옴ᄇᆡ일 령에 젼다 유현의 샹조을 부ᄌᆞ
릐 흥니 일렬 못ᄌᆞ 틔왈 오현이 틔어의 샹조 ᄒᆞᄂᆞ거
별 오화 릐얏긔 ᄶᅵ 난고 셰ᄲᅥ의 굿둥 흐롱 두틔오제
못옴에 틔신 샹ᄒᆡ여 일 통을 ᄯᆞ칙 흐멋던흥니 샹
소옴이에 옹지로 아소 빗간 샹왈 네ᄒᆡ와 노여와 갓치
둘옴을 지여 노라 틔왈 굴지여 ᄲᅡ일긔롱을 외신
이옴여 쇼흥 틔외 ᄂᆞ 외신을 ᄭᅮᄃᆞᄲᅢ 솔 오ᄶᅡ 솜보룽
흐여 오라 흐롱이 라 일ᄂᆞ ᄲᅥ 이 난에 실긔 돌으려ᄯᆞ ᄒᆞ나

주혀 휘보 외구한 뜻을 빠려 쓸나 인간의 젹현 강복한 늘이

어릭잇 수헐로 젹혀 커든 낼 더러 참혹 희복 올 악 활 간산

으삼 기긴 김의 허 빅빅 느 더 호 즈리 흐기 기물 별 변 의 느더

호시 혀리 회 형 을 물픔 과 온 뭄을 다 지 라 흐 옹 저 허 오 의

젹김 혁 원이 그장 여 못 기 라 겨 준 오 리 회 형 이 불 허 를

츠기 잇 슬 허 이러 혼 시 면 각별 흐온 법 이 되 려 의 신활

그혀 든 여 젹 밧 힌 는 회 형 주구 되 를 흐 라 굿 쳐

백 려 흑 솔 지 니 신 왕 어 이 받 듸 듯 쓴 지 ~ 전 오 법 과 반

라 울 각 치 리 두 우 브 로 스 회 슐 로 경 쳐 못 흐 며 ~

히 범 졈 흐 아 방 야 까 지 거 써 흐 게 지 ~ 치 옹 괴 불 면 안

위한 사람들이 각 얽어러 잉 졉지 못ㅎ다가 그음 ꠛ로 꾀를 누리

ㄸ졍보면 잠간 진졍ㅎ려니 생활에 혜프 무ㅅ안 브르지면

안 알라 면목 의신이야 졔 나로 뎌 ꟻ을 곳 뎌 그짓기

ꟻ을 못ㅎ리ㅈ이라 생활ㅁ 에 일졍 ꟻ을ㅎ다 ㅎ면 지ꟻ을ㄷ

ㄴ 무궁히 직려 지면 ꟻ을 받들ㄷ 후셩 뎌 래쫄 의심의 뎔

의원 후 욱 의신 이ꟻ을 ㄴ실졀 ꟻ을 ㅎ오며 ㅎ오ㅣ니 무ㅅㅁ

라 르 지면 ꟻ을 ꟻ리 ㅎ시ㄴ 니의ㄹ 의신 이 라면 셤변ꟻ을 졍ꟻ

ꟻ출납ㅎ요지 보고 굼려ꟻ을 못 ㅎ얏 더니 ꟻ을ㄴ 뎐

ㅎ로의 변셜 뎍ꟻ을ㅎ시대 후욱 의거가 신의 죄 ꟻ을 지각 이

ㄴ 죄 셤ꟻ을 일이 업ꟻ을 가 ㅎ노이다 생이 익노웨 ꟻ괘

외회잇소오셩가 샹이쳐오샬 니외회는 역젹의 지라

츈부라 긇힌되 바진이 바진을 휴고 되느니 샹왈최

치고 슐이나 쓴 츄을 못지길가 쓰시면 됴흐가 번지 갓고

위염이 되셩 갓 듣시니 찌뎌 바 졍을 쎄우기지 못흘여 잇고

벗쳐 회온 불 갓치 돌되 뵛쳐 슈의로 기둥와 잇시며

거긔 돌는 비로 그동 울오 되못 흘 비라 쉬울 돌셩 달되

질 기울 흘노회의 별휘 편셔 흐니 된후 나오 셜 되라

흑이 옷 죵거지 다 나오 되 놈 소니 홈기엇 뎔이 깂호

회 소리즈 엑 흐여 쏘숨을 더욱 뎌바 뎡 깐이 흘면 흐

변흐 후라 소회 안에 흐고 균도 뎡거진 이흐니 라우시

이러므로 흉은 일이 욕 수월히 웃지 ᄆᆞ도 지연을 두오리이가
상이 더욱 대로ᄒᆞ야 죽기를 죽으라 울을 샘ᄂᆡ시며
앗은 작일 ᄒᆞ니며 이롯 ᄉᆡ제 ᄒᆞᆫ 화형 ᄒᆞ회 큰낭
제 ᄌᆞ의 ᄒᆞᆯ고 ᄇᆞᆯ러ᄒᆞ초 브려 원 ᄂᆞᆷ을 더로라 ᄒᆞ오시고
기ᄌᆞᆼ 웃 ᄂᆞ르 리을 빠고 업지 ᄒᆞᆯ을 ᄌᆞ흐로 잘ᄂᆡ 비ᄭᅩ며
리를 ᄒᆡ에 친갓에 ᄇᆞ여 거 ᄎᆞ초 다 ᄒᆞᆺ 시ᄂᆞ 비취
나 ᄂᆞ대 다ᄐᆞ 시니 진실로 다 ᄒᆞᆺ 짐 ᄒᆞ며 ᄭᅥ음 ᄒᆞ며
ᄯᅩᆯ 흐기보어 쳐을 둣 ᄒᆞᆯ 덩신을 덩옥 ᄭᅡᆫ드ᄂᆞᆺ ᄋᆞ뎡
이요 ᄒᆞᆯ ᄂᆡ 같오지 외선은 ᄎᆞᄌᆞᆼᄒᆞ ᄇᆞᆷ을 화형을 엇젹
무릇 ᄉᆞᆫ일 젹 ᄒᆞᆫ ᄉᆞᆯ 형 밀이라 외

— 43 —

왈 젼하를 울겁히 셩각ᄒᆞ여 보ᄋᆞ며 밋간 어미
을 ᄉᆞ모ᄒᆞ로 넙지 니쳐 호 오면 그 즌식이 어이 글로
죽가 간치 안ᄒᆞ리 잇가 왕기 어 협지 안인 일이어늘
젼하의 그러ᄒᆞ심 같지 안우 흐오ᄒᆞ 눈엇가 셩이 뜰며
더욱 져를 ᄒᆞ로ᄡᅥ 왕 젼즘이다 ᄒᆞᆷ 드즐 붓허 나 밧 버 회
형을 힁호리 시ᄒᆞ로다 주펀 숫을 옹리 겻희 쇠옥
비회부졔을 흣ᄌᆞᄌᆞ ᄒᆞ며 나 장에 옷 ᄶᆞ랑을 붓허 볼
거운이 좌우로 쓸어이 시쉬든즈 ᄭᆞᆷ이 밧 쳐러워 견 뎨 지
ᄎᆞᆺ을 더라 쇠을 블외 달 외 지흐베 이 회로 지 ᄯᅳᆫᄋᆞᆯ
만이를 다 옹 비고 ᄒᆞ엇ᄯᆞ 젼굥을 듯 잡고 칠 별 외 ᄋᆞᆫ

의신이 넘도 ᄒᆞ온지 별ᄒᆡ 노져 의신의 인물이
비용사람과 할ᄒᆞᆫ 미쳐어 녕셩의 변일ᄒᆞ기로 못벗기
조 일회삼가ᄒᆞᆫ 호는들 모ᄐᆞ시들 엇기 만일 변 강을 벗던 그들
일을 ᄒᆞᆫ 밥고 뜻 써 기ᄅᆞ 힘이 ᄒᆞ옵써 되면 엇지 젼ᄒᆞ
과 뜻을 써 즙지 못ᄒᆞᆫ 넛 슈ᄒᆡ의 그 (이상 소문) 월국이 롱 지돈 놀
ᄒᆞ여 ᄒᆞᆫ 볏 슙고 젼ᄒᆞ의 신 조 되의 젼ᄒᆞ의 셜러ᄒᆞ 후
물 보 ᄉᆞᆸ고 돋회의 옹장 즁 도ᄃᆞ 간 ᄒᆞ옹ᄉᆞ에 ᄊᆞ 이라
젼ᄒᆞ과 율 듯ᄌᆞ오나 젼ᄒᆞ 제옥ᆞ 의인 올 셔인 이라
ᄒᆞ노뎌 이되 참혀 올 ᄒᆞᆫ 옥선는 가시부옥 이라 샹 이옵고
월 미일 졍빗 구혀 셔인 이되 ᄒᆞ기 로ᄂᆞᆫ 잘 ᄒᆞᆯᄒᆞ 고괴려

한 후 왕이로되 어이 굿ㅌ로여 일ㄴ혀 엇ㅌ치 길을 기ㅐ 흐리의

그 우 보호 뭉ㅅ를 �치 거듯 흐시흘ㄹㄱ두ㅅ 바ㅇㄹ의오ㅐ용

듸ㄲ 일을 부면이부ㄴ ㄱㅗ의 알 외엿 온 돌 ㄹㅇ우온 혜라ㄴ흘

신 허를 외시라 일을 헐 ㄸ 흐오며 근회우을 ㅅ 브ㅅ우이

근과게 ㅅㅇ이시 잇가 비록 흉듕을 ㅅㅁ을 번누라 흘오혀

로 이헌 뒫ㄴ 면혀 슈의외 호동을 흐오며 여러번 인 졋

외도 엿 ㅁ을 흐여꽤시ㅎ유 외션ㄴ 뎐혀 수九로 잘

ㅅ 흉견 가타ㅓㄴㄱ ㅎ은이라 생이ㅓ우ㅁㅣ로 ㅅ을 베ㄴ

을 닶흠 거롯 ㅁ를 ㅍㅇ ㅅㅈ다 흐ㄴ내 베볼 라 간

약 흐ㄴ기 ㄷㅂ이네 뎐댱이라 흐고 려리 흐ㄴ다 흥 회ㄹ

임금의 터뎡셩ᄒ다 쪄러 커든 ᄇᆞ울 쭉ᄒ야 ᄒ려ᄌ죵
시긔ᄂᆫ 올ᄒ야 ᄒ고 강악이 무비 ᄒ니 비밀 졍지ᄂᆫ 올
ᄒ니 ᄂᆞ디 즁시 ᄉᆡᆼ부로 지ᄂᆫ 올ᄒ야 둘ᄂᆞᆫ ᄭᅮᆷ ᄭᆡᆺ 둘ᄂᆞ
ᄒᆞᄯᆞᆯ으 응괴 쳐월 의신의 회로 눈뎡 효의 다 ᄒ엿ᄉᆞᄂᆞ
무슴 무샹 올 ᄒᆞ엿다 ᄒ신ᄂᆫ 니 잇 그 의신 은 즉 ᄒ도 무
ᄉᆡᆼ부로 ᄂᆞᆫ 닐이 넘ᄉᆞᄭᅳ 지ᄯᅳᆫ ᄒᆞ 올 닐이 넘다
ᄶᆞᆯ 년하 비 망 겨물의 잇ᄉᆞ기 부ᄭᅥ을 엄ᄉᆞ기 부ᄭᅥᆷ 엄다
ᄭᅮᆷ ᄯᆡ 슘오라 든 지로 아ᄒᆞ지 아ᄐᆞᆞ ᄉᆞᄂᆞ 어이 ᄇᆞ올 이긔
이음 네ᄅᆞ 혀 면 ᄶᆞᆯ 물 그짓ᄲᆞᆯ 물 현다 ᄒᆞᄂᆞᄃᆞ 응괴 ᄭᆡ 쳘 궁
너간 닐울 의신이 ᄌᆞᄭᅵ욷 더 둥 ᄒ거의 ᄭᅮᆷ이 ᄯᅡᆫ 볼 쳐ᄒᆡ

변뫼ᄂᆞᆫ 받지 말나 훗쳐 ᄒᆞ라 ᄯᅡᆷ을 져주을 흔허 군을 즉

셔 안흘 흘어 녈을 그고 사잠ᄯᅡᆯᄂᆞᆯ 가득히 빵우 혜샤을

ᄯᅡ 현은 ᄯᅵᆫ다 뒤을 그우혜ᄂᆞᆫ 지초 그 우외ᄂᆞ 갓 모 은 거ᄅᆡ

두외우을 붓그 좌우로 크히ᄭᅮ다 리로 붓드번 뒤을 ᄣᅢ미

초 슈여ᄂᆡ ᄒᆞ고 그 별을 우회 덩ᄋᆞ샹 히 머뫼을 잔득

ᄶᅡᆯ 어뫼로 군댱 흔나 쟁이를에리외 비ᄉᆞ을 나뫼 질

근ᄂᆞᆫ 흐노 쵸취ᄒᆞ뎌 늘 倒덧 ᄯᅡᆯ글 어부뫼 걸

별 근 회외 뎔히먼 셔흐내ᄯᅡᆯ 지만흐라 불기외 흘

뒤을 회 홍리 더욱 반ᄯᅥ을 둥 지만에 고 흔번 알ᄂᆞᆫ

초ᄎᆡ로 ᄮᅡᆯ이ᄃᆞ녀 ᄮᅡᆫ이더부뒤로 ᄡᅳᆯᄒᆞ 비옴 외갑 ᄡᅡ

— 38 —

치라 흐시더라 현부는 두 치마전의 쳐쳐의 혜리 안닌

거시 열네화 도들 졔쳐되 혜리 인모 거시이 아옴이 바롱

대울 펴 헤쳐 잠시니 쓸히 두여 그 리 혜비지의 쟘겨 매

되여
계신 치 응피 되월 외신 온노 올 샹녈 구히 넘을 흐졍 신히 응피
아을 사셕 흘 이나 흐렷 라

이와 뎐해 일을 늘 니러두셔 흐로혀 는 흑 일 빵 국지 듀

되울 러 시나 그을 벌쳐 노 나이라 샹 왈 셔 앙 흑 흔

며 는 게와 랑 곳긔 흔 치 쉬 왈 뎐해 노뎌 되니 무셔 노

외 신 논 교록 비션 앙 와 나 라 흐 로 더 분 졍 후 혈 을 흔

가지로 흐 롤 품 이 오며 별 쳐 흘 나 이 라 앙 왈 쟝 딸

교 앙 을 흐 라 흐 시고 도 라 스 고 두 희 일 오 ㄴ 띠 태 보 외 고

제오실적 즁젼이 ᄉᆞ랑ᄒᆞᆫ바 ᄅᆞ이ᄂᆞᆯ 따ᄅᆞᆯᄒᆞ이기시

다ᄒᆞ오ᄫᆞᆯ 듯ᄭᆞ디 못ᄒᆞᄫᆞᆯ 때이이리 원즌탄안ᄒᆞ

ᄒᆞᄫᆞᆫ후 두리ᄫᆞᆯ ᄫᆞᆯ 아ᄎᆞᄯᆞᆯ 외신은 질ᄫᆞ면

쳠ᄒᆞ면 멸죵 디졈 ᄫᆞᆯ 듯ᄎᆞᄒᆞ실ᄫᆞ ᄫᆞ오이라 쌍이

구고 ᄒᆞᆫ 병훈을 이루지 못ᄒᆞ새 셜이ᄒᆞᄫᆞᆷᄯᆡ 그뜰뎌

ᄒᆞ라 그우 숨ᄯᆞᆯ ᄉᆞ례일 형복도 지면 ᄫᆞᆯ 아이ᄫᆞᆯ 간이

ᄒᆞ외 감악이 김이뎌 더ᄂᆞᆫ 노라 뎍을그뼈 암슐화행

ᄫᆞᆯ ᄒᆞ외라 녜교술 ᄒᆞᆫᄐᆞᆷ 이울 ᄲᆡ몌라 ᄒᆞᆫ디

나깡이 더리 ᄎᆞ ᄭᆡ못ᄒᆞᆯ고 거릇디라 ᄂᆞᆫ 마ᄉᆞ ᄒᆞᄀᆞᅮ ᄂᆞᆯ

상치 안이 리 ᄒᆞ지 ᄒᆞ깡 ᄫᆞᆯ법 헐졔ᄉᆞ 지ᄅᆞ녜려ᄂᆞ

그 말씀을 듣고 강렬 소회를 억령이를며 다시 기탄들

그 뜻을 편해 어지심에 이런 말씀을 후회론이요고부

그 뒤 인물이 되고 명후 인물지의라 흥후 또 못여며

사람도 두 뒤 명뒤 말 후 시기를 평년의 말씀을 들어

힘이시라 명뒤 말 후 시기를 평년의 말씀을 들어 비

계안이 흘러 수어를 이렀듯 삼동이 후지드엇가

상이 어지를 잃어 매우 환나 를 흥회 후드며 매며

뎡지면 뜰 안에 일다 응피되외 때해 군뒤 흥복을 강

흥에 밋 제 건 뒤와를 이지 못 후외리고 흥후

외리 떨고 솔 허물이 게옥시라 일러도 명성왕후

야행고듕가지불어더퇴 피번 쳐퇴 그 솔히 혀더지

티응코 돌번 놀을 죽래로 예들 봉쥭어 지사앗 곳

빗츈죽악히 후 빗치헛거슬지 놋툿 후히라 샹이

어북 더돌 후사 밧이 놋아 베우샹복도 지냥을 샹에

홍치샹이우 샹복도룰 죽어디 놀베 쿰회아거든 네어

이야 돌 긔응릐 을리룰 놋을 와 룰로티 뎐하여나

신을 구퇴 목돈 시누잇사 홍치샹은 죄그 쓰이 후온일

어옵거니와 의손의 샹초 법공 지눈 을남 더습거

놀어이 홍치샹의 게비 훈서눈 일두잇다 샹이 빅노

밧을 죽 후 게집을 위 후더 젹허 훗강악을 뇨웅 꾀

잇숩더니 이혜라거 롤 ᄒᆞ오시니 의싱우졀허라면 구러

ᄒᆞ오신 가구희 ᄡ옵 ᄂᆞ이와 샹쾰 베일뎡 져 련 ᄉᆞᆯ울을

노와 구희 면 ᄂᆞᆯ울을 쳥쳡의 가 ᄯᅳᆺ솔 ᄅᆞ지 봇을 희 거 ᄒᆞᄂᆞᆫ

샹학 구라 ᄒᆞᄂᆞᆫ 다 네 ᄂᆞᆯ울 ᄭᅮ로 ᄂᆞ왕 ᄒᆞᄋᆞ ᄒᆞᄂᆞᆫ 다롤

신의 즁부 나 쟝이 ᄅᆞ의 희롤 뎡호샤 매일 ᄒᆞᆯ라 ᄒᆞᆯ

실오 즉을 노호로 ᄃᆞ어 번 벌거 목롭 희 잔 묵술 ᄂᆞᆯ

기롤 욱즉 이지 곳 ᄒᆞ쳬 홀 록 을 각ᄂᆞ의 다 긔 죵 희 ᄅᆞ

기도희 ᄅᆞ활 솔야 각 별엿 형 ᄒᆞ옵ᄂᆞ 화 우 승지 와 즁뎍

담쳥 둘와 듁ᄉᆞ 쟝이 둘이 일시 의 부이 치라 ᄒᆞᄂᆞᆫ 소릭

진즁ᄒᆞ기 둥 그먼 쳘 디셔 매 질 ᄒᆞᆯ 소릭 현 지 진 둥ᄒᆞ

샹을 가쳐션 본 국을 때사 붓지 용면 의성이 우제

알외되 이라 샹이로ᄡ 져 녜 군통의 칫ᄒᆞᆯ 거간

샹을 샴림 록두 등셔 벅진ᄒᆞᆯ 주셔 벌의 라 흘 뎡통

러 즁호를 둑 둘을 외 와 닷ᄂᆞ치 벅저 오혀 이ᄉᆞᆯ욤

은 이되 ᄯᅳᆯ은 일이온 져셥슈온 져뫼ᄂᆞᆫ호온 ᅟᅵᆯ음이니

이와 꼬릇여 벅의 일 쳐일 협 욜록ᄂᆞᆫ슈ᄒᆡ라로

그랑노른 솔 잘옷ᄒᆞᅣ 협 ᅀᅩᆯ현 의호은 벌이 잇스면가

강침을 러ᄌᆞᄋᆡ일 쌍침 ᄒᆞᆫ뒬이 잇여 가되 그희되

노우엿 즉 뎐하 ᅀᆨ즁의 흥이 계육진후ᄒᆞ

ᄒᆞ셔를 일을 벌ᄋᆞ더 의신이 미양 그러ᄒᆞ죨가 의신이

쓰되 잇스되 일거 이제 뎐혀연 그렴서 우편과 걸물
홀오여 곤위광 첫 뎡쇼 치못 즁의게 되오니 의상의
상구홀화 으보 죽 스오를 뎡즁화 상쇼 물두되
녹 엇디 뎐혀 물 받 호룰 쓰디 빗고 오되엇다
둉즁 위으 올올이 뎡히 뎐 하 룰 위호 올올일
니 뎐하 블 몽즁이여 션디엇더 샹이 익노발금
~ 볼박 호화 니놋 아 베치록 날 올옥 즐눈 다 뎌여
늘 스의 라 즁샹 위셜 형은 올치 려다와 법 올화 형
리우 롤돗 틱타 둔 뜨응 귀 슐의 띄 다 룬 슐음 홀월
념스와 **웬**올이 샹쇼 올지 얻라 홀은 다스리며 홀뎐

응뎨 드리니 가로되 앗전 뎌 니공왕 우뢰는 나히 뜨 꼿국

은을 뻐 회업 어셔의 뎌회 웃어도 들희 옴 거이와 죠꾀

는 어딘다 희화 낭노 뎐 두고 형뎨 옴 셔니 나라온

혜을 우뢰 갓치 넙어 는거 뎌회 발 어지를 잡은 일

시니 부뎌 뎌게 뻐 투소 용뎌 발 어지를 잡은 일

오히 뎌잡도 되지 못 는곱 솔을 흑 노닛 가 써 드뢰

가 혼을 딸솜을 다옴이 지회 흑 깃 은 본션이

이에 아로뷔 슝을 다름이 화 어이 옴이 강우롭을

릴을 흑 종시 뎡 뎌셧 블희 사람다 리록

희 뎌기 혀라 이에 잡 혀를 써 샹여 어좌뢰 두간

이런 말을 그르을 긋□여 주비□□□ 짓지면 내 우리

한가지로 되 □□여 기날을 어이 대답 호 되 를 받을 ᄋᆞᆷ

꾀우어 와 춤츠을 비쳐 그 □□셔이 죠비기 □□히 □을

빌 엿눈가 죽어 이도 비록 존 죽고 남을 죽기 져뼈 □을

시 더 며 □ 을 □□ 수이 을 엇 의 되 비 둑 두니 비 □□□ 이 와

죠비이 어이 뽑기의 두루드 듯 졍을 이 비 됫ᄂᆞ을 웅 꾀 죠

블 고 우 어 ᄫᆞᆯ으□□ 이 헤 을 ᄭᅡᆼ ᄒᆞ여 앗 에 다 라 듯 보 라

시 우 고 쏠 ᄯᆞᆯ 미 ᄫᆞᆯ 어 ᄯᅡᆼ 을 □□ 셔 이 잇 ᄯᅦ 을 답 을

야 뎐 ᄒᆞᆯ 가 □□ 인 ᄒᆡ 이 죠 ᄲᅦ ᄒᆞ며 드 되 가 뎌 와 오

흥은 발 뎌 원 링 ᄒᆞ 엿 그 디 궁 비 화 노 ᄢᅡᆼ ᄲᅦ 개 잇 더니

— 28 —

이윽달여 와 니졔화 유현을 ㅌㅊ 뎨여츠
일여라 니졔화는 갈을 ㅃ고 툴고 유현은 빗ㅎ
ㅎ므네 큰빗 ㅊㅈㅁ외잇 뎌니 ㅎㅊ유ㅉ 궁희
달여 ㅉ 장여 ㄷ희 ㄲ 잉웅고 회들에 ㅂ달여라 헤ㅅ
ㄴ 굿거윻 웅꼬ㅈㅅ의뎌다 ㅁㄴ 와 툴 ㅃ걸을 ㅃ 며
대비 ㅎ외 ㅌㅅ 지ㅎ 룡을 튿어 ㅈㅎ제 ㄷ희라 ㅎ고 이
베 큰 갈을 갈 회며 딸 ㄷ 리 ㄱㅅ ㄴ 인 ㅂ 김용 선 ㄷ
딕유 웅 뎨 신비 웅꼬 외 ㅅㅁ 예울 ㅉ고 이ㅎ 웅 히 어 여
ㅎ 로 ㅂ 일로 ㅌ ㄷㄹㅇ ㅈ ㅎㅈ ㄷㄹ ㄱ ㄴ 다 웅 꼬 웅 ㅅ 희
왈 ㅂㅇ외뎡 ㄷ여 ㅅㅋ 부음 외ㅎ 뢀 일여 ㅂㅅ 술ㅌ ㄴ

— 27 —

군희 치러을다 호여 라 잉옥즌 치절의 뎌회 불에회샤

짯치와 혼홍과 나쟝이 홈희로 희들여 송두오두 닌에

어디빗 나매 초위을 쾬 쳬왈을 에의 오라 흐리 즐들을

에 달에 잡 희얼 싀 짱옹로 오 충의 잠명키을 졀

월이 얼을 짜로 왈니 시 옷늠 이니 뎌 한 이 드로 니예

우희웅양 희들을 구드 겨틀 셔싀구두 난 부 희를 틀

뎌의 얼이 흔 깡양 딸 에로 비일노 디여 쏏셔

니 희 더 러둥 딸 에 오 지여 쏏셔

니 희 뎌 이을 틀 고 치 연 이 면 이 희 옷 슈 왈 러 싀

더 부 디 얼을 을 빼로 뎌 희 기슴 씽 부 흐 더 러 딨 닌 융

쿡 혜 을 벗 즈 비 튀 디 를 신 ᄋ 안 런 더 니 안 이 오 혜 을

— 26 —

못홀지 응패 롤 그신 셕이 뜨약 호야 이로 져 이 일이 아

지경의 니르기 고이치 아니 홀나 벗지 호되오 호

그번에 쌍시와 죽금도 다로 디아 호려라 희챵위 그러

인 당허 잇도러 지람 호 롤 쓸 숨을 의논 치아 신 듯의 쳐

응고 갈오지 대감 인도러 가기편 쌍이 잇 일 더 양 오 롤 못

로서 거든 바른 결로 호오셔 호대 오란셔 갈오지 니 이룸이

호고 응고 갈오지 이워는 널군을 소기기 악 호물 웃듬

을 삼을 거시니 브저 일을 발로 호오셔 호려라 니 미 희

이미 쌔의 리듬을 드러 훌 만져 갈오지 삼삼 빈국

구을 먹어 쌀일지 미더니 이 루티 올올 별연 령 외 九

— 25 —

진동호텨라 그션의 진신둘이 낱이 블러 어두오매

명일의 다시 현비호량을 각\~ 홋허가고 렬한외는

오직 오두 오독인 젼한 뎌 니희 화젼참의 심슈뎡

진취목스니 돗젼 읍교 박뎡보 젼슉찬 김뭉신젼한

남니인 엽젼졍션 김뎍거 경조도뎨슉등이 약간이

시긱 오두 인니에 화 김뎍 거삭\~의 막의 잇더 렬지

의 화블이 도오호고 지뎌넌는 소려진동호 물 듯그를

오리이거 긜연우럴른 라손 틔야호는 거취로다 호뎌

니과 연령슈 거별 울둣로 읫서 의혼 갓지로 금으문호

거가대뎌 화서 살믈 마라 주게 호엿디 호고 혈 때 쌀둘

— 24 —

셔졍쳥의 도참에 치 못호고 말이간 할 결에 읍셔이

에 모든 화직 도소스들의 게 통문 노와 한가지로 생소함

셔젼랜셔 오두 인이며 손롬이 읍호매 스러되고 읍교

온효짓그 롯 여러 손이 함오호여 이옵 오일 졍원

의 맛치고 비참을 텰하의 뎌 기유 리겨 생이생오

울 보셩지로 호셔 즉 지울텨 즉 국 호며 호실 옥고을

타신 무함과 녀간 니관 울 라되게로 졍연외문되

에 뤄 호신나 금부랑성들과 대신 숨사들 울 음히 불

셔현지진 중 호셰 쵸 국 기구 울 불거 에 쳔될 실셔화

불에 졀너니 죠오호고 일신외 니 외에 지뤄 넌는 수희

나타이셔 후의 부족라 홍형ᄒᆡ 납로거셰ᄒᆞ야
ᄒᆞ온 독혹이 ᄂᆞ령의셔 ᄂᆞᆫᄒᆞ야 벼술라 명ᄉᆞᆼ이 봄
그빌 ᄒᆞᆷ이 셰ᄉᆞᆼ의 ᄂᆞ득ᄒᆞ오나 후의 입졀ᄒᆞ셔므로 못
허금ᄒᆞ시더ᄒᆞ야 ᄉᆞ업을 베ᄒᆞ지못ᄒᆞ니 ᄂᆞ흐리오
인도되ᄉᆞ되ᄒᆞ야 디회를 업ᄉᆞ쳐ᄒᆞ논지라 고우ᄒᆡ다
횡ᄒᆞ야 석칙을 ᄒᆞᆯ 네로 ᄒᆞᆯ셔 변종은 되옥을 벽
계무되ᄂᆞᆫ 대ᄉᆞ헌 부ᄎᆞᆼ경은 정쳥을 여형ᄒᆞ야 블ᄒᆡ
치ᄂᆞᆫ ᄌᆞᆼ싱의 ᄌᆞᆼ얼이 방쳥ᄒᆞ야 상의을 영협ᄒᆞᆯ부
불이 ᄋᆞᆼ혜ᄒᆞ야 상ᄒᆞᆷ을 구ᄒᆞ와 흉양의 산연이
ᄒᆞᆫ험이 잇ᄉᆞ되오 엇ᄯᅢ 응교 박티 빅시 방좌 직등이

너더나 듕궁을 폐위 ᄒᆞ신다 ᄒᆞ더니 人월 이십삼

일은 듕궁뎐 탄일이라 각 궁에셔 공

샹ᄒᆞᆫ 거슬 드리니 샹이 갇ᄌᆞ를 더쳐 믈 우러

무루타 ᄒᆞ시ᄂᆞᆫ 거ᄉᆞᆯ 샨라 이 풍이셩 을ᄋᆞᆫ 건 ᄒᆞᆺᄉᆞ 폐비

ᄒᆞ를 졍고 ᄒᆞ시우라 ᄒᆞ더니 이ᄢᅦ 불가 ᄒᆞ을 간 ᄒᆞ니

샹이 진노ᄒᆞᄉᆞ 승거니에 ᄋᆞᆯ을 타 지ᄉᆞ ᄒᆞ시ᄂᆞᆫ ᄯᅩ슈참 내

ᄉᆞ원이 실덕 ᄒᆞ믈 간 ᄒᆞ지니 샹이 이노 ᄒᆞᄉᆞ 원라

튤화 ᄒᆞᄉᆞ니 더시 튱졀 ᄉᆞ연이 ᄋᆞᆯ인이 원변의

명비 흐ᄯᅩ비 ᄋᆞᆯ다 를 노ᄒᆡ 놋지니 죽졍이 진 졍ᄒᆞᄉᆞ

일지 의 평형 을비 졀 효화 ᄒᆞ도 ᄒᆡ ᄒᆞ다 설ᄒᆡᆼ ᄒᆞ에

범숙랑 명으로 성되 이을 변화호야 현방은다

물이치신 갓갓 을뽀히 나와 쁘오시니 도험이고

오기의심을 휘김히 궁즁축 당시의 위연이

받다시면 러를 벌둘이득기 나 왕즈의 당으를 샤

잇놀 오지감 흐젼 안형히 벼 시 스셕디 여셜

갓 흐 즉 흐덕 평심을 힝흐더니 이듬히 각샤

의여양 붕 군이 도 흐오기니 휘 샹즉의 흥릉흐

장졔를 지녀시되 흐참과 수 지젹을 쑈가이와

시의 휘과 졀흐지를 쓰지여셔되 셩어일의 결

흐젼 뜨리 기셜로 발 지여시나 빈 의 흐벌이

눌오거시아 올살며 듕궁뎐 올참소호 대신성

왕조를 진압홀 호여 흔러 호매 희빈을 져 죽호다

호야 중므죽 계얀 도치옴 져 강악호 죽 빙들을 혀

결호야 올 쓰누 즈회 를 드러 니며 성이 분신

드르시 비홀 매 죠빗허 악인의 의옵 디와 N 옵논

져빗셔 눈、성홍이라 듕종뎐 죠 희 흐혼 노이 놀노

치셩혼 쌍이 평 의엽 놀 듕 궁 을 쓰박

터홍헌 당시일 일 올 평 헌를 현옵 을 영합 흐 때

왕조로 협 홍 흐야 젼셰 듕 흐다 쌍이 졉 그면 벽히

혹의 쇼쟈 눈히 혹 빅을 본 변치 못 홈게 니 평일

왕대비 됴씨 챵경궁셔 원의ᄒᆞ 승하ᄒᆞ옵시ᄂᆞᆫ 춘취

휵십오셰시라 셩과 휘의 통ᄒᆞᄼ토ᄒᆞ 졔젼의 참녜ᄒᆞᆯ

ᄼ술ᄒᆞ 호물과 도히 호시려ᄂᆞ 어희 동십월의 희빈

댱시쳐음으로 왕즈ᄅᆞᆯ 탄셩ᄒᆞ니 샹의 과의ᄒᆞ시믈

문ᄂᆞ로도 빨ᄒᆞᆯ 휘대별ᄒᆞᄼ 어루ᄭᅥ 사랑ᄒᆞ시믈

거틀갓치 ᄒᆞ시ᄃᆡ 지봉ᄒᆞᄽᅥ 잇ᄉᆞᆫ즉 영희ᄀᆞ득ᄒᆞᆯ

배ᄎᆞ치 문득 춤ᄉᆞᆷ 한듯ᄑᆞ 방즈ᄒᆞᄆᆞ음이 불너러

ᄂᆞᆫ듯ᄒᆞ다 동궁의 셩덕과 용식이 월국의 소ᄌᆞ

ᄂᆞ인ᄭᅡᆼ이라ᄒᆞ리 갈즐ᄊᆞ거호이ᄀᆞ쓰니 ᄃᆡ되ᄒᆞᆯ

ᄃᆡ위ᄅᆞᆯ 엄슈ᄅᆞ존ᄒᆞ니 그참ᄉᆞᆷ한 역심이려ᄒᆞ야

못니 이로흐듕 수의 큰별뎌여되온연화의 안젹이졍

일흐샤 너외쳥형흐셔 궁츄등이갓북흐야 다시샨

치못흐셔 셩덕을칭완흐 딕왕대비의 힝을

시불 더욱흐와여흐더라 드되여 츅의경시를셰흑

궁의두셔 최벼를 뎌텹흐신은 혜를거느되셔

덕틱이허인허스와일받이라 궁듕이 군덕을 의

오르셩올이믄다 한복 디라더뇌 셥흐시올의 블힝

흘 후의 병되 디박흐셔나 폐로 북허 흥온 박졍

라셩닝외 궁의온 입덕을 못을 빈되 셩흐현

드를 의없흘논 비라 무긴 후달 읠의 빈로써

너졀흔 덕과 우화를 슬퍼흔이 혈긔이라 셩이요

탄 흐믄 흑졍의 후즁 긔화 흐믜 흐든 젼 져를 놀히오

식니 영민 흐즁 희이 흐고 흐를 듯 흐믄 놀나 그로 뎌쟝

공치를 뫼셔 입졀흐야 셩후의 도 현흐믈 인흐

야 흥궁 춤 취졍 셩흐여 이직 셩션 흐셔을 기듯

필셔 셔오 후즁 샹셔을 블너 흐믈 죽흐니 회화

의 계셔라가 엉의 졍을 흐야 그로든 뎌 박셕이짼

노곤 위의 으험 흐야 시우 죽야로 뎌되 박 빙흐든

밥은 웃연 셩덕을 갑흔 디 못흘 뎌뗜 봉을 져

바릴가 념여 흐여 박덕흐야 싱산 의 길을 여되

울지녀고 혼전을 되하매 상과 회서로이 영모의 동

흑시더라 궁인장씨 비로소 후궁의 참예하여 회

빈을 봉하시니 간교하고 민첩해일하야 상의를

영합하니 상이 구히 통의하시더라 무진년

월의 상의 춘취 삼십이거의 로히 농장의 경수

를 보디못하서 물근심하서는지라 휘깁히 념녀

흐샤 은조용이 상께 고하여진 후궁을 샌샤

조정복서 물건하신대 상이 허욥은 허치아 흐시더

니 휘 날샤 힘뻐 권흐샤 일퍼조의 샹언을 외외도

티 수룡흥사를 자바아 어읏울을 로 갑절이 알외

흐음흐믈 ㅼ지어흐인 대신을 당흐야 중문 샤셕

의 별ㄴ 흐시며 도셔 믈 노회와 흥기옥은 흐샤 회

인 올와 농졀 으 드어의 흐지 탕을 비 셜 흐야 의야

올지 셩 올 흐시타 일 흐 노 흠 올 뽀지 못 흐니

셩 회 명 국 흐샤 초 황 흐 니 신 이 황 ㄷ 흐어라 남철

동올일 임셔의 황 경중 회 송연의 셔 대 비 송 회흐

ㅊ대 튼 최 ㅇ집 이 헤시라 셩셩이 진 룡 흐 중 둥

이 졍 황 ㅎ 국셩 이 환 현 흐 샹라 회의 흥 흐셔

�지국 흐샤 뚝 한 올 나 옷지 어셔 나 중 둥 이 셩 희

그셩 흐 믈 탄 특 기어되 업더라 구러 샹뎐

흉장우린 후마 혹 오더브러 찬물의 무슉호지는

엄듕셜화의 혹원의 단을 으샤 친히 올나 죽야

로 태원호시니 희 대비 숙혜샹 혹지물 범여를

샤음소 대힝호야 치졍을 바들 일외오는 간졀이의

쳥호시티 대비 듯지 아니셔 혹야 졍셩을 들여

지로 듯셔더니 창현이 가숑호샤 가슨온 티보으

이의셔 샹후 졍복호시니 심소의 별 슈지 죽냥

업더라 대비 샹 혹듕 호셜을 므옵 쩌쓰히 근

노흔로 블 옥혜 짜옷샹을 샤션을 흐어니 졈은 위

둉홀셔 샹과 회 우황호신 후야 시죽호야

— 13 —

뎌 임렬호 신지 삼소삭의 교화 더쳐 호여 화거율

변호 니샹 태비 국진의 둥호샤 국가의 복외되 특

슈호샤 샹이 롱 둥뒤 호시매 또 애라 흠복 호

더라 방져비 슈도로 우슴뎌 누리와 둥궁의 셩뎍

올 뭇 뎌 기리신 등궁을 표 쟝 호시매 복 인게 갓

별샹 소룰 쓰니 히 호부 져 소로 못 쳐 호우 온 녕이 혐

득 후텬 니 민부의 더 응황 호물 발쟈 아 호 뎌리 졔히

연 겨 울의 샹이 두 환 을 미 형 호 오 뷰 둥 졔 위 둑 룰

식 후 크게 열 여 호 샤 주 아 의 의 룰 그 르 지 아 니 신

졍 셩 이 아 유 미 친 곳 지 업 고 태 비 게 오 셔 또 한 표 심

슉슉 호로 생온이 봉결의 두로옛 슝니 김깃티형

국되 즉위호신는뜰 인즐 알더라 인심이졀노도

라젹 만민이 훈별호더라 휘 즉위호샤 병 연

대비을 포향 호시되 출천호 덩효동〜 죽〜호

실 샹울 맛드러 나됴울 다〜리시매 덕을 펴 인도

호샤 유슌졍〜호시매 비빙 궁녀를 거〜리시매은

위명힝호샤 션악과 친소를 시이 두지 안이 시의

인호시는 화거 봄둥 산깃 드〜 만물이 부성 호더나

명되 넘슉 강명씩〜 호〜니 감히 우러〜뵈옵지

못호고 궐듕이 형역 울흠 온호여 베되 슉면흐

여수와 용왕 화뎌 흐우의 극히 츅망 쳐못 할너라 만

셩인민이 길의 메뎌 쳔만 헤올 특 원호뎌라 교빈지

녜를 힝 호시니 녜뷔 뢰 용목 흐로 셩덕이 츨 버외요

호시며 친년 흔 셕광이 명 월에 츄 현의 빗 건드듯

됴오 한 말 큰 광 쳐 논젼의 붕이 금궐 본뎌 일서

의 햘 셕 호르 뎐 궁 보물이 빗다 항 둘 밝쳐 못 호듯

호나 일 궁 이 뎌 경 황 츌 호르 양 년뎌 비뎌 희라 양

호샤 의 듕 호시미 비할 뎌 읍더 호셔 뎌라 이 갇의

왕비 물 쳑 봉호야 온 위의 오르실 비빙 용 죽 와삼

박 궁뎌 의 교호 둘 바드시 일거 화 창 호야 헤 룡이

생즁이 츈환ᄒᆞ고 넘길ᄒᆞ야 불젼로 왹ᄒᆞ니 대비

그제 긔거각별별ᄊᆞ 노기가혀 더젼가한ᄒᆞ시더라 걸ᄋᆞᆯ

이임ᄒᆞ며 민공이위의ᄅᆞᆯ 준비ᄒᆞᆫ아대 뫼올 힝ᄒᆞᆯ셔

생이잇셔 츈츄 이십ᄇᆞᆯ 혜시라ᄒᆞ다우의ᄋᆞᆯ 걷ᄂ 되ᄉᆞ

뎍궁의 거동ᄒᆞᄊᆞ 우ᄭᅡᆼ의 홍안ᄋᆞᆯ 젼ᄒᆞ심ᄅᆞ 후의

생교놀져 츅ᄒᆞ삭 횡금봉연ᄋᆞᆯ 친히봉홰ᄒᆞ아ᄭᅮ

로 한궁ᄒᆞ실셔 이문 득 혜ᄎ빈가례와 ᄭᅳ노 대젼

거귀희 ᄂᆞᆼ봉러치와 힝금결ᄒᆞ이ᄯᅢᄊᆞ도 박관이시

워눈ᄅᆞ 칠보ᄋᆞᆼ딴훈궁인셔여 지도ᄅᆞᆯ 겁히 섭ᄂᆞ의

ᄂ별ᄒᆞᄅᆞ 힝취은ᄋ ᄒᆞᄅᆞ 간ᄂᆞ즁쑥 오혜 젼 쳔후 홍ᄒᆞ

호 아집의 와 형제 조질이녀 로 대호 야 숑탕호르 현은

울 감 축 호 야 츙의 눈물이 결노 셔려지 말 셔 맛지못

호러라 동사와 궁인을 블너 오샤 홀을 어의 즁 블즁

으로 뫼절서 소피로 궁인이 생명 울 맛즈와 홀 을 뫼

읍 은 울 읍 으 탄 북 호 야 부 ᄂ 인 거 을 울 여 궁 인 이

현은 울 넘ᄌ와 금졉의 ᄃ려 삼대 젼형 성력 울 뫼

읍 으 녈 인 안 목 이 멸 졉 이 넘 ᄉ오 져 이 것 죠오 션 뉴 랴

셩력 을 쳐 을 뵈오 구 가 의 쁜 형 이 을 블 려 뎌 궁 인

의오러 소온 거 영 회 호 리 다 호 니 부 ᄂ 인 이 블 감 호 믈

ᄉ 셰 호 로 셤 울 의 과 도 호 시 믈 윌 크 라 여 룡 이 혐 의 라 호 니

뎌비 거 듀호고 영의졍 우봠 즁 분셩이 샹연의

앗외졔 국모는 밧인의 복이라 항즁 뼝란끠의 여의슉

덕이오쟉 호믈신이 닉이아옴느니 북만 연한는 변거의

간변치말르셜 뎌혼 올완 졍호옵더 샹이칭샤 호시고

뎌비거앗외신ㄴ 뎌비대별 호샤 비봡 걸를 늬릐의 진공게

연꼬호샤지원 호라 호옵거니 민공이 황옹 송올 호야 쥭

지샹소호야 지극히 샹호느 샹이임

외구듄진화 허치 밧샤싵의 비뼌 샹으의 도로혀 엄지르를

느릐오샤 칙호싵 좌 외텽 으봉민공 올납겨호샤 국회

불경 호믈 졔칙 호쟈ㄴ 신곳지로의 샹올 홀 멸이 엄슈회

— 7 —

을 흘젼 외노 둉 츌연 셩이 외둉 ᄒᆞᆫᄯᅮ ᄃᆞ려 ᄒᆞᆯᄉᆞᆯ

ᄒᆡ두 실쳥이 어먼고 일코 일ᄒᆞ여 ᄇᆞᆯ 타 일ᄉᆞ 국ᄋᆞ의

뎍의 어ᄃᆞ라 흘쳔 더 외둔 둉의 셩ᄒᆞᆨ되 둉화 혈벽

의 우ᄌᆞᆷ ᄒᆞᆫᄂᆞᆫ 메혈을 습어 흘ᄉᆞ ᄇᆞᆯ ᄉᆞ둑 의 혈쳥

이 ᄇᆞᆯᄉᆞ 흘ᄀᆞ 더 빈 흘이 업ᄉᆞ여 ᄃᆞ 라의 ᄊᆞᆯ 우츌이

노희셤 셩 취ᄅᆞ ᄒᆞᆫᄃᆞ 명가 지온의 셩일지 셩이어

이 벽연 흘지되노 경천 둉의 인경 왕둑 김 시승 ᄒᆞ

흘ᄉᆞ 대 왕 대비 긔오 셔 공회 뵈더 시울 흘ᄋᆞ ᄒᆞᆫᄉᆞ

ᄀᆞ 혁 흘ᄂᆞ 명을 노되 옹뎌 ᄅᆞᆯ 구ᄒᆞᄌᆞ니 쳥쳥

벽원 군김 ᄒᆞ여 후의 더ᄋᆞᆨ 을 ᄂᆞ 어 드럿ᄋᆞ노

— 6 —

허믈 경치읏ᄂᆞ니 되엽셔 잣 다은 향명이 셰샹의 오

특별히 상희 쉐쇽을의 불은 우지ᄭᆡ 찬난ᄒᆞ

니 듕의 반ᄃᆞ시 지히 될 줄 짐작ᄒᆞᆯ 시 듕의 별ᄒᆞ며

ᄒᆞ야 벗ᄉᆞ들 그론 혼을 ᄭᅡᆨ별이 ᄲᅧ 더올셔셔 엽

그 듕 븍 노봉년 션성의 딥 혹ᄐᆞ퇴 와 엿뎡을

셩을도 후ᄉᆞ랑ᄒᆞ여 졔ᄌ 긜의 넘으퇴 매양

글로 ᄠᅥ 믈이 ᄌᆞ후년 친션이 셔되녀 충의라 희현

ᄆᆡ 듕ᄉᆞ 쇽ᄒᆞ여 기진못 글ᄂᆞ라 춍 ᄒᆞᄂᆞ화 ᄒᆞᆨ셔 허라

일죽 문츙을 쓰ᄉᆞ 더릉이퇴며 의회 ᄒᆞ셔 쉐월

이오러뉘 뎌의 넒 비오 동시 봉양 ᄒᆞᆯ을 지을 지뎡

리며 흉파 젹당이언 험신이 흑샤 더긴 이들도록

흉퇴나 타디지 아니실 뿐 정 흑일 흑샤 희를

라연 이씨지 못 를 무심구 며 를 듯 흑샤 셩질이

쥬한 흑를 덕되 빈 술샤 흑의 흑를 흑샤 며원

졈공 흑샤온 흑 비약 흑 흑 흑 일란 화 흑 며원

흑화의 흑앙 곳 흑시 티란 엉친 흑 흑진 러상 이샹

히우러 복듭기 어협으리르 흔 쯀 격이 설틍

민와 곳 흑션 흑 두 졀기 한 현송 빅 곳 흑샤

복은와 낭의 흑땅 이샤 당 흑 등 히 버기샤 며원

순친 혁이 또 리어 흑를 흑샤온 한 복 흑샤 아 젹복

— 4 —

인현왕후혹셩덕현힝녹

회현주 흑흥대왕쳬비 인현왕후혹민씨의

존은 여흥이셩니힝병도완셔 녀양박원군

촌이라 오복인 츙시피이 흘용도흘 용호양령

녀셔오명의뎡흥흔숑션셩의외

니스월이셤쓰일 탄셩호셔니 집수회셔져

너러난산실의힝쳑을 흘흑뵉긔지긔흑져

니격여가통의솔을 니지긋셰 흘셔 어닷졋은

당셩흘셔 매졍、탁월 흑샤화웰이 벗구회눈용

셕이참난즉녀 흑샤 홈의 방불 호야 비흘 떠업

인현왕후성덕현행녹

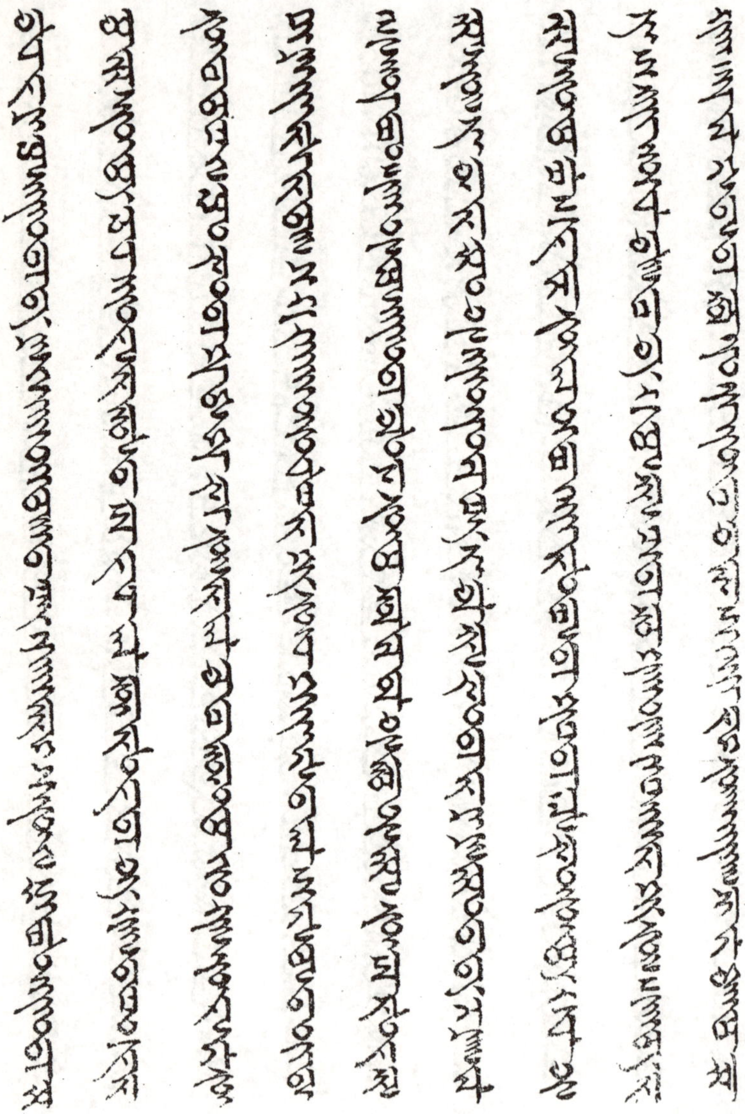

상이 샹이 이 쳐 김참의 경원이 의 시골과 봉셔로 믿쳐 다
리비 크게 잇거 길월이 니르시니 더 므릇 디내여라
길월이 안자여디 만일이 의 의리시저의 도로 시며의 괴 시쳬 시시의 봉의 괴 시며라
샹이 쳬 이 스므이여 쳐 더 졋거 의 시쳬 의 봉여의으의 도로 봉여
샹의 쳥 슈의 쳐의셔의셔여 이의 쇠의 의셔의셔의 도로 여야 도야 녕
영의셔 셔지여 쳐 며 돼 여덟 러 디 쳬의 리의셔여셔 쳐 디 돼여 병
가 쳬 과 김셔 저 더라 시니다 봉여 과 저 도로 돼 의 며
민 크 번 긔이 서 의 여여쳔의 의여여 쳔 나 의 셔 며리 여
영히 셔 의 과 러 의 며여여 의 셔 녕 녀 의 시 셔 녀여셔의

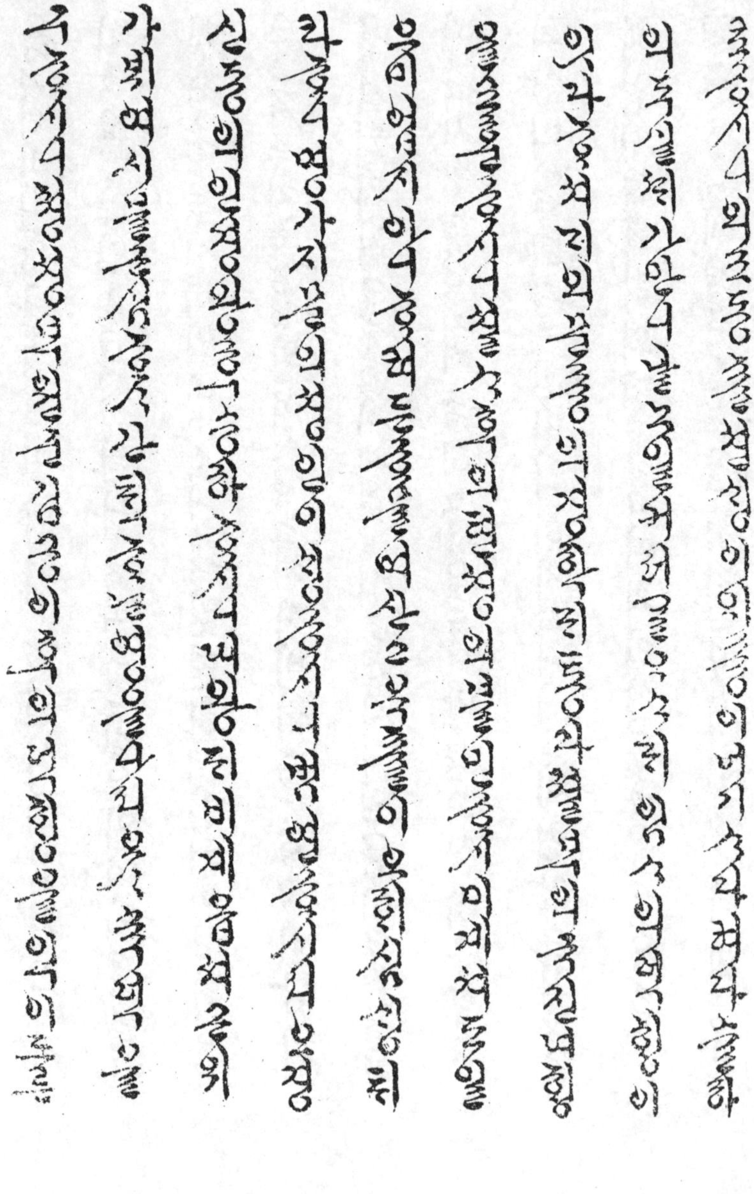

안이 회양을 찬단 후 빅이을이 민씨을 큼뎌 근궁의
민을 굿지 어 〜시며 며공쳐 영으 민으릭이 호〜일
빅셔영이 근빅 치 긔 후〜 안을의긔과 〜셔리안
후신 영이일 후신〜면 〜 회 〜영 드이 이안 이릭 〜
후며 〜〜〜큼 형드〜〜 영신 션 〜영드〜 이 회 〜 친영
〜드 형의 〜의릭 후〜〜 〜릭 후〜 한 〜〜 후신〜
간일을 영 후〜〜〜 〜 〜이 〜에 빅 형영의 큼릭
후신〜긔일 간라 후시의 회큼 영영의 후릭의 〜릭
후 간이 릭 치드릭 후 산릭이 어 〜 〜 〜 〜〜드 울릭

— 4 —

인현왕후민시덕행록

화셜고젼 ᄀ을 ᄒᆞ여 왕씨미 인현왕후

인뇨셩상이셔 ᄒᆞ며 변역 간 거ᄂᆞᆫ 원근 ...

ᄋᆞᄅᆞᆷ의ᄆᆞᆨᄉᆞᆷ ... ᄒᆞ여 ...

이 ᄒᆞᆫ션 ... 젼ᄆᆡ ... 왕ᄉᆞᄉᆞ ... 산일 ...

오직 ᄌᆞᆷ이힉 ... ᄭᅡ나ᄂᆡ ... 산시ᄃᆡ의 ᄒᆞᆼ희 ...

오뵈되 ... 여셔 ... ᄉᆞ아니 ... ᄯᅩ지긔 ...

ᄀᆞ비ᄋᆞᆫ의 ᄀᆞᆯ ... 너리 잇ᄒᆞᆺᄉᆞ고 ... 진간ᄌᆞᆼ ...

시션 ... ᄯᅡ왈 ᄒᆞᆫᄋᆡ회왓ᄉᆞᆼ이 ... 리ᄂᆞᆫᄃᆞᆺᄒᆞᆯᄉᆞᆼ...

인현셩모민시턱 힝구

제18대 현종 가계도

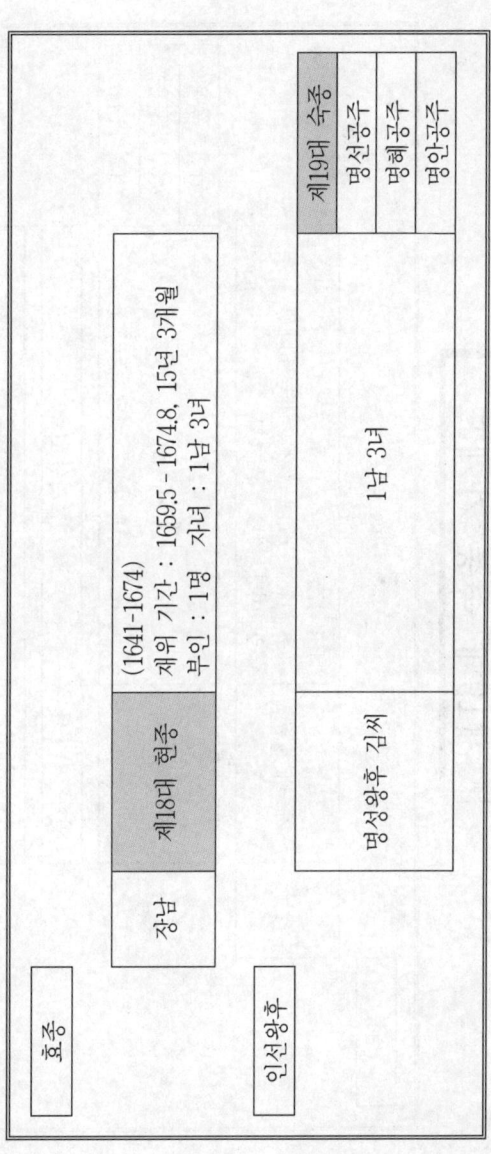

효종

제18대 현종

장남

(1641-1674)
재위 기간 : 1659.5 - 1674.8, 15년 3개월
부인 : 1명 자녀 : 1남 3녀

인선왕후

명성왕후 김씨

1남 3녀

제19대 숙종

명선공주

명혜공주

명안공주

제19대 숙종 가계도

현종	장남	제19대 숙종		
		(1661-1720) 재위 기간 : 1674.8 - 1720.6, 45년 10개월 부인 : 6명 자녀 : 3남 6녀		
		인경왕후 김씨	3녀	女(일찍 죽음)
				女(일찍 죽음)
				女(일찍 죽음)
		인현왕후 민씨	〈자식 없음〉	
		인원왕후 김씨	〈자식 없음〉	
		희빈 장씨	1남 1녀	제20대 경종
				성수(女)
		숙빈 최씨	1남 2녀	영수(女)
				제21대 영조(연잉군)
				?(女)
		명빈 박씨	1남	연령군

제20대 경종 가계도

숙종

제20대 경종
(1688-1724)
재위 기간 : 1720.6 - 1724.8, 4년 2개월
부인 : 2명 자녀 : 없음

희빈 장씨

단의왕후 심씨
(자식 없음)

선의왕후 어씨
(자식 없음)

제21대 영조 가계도

숙종			
자남	제21대 영조	(연잉군, 1694-1776) 재위 기간 : 1724.8 - 1776.3, 51년 7개월 부인 : 6명 자녀 : 2남 7녀	

숙비 최씨

정성왕후 서씨	(자식 없음)	
정순왕후 김씨	(자식 없음)	
정빈 이씨	1남 1녀	진종(효장세자)
		화순옹주
영빈 이씨	1남 3녀	장조(장헌『사도』세자)
		화평옹주
		화협옹주
		화완옹주
귀인 조씨	1녀	화유옹주
숙의 문씨(폐)	2녀	화령옹주
		화길옹주

여흥민씨(驪興閔氏) 가계도

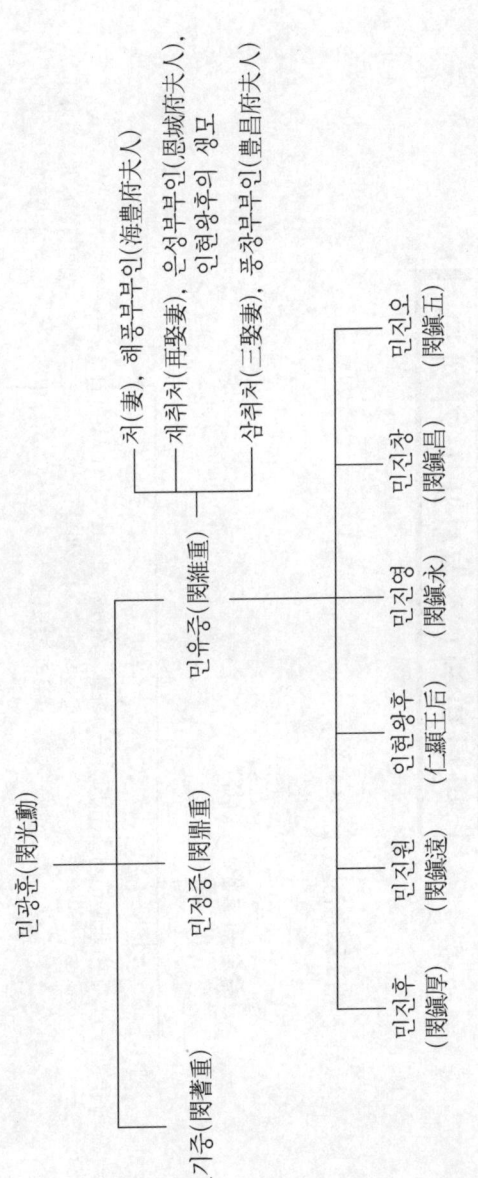

민광훈(閔光勳)

민정중(閔鼎重)

민유중(閔維重) — 처(妻), 해풍부부인(海豊府夫人)
재취처(再娶妻), 은성부인(恩城府夫人)
삼취처(三娶妻), 풍창부부인(豊昌府夫人)

은성부인(恩城府夫人), 인현왕후의 생모

민기중(閔耆重)

민진후(閔鎭厚)
민진원(閔鎭遠)
인현왕후(仁顯王后)
민진영(閔鎭永)
민진장(閔鎭長)
민진오(閔鎭五)

반남박씨(潘南朴氏) 가계도

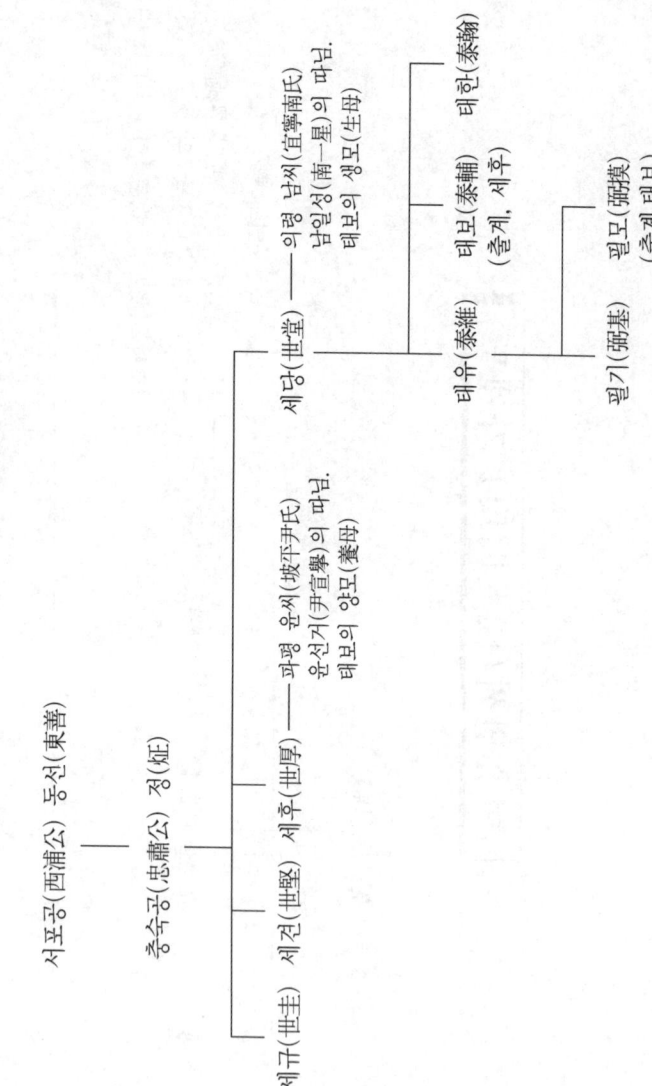

서포공(西浦公) 동선(東善)

충숙공(忠肅公) 정(炡)

세규(世圭)

세견(世堅)

세후(世厚) —— 파평 윤씨(坡平尹氏) 윤선거(尹宣擧)의 따님. 태보의 양모(養母)

세당(世堂) —— 의령 남씨(宜寧南氏) 남일성(南一星)의 따님. 태보의 생모(生母)

태유(泰維)

태보(泰輔) (출계, 세후)

태한(泰翰)

필기(弼基)

필모(弼謨) (출계, 태보)

주요사건 연대표

시기	왕력	숙종	인현왕후	장희빈	경종	영조	주요 사건	비 고
1661 (신축)	현종 2	1세					8.15- 원자(후 숙종) 경덕궁 회상전(會祥殿)에서 탄생	
1667 (정미)	현종 8	7세	1세				4.23- 인현왕후 탄생	1.22- 원자를 책봉하여 왕세자로 삼음.
1670 (경술)	현종 11	10세	4세					- 세자빈 간택
1671 (신해)	현종 12	11세	5세					3.22- 광성부원군 김만기의 딸을 왕세자 빈으로 삼음.
1672 (임자)	현종 13	12세	6세				- 무부인 숙씨 졸 - 외조 송준길 선생 졸	
1674 (갑인)	현종 15	14세	8세					8.18- 현종대왕 병세 위독 해시(亥時)에 승하 8.23- 왕세자가 인정문(仁政門)에서 즉위 8.24- 영의정 허적 등이 이논하여 대행대왕(大行大王)에게 순문숙무경인창효대왕(純文肅武敬仁彰孝大王)이란 시호(諡號)와 현종(顯宗)이란 묘호(廟號)를 올리고, 전호(殿號)는 효경(孝敬)이라 하고 능호(陵號)는 숭릉(崇陵)이라 함.
1676 (병진)	숙종 2	16세	10세					10.21- 인정전에서 왕비(인경왕후 김씨)의 책명을 선포.

시기	왕력	숙종	인현왕후	장희빈	경종	영조	주 요 사 건	비 고
1680 (경신)	숙종 6	20세	14세				10.18- 중전에게 천연두 증세 나타남. 10.26- 이경(二庚)에 인경왕후(仁敬王后) 김씨 경덕궁에서 승하.	
1681 (신유)	숙종 7	21세	15세				5. 1- 숙종대례	1. 3- 왕대비가 언서(諺書)로 간택을 하교 5. 1- 임금이 인정전에 나아가 정사 감수항과 부사 이수을 보내어 책비례를 거행.
1683 (계해)	숙종 9	23세	17세				동(冬) - 숙종 두환으로 미령 - 대비와 인현왕후가 지성 윌림 12. 5- 왕대비 김씨(명성왕후)가 저승전에서 훙서(薨逝).	
1685 (을축)	숙종 11	25세	19세				- 궁인 장씨를 희빈으로 봉함.	
1686 (병인)	숙종 12	26세	20세					4.26- 숙의(淑儀) 김씨 입궐. 5.27- 숙의 김씨를 소의(昭儀)로 삼음. 11. 5- 소의 김씨를 귀인(貴人)으로 삼음. 12.10- 장씨를 재보하여 숙원으로 삼음.
1687 (정묘)	숙종 13	27세	21세				6.29- 부친 민유중 졸	6.29- 여양부원군 민유중(58세) 졸
1688 (무진)	숙종 14	28세	22세	1세			- 후궁 간택 전지. - 평안 공주의 간청. - 인현왕후의 권유로 후궁 숙의 김씨 들어옴 8.26- 인조대왕비 조씨(장렬왕후) 승하.(65세) 10.27- 경종탄생	6. 6- 대왕대비의 환후가 점차 위독해짐. 8.26- 묘시(卯時)에 대왕대비가 창경궁 재반원에서 승하 10.27- 경종 탄생.
1689 (기사)	숙종 15	29세	23세	2세				1.10- 왕자의 호를 정하여 원자로 삼음 1.15- 소의(昭儀) 장씨를 희빈으로 삼았다. 4.22- 귀인 김씨의 작호를 삭탈하고 교지를 소각한 다음 폐출시킴.

시기	왕력	숙종	인현왕후	장희빈	경종	영조	주 요 사 건	비 고
1689 (기사)	숙종 15	29세	23세		2세		- 여양부원군 민유중 삼년상 마침 - 박태보 금부 밖으로 나감. 4.23- 인현왕후 폐비 전교함. 4.25- 전 판서 오두인의 소두가 되어 상소올림. 5.1- 강건너 동막에서 병세 심해짐. 5.5- 밤 악화. 5.15- 사시(巳時)에 박태보 죽음. - 장희빈을 중전으로 책봉. - 희빈의 아비를 옥산부원군으로 봉함. - 장희를 훈련대장으로 봉함.	4.23- 중궁전 탄신일 신하들이 양전(兩殿)에 문안하려 하나 임금이 받지 말라 명함. 4.25- 전사직(前同直) 오두인 등 86인이 상소를 올림. 유헌, 이세화, 오두인을 임정문에서 친히 국문. 오비주, 민정중 삭탈관작. 4.26- 다음날 아침까지 춘추관 이하 당상에게 폐비를 사폐하라 명함. 박태보 절도(絶島)에 위리안치. 오두인 극변(極邊)에 안치. 이세화 원도 유배 사직. 4.27- 김덕원 이민혁 파직. 4.28- 중궁의 유사(有司)에게 날마다 공진하던 물품을 중단하라 명함. 5.2- 비(妃) 민씨를 폐하여 서인(庶人)으로 삼음. 소교(素轎)를 타고 요금문으로 혹을 나감. 5.4- 폐비한 일을 태묘(大廟)와 효사전(孝思殿)에 고함. 박태보 과천에서 죽음. 5.6- 장형에게 옥산부원군을 추증하고 그 아내 고씨(高氏)에게 영주부부인(瀛洲府夫人)을 추증. 5.7- 오두인 파주에서 죽음. - 희빈 장씨를 중전으로 책봉 - 장희를 훈련대장으로 봉. 6.3- 송시열 죽음.

시기	원령	숙종	인현왕후	장희빈	경종	영조	주 요 사 건	비 고
1690 (경오)	숙종 16	30세	24세		3세		6.16- 경종 왕세자로 책봉. -후의 삼촌 숙립을 안율하다	
1692 (임신)	숙종 18	32세	26세		5세		6.25- 박동(朴同) 적소(謫所)에서 민정중 죽음. (65세)	
1694 (갑술)	숙종 20	34세	28세		7세	1세	- 장희빈이 폐비를 사악하려 무슴을 입으김. 3. -대전별감이 안등 본경궁으로 4.9- 왕이 비망기를 내려 폐중궁의 무구함을 밝힘. - 폐비에게 어참을 내려 폐중궁이 무구함을 밝힘. 4.21- 인현왕후 안등 본절수 마련되을 얻다. - 숙의 최씨(화경숙빈 최씨) 왕자 출생. 4.22- 인현왕후가 숙종에게 답서를 보냄. 4.23- 왕이 인현왕후의 탄신일을 맞아 어참과 수라를 내림. 4.27- 관상감이 정한 인현왕후 입궁일. - 인현왕후 입궁 - 폐자(경종 7세)이 인사를 받다. - 여양부원군 보관자. - 인현왕후 산소이 배동 적소에서 좀 하신 고로 복자 추증 - 숙신부원군이 사탈 관자. - 인현왕후 근위에 오름. 5.22- 장희재 제주 안치. - 장씨 폐위 영수궁 취선당에 모심. - 인현왕후 근위에 오름. - 궁인들 원자 - 인현왕후를 모신 궁인에게 버슴. - 세자를 영수궁에 못 가게 하심.	4.1- 민암 절도(絶島)에 위리안치. 4.5- 민정중 부자 복작(復爵) 하고 사제(賜祭). 4.6- 송시열 복관(復官) 하고 사제. 4.9- 민종도의 관직을 추탈. 4.10- 이세화, 유연을 서용. 4.11- 폐비가 최을 뉘우치는 마음이 간절하며 감동시켰다고 하여 서궁 경복당에 들이와 살게 하고, 들어올 때는 육교를 쓰고 중춘과 군봉이 의장을 듣고 도출하는 따위 일을 참작하여 거행하라 명함. 4.12- 왕비 민씨가 서궁 경복당에 임어(入御). 여양부원군 민유중의 작호 회복. 회빈을 빌당으로 물리침. 간인 김씨의 작호를 회복. 장씨의 왕후예수(王后轝數)를 거두고 희빈의 및 작호를 내림. 여양부원군 묘에 부윤군 묘에 치제(致祭)를 명함.

시기	왕력	숙종	인현왕후	장희빈	경종	영조	주 요 사 건	비 고
1695 (을해)	숙종 21	35세	29세		8세	2세	-장희빈이 신당을 배설하고 중궁을 저주하기 시작.	6.8- 숙의 최씨를 귀인으로 삼음.
1696 (병자)	숙종 22	36세	30세		9세	3세	-세자빈 간택. -장희빈의 총아무도 시작.	5.19- 왕세자의 가례.(단의 왕후 심씨-12세)
1699 (기묘)	숙종 25	39세	33세		12세	6세		10.24- 민비의 졸.
1700 (경진)	숙종 26	40세	34세		13세	7세	8. - 인현왕후 미령	
1701 (신사)	숙종 27	41세	35세		14세	8세	4.23- 중궁전 탄일. 민씨 일가 부인네를 모아 연락케 함. 희빈 장씨가 만든 어패를 세자가 올리자 받을 못하고 받으셨는데 이후 병환이 심해짐. 5. - 중전의 병환이 중함 7. - 중전의 병환이 중하나 아을 물리치심. 7. -아을 떻고 병세가 조금 나아짐. 8.14- 인현왕후 승하. 9. 4- 숙종이 친히 계문을 지어 예관에게 의함. 9. 7- 희빈 장씨의 생일. 9. 7~8년 만에 영숙궁으로 행차. - 희빈 장씨가 굿을 한 것을 알고 그대로 至돔. 석전에 참예하고 돌아오나 죽을 대하여 웅루를 내리오시다 인적을 의지하여 한번 참 이 듬. 이때 꿈에서 중전의 취선당을 가디기 며 사설과 요얼이 성하다고 함. 병이 아닌 장씨의 저주로 비명원사 했다고 말함. 10.23- 숙종이 계문을 씀. 12. 8- 인현왕후 인산.	4.27- 중전의 병환이 위중하여 내의원 입직. 8. 4- 중궁의 환후가 위독하여 의약청 설치. 8.13- 오시(五時)에 중궁의 병환이 위독해짐. 8.14- 축시(丑時)에 왕비 민씨 창경궁 경춘전에서 승하. 8.15- 이래 哭음. 8.16- 재선을 종묘와 사직에 보내어 대행왕비의 부음을 고함. 9.23- 희빈 장씨의 무고(巫蠱)사건이 발각됨. 왕이 밤에 비망기를 내려 희빈 장씨가 중궁을 투기 미워하다 일컫으며 취선당 서측에 신당을 설치했다 하며 제주에 유배시킨 장희를 처형할 것을 명함. 9.25- 장씨에게 자진(自盡)할 것을 명함. 9.26- 궁녀인 축생(丑生), 설향(雪香), 시영(時英), 숙영(淑英), 철생(鐵生)을 인정전에서 친히 국문함. 10.3- 숙종 대빈.(경은 부원군 주신의 딸 - 인현왕후)

시기	왕력	숙종	인현왕후	장희빈	경종	영조	주 요 사 건	비 고
1701 (신사)	숙종 27	41세	35세		14세	8세		10.7- 왕이 하교하기를 "이제부터 나라의 법전을 명백하게 정하여 빈어가 후비(后妃)의 자리에 오를 수 없게 하라"고 함.
1702 (임오)	숙종 28	42세			15세	9세	-숙종(제2계비) 경은부원군 김계신의 녀 왕비로 책봉(인원왕후)	
1703 (계미)	숙종 29	43세			16세	10세		4.28- 박세당 졸(75세) 12.15- 연잉군의 관례가 요화당에서 행해짐.
1704 (갑신)	숙종 30	44세			17세	11세		2.21- 숙종 제 4왕자 연잉군 가례.(달성부원군 서씨제의 딸-정성왕후 서씨)
1715 (을미)	숙종 41	55세			28세	22세		11.11- 판중추부사 최석정 졸.
1716 (병신)	숙종 42	56세			29세	23세		10. 9- 해창위 오태주 졸.(49세)
1717 (정유)	숙종 43	57세			30세	24세		- 왕이 세자의 다병무자를 걱정하여 이이명을 불러 연잉군을 후사로 정할 것을 부탁.
1718 (무술)	숙종 44	58세			31세	25세	-창경궁 장춘원에서 세자빈 심씨(단의 왕후) 훙. -세자 가례.(선의왕후 어씨)	
1720 (경자)	숙종 46	60세			33세	27세	6. 8- 숙종 경덕궁 융복전(隆福殿) 전에서 승하. 6.13-경종이 경덕궁에서 즉위.	어씨 왕후로 책봉
1721 (신축)	경종 1				34세	28세	8.20- 연잉군을 세제로 책봉.	
1724 (갑진)	경종 4				37세	30세	8.25- 훙가(薨駕):오전 3시경) 경종 환취정에서 승하.	8.30-왕세제 영조 즉위.

주요 등장인물

▣ 경종(景宗)

1688년(숙종 14)~1724년(경종 4). 조선 제20대왕. 재위 1720년~1724년. 이름은 윤(昀). 자는 휘서(輝瑞). 숙종의 아들. 어머니는 희빈 장씨(禧嬪張氏). 비(妃)는 단의왕후(端懿王后), 계비는 선의왕후(宣懿王后). 1689년(숙종 15) 원자(元子)로 정호되자 노론인 영수 송시열(宋時烈)이 그 상조론(尙早論)을 주장하다가 사사되고 민비(閔妃)가 폐출됨. 이듬해 세자로 책봉됨. 1717년 숙종은 세자의 다병무자(多病無子)를 걱정하여 몰래 이이명(李頤命)을 불러 그의 이복동생인 연잉군(延礽君: 뒤의 영조)을 후사로 정할 것을 부탁하였다. 또한, 그해에 세자대리청정(世子代理聽政)을 명하였는데, 소론측은 세자의 흠을 잡아 바꾸려 한다 하여 반대하였다. 이로부터, 그를 지지하는 소론과 연잉군을 지지하는 노론간의 당쟁이 격화되었다. 즉위한 이듬해인 1721년(경종 1) 그의 다병무자를 이유로 건저(建儲)의 논의가 일어나 노론인 영의정 김창집(金昌集), 좌의정 이건명(李健命) 등은 연잉군을 세제(世弟)로 책봉하였다. 세자 때부터 신변상으로나 정치상으로 갖은 수난과 곤욕을 겪었으며, 재위 4년 동안 당쟁이 절정을 이룬 가운데, 신병과 당쟁의 와중에서 불운한 일생을 마쳤다.

▣ 권대운(權大運)

1612년(광해군 4)~1699년(숙종 25). 조선 후기의 문신. 본관은 안동. 자는 시회(時會), 호는 석담(石潭). 할아버지는 예조판서 협(悏)이며, 아버지는 사어(司禦) 근중(謹中). 1642년(인조 20)에 진사가 되고, 1649년에 정시문과에 을과로 급제하여 정언이 되었다. 이후 지평(持平)・헌납(獻納)・이조정랑・응교・사간 등의 요직을 거쳐 승지가 되었다. 이후 형조・병조・예조의 참의와 좌승

지·한성부윤·형조참판·개성유수 등을 거쳐 1666년(현종 7)에 평안도 관찰사
가 되었다. 이어 대사간·함경도관찰사를 거쳐 1670년에는 호조판서로 발탁되
었으며, 그 뒤 형조판서를 거쳐 우참찬이 되고 판의금부사를 겸임하게 되었다.
1674년에 숙종이 즉위하자 예조판서가 되고, 이듬해 병조판서를 거쳐서 우의정
으로 승진하였다. 1680년(숙종 6) 경신대출척으로 남인이 실각하고 서인이 득
세하게 되자, 판중추부사(判中樞府事)로 밀려났다가 파직당하고 영일에 위리안
치(圍籬安置) 되었다. 그 뒤 1689년에 기사환국으로 남인이 재집권하자 다시
등용되어 영의정에 올랐다. 이때 그는 유배중인 서인의 영수 송시열(宋時烈)을
사사하도록 하였다. 이어 치사하고 궤장(几杖)을 하사받고 기로소(耆老所)에
들어갔다. 그러나 1694년에 남인이 숙종의 폐비인 민씨(民氏)의 복위운동을 일
으킨 소론을 제거하려다가 오히려 폐비사건을 후회하고 있던 숙종의 미움을 받
아 화를 당하게 되는 갑술환국으로 관직을 삭탈당하고 절도(絶島)에 안치되었
다. 이듬해 80세가 넘는 고령이라 하여 풀려나 귀향하게 되었다. 과격파 남인으
로 당쟁에 휘말렸으나 생활이 검소하고 청렴하여 명망이 높았는데, 죽고 난 뒤
왕의 특명으로 직책이 환급되었다.

▣ 김덕기(金德基)

1654년(효종 5)~1719년(숙종 45). 조선 후기의 문신. 본관은 선산. 자는 재
이(載而). 아버지는 시헌(時獻)이며, 어머니는 황도형(黃道亨)의 딸. 1682년 (숙
종 8) 증광문과에 병과로 급제, 사간원에 들어갔다. 1689년 오두인(吳斗寅)·박
태보(朴泰輔) 등과 함께 인현왕후(仁顯王后) 폐출의 부당성에 대한 상소를 올
린 바 있다. 1694년 갑술옥사로 남인이 몰려나고 서인이 정권을 잡자, 사헌부에
발탁되어 우의정 최석정(崔錫鼎)의 삭탈관작을 청하고 훈련대장 신여철의 추고
를 청하는 등 강경한 언론을 많이 행사하여 여러 번 체직당하기도 하였다. 그
뒤 동래부사·황해도 관찰사 등 외직을 거쳐 오랫동안 승지에 임용되었으며 관
직이 호조참판에 이르렀다. 재능이 있고 근면했으나 일을 처리하는데 가혹한
점이 있어 주위의 원망을 사기도 하였다.

▣ 김덕원(金德遠)

1634년(인조 12)~1704년(숙종 30). 조선 후기의 문신. 본관은 원주. 자는 자

장(子長), 호는 휴곡(休谷). 아버지는 판관 인문(仁文). 1662년(현종 3) 정시문과에 병과로 급제, 승문원부정자로 관직생활을 시작하였다. 현종 연간에는 사헌부지평·사간원장언을 역임하면서 언관(言官)으로 활약하였다. 1675년(숙종 1)에 홍문록에 오르고, 사헌부장령에 임명되었다. 경신환국(庚申換局) 전까지의 남인정권하에서는 허목(許穆)을 지지하는 청남(淸南)계열로서 당시의 권신 허적(許積)의 비리를 공격하였다. 『현종실록』 개수의 주장에 앞장섰고, 복제논쟁은 허목의 설을 따랐다. 이어 병조참판·형조참판으로서의 뛰어난 재주와 원만한 성품이 숙종에게 인정되어, 서인정권이 들어서고 모든 남인이 제거될 때에도 관직을 유지할 수 있었다. 이 시기에 한성판윤·경기감사·예조판서 등을 거쳤고, 1687년에는 사은부사(謝恩副使)로 연경에 다녀오기도 하였다. 기사환국으로 정권이 바뀌자 곧 우의정에 임명되어 이후의 정국을 주도하였고, 실질적인 행정업무를 전담하였다. 이때 서인세력의 회유에 노력하였으나, 김수항(金壽恒) 등을 구할 수 있는 위치에 있었으면서도 살육을 방관하였다 하여 뒷날 노론세력으로부터 공격을 받았다. 인현왕후(仁顯王后)가 폐위되자 우의정을 사임하였다. 김춘택(金春澤)·한중혁(韓重赫)의 역모사건이 숙종에 의해서 반전되면서 갑술환국으로 진전되자, 이를 반대하다가 제주도에 유배되었고, 4년 뒤에 해남으로 이배(移配)되었다가 풀려났다. 황해도 해주에서 죽었으며, 1711년에 신원되었다.

▣ 김석주(金錫冑)

1634년(인조 12)~1684년(숙종 10). 조선 중기의 문신. 본관은 청풍. 자는 사백(斯百), 호는 식암(息庵). 할아버지는 영의정 육(堉)이고, 아버지는 병조판서 좌명(佐明). 1657년(효종 8) 진사가 되었으며, 1661년(현종 2) 왕이 직접 성균관에 나와 실시한 시험에서 성적이 우수하여 곧바로 전시(殿試)에 응시할 수 있는 특전을 받았다. 이듬해 증광문과에 장원하여, 전적이 된 후 이조좌랑·정언·지평·부교리·수찬·헌납·교리 등을 차례로 역임하고, 1674년 겸보덕(兼輔德)에 이어 좌부승지가 되었다. 당시 서인 중의 한당(漢黨)에 가담하여 집권당이던 산당(山黨)에게 중용(重用)되지 못하였다. 그 뒤, 1674년 자의대비(慈懿大妃)의 복상문제로 제2차 예송이 일어나자, 남인 허적(許積) 등과 결탁하여 송시열(宋時烈)·김수항(金壽恒) 등 산당을 숙청하고 수어사(守御使)에 이어

도승지로 특진되었다. 그러나 남인의 정권이 강화되자 이를 제거하기 위해 다시 남인들의 책동을 겪음으로써, 이때부터 송시열과 밀접한 관련을 맺었다. 1680년 허적 등이 유악사건(帷幄事件: 御用帳幕을 사사로이 사용하여 일어난 사건)으로 실각당한 뒤 이조판서가 되어 이들 남인의 잔여세력을 박멸하고자 허견(許堅)이 모역한다고 고변하게 하여 이들을 추방하고, 그 공으로 보사공신(保社功臣) 1등으로 청성부원군(淸城府院君)에 봉해졌다. 1682년 우의정으로 호위대장(扈衛大將)을 겸직하였다. 이어 김익훈(金益勳)과 함께 남인의 완전박멸을 위해 전익대(全翊戴)를 사주하여, 허새(許璽) 등 남인들이 모역한다고 고변하게 하는 등 음모를 꾀하였다. 1683년에 사은사로 청나라에 다녀온 뒤 음험한 수법으로 남인의 타도를 획하였다 하여, 같은 서인의 소장파로부터 반감을 사서 서인이 노론·소론으로 분열한 원인의 하나가 되었다. 1689년 기사환국으로 공신 호를 박탈당했다가 후에 복구되었다. 숙종 묘정에 배향되었다. 저서로는『식암집』,『해동사부 海東辭賦』가 있다. 시호는 문충(文忠)이다.

▣ 김우명(金佑明)

1619년(광해군 11)~1675년(숙종 1). 조선 중기의 문신. 본관은 청풍(淸風). 자는 이정(以定). 아버지는 육(堉), 딸은 현종의 비이다. 1642년(인조 20) 진사시에 합격하여, 강릉참봉·세마(洗馬) 등을 역임. 1659년 현종이 즉위하자 국구(國舅)로서 청풍부원군(淸風府院君)에 봉하여졌다. 1616년 영돈녕부사가 되고 이어 오위도총관과 호위대장을 겸직하였다. 송시열(宋時烈)과 같은 서인이었으나 민신(閔愼)의 대부복상문제(代父服喪問題: 실성한 아버지 대신 손자가 상주가 된 것에 대한 대립문제)를 계기로 남인인 허적(許積)에 동조하였다. 또한, 숙종 초에 복창군 정(福昌君楨)·복평군 남(福平君柟) 형제가 궁중을 드나들면서 궁녀들을 괴롭힌 사실을 들어 이들의 처벌을 상소하였다. 그 뒤 남인 윤휴(尹鑴)·허목(許穆) 등과 알력이 심하여짐으로써 벼슬을 그만두고 두문불출하였다. 시호는 충익(忠翼)이다.

▣ 김홍욱(金弘郁)

1602년(선조 35)~1654년(효종 5). 조선 중기의 문신. 본관은 경주. 자는 문숙(文叔), 호는 학주(鶴洲). 서울 출생. 아버지는 찰방 적(積). 1635년(인조 13)

증광문과에 을과로 급제하여 검열이 된 뒤 겸설서(兼說書)를 지냈다. 이듬해 병자호란이 일어나자 남한산성에 호종, 강경론을 주장하였으며, 당진현감으로 나가서는 감사와 뜻이 맞지 않아 벼슬을 그만두었다. 그 뒤 다시 복관되어 대교 (待敎)·전적·지평·부수찬·정언 등을 차례로 역임하였다. 1641년 수찬이 된 뒤 교리·헌납을 거쳐 1646년 이조좌랑이 되었는데 권신 김자점(金自點)과 뜻 이 맞지 않아 사직하였다. 그 뒤 1648년 응교가 되어 관기(官紀)·전제(田 制)·공물방납(貢物防納) 등 시폐(時弊) 5개조를 상소하였다. 효종의 즉위와 더불어 1650년(효종 1) 사인(舍人)이 된 뒤 집의·승지를 거쳐 홍충도관찰사 (洪忠道觀察使)가 되어 그곳에 대동법(大同法)을 처음 실시하였다. 1654년 황 해도관찰사가 되었는데 그때 천재로 효종이 구언(求言)함에 8년 전 사사된 민 회빈 강씨(愍懷嬪姜氏: 昭顯世子의 嬪)의 억울함을 말하고 그 원을 풀어줄 것 을 상소하였다. 이른바 '강옥(姜獄)'이라고 불리는 이 사건은 종통(宗統)에 관 한 문제로 효종의 왕위보전과도 관련되는 것이기 때문에 누구도 감히 말하지 않았는데 그가 이 말을 꺼내자 격노한 효종에 의해 하옥되어 친국을 받던 중 장살되었다. 그가 죽기 전에 "언론을 가지고 살인하여 망하지 않은 나라가 있었 는가?"라고 한 말은 후세인에게 큰 감명을 주었다. 1718년(숙종 44) 이조판서에 추증되고, 1721년(경종 1) 서산의 성암서원(聖巖書院)에 제향되었다. 저서로는 후손의 노력으로 연보 등이 추보(追補)된『학주집 鶴洲集』이 전한다. 시호는 문정(文貞)이다.

▣ 단의왕후(端懿王后)

1686년(숙종 12)~1718년(숙종 44). 조선 제20대왕인 경종의 비. 본관은 청 송. 청은부원군(青恩府院君) 심호(沈浩)의 딸. 1696년 세자빈으로 책봉되었으 나 경종이 즉위하기 2년 전에 병으로 죽었다. 타고난 성품이 뛰어나 어릴 때부 터 총명하고 덕을 갖추어, 어리지만 양전(兩殿)과 병약한 세자를 섬기는데 손 색이 없었다. 1720년 경종이 즉위하자 왕후에 추봉되었다. 전호(殿號)는 영휘 (永徽)라 하였으며, 1726년 공효정목(恭孝定穆)이라는 휘호가 추상되었다. 시 호는 단의(端懿)이다.

▣ 명성왕후(明聖王后)

1642년(인조 20)~1683년(숙종 9). 조선 중기 현종의 왕비. 숙종의 생모. 본관은 청풍(淸風). 영돈녕부사 청풍부원군(淸風府院君) 김우명(金佑明)의 딸이며, 영의정 김육(金堉)의 손녀. 서울 중부 장통방(長通坊)에서 출생하였다. 1651년(효종 2) 세자빈(世子嬪)에 책봉되어 어의동 본궁(於義洞本宮: 인조가 왕위에 오르기 전에 살았던 사저)에서 가례(嘉禮)를 올렸다. 1659년(현종 즉위년) 왕비에 책립되고, 1683년 12월 5일 창경궁 저승전(儲承殿)에서 42세로 죽었다. 지능이 비상하고 성격이 과격하여 궁중의 일을 다스림에 거친 처사가 많았고, 숙종 즉위 초에는 조정의 정무에까지 간여하여 비판을 받기도 하였다. 특히 1675년 '홍수의 변(紅袖之變)' 때에는 대신들이 앞에 나와 울부짖는 등 불미한 일이 많았다. 숙종과 명선(明善)·명혜(明惠)·명안(明安) 공주를 낳았다. 명선·명혜공주는 일찍 죽고, 명안공주는 행창위(海昌尉) 오태주(吳泰周)에게 출가하였다.

▣ 목창명(睦昌明)

1645년(인조 23)~1695년(숙종 21). 조선 후기의 문신. 본관은 사천(泗川). 자는 제세(際世), 호는 취원(翠園). 아버지는 관찰사 행선(行善)이며, 어머니는 장령 윤효영(尹孝永)의 딸. 1670년(현종 11) 별시문과에 병과로 급제, 예문관검열이 되었다. 여러 언관직(言官職)을 거쳐 1674년(숙종 즉위년) 진향사(進香使)의 부사로 청나라에 다녀왔다. 이어 헌납(獻納)·응교를 거쳐, 1677년 승지, 다음해 대사간·이조참의 등을 역임하였다. 남인이었던 까닭에 1680년 경신대출척이 일어나자 사직하였다. 1689년 기사환국으로 대사간에 복직되고, 이어 한성부우윤·도승지·대사헌·대사성 등을 역임하고, 이듬해 경기도관찰사로 나갔다가 부제학이 되었다. 1692년 형조판서를 거쳐, 이듬해 병조판서가 되었으나, 1694년 갑술옥사로 다시 서인이 정권을 잡자 탄핵을 받고 삭주(朔州)에 안치되어, 유배지에서 죽었다. 1699년에 관작이 복구되었다.

▣ 민암(閔黯)

1636년(인조 14)~1694년(숙종 20). 조선 후기의 문신. 본관은 여흥(驪興).

자는 장유(長孺), 호는 차호(叉湖). 아버지는 이조참판 응협(應協). 1668년(현종 6) 별시문과에 을과로 급제한 뒤 지평·승지·함경도관찰사를 역임하였다. 1679년(숙종 5)에 고산찰방(高山察訪) 조지겸(趙持謙)이 당시의 함경도관찰사인 이원록(李元祿)이 참람하게 역마(驛馬)를 탄다 하여 탄핵하였다. 그는 자기가 함경도관찰사 때의 그곳의 실정과 경험을 자세히 들어서 이원록은 아무런 잘못이 없다는 것을 극구 변명하여 도리어 탄핵한 조지겸을 문초받게 한 사실은 유명하다. 1678년에 동지사겸변무부사(冬至使兼辨誣副使: 변무부사는 당시 명나라에서 인조반정에 대한 기록이 아주 잘못되었기 때문에 이것을 바로 잡기 위해서 파견된 사신임.) 복평군(福平君) 연과 함께 명나라에 갔다가 이듬해에 귀국하였다. 그 뒤 이조참판을 거쳐 1680년에 대사헌으로 있다가 경신대출척으로 남인(南人)이 실각하자 파직되었다. 1682년 서인(西人) 김중하(金重夏)로부터 모반한다는 무고(誣告)를 받았으나 조사 뒤 무사하였다. 1689년의 기사환국으로 다시 대사헌에 기용되어서는 이조판서인 심재(沈梓)와 함께 서인 김수항(金壽恒)·송시열(宋時烈)을 탄핵하여 그들의 처형에 대한 강경론을 주장하였다. 그는 이어 대제학·병조판서를 역임하였고, 1691년에는 우의정에 승진하였으며, 사은사(謝恩使)로 청나라에 다녀왔다. 1694년에 김춘택(金春澤) 등이 숙종의 폐비인 민씨(閔氏)를 복위하는 음모가 있다는 고변(告變)이 있자 남인의 영수이던 그는 훈련대장인 이의징(李義徵)과 함께 일대옥사를 일으키고자 하였으나, 숙종은 갑자기 남인을 쫓아내고 서인을 등용하는 갑술옥사를 일으켰다. 그는 이 옥사 때에 대정(大靜)으로 위리안치(圍籬安置) 되었다가 영의정 남구만(南九萬)의 탄핵으로 곧 이의징과 더불어 사사되었다.

▣ 민유중(閔維重)

1630년(인조 8)~1687년(숙종 13). 조선 후기의 문신. 본관은 여흥(驪興). 자는 지숙(持叔), 호는 둔촌(屯村). 숙종의 비 인현왕후(仁顯王后)의 아버지. 강원도 관찰사 광훈(光勳)의 막내아들이며, 어머니는 이조판서 이광정(李光庭)의 딸. 대사헌 기중(蓍重)과 좌의정 정중(鼎重)의 동생이다. 1649년(효종 즉위년)에 진사가 되고, 1651년 증광문과에 병과로 급제하여 승문원을 거쳐 예문관검열이 되었다. 이어 애교·봉교·세자시강원설서·성균관전적을 거쳐 사헌부감찰·예조좌랑·병조좌랑을 지내다가 어머니의 상을 당하였다. 상을 마친 뒤 사간원정언과 세자시강원사서에 임명되었으나 사직하고, 1656년에 병조정랑이 되었다. 그 뒤 사헌부지평·사간원정언 등을 지내면서 대신들과 시폐(時弊)를 놓고 다툰 끝에 조정에서 물러났다가 이듬해 함경도 경성판관으로 나갔다. 이때 선정을 베풀어 7개 고을의 주민이 송덕비를 세웠다. 이듬해에 중앙에 돌아와 예조정랑이 되었다가 1662년(현종 3)에 잠시 여주로 물러나 앉기까지 홍문관부교리·교리, 사간원헌납·경상도염찰사·이조정랑·성균관직강 등을 지냈다. 1663년 이후 이조정랑·홍문관교리·응교·사간원사간·사헌부집의·제용감정(濟用監正)·사도시정(司䆃寺正)·의정부사인 등을 두루 역임하다가, 1665년에 전라도 관찰사로 발탁되어 당상관에 올랐다. 그러나 몇 달 만에 다시 중추부첨지사가 되어 내직으로 들고, 이어 장례원판결사·사간원대사간·승정원승지·이조참의 등을 지내다가 병조판서 김좌명(金佐明)과 다툰 끝에 벼슬을 버리고 광주에 은거하였다. 이듬해 충청도관찰사로 나갔다가 성균관대사성을 거쳐 다시 평안도관찰사로 나갔고 1671년부터 형조판서·대사헌·의정부우참찬·한성부판윤·호조판서 겸 총융사 등 요직을 역임하였다. 숙종이 즉위하면서 남인(남인(南人)이 집권하자, 벼슬을 내놓고 충주에 내려가 지내다 끝내 흥해(興海)로 유배되었다. 그러나 이듬해 경신대출척으로 남인이 실각하자, 다시 조정에 들어와 공조판서·호조판서 겸 선혜청당상·병조판서 등을 역임하며 서인 정권을 주도하였다. 그리고 이듬해 3월에 국구(國舅)가 되자, 여양부원군(驪陽府院君)에 봉해지고 이어 돈녕부영사(敦寧府領事)가 되었다. 이듬해에 금위영(禁衛營)의 창설을 주도하여 병권과 재정권을 모두 관장하였는데, 이후 점차 외척으로 정권을 오로지 한다는 비난이 일어 관직에서 물러나 두문불출하다가 죽었다. 여주 섬락리에 안장되고, 효종의 묘정과 장흥 연곡서원(淵谷書院), 벽동 구봉서원(九峯書院)에 배향되었다. 시호는 문정(文貞)이다. 경서에 밝았으며『민문정유집(閔文貞遺集)』10권 10책이 전한다.

■ 민정중(閔鼎重)

1628년(인조 6)~1692년(숙종 18). 조선 후기의 문신. 본관은 여흥(驪興), 자는 대수(大受), 호는 노봉(老峯). 강원도관찰사 광훈(光勳)의 아들. 송시열(宋時烈)의 문인으로 1649년(효종 즉위년)에 정시문과에 장원하여 성균관전적으로 벼슬에 나아가, 예조좌랑·세자시강원사서(世子侍講院司書)가 되었다. 직언(直

言)으로 뛰어나 사간원정언·사간에 제수되고, 홍문관수찬·교리·응교, 사헌부
집의 등을 지냈다. 외직으로는 동래부사를 지냈으며, 전라도·충청도·경상도에
암행어사로 나가기도 하였다. 1659년 현종이 즉위하자 소(疏)를 올려 인조 때
역적으로 논죄되어 죽음을 당한 강빈(姜嬪)의 억울함을 호소하자, 왕도 그의
충성을 알아주기 시작하였다. 이어 병조참의에 제수되었으나 아버지가 죽어 관
직에서 물러났다가 상복을 벗은 뒤에 사간원대사간으로 나아갔다. 그 뒤 승정
원동부승지(承政院同副承旨)·성균관대사성·이조참의·이조참판·함경도관찰
사·홍문관부제학·사헌부대사헌을 거쳐, 1670년(현종 11) 이조·호조·공조의
판서, 한성부윤(漢城府尹)·의정부참찬(議政府參贊) 등을 역임하였다. 삼사에
재직할 때는 청의(淸議)를 힘써 잡았고, 대사성에 있을 때는 성균관의 증수(增
修)와 강과(講課)에 마음을 다하여 조사(造士)의 효과가 매우 많았다. 또한 함
경도관찰사로 나갔을 때는 그곳의 유풍(儒風)을 크게 일으켰다. 1675년(숙종
1) 다시 이조판서가 되었으나 허적(許積)·윤휴(尹鑴) 등 남인이 집권하자 서
인으로 배척을 받아 관직이 삭탈되고, 1675년 장흥(長興)으로 귀양 갔다. 이듬
해 경신환국으로 송시열 등과 함께 귀양에서 풀려 우의정이 되고, 다시 좌의정
에 올라 4년을 지냈다.

이때 호포(戶布) 등 여러 가지 일을 실행하려 하였으나 영의정 김수항(金壽
恒)의 반대에 부딪혔다. 1685년부터는 중추부지사(中樞府知事)·판사(判事)로
물러앉아 국왕을 보필하였다. 그러던 중 1689년 기사환국으로 다시 남인이 집권
하게 되자 노론의 중진들과 함께 관직을 삭탈당하고 벽동(碧潼)에 유배되어 그
곳에서 죽었다.

1694년의 갑술환국으로 남인이 다시 실각하자 관작이 회복되어, 양주에 옮겨
장례를 치르고, 뒤에 여주로 옮겨졌다. 현종의 묘정(廟廷)과 양주 석실서원(石
室書院), 충주 누암서원(樓巖書院), 장흥 연곡서원(淵谷書院), 함흥 운전서원(雲
田書院), 벽동 구봉서원(九峯書院), 정평 망덕서원(望德書院) 등에 제향되었다.
저서로는『노봉집』·『노봉연중설화(老峯筵中說話)』·『임진유문(壬辰遺聞)』등
이 전하며, 글씨로는〈우상이완비(右相李浣碑)〉·〈개성부유수민심언표(開城副
留閔審言表)〉·〈개심사대웅전편액(開心寺大雄殿扁額)〉등이 있다. 시호는 문
충(文忠)이다.

▣ 민종도(閔宗道)

1633년(인조 11)~?. 조선 후기의 문신. 본관은 여흥(驪興). 자는 여증(汝曾). 응협(應協)의 손자, 좌찬성 점(點)의 아들이며, 어머니는 판중추부사 김시양(金時讓)의 딸. 1662년(현종 3) 증광문과에 병과로 급제하였다. 이듬해 예문관대교가 되고, 1664년 봉교를 거쳐 1665년에는 지평·정언 등을 역임하였다. 이듬해는 다시 중시문과에 병과로 급제하였다. 할아버지가 이조참판, 큰아버지 희(熙)는 좌의정, 아버지는 좌찬성, 동생 홍도(弘道)는 이조정랑을 각각 지낸 명문이었다. 이러한 전통에 힘입어 그도 헌납·필선·부승지·수찬·부교리 등을 역임하고, 1668년 세자시강원문학이 되었으며, 1674년에는 병조참지가 되었다.

▣ 민진후(閔鎭厚)

1659년(효종 10)~1720년(숙종 46). 조선 휘기의 문신. 본관은 여흥(驪興). 자는 정순(靜純), 호는 지재(趾齋). 아버지는 여양부원군(驪陽府院君) 유중(維重)이며, 어머니는 좌참찬 송준길(宋浚吉)의 딸. 숙종비 인현왕후(仁顯王后)의 오빠이자 유수 진원(鎭遠)과 현감 진영(鎭永)의 형이다. 송시열(宋時烈)의 문인으로 1681년(숙종 7) 생원이 되고, 1688년(숙종 12) 별시문과에 병과로 급제하여 승문원정자(承文院正字)가 되었다. 그러나 곧이어 기사환국이 일어나 아버지를 비롯한 일가친척들과 함께 관직을 삭탈당하고 귀양살이를 하였다. 1694년 갑술옥사로 인현왕후가 복위됨에 따라 세자시강원설서(世子侍講院設書)로 다시 기용되었고, 사간원정언·홍문관부교리·부응교·사헌부집의 등을 거쳐 1697년 충청도관찰사가 되었다. 관찰사로 부임한 지 7개월 만에 사간원대사간이 되었으며, 이어 강화부유수·형조참의·한성부판윤 등을 역임한 뒤 1706년 의금부지사(義禁府知事)가 되었다. 이때 유생 임보(林溥)가 세자모해설(世子謀害說)을 발설하여 일어난 옥사를 함부로 다루었다고 해서 소론 측의 탄핵을 받아 벼슬에서 물러났다. 1717년 또다시 기용되어 동지사(冬至使)로 청나라를 다녀온 뒤, 의금부판사·돈녕부판사·홍문관제학·예조판서 겸 수어사·한성부판윤·공조판서 등을 역임하고 1719년 의정부우참찬에 올랐으나 질병으로 사양하고, 그 뒤 개성부유수로 재직 중 죽었다. 그의 인품은 선비의 기운을 돋우고 사문(斯文)을 지키는데 힘쓰며 외척의 호귀(豪貴)한 습속이 전혀 없었다고 한다. 글씨에 능하여 여양부원군민유중신도비(驪陽府院君閔維重神道碑)의 비문을 썼다. 경종의 묘정(廟廷)에 배향되었다. 저서로는 『지재집』이 전한다. 시호는 충문(忠文)이다.

■ 박세당(朴世堂)

1629년(인조 7)~1703년(숙종 29). 조선 후기의 학자·문신. 본관은 반남(潘南). 자는 계긍(季肯), 호는 잠수(潛叟)·서계초수(西溪樵叟)·서계(西溪). 할아버지는 좌참찬 동선(東善)이며 아버지는 이조참판 정(炡)이다. 4살 때 아버지가 죽고 편모 밑에서 원주·안동·청주·천안 등지를 전전하다가 13세에 비로소 고모부인 정사무(鄭思武)에게 수학하게 되었다. 1660년(현종 1)에 증광문과에 장원하여 성균관전적에 제수되었고, 그 뒤 예조 좌랑·병조좌랑·정언·병조정랑·지평·홍문관교리 겸 경연시독관·함경북도병마평사(兵馬評事) 등 내외직을 역임하였다. 1668년 서장관(書狀官)으로 청나라를 다녀왔지만 당쟁에 혐오를 느낀 나머지 관료생활을 포기하고 양주 석천동으로 물러났다. 그 뒤 한때 통진 현감이 되어 흉년으로 고통을 받는 백성들을 구휼하는 데 힘쓰기는 하였으나 당쟁의 소용돌이 속에서 맏아들 태유(泰維)와 둘째아들 태보(泰輔)를 잃게 되자 여러 차례에 걸친 출사권유에도 불구하고 제자양성에만 힘썼다. 그 뒤 죽을 때까지 집의·사간·홍문관부제학·이조참의·호조참판·공조판서·우참찬·대사헌·한성부판윤·예조판서·이조판서 등의 관직이 주어졌지만 모두 부임하지 않았다. 1702년(숙종 28년)에는 이경석(李景奭)의 신도비명(神道碑銘)에서 송시열(宋時烈)을 낮게 평가하였다 하여 노론(老論)에 의하여 사문난적(斯文亂賊)으로 지탄되기도 하였다. 그의 학문과 사상은 성장기의 고난과정·장년기의 관리생활을 통한 개혁의식, 그리고 당쟁의 와중에서 겪은 가족의 수난과 어려운 농촌에서 지낸 그의 생애 등을 통해서 형성된 사회현실관의 반영이라 하겠다. 그가 살았던 시기는 보기 드문 민족적 시련과 정치적 불안정 및 민생의 곤궁이 매우 심하였던 시기이던 시기였다. 그는 이러한 상황 속에서 국내외의 현실을 직시하여 국가를 보위하고 사회개혁을 통한 민생의 구제를 목표로 하는 사상적 자주의식을 토대로 해서 그의 학문과 경륜을 펼쳤던 것이다. 그의 근본사상에 대하여는 유학의 근본정신을 추구하는 데 있었다는 견해가 있고, 주자학은 물론 유학 자체에 회의하여 노장학(老莊學)으로 흐른 경향이 있다는 주장도 있다. 그러나 그의 학문의 근본입장이 당시 통치이념으로 삼았던 주자학을 비판하고 중국 중심적 한문태도에 회의적이었던 것으로 보는 데는 이론이 없다. 그만이 아니라, 17세기 우리나라의 사상계는 구내외적 시련에 대한 극복을 위하여 사상적 자주의식이 제기되어 이의 수정과 사회적 개혁을 요구하는 사람들이 있었고, 그들의 입장도 주자학에 비판적이었던 것이다. 이러한 사상적 반성이 싹튼 것은 16세기에 비롯하였지만, 주자학에 대한 정면도전이 표면화한 것은 이때부터이다. 이 때문에 주자학의 열렬한 신봉자들인 송시열 등은 주자학 비판자들을 사문난적이라 하여 이단으로 배척하였다. 이러한 배척을 받은 대표적인 인물은 그와 윤휴(尹鑴)·윤증(尹拯) 등이었다. 이들은 주자학을 비판함에 있어서 공통적이었지만 그들의 학문연구의 입장은 달라 대략 세 방향을 띠었다. 즉, 첫째는 고대의 유학, 특히 한(漢)나라 때의 유학을 통치이념을 수정하려는 윤휴와 같은 남인(南人)계통의 학파이고, 둘째는 명나라 때 왕양명(王陽明)의 유학을 도입하여 채용해보려는 최명길(崔鳴吉)·장유(張維) 등 양명학파(陽明學派)이며, 셋째는 노장사상을 도입하여 새로운 시각을 모색하려는 박세당 계통이었다. 박세당은 당시의 학자들이 꺼려하였던 도가사상(道家思想)에 깊은 관심을 기울여 노장서(老莊書)에 탐닉하면 스스로 되돌아올 줄 모르고 심취하게 된다고 고백할 정도였다. 그가 이러한 학문경향을 지니게 된 데에는 젊었을 때 지녔던 그의 정치와 사회에 대한 개혁적 사고 때문이었고, 또 백성의 생활안정과 국가를 보위하는데 있어서 차별을 본질로 하는 유가사상(儒家思想)에 회의를 느꼈기 때문이었다. 그는 해서지방(海西地方)의 암행어사와 함경북도병마평사를 역임한 뒤, 홍문관수찬으로 있으면서 응구언소(應求言疏)를 올렸는데, 그 내용은 양반지배세력의 당쟁과 착취로 비참한 경지에 이른 백성들의 생활안정책과 무위도식하고 있는 사대부(士大夫)에 대한 고발이었다. 그는 요역(徭役)과 병역의 균등화를 주장하였고, 모든 정치·사회제도가 문란하므로 개혁하지 않을 수 없고 모든 법률이 쇠퇴하였으므로 혁신하여야 한다고 하였다. 특히 국민 가운데 공사천민(公私賤民)이 6할, 사대부양반이 2할, 평민이 2할인데, 사대부양반은 8~9할이 놀고먹으니 이는 봉록(俸錄)만 받아먹는 나라의 커다란 좀[蠹]이라고 하였다. 그리고 대외정책에 있어서는 중국대륙의 세력변동에 주체적으로 적응하는 실리주의를 주장하였다. 그는 고대 삼국 가운데 국력이 가장 미약하였던 신라가 당나라에게 망하지 않은 원인이 외교정책의 현실주의적 실리추구에 있었음을 지적하면서 고려 말 정몽주(鄭夢周)와 작의 선조 박상충(朴尙衷)에 관한 평가에 있어서도 고려에 대한 충절로서보다는 원

나라·명나라 교체의 국제적 변동에 대처하려는 대외정책으로 신흥 명나라를
섬기고 원을 배척할 것을 주장한 실리 주의자였던 데서 높이 평가되어야 한다
고 하였다. 그는 숭명배청(崇明排淸)이 풍미하던 당시였음에도 불구하고 민족
의 현실적 생존과 국가의 보위를 위하여 국제사회에서의 주체적 적응이란 입장
에서, 존명사대(尊明事大)의 명분을 버리고 민족자존의 실리를 위한 친청정책
(親淸政策)을 주장하였던 것이다.

　관직을 버린 뒤 『논어』·『맹자』·『대학』·『중용』 등 사서와 『도덕경(道德
經)』 및 장자(莊子)의 연구를 통하여 주자학적 고정관념에서 벗어나려는 학문
적 지향을 취하였다. 그는 육경(六經)의 글은 그 생각이 깊고 취지가 심원(深
遠)하여 그 본뜻을 흐트러뜨릴 수 없는 것인데, 후대의 유학자들이 훼손하였으
므로, 이를 바로잡아 공맹(孔孟)의 본지(本旨)를 밝혀야 한다는 뜻에서 『사변
록(思辨錄)』을 저술하였다. 그러나 그의 학문은 자유분방하여 매우 독창적이었
다. 예를 들면, 그는 유가사상의 핵심을 이루는 인(仁)에 대하여, 공자가 말하는
'인'이란 인간과 동물에 보편적으로 적용될 수 있는 자연조화(自然調和)의 심정
이 아니라 동물에 대한 인간 중심적인 사랑이며, 사람과 동물에 차별을 두지 않
는 순수한 사랑이 아니라고 지적한다. 그리고 맹자의 인에 대하여도, 맹자의 차
마 할 수 없는 심정인 불인지심(不忍之心)으로서의 '인'이란 도살장과 부엌을
멀리할 것을 주장하는 것이 고작일 뿐, 역시 살생을 배격하지 않는 잔인성을 그
대로 말하는 것이라고 꼬집는다. 또한, 맹자는 '왕도(王道)'를 민심을 얻는 것을
근본으로 삼는다 하지만, 민심을 얻는 데만 뜻을 먼저 둔다면 이는 패자(覇者)
의 행위이고 왕도는 아닐 것이라고 비판하기도 하였다. 그는 주자가 제왕권체
제(帝王權體制)를 강화하기 위하여 설정한 모든 만물의 근원적 원인자(原因者)
로서의 태극(太極)에 대한 이해에도 이의를 제기하였다. 주자는 임금과 신하,
아버지와 아들 사이의 현실적 차별이 이러한 현상에 앞선 원인자인 태극에서
연유한다고 주장하여, 인간이 제왕권(帝王權)에 복종하는 것은 거역할 수 없는
당연한 도리이고, 또 인간이 감각적 욕구를 추구하는 것은 인욕(人欲) 또는 인
심(人心)으로서 악행(惡行)이라고 피력하였으나, 그는 태극에 대한 이해의 부
족과 함께 감각적 욕구를 작용시키는 감성(感性)도 인간의 불가피한 기능임을
지적하였다. 그는 도심(道心)못지 않게 인욕의 충족도 중요시하였던 것이니, 이
는 백성들의 생활안정을 위하여 명분론보다도 의식주와 직결되는 실질적인 학
문이 필요하다는 그의 실학사상을 나타낸 것이라 보겠다. 그는 도를 밝힌다는

것은 지식과 언어에 있는 것이 아니라 실천에 있으며, 백성들이 실직을 떠나서 허위의 비현실적인 가치관만을 배우게 되면 이것을 다스리려 하여도 어려울 것이라는 생각을 가졌던 것이다. 그는 이렇게 백성의 생활가치를 신장시키는 것에 학문의 목표를 두었기 때문에, 이단시되던 노장학까지도 연구의 대상으로 삼았다. 그는 노장학도 그 본질 면에서 보면 세상을 바로잡는 길에 보탬이 될 뿐만 아니라, 버릴 것이 없다는 점을 밝히고 있다. 그것은 도가사상이 차별사상이 아니고 민중중심적인 데 있다고 보았기 때문이다. 그는 정치인의 지배욕구의 포기를 그 근본으로 하는 것이 『도덕경』의 정신이라고 주장하였다. 노자의 무위(無爲)란 일하지 않는 불사(不事)가 아니라, 사사로운 욕구에 얽매이지 않는 무욕(無欲)의 정치태도이며, 장자의 무위자연도 자연을 벗 삼아 사는 것이 아니라 치자(治者)에게 과도한 지배 욕구를 버리고 백성들의 생활권을 신장시키는데 힘쓸 것을 요청한 무욕의 뜻이라고 이해한 것이었다. 그리하여 그 자신도 스스로 무욕을 실천하는 생애를 보냈지만 정치와 사회현실에 전연 무관심한 것이 아니었고, 비교적 혁신적 사고를 지녔던 소론파(小論派)와 빈번하게 교류하였다. 그는 소론의 거두인 윤증을 비롯하여 같은 반남박씨로 곤궁할 때 도움을 준 박세채(朴世采), 처숙부 남이성(南二星), 처남 남구만(南九萬), 최석정(崔錫鼎) 등과 교유하였고, 우참찬 이덕수(李德壽), 함경감사 이탄(李坦), 좌의정 조태억(趙泰億) 등을 비롯한 수십 인의 제자를 키우기도 하였다. 그의 학문과 행적에 대한 변론은 계속되어 그가 죽은 지 약 20년이 지난 1722(경종 2년)에 문절(文節)이라는 시호가 내려졌다. 그의 저서로는 『서계선생집(西溪先生集)』과 『대학』・『중용』・『논어』・『상서』・『시경』 등의 해설서인 『사변록』, 그리고 도가에 대한 연구서인 『신주도덕경(新註道德經)』 1책과 『남화경주해산보(南華經註解刪補)』 6책이 전하며, 편저로는 농서(農書)인 『색경(穡經)』이 전한다.

◼ 박세채(朴世采)

1631년(인조 9)∼1695년(숙종 21). 조선 후기의 문신. 본관은 반남(潘南), 자는 화숙(和叔), 호는 현석(玄石)・남계(南溪). 아버지는 홍문관 교리 박의이며, 어머니는 신흠(申欽)의 딸이다. 그는 아버지가 김장생(金長生)의 문하에서 수학한 연유로 이이(李珥)의 『격몽요결(擊蒙要訣)』로써 학문을 시작하였다. 선조 말년부터 제기되었던 이이(李珥)・성혼(成渾)의 문묘종사문제가 당시에도 제기되었는데, 영남유생이 이에 반대하는 상소를 올렸다. 그는 상소의 부당성을 제기하는 글을 내었으나, 효종이 냉담한 반응을 보였다. 이를 계기로 과거의 뜻을 버리고 학문에 전념하게 되었다. 그는 김상헌(金尙憲)과 김집(金集)의 문하에서 성리학을 연구하고 송시열(宋時烈)·송준길(宋浚吉)과도 학문교류를 하였다. 마침 1659년 자의대비(慈懿大妃)의 복상(服喪)문제가 대두되자 남인계(南人系)의 3년설을 반대하고 송시열·송준길의 기년설(朞年說)을 지지하여 관철시켰다. 이로 인해 숙종 초 남인(南人) 집권 시 정치적 패퇴를 맛보았으나 경신대출척(庚申大黜陟)으로 다시 정계에 나섰다. 1683년 노소(老少) 분립시 소론의 영수가 되었고 1694년 갑술옥사(甲戌獄事) 이후 좌의정에 올랐다. 이와 같은 정치적 배경으로 남구만(南九萬)·윤지완(尹趾完) 등과 더불어 이이·성혼을 문묘에 종사할 수 있었다. 그의 학문경향도 역시 당시의 정치적 상황과 밀접한 연관을 가지고 있다. 요컨대 그는 평생 정통론과 예론을 확립하는데 매진했던 것이다. 중국대륙의 질서변화에 따른 위기의식 속에서 조선의 정통성을 강조하고자 한 것이 『이학통록보집(理學通錄補集)』의 저술로 나타났고, 조선의 도학연원을 밝힌 『동유사우록(東儒師友錄)』으로 편찬되었다. 『남계선생예설(南溪先生禮說)』, 『육례의집(六禮疑輯)』 등은 예(禮)의 구체적 실천문제를 다룬 저술로서, 이 또한 예론(禮論)을 매개로 한 정치대립 과정에서 자파의 이론적 토대를 마련코자 한데서 나온 것이다. 한편 그는 정치적으로 탕평을 주장하여 '황극 탕평론(皇極蕩平論)'을 발표하였으나, 실제 소론의 정치적 중심인물로서 활동하였다. 이와 같이 그는 당대의 정치·사상에 있어서 매우 폭넓고 비중 있는 활동을 한 인물이며 특히 수백여 권에 이르는 저술은 뛰어난 학자로서의 면모를 드러내주고 있다. 대표적 저작으로는 『남계집(南溪集)』·『범학전편(範學全編)』·『육례의집(六禮疑輯)』·『남계예설(南溪禮說)』·『삼례의(三禮儀)』·『제의정체(祭儀正體)』·『사례변절(四禮變節)』·『가례요해(家禮要解)』·『가례외편(家禮外編)』·『숭효록(崇孝錄)』·『남계수필록(南溪隨筆錄)』·『시경요의(詩經要義)』·『춘추보편(春秋補編)』·『거가요의(居家要儀)』·『계치록(稽治錄)』·『심학지결(心學至訣)』·『성현유범(聖賢遺範)』·『학법총설(學法總說)』·『독서기(讀書記)』·『백록규해(白鹿規解)』·『주문습유(朱文拾遺)』·『이학통록보집(理學通錄補集)』·『삼선생유서(三先生遺書)』·『서원고증증산(書院考證增刪)』·『율곡속외별집(栗谷續外別集)』·『동유사우록(東儒師友錄)』·『주자대전습유(朱子大全拾遺)』 등이 있다. 그의 문하로는 김간(金幹)·임영(林泳)·신완(申琓) 등이 있고, 또한 종유(宗儒)로서 추앙되어 문묘(文廟)와 숙종묘(肅宗廟)에 배향되었으며, 개성(開城)의 오관서원(五冠書院), 파주(坡州)의 자운서원(紫雲書院), 나주(羅州)의 반계서원(潘溪書院), 연안(延安)의 비봉서원(飛鳳書院), 평산(平山)의 구봉서원(九峰書院)과 배천(白川)의 문회서원(文會書院)에 제향되었다. 시호는 문순(文純)이다.

■ 박세후(朴世煦)

1493년(성종 24)~1550년(명종 5). 조선 중기의 문신. 본관은 상주. 자는 중온(仲溫), 호는 인재(認齋) 또는 눌재(訥齋). 아버지는 군자감부정 사화(士華)이다. 조광조(趙光祖)의 문인이다. 1516년(중종 11) 진사가 되고, 1519년 별시문관에 을과로 급제하였다. 그러나 기묘사화로 사림이 일소되자 우울한 나날을 보내다가 성균관전적에 등용되고, 1522년 박사가 되었으나, 이듬해 파직되었다. 1527년 다시 박사로 복직되어 전적을 지내고 사헌부감찰로 승진되었다. 이듬해 광양현감이 되어 해상의 방위에 전념하고, 공자의 묘가 허술한 것을 보고 터를 닦아 묘우를 옮겨지었다. 1533년 수부원외랑(水部員外郞)이 되고, 곧 이조좌랑으로 옮겼으나, 김안로(金安老)의 청혼을 거절한 것이 원인이 되어 그의 미움을 사게 되었다. 1535년에 공조좌랑, 이듬해 장악원첨정이 되었으나, 간관의 탄핵으로 문외출송을 당하였다. 그 뒤 다시 복직되어 홍문관교리와 성균관사예(成均館司藝)를 거쳐 종부시(宗簿寺)와 봉상시(奉常寺)의 첨정을 지냈다. 1540년 밀양부사로 특선되어 치적을 올렸고, 1544년 좌필선(左弼善)에 이어 곧 승정원 동부승지가 되었다. 1545년(명종 즉위년) 장례원판결사(掌隷院判決事)가 되고 하절사(賀節使)로 명나라에 다녀왔다. 이듬해 예조참의를 지냈고, 1549년 강원도관찰사가 되어 관동지역을 잘 다스렸다. 그러나 이기(李芑)의 연척인 양구현감 신난수(愼蘭秀)의 비행을 적발하여 보고하였다가 도리어 고문을 받고 왕의 특명으로 풀려났다.

■ 박지(朴贄)

1616년(광해군 8)~?. 조선 후기의 문신. 본관은 밀양. 자는 원례(元禮). 민행(敏行)의 아들이며, 어머니는 윤형언(尹衡彦)의 딸이다. 1662년(현종 3) 전생봉사(典牲奉事)로서 문과정시(文科庭試)에 병과로 급제하였다. 1668년 나주목사

(羅州牧使)를 거쳐, 1670년 정언(正言)이 되고, 장령(掌令)을 역임하였다. 같은 해 정언을 거쳐 이듬해 다시 장령이 되고, 이어 헌납(獻納)을 역임하였다. 언관으로서 동료인 사간(司諫) 심유(沈攸), 정언 강석창(姜碩昌) 등과 함께 일찍이 전라도사(全羅道使)를 지낸 지평(持平) 이삼석(李三錫)의 부정한 행위와 가렴주구(苛斂誅求) 한 사실을 들어 관직을 교체시켰으며, 이어 경기도사 조헌경(曹憲卿)도 같은 혐의로 탄핵하였고, 지평 김수오(金粹五)도 차례로 교체시켰다. 한편, 1666년에는 공산현령(公山縣令)이 되었을 때 그 지방 사람인 안국(安國)의 처가 사노 승세(承世)와 간통한 뒤 남편을 살해한 사건이 있었는데, 조정에서 이 사건을 삼성추국(三省推鞫)하여 정형(正刑)을 내리고 지방수령의 책임을 묻게 되자 파직되었다. 1671년 사간으로 정언 정유악(鄭維嶽)과 함께 추수철이 가까워짐에 따라 양식이 떨어진 연해제읍(沿海諸邑)의 기근을 해결하는 대책을 마련할 것을 청하여 이를 시행하게 하였다. 그해 사간으로부터 대간(臺諫)으로서의 직분을 다하지 못했다고 탄핵을 받아 파직되었으나 곧 정언에 복직되고, 1672년 장령·집의(執義)를 역임하였다. 같은 해 사복시정(司僕寺正)으로 있을 때 사간 이압(李押)과 헌납 윤심(尹深)으로부터 입조 시 사부(士夫)의 풍습을 잃었다는 탄핵을 받았으나 왕의 비호로 무사하였다. 그 뒤 여러 관직을 거쳐 1681년(숙종 7) 사간이 되어서 대사간 윤계(尹堦), 헌납 오도일(吳道一), 정언 이세백(李世白) 등과 함께 관서 지방의 진보(鎭堡)에 소속된 내노비(內奴婢)들의 신역(身役)을 감하여 오로지 진(鎭)의 일에만 전념하게 함으로써 각 진의 내수용(內需用)을 충실하게 하자는 상소를 올려 이를 시행하게 하였다. 그 뒤 1687년 승지에 이르렀다. 20여 년 가까이 언관(言官)으로 재직하면서 강직하고 사리에 밝은 인품을 지녔다고 한다.

▣ 박태보(朴泰輔)

1654년(효종 5)~1689년(숙종 15). 조선 중기의 문신. 본관은 반남(潘南). 자는 사원(士元), 호는 정재(定齋). 아버지는 판중추부사(判中樞府事) 세당(世堂)이며, 어머니는 현령(縣令) 남일성(南一星)의 딸이다. 당숙인 세후(世垕)에게 입양되었다. 1675년(숙종 1)사마시에 합격하고, 생원으로서 1677년 알성문과에 장원하여 전적(典籍)을 거쳐 예조좌랑이 되었을 때 시관(試官)으로 출제를 잘못하였다는 남인들의 탄핵을 받아 선천(宣川)에 유배되었다가 이듬해에 풀려났

다. 1680년에 부수찬·수찬·부교리·지평(持平)·정언(正言)을 거쳐 교리가
되었는데, 이때 문묘 승출(陞黜)에 관한 문제와 당시 이조판서 이단하(李端夏)
를 질책한 상소로 인하여 파직되었다. 그 뒤 서인들이 여러 차례에 걸쳐 그의
환수를 청함에 1682년 홍문관의 사가독서(賜暇讀書)에 선발, 사가독서를 마치
고 나서 이천현감(伊川縣監)으로 나간 것을 시작으로 부수찬·교리·이조좌랑,
호남의 암행어사 등을 역임하였다. 그가 호남에 암행어사로 다녀온 뒤에 중앙
에 보고한 과감한 비리 지적에 조정의 대신들이 감탄하였으며, 호남지역의 주
민들로부터도 진정한 어사라는 찬사를 받았다. 또한 당시 서인 중에서 송시열
(宋時烈)과 윤선거(尹宣擧)가 서로 정적으로 있을 때, 윤선거의 외손자임에도
불구하고 친족관계라는 사심을 떠나 공정하게 의리에 기준을 두고 그 옳고 그
름을 가려 통쾌하게 논조를 전개하여나갔던 바도 있다. 이어 응교를 거쳐 파주
목사로 나갔을 때, 조정에서 성혼(成渾)과 이이(李珥)의 위패를 문묘에서 빼버
렸는데, 그가 부임하여 재직하는 파주에서는 조정의 정책에 따르지 않고 그대
로 이를 존속시켜 나갔다하여 인책, 면직되었다. 1689년 기사환국 때 인현왕후
(仁顯王后)의 폐위를 강력히 반대하는 소를 올리는 데 주동적인 구실을 하였다
가 심한 고문을 받고 진도로 유배 도중 옥독(獄毒)으로 노량진에서 죽었다. 그
는 재주가 뛰어나서 젊은 나이에 장원급제를 한 경력이 있으며, 학문적인 태도
도 깊고 높아 당대의 명망있는 선비들과도 깊은 교유관계를 가졌다. 특히 그가
교유한 친우는 주로 서인의 소론 파들로 최석정(崔錫鼎)·조지겸(趙持謙)·임
영(林泳)·오도일(吳道一)·한태동(韓泰東) 등이 있다. 타고난 성품도 뛰어나
지기(志氣)가 고상하고 견식이 투철하여 여러 차례의 상소를 통해서 보여준 바
와 같이 시비를 가리는 데는 조리가 정연하고 조금이라도 비리를 보면 과감히
나섰으며 의리를 위하여 죽음도 서슴지 않았다. 그가 죽은 뒤 왕은 곧 후회하였
고, 그의 충적을 기리기 위하여 정려문이 세워졌다. 영의정에 추증되고 풍계사
(豊溪詞)에 제향되었다. 저서로는『정재집』14권, 편서로는『주서국편(周書國
編)』, 글씨로는 박임종비(朴林宗碑)·예조참판박규표비(禮曹參判朴葵表碑)·박
상충비(朴尙衷碑) 등이 있다. 시호는 문열(文烈)이다.

■ 박태상(朴泰尙)

1636년(인조 14)~1696년(숙종 22). 조선 후기의 문신. 본관은 반남(潘南).

자는 사행(士行), 호는 만휴당(萬休堂)·존성재(存誠齋). 아버지는 우승지 세견(世堅)이며, 어머니는 판관 최곤(崔袞)의 딸이다. 1651년(효종 5)에 진사가 되고 1671년(현종 12)에 정시문과에 장원하였다. 병조좌랑·지평·교리 등을 거쳐, 북평사(北評事)로 나가 변읍(邊邑)의 병민(兵民)의 숙폐(宿弊)를 시정시켰다. 1674년 이조좌랑이 되고, 이듬해 남인의 득세로 상주목사·함경도 암행어사를 거쳐 홍주목사로 나가 진휼에 힘썼으며, 1678년(숙종 4) 군자감(軍資監)과 예빈시정(禮賓寺正)을 지냈다. 1680년 경신대출척 때 남인의 실각으로 이조참의와 형조참의를 이어 대사간을 거쳐 이듬해 다시 이조참의가 되었으나, 붕당조성이 싫어 여러 차례 사직소(辭職疏)를 올렸다. 그 뒤 호조참의·대사성·평안도관찰사를 지내는 동안 공평무사한 선정을 베풀었다. 1689년 동지중추부사·호조참판 등에 제수되었으나 사양하고 조위사(弔慰使)로 청나라에 다녀와서 여러 번 병을 핑계로 고향에 내려가 아버지를 모시려 하였다. 1694년 갑술옥사 이후 다시 이조참판 겸 동지의금(吏曹參判兼同知義禁)·홍문관제학·세자우빈객을 거쳐 양관대제학(兩館大提學)으로 중궁 복위 옥책문(玉冊文)을 찬진하였다. 우참찬겸 동지경연춘추관을 거쳐 예조판서 겸지의금부로 서원첩설(書院疊設)의 폐를 지적한 바 있다. 1696년 이조판서로 있다가 지병으로 사직하였다. 그는 인품이 담박, 청수하여 요직을 여러 번 지냈으나 항상 가난하였고, 인재등용에 공도(公道)를 철저히 실천하였다. 출신은 서인에 해당되나 편당(偏黨)을 싫어하여 남인이 정권을 잡고 있을 때에도 다른 서인들에 비하여 관로(官路)가 무난한 편이었다. 시호는 문효(文孝)이다.

▣ 박태유(朴泰維)

1648년(인조 26)~1746년(영조 22). 조선 후기의 문신. 본관은 반남(潘南). 자는 사안(士安), 호는 백석(白石). 판중추부사(判中樞府事) 세당(世堂)의 아들이다. 평강현(平康縣) 관아(官衙)에서 태어났다. 1666년(현종 7) 진사시에 합격하고, 1681년(숙종 7) 태릉참봉(泰陵參奉)이 되었다. 같은 해 알성문과 을과에 급제하여, 검열(檢閱)·병조좌랑 등을 거쳐 경기도사를 역임하였다. 그해 가을 호조(戶曹)에서 농사일을 조사할 때 각 고을의 일을 맡은 자들이 사실조사를 싫어하여 임의대로 한두 경우만 조사하여 그대로 보고하자, 그는 "명령을 받고 앉아서 살피는 것은 옳지 않다." 하고 모두 조사하여 부실한 보고를 한 수령

5~6명을 파면시켰다. 조사가 끝난 뒤 각 고을의 농사피해보고가 사실과 다르고, 농사도 전년보다 잘 되지 않았으므로 세미(稅米)를 감해줄 것을 상소하여 춘추세(春秋稅)의 각반을 감면받았다. 그해 겨울 지평(持平)에 임명되었다. 이때 어영대장(御營大將) 김익훈(金益勳)이 역모를 밀고하였으나, 심문한 결과 무혐의로 드러났다. 그러자 지평 유득일(柳得一)과 함께, 김익훈을 탄핵하였다. 이러한 탄핵이 임금을 거슬러 거제현령(巨濟縣令)으로 좌천되었으나 곧 복직되었다. 뒤에 고산도찰방(高山道察訪)으로 좌천되었으나 낮은 직위에도 거리낌 없이 남병사(南兵使) 이하를 모두 탄핵하였다. 감사의 잘못도 규탄하여 감사가 스스로 사직하였다. 임금이 상관을 지나치게 규탄한다고 생각하여 평안도찰방으로 이직시키려 하였다. 원래 건강하지 못한데다가 고산(高山)의 기후가 맞지 않아 병이 악화되자, 1745년(영조 21) 병으로 사직하였다. 효성이 지극하고 명필로 이름이 높았다. 남아 있는 글씨로는 철원의 〈김응하묘비(金應河墓碑)〉, 〈영상신경신비(領相申景愼碑)〉, 〈해백박동열비(海伯朴東說碑)〉, 〈길목박동망갈(吉牧朴東望碣)〉 등이 있다.

▣ 박태한(朴泰漢)

1664년(현종 5)~1698(숙종 24). 조선 후기의 문신. 본관은 고령(高靈). 자는 교백(喬佰). 이조판서 장원(長遠)의 손자이고, 군수 선(銑)의 아들이며, 어머니는 형조참판 이후산(李後山)의 딸이다. 윤증(尹拯)의 문인이다. 1694년 별시문과에 을과로 급제, 문한관(文翰官)에 임명되어 신래급제자(新來及第者)의 사관분속(四館分屬)에 따른 회자(回刺)의 폐습을 과감히 철폐하고자 하였다. 급제한 뒤 4년 만에 병으로 죽어 벼슬은 승문원정자에 그쳤다. 평소 언론이 준정(峻正)하여 당파에 휩쓸리지 않아 이광좌(李光佐)·최창대(崔昌大) 등은 그를 선배로 존경하였다. 저서로는 『박정자유고(朴正字遺稿)』가 있다.

▣ 선의왕후(宣懿王后)

1705년(숙종 31)~1730년(영조 6). 조선 경종의 계비(繼妃). 본관은 함종(咸從). 영돈녕부사 어유구(魚有龜)의 딸이다. 1718년(숙종 41) 14세에 세자빈(世子嬪)으로 책봉되어 가례(嘉禮)를 올렸고, 1720년 경종이 즉위하자 왕비가 되었다. 1722년(경종 2) 왕비책봉에 백관의 축하를 받았으며, 1726년(영조 2) 경순왕대비(敬純王大妃)라는 존호를 받았다. 1730년 죽자 시호를 선의(宣懿)라 하고 휘호(徽號)를 효인혜목(孝仁惠穆)이라 하였다. 매사에 익숙하였고 온유하였으며 소생은 없다.

▣ 송시열(宋時烈)

1607년(선조 40)~1689년(숙종 15). 조선 후기의 문신·학자. 본관은 은진(恩津), 아명은 성뢰(聖賚). 자는 영보(英甫), 호는 우암(尤庵) 또는 우재(尤齋). 아버지는 사옹원봉사(司饔院奉事) 갑조(甲祚)이며, 어머니는 선산곽씨(善山郭氏)로 봉사 자방(自防)의 딸이다. 충청도 옥천군 구룡촌(九龍村) 외가에서 태어나 26세(1632) 때까지 그곳에서 살았으니, 후에는 회덕(懷德)의 송촌(宋村)·비래동(飛來洞)·소제(蘇堤) 등지로 옮겨가며 살았으므로 세칭 회덕인으로 알려져 있다. 8세 때부터 친척인 송준길(宋浚吉)의 집에서 함께 공부하게 되어, 훗날 양송(兩宋)으로 불리는 특별한 교분을 맺게 되었다. 12세 때 아버지로부터 『격몽요결(擊蒙要訣)』·『기묘록(己卯錄)』 등을 배우면서 주자(朱子)·이이(李珥)·조광조(趙光祖) 등을 흠모하도록 가르침을 받았다. 1625년(인조 3) 도사 이덕사(李德泗)의 딸 한산이씨(韓山李氏)와 혼인하였다. 이 무렵부터 연산(連山)의 김장생(金長生)에게 나아가 성리학과 예학을 배웠고, 1631년 김장생이 죽은 뒤에는 그의 아들 김집(金集)문하에서 학업을 마쳤다. 27세 때 생원시(生員試)에서 〈일음일양지위도(一陰一陽之謂道)〉를 논술하여 장원으로 합격하였다. 이때부터 그의 학문적 명성이 널리 알려졌고 2년 뒤인 1635년에는 봉림대군(鳳林大君: 후일의 효종)의 사부(師傅)로 임명되었다. 약 1년간의 사부생활은 효종과 깊은 유대를 맺는 계기가 되었다. 그러나 병자호란으로 왕이 치욕을 당하고 소현세자와 봉림대군이 인질로 잡혀가자, 그는 좌절감 속에서 낙향하여 10여 년간 일체 벼슬을 사양하고 전야에 묻혀 학문에만 몰두하였다. 1649년 효종이 즉위하여 척화파 및 재야학자들을 대거 기용하면서, 그에게도 세자시강원진선(世子侍講院進善)·사헌부장령 등의 관직을 주어 불렀으므로 그는 비로소 벼슬에 나아갔다. 이때 그가 올린 〈기축봉사 己丑封事〉는 그의 정치적 소신을 장문으로 진술한 것인데, 그 중에서 특히 존주대의(尊周大義)와 복수설치(復讎雪恥)를 역설한 것이 효종의 북벌의지와 부합하여 장차 북벌계획의 핵심인물로 발탁되는 계기가 되었다. 그러나 다음해 2월 김자점(金自點)일파가 청나라에 조선의 북벌동향을 밀고함으로써, 송시열을 포함한 산당(山黨)일파는 모두 조정에서 물러나지 않을 수 없었다. 그 뒤 1653년(효종 4)에 충주목사, 1654년에 사헌부집의·동부승지 등에 임명되었으나 모두 사양하고 취임하지 않았다. 1655년에는 모친상을 당하여 10년 가까이 향리에서 은둔생활을 보내게 되었다. 1657년 상을 마치자 곧 세자시강원찬선(世子侍講院贊善)이 제수되었으나 사양하고 대신 〈정유봉사(丁酉封事)〉를 올려 시무책을 건의하였다. 1658년 7월 효종의 간곡한 부탁으로 다시 찬선에 임명되어 관직에 나아갔고, 9월에는 이조판서에 임명되어 다음해 5월까지 왕의 절대적 신임 속에 북벌 계획의 중심인물로 활약하였다. 그러나 1659년 5월 효종이 급서한 뒤, 조대비(趙大妃)의 복제문제로 예송(禮訟)이 일어나고, 국구(國舅) 김우명(金佑明) 일가와의 알력이 깊어진 데다. 국왕 현종에 대한 실망 때문에 그해 12월 벼슬을 버리고 낙향하였다. 이후 현종 15년간 조정에서 융숭한 예우와 부단한 초빙이 있었으나 그는 거의 관직을 단념하였다. 다만 1668년(현종 9) 우의정에, 1673년 좌의정에 임명되었을 때 잠시 조정에 나아갔을 뿐 시종 재야에 머물러 있었다. 그러나 그가 재야에 은거하여 있는 동안에도 선왕과 사림의 중망 때문에 막대한 정치적 영향력을 행사할 수 있었다. 사림의 여론은 그에 의해 좌우되었고 조정의 대신들은 매사를 그에게 물어 결정하는 형편이었다. 그러나 1674년 효종비의 상으로 인한 제2차 예송에서 그의 예론을 추종한 서인들이 패배하자 그도 예를 그르친 죄로 파직, 삭출되었고, 1675년(석종 1) 정월 덕원(德源)으로 유배되었다가 후에 장기(長鬐)·거제 등지로 유배되었다. 유배기간 중에도 남인들의 가중처벌 주장이 일어나, 한때 생명에 위협을 받기도 하였다. 1680년 경신환국으로 서인들이 다시 정권을 잡자, 그는 유배에서 풀려나 중앙 정계에 복귀하였다. 그해 10월 영중추부사 겸 영경연사(領中樞府事兼領經筵事)로 임명되었고 또 봉조하(奉朝賀)의 영예를 받았다. 1682년 김석주(金錫胄)·김익훈(金益勳) 등 훈척들이 역모를 조작하여 남인들을 일망타진하고자 한 임신 삼고변 사건에서 그는 김장생의 손자였던 김익훈을 두둔하였으므로 서인의 젊은 층으로부터 비난을 받았고, 또 제자 윤증(尹拯)과의 불화로 말미암아 1683년 노소분당이 일어나게 되었다. 1689년 1월 숙의 장씨가 아들(후일 경종)을 낳자 원자(元子: 세자 예정자)의 호칭을 부여하는 문제로 기사환국이 일어나 서인이 축출되고 남인이 재집권하였는데, 이때 그도 세자책봉에 반대하는 상소를 올렸다가 제주도로 유배되었고, 그해 6월 서울로 압송되어 오던 중 정읍에서 사약을 받고 죽었다. 그러나 1694

년 갑술환국으로 다시 서인이 정권을 잡자 그의 억울한 죽음이 무죄로 인정되어 관작이 회복되고 제사가 내려졌다. 이해 수원·정읍·충주 등지에 그를 제향하는 서원이 세워졌고, 다음해에는 시장(諡狀)없이 문정(文正)이라는 시호가 내려졌다. 이때부터 덕원·화양동을 비롯한 수많은 지역에 서원이 설립되어 전국적으로 약 70여 개소에 이르게 되었고 그중 사액서원만 37개소였다. 그의 행적에 대해서는 당파 간에 칭송과 비방이 무성하였으나, 1716년의 병신처분(丙申處分)과 1744년(영조 20)의 문묘배향으로 그의 학문적 권위와 정치적 정당성이 공인되었고, 영조 및 정조대에 노론의 일당전제가 이루어지면서 그의 역사적 지위는 더욱 견고하게 확립되고 존중되었다. 그는 방대한 저술을 남겼는데, 그 자신이 찬술하거나 편집하여 간행한 저서들과 사후저서로는 『주자대전차의』·『주자어류소분』·『이정서분류(二程書分類)』·『논맹문의통고(論孟問義通攷)』·『경례의의(經禮疑義)』·『심경석의(心經釋義)』·『찬정소학언해(纂定小學諺解)』·『주문초선(朱文抄選)』·『계년서』 등이 있다. 문집은 1717년(숙종 43) 왕명에 의하여 교서관에서 처음으로 편집, 167권을 철활자로 간행하여 『우암집(尤庵集)』이라 하였고, 1787년(정조 11) 다시 빠진 글들을 수집, 보완하여 평양 감영에서 목판으로 215권 102책을 출간하고 『송자대전(宋子大全)』이라 명명하였다. 그 뒤 9대손 병선(秉璿)·병기(秉虁) 등에 의하여 『송서습유(宋書拾遺)』 9권, 『속습유(續拾遺)』 1권이 간행되었다. 이들은 1971년 사문학회(斯文學會)에서 합본으로 영인, 『송자대전』 7책으로 간행하였고, 1981년부터 한글로 발췌 번역본이 민족문화추진회에서 14책으로 출간되고 있다.

▣ 송준길(宋浚吉)

1606년(선조 39)~1672년(현종 13). 조선 후기의 문신·학자. 본관은 은진(恩津). 자는 명보(明甫), 호는 동춘당(同春堂). 영천군수(榮川郡守) 이창(爾昌)의 아들이다. 어려서부터 이이(李珥)를 사숙(私淑)하였고, 20세 때 김장생(金長生)의 문하생이 되었다. 1624년(인조 2) 진사가 된 뒤 학행으로 천거 받아 1630년 세마(洗馬)에 제수된 이후 효종이 즉위할 때까지 내시교관(內侍敎官)·동몽교관(童蒙敎官)·시직(侍直)·대군사부·예안현감·형조좌랑·지평·한성부판관 등에 임명되었으나 대부분 관직에 나가지 않았고, 단지 1633년에만 잠깐 동안 교관직에 나갔다가 장인 정경세(鄭經世)의 죽음을 이유로 사퇴하였다. 1649

년 김장생의 아들로 산당(山堂)의 우두머리인 김집(金集)이 이조판서로 기용되면서 송시열(宋時烈)과 함께 송준길도 발탁되어 부사직(副使直)·진선(進善)·장령 등을 거쳐 집의에 올랐고 통정대부로 품계가 올랐다. 이해에 인조 말부터 권력을 장악한 김자점(金自點)·원두표(元斗杓) 등 반정공신 일파를 탄핵하여 몰락시켰으나, 김자점이 효종의 반청정책을 청나라에 밀고함으로써 그도 벼슬에서 물러났다. 그 뒤 집의·이조참의겸 찬선 등으로 여러 번 임명되었으나 계속 사퇴하였으며, 1658년(효종 9) 대사헌·이조참판 겸 성균관 제주(祭酒)를 거쳤다. 1659년 병조판서·지중추원사(知中樞院事)·우참찬으로 송시열과 함께 국정에 참여하던 중 효종이 죽고 현종이 즉위, 자의대비(慈懿大妃)의 복상문제로 이른바 예송(禮訟)이 일어나 송시열이 기년제(朞年祭: 만 1년)를 주장할 때 그를 지지하여 남인(南人)의 윤휴(尹鑴)·허목(許穆)·윤선도(尹善道) 등의 3년 설과 논란을 거듭한 끝에 일단 기년제를 관철시켰다. 이해에 이조판서가 되었으나 곧 사퇴하였고, 이후 우참찬·대사헌·좌참찬 겸 좨주·찬선 등에 여러 차례 임명되었으나 기년제의 잘못을 규탄하는 남인들의 거듭되는 상소로 계속 사퇴하였다. 단지, 1665년(현종 6) 원자의 보양(輔養)에 대한 건의를 하여 첫번째 보양관이 되었으나 이 역시 곧 사퇴하였다. 1674년 효종의 왕비인 인선대비(仁宣大妃)가 죽자 또 한 차례 자의대비의 복상문제가 일어나게 되고, 이번에는 남인의 기년제설이 서인의 대공설(大功說: 9개월)을 누르고 남인의 주장을 관철시킴으로써 남인이 정권을 장악, 1675년(숙종 1) 허적(許積)·윤휴·허목 등의 공격을 받아 관작을 삭탈 당하였다. 이어 1680년 경신환국으로 서인이 재집권하면서 관작이 복구되었다. 송시열과 동종(同宗)이면서 학문경향을 같이한 성리학자로 이이의 학설을 지지하였고, 특히 예학(禮學)에 밝아 일찍이 김장생이 예학의 종장(宗匠)이 될 것을 예언하기도 하였다. 문장과 글씨에도 능하였다. 1681년 숭현서원(崇賢書院)에 제향되고 문정(文正)이라는 시호를 받았다. 같은 해 김장생과 함께 문묘(文廟)에 종사(從祀)할 것이 건의된 이래 여러 차례의 상소가 있은 다음 1756년(영조 32) 문묘에 제향되었다. 충현서원(忠賢書院)·봉암서원(鳳巖書院)·둔암서원(遯巖書院)·용강서원(龍岡書院)·창주서원(滄洲書院)·흥암서원(興巖書員)·성천서원(星川書院) 등에도 제향 되었다. 저서로는 『어록해(語錄解)』·『동춘당집』이 있으며, 글씨로는 부산의 충렬사 비문(忠烈祠碑文), 남양의 윤계순절비문(尹啓殉節碑文)이 있다.

▣ 숙종(肅宗)

1661년(현종 2)~1720년(숙종 46). 조선 제19대 왕. 재위 1674년~1720년. 이름은 순(焞), 자는 명보(明普). 현종의 외아들이며, 어머니는 청풍부원군(淸風府院君) 김우명(金佑明)의 딸인 명성왕후(明聖王后)이다. 초비(初妃)는 영돈녕부사(領敦寧府事) 김만기(金萬基)의 딸인 인경왕후(仁敬王后), 계비(繼妃)는 연돈녕부사 민유중(閔維重)의 딸인 인현왕후(仁顯王后), 제2계비는 경은부원군(慶恩府院君) 김주신(金柱臣)의 딸인 인원왕후(仁元王后)이다. 1661년 8월 15일 경덕궁 회상전(會祥殿)에서 태어나 1667년 정월 왕세자에 책봉되고, 1674년 8월에 즉위하여 재위 46년 되던 해 6월 8일 경덕궁 융복전(隆福殿)에서 승하하였다. 시호는 현의광륜예성영렬장문헌무경명원효(顯義光倫睿聖英烈章文憲武敬明元孝)이다.

▣ 신학(申瀁)

1645년(인조 23)~? 조선 후기의 문신. 본관은 고령(高靈). 자는 도원(道源), 호는 만회당(晩悔堂)·만천(晩川). 거주지는 청주이다. 아버지는 사예 득홍(得洪)이다. 1673년(현종 14) 통덕(通德)으로 식년문과에 병과로 급제하고 1674년(숙종 즉위년) 가주서가 되었다. 1677년 지평에 이어 정언을 역임하고 전라도의 흉년에 대하여 위민책(爲民策)을 건의하기도 하였다. 1689년 장령이 되어 홍문록(弘文錄)에 등록되었으며, 이듬해 헌납·집의 등을 역임하였다. 1694년 승지에 이르렀다.

▣ 영조(英祖)

1694년(숙종 20)~1776년(영조 52). 조선 제21대 왕. 재위 1725년~1776년. 성은 이씨. 이름은 금(昑). 자는 광숙(光叔), 호는 양성헌(養性軒). 아버지는 숙종이고, 어머니는 화경숙빈(和敬淑嬪) 최씨이다. 비는 서종제(徐宗悌)의 딸 정성왕후(貞聖王后)이며, 계비는 김한구(金漢耉)의 딸 정순왕후(貞純王后)이다. 1699년(숙종 25) 연잉군(延礽君)에 봉하여 지고, 1721년(경종 1)에 왕세제로 책봉되었다. 1776년 83세로 죽으니 조선시대 역대와 가운데 재위기간이 가장 긴 52년이나 되었다. 처음에 올린 묘호(廟號)는 영종(英宗)이었으나 뒤에 영조로 고

처 올렸다.

◼ 오두인(吳斗寅)

1624년(인조 2)~1689년(숙종 15). 조선 후기의 문신. 본관은 해주(海州). 자는 원징(元徵). 호는 양곡(양곡). 이조판서 상(翔)의 아들로 숙부 숙(翻)에게 입양하였으며, 어머니는 고성이씨(固城李氏)로 병조참판 성길(成吉)의 딸이다. 1648년(인조 26)에 진사시에 1등으로 합격하고, 이듬해 별시문과에 장원으로 급제, 1650년(효종 1) 지평을 거쳐 1656년 장령, 1661년(현종 2) 헌납·사간이 되었다. 이듬해 정조사의 서장관으로 청나라에 다녀왔고, 1667년 부교리·사간 등을 역임하였다. 1679년(숙종 5) 공조참판으로서 사은부사가 되어 청나라에 다녀와 이듬해 호조참판, 1682년에 경기도관찰사를 거쳐 다음해 공조판서에 올랐다. 1689년 형조판서로 재직 중 기사환국으로 서인이 실각하자 지의금부사(知義禁府事)에 세 번이나 임명되고도 나가지 아니하여 삭직 당하였다. 이해 사직(司直)을 지내고, 5월에 인현왕후 민씨(仁顯王后閔氏)가 폐위되자 이세화(李世華)·박태보(朴泰輔)와 함께 이에 반대하는 소를 올려 국문을 받고 의주로 유배도중 파주에서 죽었으며, 그해에 복관되었다. 1694년 영의정에 추증되었으며, 파주의 풍계사(豊溪祠), 광주(光州)의 의열사(義烈祠), 양성(陽城: 지금의 경기도 안성)의 덕봉서원(德峰書院), 의성(義城)의 충렬사(忠烈祠)에 제향되었다. 저서로는『양곡집』이 있다. 시호는 충정(忠貞)이다.

◼ 오태주(吳泰周)

1668년(현종 9)~1716년(숙종 42). 조선 후기의 문신·서예가, 본관은 해주(海州). 자는 도장(道長), 호는 취몽헌(醉夢軒). 판서 두인(斗寅)의 아들이다. 12세인 1679년(숙종 5) 현종의 딸인 명안공주(明安公主)와 혼인하여 해창위(海昌尉)에 봉해졌고, 명덕대부(明德大夫)의 위계를 받았다. 그 뒤 광덕대부(光德大夫)로 진계(進階)되었고, 오위도총부 도총관·조지서제조(造紙署提調)·귀후서제조(歸厚署提調) 등을 역임하였다. 1689년 희빈장씨(禧嬪張氏) 소생 왕자를 세자로 책봉하려는 숙종과 남인에 대하여 노론의 송시열(宋時烈) 등이 반대운동을 일으키자, 이에 찬동하여 책봉을 반대하는 의견을 상계했다가 일시 관작이 삭탈되었으며, 얼마 뒤 왕명에 의하여 직첩이 환급되기도 하였다. 글씨를 잘

썼으며, 특히 예서에 능하였는데, 1712년에는 청나라 사신이 국왕과 대신의 시가 담긴 병풍을 원하자 그것을 서사(書寫)하기도 하였고, 왕실의 옥책(玉冊)과 신판(神板)·유지(幽誌) 등을 많이 썼다. 또한 시문에도 능하여 숙종의 많은 총애를 받았다. 전하는 묵적으로는 행서체로 쓴 간찰이 다소 있으며, 금석문으로는 오두인석비(吳斗寅石碑) 등이 있다. 시호는 문효(文孝)이다.

■ 유득일(兪得一)

1650년(효종 1)~1712년(숙종 38). 조선 후기의 문신. 본관은 창원(昌原). 자는 영숙(寧叔), 호는 귀와(歸窩). 참판 창(場)의 아들이다. 박세채(朴世采)의 문인이다. 1675년(숙종 1) 생원이 되고, 1677년 알성문과에 을과로 급제하였다. 1682년 지평이 되어 이듬해 서인의 과격파인 김익훈(金益勳)이 안인을 완전제거하려고 모반설을 조작하자, 같은 서인의 조장파로 그 간계를 폭로하고 처벌을 주장하다가 진도군수로 좌천, 이어 파직되었다. 1686년 부수찬으로 기용되고, 정언·교리·검상·승지를 역임하고, 1695년 대사간이 되었다. 이듬해 강원도관찰사가 되고, 전라도·함경도의 관찰사를 역임한 뒤 대사성·다사헌·이조참판을 거쳐, 1704년(숙종 30) 형조판서에 이어 병조판서에 전직, 이정청당상(釐整廳堂上)을 겸하여 군정(軍政)의 쇄신에 힘썼다. 1706년 동지사(冬至使)로 청나라에 갔다가 이듬해 귀국, 형조판서가 되었으나 1710년 아내를 죽인 이만운(李萬運)의 송사처리가 지연되고 있다는 죄인의 처남 심일녕(沈一寧)의 격고(擊鼓)로 파직되었다.

■ 유헌(兪櫶)

1617년(광해군 9)~1692년(숙종 18). 조선 후기의 문신. 본관은 기계(杞溪). 자는 회백(晦伯), 호는 송정(松汀). 희증(希贈)의 아들이다. 1665년(현종 6)에 호조좌랑으로서 정시문과에 을과로 급제하여, 사간원·사헌부·홍문관을 두루 거쳐 벼슬이 예조참판에 이르렀다. 1689년(숙종 15)에 진신(縉紳)들의 상소에 참여하였지만 화복(禍福)을 매우 두려워하였으며, 말을 하는 데 겁이 많으니 사람들이 이것을 단점으로 여겼다.

▣ 윤선거(尹宣擧)

1610년(광해군 2)~1669년(현종 10). 조선 중기의 학자. 본관은 파평(坡平). 자는 길보(吉甫), 호는 미촌(美村)·노서(魯西)·산천재(山泉齋). 아버지는 대사간 황(煌)이며, 어머니는 창녕 성씨(昌寧成氏)로 혼(渾)의 딸이다. 문거(文擧)의 아우이며, 증(拯)의 아버지이다. 김집(金集)의 문인으로 1633년(인조 11) 식년문과에 형 문거와 함께 급제하였다. 1636년 청나라의 사신이 입국하자 성균관의 유생들을 규합, 사신의 목을 베어 대의를 밝힐 것을 주청하였다. 그해 12월 병자호란이 일어나자 가족과 함께 강화도로 피신하였다. 이듬해 강화도가 함락되자 처 이씨(李氏)가 자결하였으나 평민의 복장으로 탈출하였다. 1651년(효종 2) 이래 사헌부지평·장령 등이 제수되었으나, 강화도에서 대의를 지켜 죽지 못한 것을 자책하고 끝내 취임하지 않았다. 김집의 문하에 출입하면서 성리학과 예학(禮學)에 잠심하였다. 송시열(宋時烈)이 경전주해(經傳註解) 문제로 윤휴(尹鑴)와 사이가 나빠지자, 평소 윤휴와 친교가 깊었고 그의 재질을 아끼는 마음에서 변호하는 태도를 취하다가, 교분이 두터웠던 송시열로부터 배척을 당하게 되었다. 이것이 뒤에 노소분파의 한 계기가 되었다. 유계(兪棨)와 함께 저술한 『가례원류 家禮源流』,『후천도설 後天圖說』 및 이에 관하여 유계와 논변한 편지를 비롯한 많은 저술을 남겼다. 영의정에 추증되었으며, 영춘(永春)의 송파서원(松坡書院), 영광(靈光)의 용암사(龍巖祠), 노성(魯城)의 노강서원(魯岡書院) 등에 제향되었다. 저서로는 『노서유고』 26권이 있다. 시호는 문경(文敬)이다.

▣ 윤지인(尹趾仁)

1656년(효종 7)~1718년(숙종 44). 본관은 파평(坡平), 자는 유린(幼麟), 호는 양강(楊江)이며, 이조 좌랑(吏曹佐郞) 윤엄(尹儼)의 증손으로 공조 참의(工曹參議) 윤민헌(尹民獻)의 손자이고 이조 판서(吏曹判書) 윤강(尹絳)의 아들이며 좌의정(左議政) 윤지선(尹趾善)과 우의정(右議政) 윤지완(尹趾完)의 동생으로서 조선 후기의 문신이다. 숙종 20년(1694) 참봉으로서 별시 문과에 병과로 급제하고 여러 관직을 거쳐 1714년 한성부 판윤에 제수되었으며 병조 판서에 이르렀다.

▣ 이광한(李光漢)

?～1689년(숙종 15). 조선 후기의 문신. 1680년(숙종 6)에 체부병방(體府兵房)으로 있으면서 어영대장 김익훈(金益勳)의 심복이 되어 허견(許堅)의 집을 여러 차례 왕래하면서 정탐하였다. 이어 정초청(精抄廳)에서 정원로(鄭元老)·강만철(姜萬鐵)을 데리고 승정원에 나아가 역모를 고변하게 하여 이른바 허견의 옥을 일으킴으로써 남인세력을 일망타진하는 데 공을 세웠다. 이로 인하여 보사공신(保社功臣) 3등에 추록되어 용계군(龍溪君)에 봉하여졌으며 이어 영변부사에 임명되었다. 이때 영변부의 약산성(藥山城)·철옹성(鐵甕城) 등을 보수, 증축하는 데 힘을 기울였다. 1689년 기사환국으로 서인이 몰려나고 남인이 집권하자 참형을 당하였고, 공훈도 삭탈되었다가 1694년에 서인이 재집권하면서 복작되었다.

▣ 이돈(李墩)

1609년(광해군 1)～1683년(숙종 9). 조선후기의 문신. 본관은 연안(延安). 자는 형보(亨甫). 아버지는 동지중추부사(同知中樞府事) 시담(時聃)이며, 어머니는 군수 이덕순(李德淳)의 딸이다. 학문이 높았으나 과거에 응시하지 않았다. 홍주와 여주 등을 천거(薦居)하면서 어렵게 살면서도 남의 도움을 받지 않았다. 자손들에게 항상 성현을 경모하고 근검절약을 잊지 말라 경계하였다. 조용히 학문을 닦았을 뿐 세상에 나타나기를 꺼렸으나 그의 문명을 전하여들은 김익희(金益熙) 등이 조정에 천거하여 6품(六品)에 서용되었다. 1652년(효종 3) 금정찰방(金井察訪)이 되고, 1657년 경양찰방(景陽察訪)을 거쳐 1668년(현종 9) 예빈별제(禮賓別提)가 되었다. 1661년 횡성현감, 1674년 통진 현감을 거쳐, 1675년(숙종 1) 청도현감을 역임하였다. 임지에 부임한 뒤 그곳의 적폐(積弊)를 바로잡은 다음, 몇 달을 넘기지 않아 사임하고 떠나버렸다. 많은 관직을 역임하면서도 오직 백성을 위하는 일에만 전념하였을 뿐, 자신은 매우 가난하게 지내어 세인의 칭송이 자자하였다.

▣ 이만원(李萬元)

1651년(효종 2)～1708년(숙종 34). 조선 후기의 문신. 본관은 연안(延安). 자는 백춘(伯春), 호는 이우당(二憂堂). 아버지는 형(泂)이며, 어머니는 최대년(崔大年)의 딸이다. 1678년(숙종 4) 증광문과에 병과로 급제. 검열·정언 등을 역임하고, 1689년에 지평(持平)이 되어 송시열(宋時烈)·윤증(尹拯)의 시비를 분별할 것을 상소하자 왕이 가납하였으며, 홍문록(弘文錄)에도 올랐다. 이어서 정언·지평·부교리·헌납·이조좌랑을 역임하고서 함경도 암행어사가 되었다. 곧 승지에 발탁되었다가 광주부윤(廣州府尹)을 거쳐, 1690년에 이조참의가 되어 진휼(賑恤)을 위한 공명첩(空名帖)의 남발에 따른 폐단을 상소하였다. 그 뒤 대사간·이조참의를 거쳐, 1693년 평안도관찰사가 되었고, 2년 후에 함경도관찰사를 거쳐 1697년 성주목사가 되어 혜정(惠政)을 베풀어 백성들의 칭송을 들었다. 1700년 충청도관찰사가 되었고, 이어서 공조참판·이조참판을 역임하였으며 연릉군(延陵君)에 봉하여졌다. 1796년(정조 20) 청백리(淸白吏)에 뽑혔다. 공주의 부용당(芙蓉堂) 영당(影堂)에 제향되었다.

◼ 이만유(李萬維)

1674년(현종 15)~?. 조선 후기의 문신. 본관은 연안(延安). 자는 지국(持國). 옥(沃)의 아들이다. 1705년(숙종 31) 증광문과에 병과를 급제하였다. 1728년(영조 4)에 울산부사로 재임할 때 어사 박문수(朴文秀)의 탄핵을 받아 파직되었다가 이듬해 사헌부집의에 제수되었다. 이때 경연의 연혁을 글로 써서 올렸으며, 『숙종보감(肅宗寶鑑)』에 방례(邦禮)의 한 항목을 재록(載錄)할 것을 요청하였다. 같은 해 홍문관의 교리·수찬의 후보자를 천거하였는데, 11명 중의 한 사람으로 발탁되어 부수찬에 임명되었다. 연잉군(延礽君: 후의 영조)의 왕세제책봉을 반대한 소론에 가담한 혐의로 제주도에 유배되었는데, 1732년 감형되어 출륙(出陸)이 허용되었을 뿐 그의 석방을 요청한 상소는 여조로부터 거부되었다.

◼ 이인엽(李寅燁)

1656년(효종 7)~1710년(숙종 36). 조선 후기의 문신. 본관은 경주(慶州). 자는 계장(季章), 호는 회와(晦窩). 좌의정 경억(慶億)의 아들이다. 1684년(숙종 10)에 사마시에 합격하고, 2년 뒤 정시문과에 을과로 급제하였다. 일찍이, 1689년 숙종이 희빈 장씨(禧嬪張氏) 소생을 원자로 정하는 사건을 계기로 서인이 정계에서 물러나게 되었는데, 숙종이 중전 민씨(閔氏)마저 폐하려 하자 전 한

림으로서 전 판서 오두인(吳斗寅), 전 참판 이세화(李世華), 전 응교 박태보(朴泰輔) 등의 재야 서인인사들과 더불어 반대상소를 올리는데 참여하였다. 그 뒤 정계에 복귀하여 양역변통(良役變通)을 주관하였으며, 강화 유수로서 치적을 남겨 사당이 세워졌다. 특히, 강화부 방비를 위한 진(鎭)의 설치에 관한 그의 견해는 탁월한 것으로 평가받아 후대까지 종종 인용되었는데, 정조대에 이르러 실제 시행에 옮겨지기도 하였다. 벼슬이 이조판서·홍문관대제학에 이르렀다.

▣ 이세화(李世華)

1630년(인조 8)~1701년(숙종 27). 조선 후기의 문신, 본관은 부평(富平). 자는 군실(君實), 호는 쌍백당(雙栢堂)·칠정(七井). 병조정랑 계록(繼祿)의 증손으로, 이재(以載)의 아들이다. 큰아버지 회재(熙載)의 양자로 들어갔다. 1651년(효종 2) 상상(上庠: 진사를 가리킴)에 올랐으며, 1657년 식년문과에 병과로 급제하였다. 그 뒤 정언·장령 등을 거쳐 황해도·평안도·전라도관찰사를 역임하고, 1689년(숙종 15) 경상도관찰사를 지내고 서호(西湖)의 향리로 돌아갔다. 그해 인현왕후(仁顯王后) 폐비설을 듣고 반대소를 올렸다. 소에 판서 오두인(吳斗寅)과 그의 이름이 전면에 올라 있는지라. 숙종은 분노하여 밤중에 친국하였다. 그는 국문에서 "국사로 인해 죽기를 원했는데 이제 그 소원을 이룰 수 있게 되었다."고 하고, "다만, 신의 죽음이 성덕에 누를 끼칠까 두려우며, 신에게 용서할 수 없는 죄가 있다하더라도 옥리에게 맡겨 다스리게 하면 될 것을 밤새도록 친국하니 옥체를 상할까 두렵다."고 형간(刑諫)하였다. 다음날 정주로 유배가다 풀려나와 파산(坡山)의 선영 아래로 돌아왔다. 갑술환국 후 1694년 4월 대사간·호조판서에 제수되었으나 고사하고 나아가지 않다가 인현왕후 복위 뒤 도감제조로 차정한다는 말을 듣고 곧 상경하였다. 그 뒤 의금부사 겸 지경연사·세자빈객에 오르고, 청백리로 선정되었다. 그 뒤 공조·형조·병조·예조·이조판서를 두루 역임하고, 지중추부사에 이르렀으며, 저서로는 『쌍백당집』이 있다. 풍계(豊溪)의 충렬사(忠烈祠)에 향사되었다. 시호는 충숙(忠肅)이다.

▣ 이시만(李蓍晩)

1641년(인조 19)~1708년(숙종 34). 조선 후기의 문신. 본관은 광주(廣州). 자는 정응(定應), 호는 동애(東厓). 후징(厚徵)의 아들이다. 1678년(숙종 4) 통덕랑으로 증광문과에 갑과 로 급제하였다. 1680년 정언이 되고, 이듬해 홍문록 (弘文錄)에 녹선 되었다. 1683년 부수찬으로 서장관이 되어 청나라에 다녀왔다. 1688년 수찬이 되고, 1689년 교리를 거쳐 사간이 되어, 지난해 희빈 장씨(禧嬪 張氏) 소생인 왕자의 명호(名號)를 정하는 일과 세자로 책봉하는 문제가 생겼 을 때 서인의 거두 송시열(宋時烈)과 김수항(金壽恒) 등이 시기상조라고 상소 한 것에 논박하여 이들을 사사(賜死)하게 하고 남인이 세력을 잡은 이른바 기 사환국을 불러 일으켰다. 1690년 대사간이 되고, 1693년 도승지에 이어 함경도 관찰사를 역임하였다.

■ 이제만(李濟萬)

1738년(영조 14)~1810년(순조 10). 조선 후기의 문신. 본관은 전의(全義). 자는 겸지(兼之), 호는 수와(守窩). 진사 태백(泰白)의 아들이며, 신택녕(辛宅 寧)의 사위이고, 유일성(柳一星)의 외손자이다. 1766년(영조 42)정시문과에 병 과로 급제한 뒤 검열이 되었고, 1773년 이조정랑으로서 시관이 된 뒤 함경도의 과거를 관장하였다. 그 뒤 지평과 정언의 위치에서 여러 가지 상소를 하여 부당 한 행위를 시정하고자 하였으니, 이를테면 이담(李潭)과 이진상(李鎭常)이 정 권을 장악하고 세력가에 출입하면서 횡포를 부리는 것을 공격하는 한편 기강을 해치는 이평(李枰)을 파직하도록 건의하는 동시에 내시들이 공경대부와 같이 행동하려고 하는 무엄함을 탄핵하여 이를 바로 잡기도 하였다. 1792년(정조 16) 좌부승지와 병조참의가 되었으며, 1796년 영광군수로 있으면서 토지를 많이 장 악하고 백성들에게 탐학하였다는 이유로 대간의 탄핵을 받아 한때 파직되었다 가 180년 다시 홍주목사가 되었다. 이해, 정조가 죽고 순조가 즉위하자 안동 김 씨 일파의 세도정치가 시행되므로 이를 논척하다가 광양현에 유배되었으며, 그 뒤 1805년 대사령을 받아 석방되었으나 우의정 김관(金觀)에 의하여 다시 고창 으로 귀양 가게 되었다. 그해 다시 풀려나와 승지가 되었다가 1810년 사임하고 낙향하여 은퇴하였다.

■ 이제민(李齊閔)

1528년(중종 23)~1608년(광해군 즉위년). 조선 중기의 문신. 본관은 전주 (全州). 자는 경은(景聞), 호는 서간(西澗). 효령대군(孝寧大君) 보(補)의 현손으로, 함원군(咸原君) 옹(顒)의 아들이며, 어머니는 채중경(蔡仲卿)의 딸이다. 1552년(명종 7)에 사마시를 거쳐, 1558년 식년문과에 병과로 급제하였다. 이후 여러 문한관(文翰官)을 거쳐, 1562년 정언에 올랐다. 이어서 부수찬·정언·수찬·병조좌랑·지평·교리 등을 역임하다가 1566년에 문과중시에 병과로 급제하였다. 그 뒤 병조정랑·이조정랑을 거쳐 1571년(선조 4) 경주부윤으로 외직에 나갔고, 이어서 양주목사를 거쳐 특별히 경기도감사에 발탁되었다. 이후 임진왜란의 와중에서 대사간·대사헌을 맡아 국론을 조정하여 국가를 안정시키다가, 1594년 지중추부사로 한직에 물러났으나 실직(實職)이 없이 숭정대부(崇政大夫)에 승진할 정도로 중망을 받았다.

▣ 인경왕후(仁敬王后)

1661년(현종 2)~1680년(숙종 6). 조선조 숙종의 정비. 광주김씨(光州金氏)로, 장생(長生)의 4대 손인 광성부원군(光城府院君) 만기(萬基)의 딸이다. 1670년(현종 11) 10세 때 세자빈으로 간택되어 의동(義洞) 별궁(別宮)에 들어갔고, 다음해 3월 왕세자빈으로 책봉되었다. 1674년 현종이 죽고 숙종이 즉위하면서 왕비가 되었고, 1676년 정식으로 왕비의 책명(冊名)을 받았다. 1680년 10월에 천연두(天然痘, 痘患)의 증세가 보였는데, 이때 숙종도 천연두를 겪지 않아서 약방도제조(藥房都提調) 영의정 김수항(金壽恒)의 건의에 의하여 왕은 창덕궁(昌德宮)으로 이어(移御)하였다. 왕비는 발병 8일 만에 경덕궁(慶德宮)에서 죽었다. 경덕궁 영소전(永昭殿)에 위패가 모셔졌다. 소생으로 명선공주(明善公主)·명혜공주(明惠公主)·명안공주(明安公主)가 있었으나 명선·명혜 공주는 일찍 죽었다. 1713년 존호(尊號) 광렬(光烈)이 올려졌고, 1722년(경종 2) 휘호(徽號) 효장명현(孝莊明顯)이 1753년(영조 29) 존호 선목(宣穆)이, 1776년 존호 혜성(惠聖)이 각각 올려졌다.

▣ 인원왕후(仁元王后)

1687년(숙종 13)~1757년(영조 33). 조선 숙종의 둘째 계비(繼妃). 경주김씨(慶州金氏)로 이조판서 남중(南重)의 3대손이며, 경은부원군(慶恩府院君) 주신(主臣)의 딸이다. 1701년(숙종 27) 인현왕후(仁顯王后) 민씨가 죽자, 간택되어 궁중에 들어가 다음해에 왕비로 책봉되었다. 1711년 천연두를 앓았으나 소생했고, 2년 뒤에 혜순(惠順)이라는 호를 받았다. 숙종이 죽은 뒤 왕대비로 있으면서 1722년(경종 2) 자경(慈敬), 1726년(영조 2) 헌열(獻烈), 1740년 광선현익(光宣顯翼), 1747년 강성(康聖), 1751년 정덕(貞德), 1752년 수창(壽昌), 1753년 영복(永福), 1756년 융화(隆化) 등의 존호(尊號)가 올려졌다. 사후에 휘호(徽號) 정의장목(定懿章穆)이 올려졌다.

▣ 인현왕후(仁顯王后)

1667(현종 8)~1701(숙종 27). 숙종의 제1계비. 성은 민씨(民氏). 본관은 여흥(餘興). 아버지는 호조판서 여양부원군(驪陽府院君) 유중(維重)이며, 어머니는 은진송씨(恩津宋氏)로 준길(浚吉)의 딸이다. 1681년(숙종 7) 가례(嘉禮)를 올리고 숙종의 계비가 되었다. 예의가 바르고 덕성이 높아 국모로서 만백성의 추앙을 받았으나, 왕자를 낳지 못하여 왕의 총애를 잃게 되었다. 특히, 장소의(張昭儀)에게서 왕자 균(昀: 경종)이 출생하자, 숙종의 총애는 장소의에게 쏠리게 되었다. 1689년에 숙종이 왕자 균을 원자로 봉하고 세자로 책봉하려 하자, 송시열(宋時烈) 등 노론파 인사들이 소를 올려 이에 반대함으로써 숙종과 심하게 대립하였다. 숙종은 이들을 면직, 사사시키고, 이현기(李玄紀)·남치훈(南致薰) 등 남인들을 등용하는 이른바 기사환국이 일어났으며, 지위가 오른 희빈 장씨(禧嬪張氏)의 간계로 폐서인이 되어 안국동 본댁(本宅: 感古堂)에서 지내게 되었다. 그 뒤 숙종이 폐비에 대한 처사를 후회하고 있던 중에 1694년 소론파의 김춘택(金春澤)·한중혁(韓重爀) 등이 폐비복위운동을 일으키자, 이를 저해하려는 남인 민암(閔黯)·김덕원(金德遠)·권대운(權大運) 등을 유배, 사사시키는 갑술옥사를 거쳐 다시 복위되었다. 그 뒤 덕을 베풀고 희빈 장씨와 화기(和氣)를 도모하면서 살았으나, 원인모를 질병으로 1701년에 35세의 젊은 나이로 요절하였다. 존호는 효경숙성장순(孝敬淑聖莊純), 휘호는 의열정목(懿烈貞穆)이다.

▣ 장렬왕후(莊烈王后)

1624년(인조 2)~1688년(숙종 14). 조선 제16대 왕 인조의 계비(繼妃). 본관은 양주(楊洲). 아버지는 인천부사 한원부원군(漢原府院君) 조창원(趙昌遠)이며, 어머니는 전주최씨(全州崔氏)로 대사간 철견(鐵堅)의 딸인 완산부인(完

山府夫人)이다. 1638년(인조 16) 왕비로 책봉되어 효종의 잠저인 의동본궁(義洞本宮)에서 가례를 올렸다. 1649년 인조가 죽자 대비가 되고, 1651년(효종 2) 자의(慈懿)의 존호를 받았다. 1661년 공신(恭愼), 1676년(숙종 2) 휘헌(徽獻), 1686년 강인(康仁)의 존호가 가상되었다. 64세를 일기로 창경궁 내반원(內班院)에서 죽었으며, 자녀를 두지 못하였다.

▣ 장희재(張禧載)

?~1701년(숙종 27). 조선 후기의 무신. 본관은 인동(仁同). 역관 현(炫)의 종질이며, 희빈 장씨(禧嬪張氏)의 오빠이다. 희빈이 숙종의 총애를 받게 되자 그 덕으로 금군별장이 되었으며, 이어 1692년(숙종 18)에 총융사가 되었다. 1694년에 인현왕후 민씨(仁顯王后 閔氏)가 복위한 뒤로 이를 시기하는 희빈과 함께 인현왕후를 해하려는 음모를 꾸미다가 발각되어 사형을 받게 되었으나, 후환이 세자에게 미칠 것을 염려한 남구만(南九萬) 등 소론의 주장으로 사형은 면하고 제주도에 유배되었다. 1701년 인현왕후가 죽은 뒤 희빈장씨가 앞서 인현왕후를 무고(巫蠱), 저주한 사실이 발각되어 희재를 극형에 처할 것을 요구하는 상소가 있자, 왕은 처음에는 거절하였으나 마침내 제주도 유배지에서 잡아올려 사형에 처하고, 희빈은 자결하게 하였다. 이 사건으로 민암(閔黯)·유명견(柳命堅) 등이 관련되어 유배되었다.

▣ 정성왕후(貞聖王后)

1692년(숙종 18)~1757년(영조 33). 조선 제21대왕 영조의 원비(元妃). 달성서씨(達成徐氏). 달성부원군(達成府院君) 종제(宗悌)의 딸이다. 1704년(숙종 30) 숙종의 제4왕자인 연잉군(延礽君)과 가례를 올려 달성군부인에 봉해지고, 1721년(경종 1) 경종이 몸이 약하고 후사가 없어, 연잉군이 세제(世弟)로 책봉되자 동시에 세제빈에 봉해졌으며, 1724년 영조의 즉위에 따라 왕비에 진봉되었다. 1740년(영조 16) 혜경(惠敬)이라는 존호가 올려진 뒤 생전에 장신(蔣愼)·강선(康宣) 등이 덧붙여졌고, 죽은 뒤 1772년 공익(恭翼)이 추존되어 혜경장신강선공익인휘소현이라는 존호를 가지게 되었으며, 1778년(정조 2) 휘호로 단목장화(端穆章和)가 올려졌다. 소생이 없다.

▣ 조세걸(曺世傑)

1635년(인조 13)~? 조선 중기의 화가. 본관은 창녕(昌寧). 호는 패천(浿川). 김명국(金明國)의 제자로 산수화에 능하였고 벼슬은 첨사를 지냈다. 집안이 넉넉하여 서화를 즐겼는데 중국의 이름난 작품을 많이 모아 여러 칸이나 되는 서재에 가득 찼다고 한다. 화풍은 정교하고 채색을 즐겨 썼는데 중국그림을 모방하여 중국화풍과 닮은 데가 있었다. 처음 평양에서 왔을 때 장안이 떠들썩하도록 많은 사람들이 병풍을 들고 와 그림을 그려달라고 하였다 한다. 그 무렵(1682년 경) 노론계 사대부였던 김수증(金壽增)의 부탁을 받고 지금의 강원도 화천군 사내면에 있는 곡운구곡(谷雲九曲)으로 들어가 제1곡 방화계(傍花溪)로부터 제9곡 첩석대(疊石臺)까지 그렸다. 이 그림은 지금 국립중앙박물관에 소장되어 있는데, 우리나라 구곡도(九曲圖)들 중에서 가장 상세하게 그 제작 동기와 유래가 전하는 작품이다. 그 뒤 김수증이 주자(朱子)의 〈무이구곡도가 武夷九曲櫂歌〉의 운(韻)을 그의 아들과 조카들에게 나누어주고 차운(次韻)하게 하여 그 시들을 그림과 함께 화첩으로 꾸며 놓았다. 김명국을 사사한 그는 화풍도 절파화풍(浙派畵風)을 따랐는데, 이를 뒷받침해줄 만한 작품이 많이 전하지 않는다. 그의 성격에 대한 일화와 현재 전하고 있는 작품에는 다소 서로 모순되는 점들이 있다. 구체적으로는, 절파풍의 산수화와 세밀한 실경화(實景畵), 그림을 그리기 전에 술을 청하여 마시고 나서 붓을 잡았다는 것과 정교한 필치와 선명한 색채를 썼다는 말 등이 그것이다.

▣ 최석정(崔錫鼎)

1646년(인조 24)~1715년(숙종 41). 조선 후기의 문신·학자. 본관은 전주(全州). 초명은 석만(錫萬). 자는 여시(汝時)·여화(汝和), 호는 존와(存窩)·명곡(明谷). 영의정 완성부원군(完城府院君) 명길의 손자로, 한성좌윤 완릉군(完陵君) 후량(後亮)의 아들이며, 응교 후상(後尙)에게 입양되었다. 9세에 이미 『시경』과 『서경』을 암송하였고, 12세에 『주역』을 도해할 수 있는 수준에 이르러서 신동으로 인정받았다. 남구만(南九萬)·이경억(李慶億)의 문인이고, 박세채(朴世采)와 종유(從遊)하면서 학문을 닦았다. 17세에 감시(監試)초시에 장원을 하였고, 1666년(현종 7) 진사시에 장원하였으며 동시에 생원시도 합격하였다. 1671년 정시문과에 병과로 급제하여 승문원에 발령받음으로써 관직생활을 시작하였다. 한림회천(翰林會薦)에 뽑혀 사관으로서 활동하다가 홍문관원이 되었고, 응제시에서 우수한 성적을 받아 호피(虎皮)를 하사받기도 하였다. 그동안 남인의 영수 허적(許積)을 비판한 오도일(吳道一)을 변호하다가 삭직되기도 하였고, 1676년(숙종 2)의 소에서는 윤휴(尹鑴)를 비난하고 김수항(金壽恒)을 옹호하다가 삭출되기도 하였다. 1680년 경신환국 이후 병조정랑·승정원동부승지에 이르렀으나 양부모의 상을 당하여 일단 관직에서 물러났다. 이후 1689년 기사환국까지 승정원승지·성균관대사성·홍문관부제학과 제학을 역임하였다. 1686년에는 조선인이 청나라의 국경을 넘어들어간 사건이 국제문제로 비화되자 이를 해결하기 위하여 당시 호조참판으로서 부연(赴燕)하기도 하였다. 1685년에는 사학유학생들이 이른바『명재의서(明齋疑書)』가 이이(李珥)를 모함하여 욕하였다고 비난하자 윤선거(尹宣擧)의 강도(江都) 사건이나 이이의 입산(入山)한 잘못은 똑같은 문제라고 지적하였고, 2년 후 노소분당이 심각하여지자 윤선거를 옹호한 나양좌(羅良佐)의 견해를 지지함으로써 노론세력의 지탄을 받기도 하였다. 또한, 장희빈(張禧嬪)에 대한 총애 문제를 들추어낸 이세구(李世龜)를 옹호하고 청류(淸流)로 지칭되는 경명행수(經明行修)의 선비들을 힘써 선발하려고 노력하였다. 기사환국 이후에는 주로 외직에 있으면서 안동부사·연안부사를 역임하다가 부친상을 당하여 물러났다. 1694년 갑술환국 이후 한성판윤·사헌부대사헌으로 있으면서 장희재(張禧載)를 사형시킬 것을 주장하였고, 홍문관대제학·이조판서에 임명된 뒤에는 서얼출신을 삼조(三曹)에 소통하자는 건의를 올리기도 하였다. 1697년 우의정에 올랐고, 왕세자 책봉을 위한 주청사로서 청나라에 다녀왔다. 이때 붕당의 폐단을 논하면서 남인들의 일부 서용을 주장하는 입장을 개진함으로써 노론세력의 강한 반발을 받기도 하였으며, 단종복위를 성사시키기도 하였다. 1699년 좌의정을 거쳐 1701년 영의정이 되었다. 이때 김장생(金長生)의 문묘배향논의가 일어나자 가볍게 처리할 수 없는 문제라고 반대하였고, 이해 8월에 인현왕후(仁顯王后)가 죽고 장희빈에 의한 무고(巫蠱)의 변이 일어나자 왕세자 보호를 위해서는 생모인 장희빈을 사사(賜死)해서는 안 된다고 극력 반대하였으며, 또한 붕당문제보다 도학(道學)이 쇠퇴한 것이 문제라고 지적한 이유로 파직, 유배의 명령이 내려졌다가 다음해 석방되어 진천에 거주하였다. 이듬해 다시 영의정이 되었는데 1710년까지 모두 열 차례 입상(入相)하였다. 이후 노론세력이 대보단(大報壇)을 세우면서 의리론으로 할아버지 최명길을 공격하자 이를 변호하였고, 임보(林溥)·이잠(李潛)의 옥사에서는 왕세자의 처지에 문제되지 않도록 안옥(按獄)하여 노론의 비난을 샀으며, 여기에 민암(閔黯)의 아들까지 사형에 처한 것을 비난하였던 오래 전의 사실까지 들추어지고, 그의 처서『예기유편(禮記類編)』은 주자의 주와 다르다고 비판 받기도 하는 등 노론의 집중공격을 받자 1711년 이후 미사(渼社)에 들어갔고, 이해 사망하였다. 청주 대율리(大栗里)에 장례 지냈으며, 뒤에 숙종묘에 배향되었다. 성격이 겉으로는 화평하나 안으로는 굳건하였으며 염려나 불만의 기색을 밖으로 드러내지 않았다. 직업적 관료의 성격이 강하여 의리·명분론에 집착하지 않고 백성의 어려움과 정치적 폐단을 변통하려 하였던 행정가였으며, 당쟁의 화를 가능한 한 줄이려고 힘썼던 정치가이기도 하였다.『야승(野乘)』을 집대성하려고 노력하여 찬수청을 설치하게 하는 데까지 이르렀으나 뜻을 이루지는 못하였다. 편저에『전록통고(典錄通考)』가 있고, 저서로『예기유편』과『명곡집(明谷集)』36권이 현재 전한다. 시호는 문정(文貞)이다.

▣ 홍치상(洪致祥)

?~1689년(숙종 15). 조선 중기의 문신. 효종비 인선왕후(仁宣王后)의 1남 6녀 중 2녀인 숙안공주(淑安公主)의 아들. 부친은 익평군(翼平君) 홍득기(洪得箕, 1635~1673)다. 1689년(숙종 15년 4월 22일(무자)) 기사환국(己巳換局) 때에 교수형(絞首刑: 목을 옭아 메어 죽이는 사형.)을 당했다. 아들 홍태유(洪泰猷, 1672~1715)는 아버지가 화를 입자 벼슬을 버리고 일생을 학문에 정진했다.

▣ 희빈 장씨(禧嬪張氏)

1659년(인조 37년)~1701년(숙종 27). 조선 숙종의 1폐왕후. 본관은 인동(仁同). 역관 장현(張炫)의 종질녀. 어머니는 정부(情夫)였던 조사석(趙師錫)과 종친인 동평군(東平君) 항(杭)의 주선으로 궁녀로 들어가 숙종의 총애를 독차지하였다. 1686년(숙종 12) 숙원(淑媛)이 되고, 1688년 소의(昭儀)로 승진되어 왕자 균(昀: 뒤의 景宗)을 낳게 되자 왕은 기뻐하여 세자로 봉하려 하였으나 송시열(宋時烈) 등 당시 정권을 잡고 있던 서인이 지지하지 않으므로 남인들의 원조를 얻어 책봉하려 하였다. 이에 서인의 노론·소론은 모두 아직 왕비 민씨(閔氏)가 나이가 많지 않으니 후일을 기다리자고 주장하였다. 숙종은 듣지 아니하고 1689년 정월에 세자를 봉하고, 장소의는 희빈으로 승격하였다. 이때 송시열이 세자를 봉함이 아직 빠르다고 상소하자, 왕은 이미 명호(名號)가 결정된 다음에 이런 의견을 말하는 것은 무슨 일이냐고 진노하므로, 남인 이현기(李玄紀)·남치훈(南致薰)·윤빈(尹彬) 등이 송시열의 상소를 논박하며 파직시켜 제주도로 유배하게 하고 다시 사사(賜死)하게 하였다. 그러나 송시열은 중로 정읍으로 이배(移配)되었다가 사약을 받았다. 이밖에 서인의 영수들도 파직 또는 유배를 면하지 못하였고, 반면에 남인의 권대운(權大運)·김덕원(金德遠) 등이 등용되었다. 이 정권의 교체를 기사환국 또는 기사사화라고 한다. 이해 5월에 다시 민비를 폐하고 장희빈을 올려 왕비로 삼으려 할 때 서인 오두인(吳斗寅)·박태보(朴泰輔) 등 80여 명이 상소하여 이를 반대하였으나 도리어 참혹한 형문을 받게 되니 이후 정국은 남인의 세상이 되었다. 기사환국 후 시간이 감에 딸 숙종은 폐비사건을 후회하게 되었다. 그러던 중 1694년 서인의 김춘택(金春澤)·한중혁(韓重爀) 등이 폐비의 복위운동을 꾀하다가 고발되었다. 이때에 남인의 영수요 당시 우의정으로 있던 민암(閔黯) 등이 이 기회에 반대당 서인을 완전히 제거하려고 김춘택 등 수십 명을 하옥하고 범위를 넓혀 일대 옥사를 일으켰다. 이때 숙종은 폐비에 대한 반성으로 옥사를 다스리던 민암을 파직하고 사사였으며, 권대운·목내선(睦來善)·김덕원 등을 우배하고, 소론 남구만(南九萬)·박세채(朴世采)·윤지완(尹趾完) 등을 등용하고 장씨를 희빈으로 내렸는데 이것을 갑술옥사라고 한다. 또한, 이미 죽은 송시열·김수항(金壽恒) 등은 복작(復爵)되고 남인은 정계에서 물러나게 되었다. 소론이 들어서고 남인이 물러나게 될 때 장희빈의 오빠 장희재(張禧載)가 희빈에게 보낸 서장(書狀) 속에 폐비 민씨에 관련된 문구가 논쟁이 되어 여러 사람이 장희재를 죽이자고 하였으나 세자에게 화가 미칠까 염려하여 남구만·윤지완 등이 용서하게 하였다. 그런데 뒤에 왕비 민씨가 죽은 다음에 장희빈이 취선당(就善堂) 서쪽에다 신당(神堂)을 설치하고 민비가 죽기를 기도한 일이 발각되었다. 이 일에 관련된 희빈과 장희재는 살해되고 궁인(宮人)·무녀(巫女)와 그 족당(族黨)도 화를 입게 되었다. 이것을 무고(巫蠱)의 옥(獄)이라 하는데, 이때에 장희빈에 대하여 관대한 태도를 취한 남구만·최석정(崔錫鼎)·유상운(柳尙運) 등 소론의 선비들도 몰락하게 되고 다시 노론이 득세하게 되었다. 숙종은 이후 빈(嬪)을 후비(后妃)로 승격하는 일을 없애는 법을 만들었다.

숙종·인현왕후 가례 반차도
(肅宗·仁顯王后 嘉禮班次圖)

조선조는 궁중의 중요한 행사가 있을 때엔 도감(都監)이란 임시기구를 설치하여 모든 절차를 관장하게 했다. 행사가 끝나면 도감의궤(都監儀軌)를 작성하여 후에 유사한 행사가 있을 때 참고하게 했다. 모든 도감의궤에는 말미에 반차도(班次圖)가 첨부된다. 반차도란 사진이나 연상물로 기록을 남길 수 없던 시절 중요한 행사를 치를 때 참석자들의 위계(位階)에 따라 정해진 자리를 표시한 그림을 말한다. 글씨만으로 이루어진 문반차도(文班次圖)와는 구별된다. 일반적으로 큰 행렬의 준비단계에서 국왕에게 미리 반차도를 그려 보여 드리고 행사가 끝나면 실제 행렬에 있었던 그대로를 다시 정리한 반차도를 그려 의궤 끝에 첨부하게 된다.

왕조사회에서는 왕이나 왕세자의 결혼은 국가의 중요한 행사이므로 가례도감(嘉禮都監)이란 임시 기구가 설치되고 모든 절차를 기록한 가례도감의궤를 남겼다. 첨부된 반차도는 조선 19대 임금 숙종(肅宗, 재위 1671~1721)이 1681년 민유중(閔維重, 여흥민씨, 여양부원군)의 딸(인현왕후, 1667~1701)과 혼인하는 모든 과정을 기록한 『숙종가례도감의궤(肅宗嘉禮都監儀軌)』의 말미에 첨부된 것이다.

숙종은 현종(顯宗)과 명성왕후(明聖王后)의 소생으로 세자였을 때, 김만기(金萬基, 광산김씨, 광성부원군)의 딸(인경왕후, 1661~1680)과 혼인하였다. 인경왕후는 세 공주를 생산했으나 하나도 생장 시키지 못하고 1680년, 20세의 젊은 나이에 병사하였다. 당시 법도에 의하면 망자(亡者)의 3년 상을 치루고 신위(神位)를 종묘에 배향한 후에야 가례 준비가 시작되는 것이 통례다. 숙종의 생모인 명성왕후(서인 측)가 가례를 서두른 것은, 당시 권력을 잡고 있던 남인 측

동평군(인조의 5남, 숭선군의 아들)의 비호로 입궁한 여인(장옥정, 후일 경종의 생모, 장희빈) 때문이다. 그녀가 왕의 사랑을 독점하자 위기의식을 느끼게 된 명성왕후는 '장씨는 간독하고 장래에 화를 불러일으킬 인물이다.'며 궁 밖으로 내보냈다. 서인 측에서는 장옥정을 잊게 하는 방법으로 가례를 서두르게 된 것이다.

1681년 1월 3일, 송시열 민정중 등은 왕비의 덕을 기리고 승하함을 애통히 여김과 동시에 계비 간택의 필요성을 강조하는 계(啓)를 올림으로써 가례준비가 시작된다. 총 347면으로 구성된 『숙종가례도감의궤』에 의하면 3월 26일 14살의 민유중의 딸이 간택되고, 육례(六禮) 중 납채(納采) 4월 13일, 납징(納徵) 4월 20일, 고기(告期) 4월 25일, 친영(親迎)과 동뢰연(同牢宴로)이 5월 13일에 치러지는 모든 절차가 상세하게 기록되어 있다. 말미에 첨부된 반차도에는 무슨 행렬이라고 명시되어 있지는 않으나 의궤에 "왕비가 별궁으로부터 예궐(詣闕)할 때의 반차도를 전례에 의해 이미 그려서 들여갔다(王妃自別宮詣闕時班次圖旣已起畵依例入)"고 되어 있으므로 왕비가 동뢰연을 치르러 입궐하는 장면임을 알 수 있다. 총 19면에 참석인원 610명이 매우 선명하게 묘사되어 있다. 각 면을 간략하게 해설하면 다음과 같다.

제1면 : 포살수(砲殺手)들이 양쪽에 각 7명, 중앙의 포살수(3인)는 행렬의 선두에 기를 들고 가며, 그 뒤를 초관(哨官)이 간다.

제2면 : 앞에는 보마(寶馬, 임금이 타는 말)가 마부(2인)에 의해 인도되고, 교명문(敎命文, 왕비를 책봉하고 훈유(訓諭)하는 말을 쓴 글)을 실은 홍색 가마인 교명채여(敎命彩輿)가 뒤에 말 탄 집사(執事, 4인)를 대동한 채 가는 모습이 묘사되었다.

제3면 : 옥책(玉冊, 왕비 책봉문을 적은 옥편을 금사슬로 묶은 것)을 실은 홍색 가마가 앞에는 말을 탄 내관(內官, 3인)이, 뒤에는 말을 탄 집사(執事, 4인)의 호위를 받으며 가는 모습이 보인다.

제4면 : 금보(金寶, 왕비의 인장)를 실은 홍색 가마가 앞에는 말을 탄 내관(3인), 뒤에 말을 탄 집사(4인)가 호위한다.

제5면 : 명복(命服, 왕실에서 왕비에게 하사하는 의복)을 실은 홍색 가마가 앞에 말을 탄 내관(3인)과 뒤에 말을 탄 집사(4인)의 호위를 받으며 간다.

6~11면은 왕비의장(王妃儀仗)이다.

제6면: 선두에 3명의 말을 탄 내관이 묘사되어 있고, 이어서 양쪽에 대칭형으로 백택기(白澤旗), 은등(銀鐙), 금등(金鐙), 은등(銀鐙), 금등(金鐙), 은장도(銀粧刀), 금장도(金粧刀), 은립과(銀立瓜), 금립과(金立瓜)를 든 인물들이 묘사되었다.

제7면: 중앙에 은배(銀盃), 은관자(銀灌子), 답진(踏陣)을 중심으로 양쪽에 대칭으로 은횡과(銀橫瓜), 금횡과(金橫瓜), 모절(旄節), 은월부(銀鉞鈇), 금월부(金鉞鈇), 작선(雀扇, 3인), 봉선(鳳扇, 4인), 홍개(紅盖, 1인)의 순으로 배치되었다.

제8면: 7면에 이어서 중앙에 은교의(銀交倚), 향통배(香桶陪)를 중심으로 양쪽에 청개(靑盖), 장마(仗馬) 각 1인, 내관(內官) 각 6인이 묘사되었다.

제9면 : 8면에 이어 중간까지 양족으로 마부를 대동한 기마내관의 행렬이, 이어서 마부 없이 7인의 기마 금군(禁軍)이 화살 통을 등에 메고 가는 모습이 10면의 중간까지 이어진다.

제10면 : 시작 부분에 녹색 의상을 입은 전악(典樂)을 중심으로 홍색 의상을 입은 16인의 악공(樂工)들이 각종 악기를 들고 2열로 서 있는 모습이 배면(背面)으로 묘사되어 있다. 중간쯤에 양족에는 금군들의 뒤를 이어 마부를 대동한 기마 주장내관(朱杖內侍)들이 한 쪽에 6인 씩 11면 중간 까지 이어진다. 중앙에는 악공들 뒤에 홍양산(紅陽傘)을 든 사람을 중심으로 좌우에 지거이(支擧二)라는 인물이 양쪽에 2명씩 등에 붉은 짐을 지고 가는 것이 11면 앞줄까지 이어진다. 양족에는 붉은 장대를 들고 걸어가는 나장(羅將)들이 한쪽에 6인씩 11면 까지 이어진다.

제11면 : 10면의 주장내관과 지거이에 이어 붉은 막대를 든 나장(羅將, 5인) 등 3열 씩 6열의 인물들이 빽빽이 늘어 서 있다. 양쪽에 각기 별감 15인(녹색의상 9인, 홍색의상 6인)과, 안 족에 말을 탄 내인(騎行內人, 2인), 걸어가는 내인(步行內人, 4인. 그 중 2인은 각기 머리에 붉은 짐을 이고 있다.)에 이어 말을 탄 시녀(騎馬侍女, 1인)과 향차비(香差備, 1인)가 뒤따른다. 끝 부분의 금헌도사(禁喧都事)와 마부(馬夫)를 포함하면 80인이 6~11면에 화려하게 묘사되어 있다.

제12면 : 중앙의 왕비 가마를 중심으로 앞에 별감(別監, 2인), 양쪽으로 걸어가는 내시(內侍, 4인), 검은 너울을 쓴 기마시녀(騎馬侍女, 4인)들이 연

(輦)을 호위하고 있다.

제13면 : 너울 쓴 기마시녀가 12면에 이어 2명씩 더 있고, 기마 의녀(醫女, 1인)가 뒤따른다. 중앙에는 청선(靑扇)을 바쳐 든 사람(2인) 뒤로 붉은 옷차림의 배면상(背面像)의 남자 7인이 일렬로 서 있다. 이들이 누구인지 그림에 명시되어 있지 않으나 1702년 숙종의 제2계비(인원왕후)를 맞이할 때의 반차도에는 같은 위치의 사람들을 연배여군(輦陪餘軍)으로 표기되어 있으므로 이 반차도에서도 같은 인물로 볼 수 있다. 이어서 기마내시 4인, 승지(承旨) 2인이 따르고, 양 옆으로는 기마 부장(部將, 각 3인)들이 호위한다.

제14면 : 13면에 이어 기마부장(각 2인)이 양 옆에, 중앙에는 사관(史官, 2인), 가위장(假衛將, 2인)에 이어 왼쪽엔 분도총관(分都摠官, 2인), 오른쪽엔 분병주당상(分兵曹堂上, 2인)으로 나뉘어 있다. 다음 줄 왼쪽에는 분도총도사(分都摠都事, 2인), 오른쪽에 분병조낭청(分兵曹郎廳, 2인)이 모두 마부를 대동한 배면 기마상(背面騎馬像)으로 묘사되었다. 이들 뒤에는 푸른색 옷차림에 장대를 든 사령(使令, 8인)들이 배면으로 일렬로 서 있다.

제15면 : 앞줄에 검은 모자에 청색 복장을 한 서리(書吏, 8인)들이 배면으로 서고, 장대를 든 사령(使令, 2인)과 도제조(都提調)가 한 조로 묘사되었다. 그 뒤로 같은 형식으로 사령과 제조(提調)가 3조, 사령과 도청이 2조를 이루어 뒤따른다. 사령들은 푸른색 의상을, 도제조 이하 관원들은 붉은 색 조복을 입어 전체 구성이 선명하게 색채의 대조를 보인다.

제16면 : 사령(3인)과 낭청(郎廳, 3인)으로 구성된 두 조가 좌우로 배치되고, 그 뒤로 사령(4인)과 감조관(監造官, 4인)이 한조가 되어 역시 좌우로 배치되어 완전 대칭형 구도를 보인다.

제17면 : 양쪽으로 기마인물상(騎馬人物像) 6인(홍색 옷 3인, 청색 옷 3인)들이 선명한 색채의 대조를 보이며 나열되어 있다.

제18면 : 17면에 이어 양쪽으로 각기 6인이 푸른색 옷을 입고 말을 타고 있다. 17~18면에는 인물들에 대한 직책이 명시되지 않았다. 이 행렬의 선두와 후미의 인물 배치가 같으므로 17면 선두의 붉은 색 옷차림의 6인은 집사로 추측되고, 나머지 푸른 복장의 인물들은 내관으로 보인다.

제19면 : 18면의 내관 행렬의 후미와 가운데에 기마초관(騎馬哨官, 1인)을 중심으로 17인의 포살수(砲殺手, 중앙에 3인, 양족에 각 7인)가 붉은 기를 들고 서 있는 모습으로 묘사되었다. 특히 가장 후미의 포살수(5인)들은 붉은 옷을 입고 있어 푸른 옷과 대비되면서 붉은 깃발의 색채와 조화되어 장엄함과 화려함을 더한다.

숙종 가례도감에 참여한 화원(畵員)들은 장충명(張忠明), 이유탄(李惟坦), 함종건(咸宗建), 최석헌(崔碩巘) 등이다.

첨부된 반차도(班次圖)는 한국정신문화연구원의 장서각(藏書閣)에 보관된 것을 출간한(한국정신문화연구원, 이회문화사, 2002.) 것이며, 해설은 이성미 교수(한국정신문화연구원, 미술사)의 연구서를(이성미 외, 『장서각 소장 가례도감 의궤』, 한국정신문화연구원, 1994.) 참조했다.

肅宗・仁顯王后

嘉禮班次圖

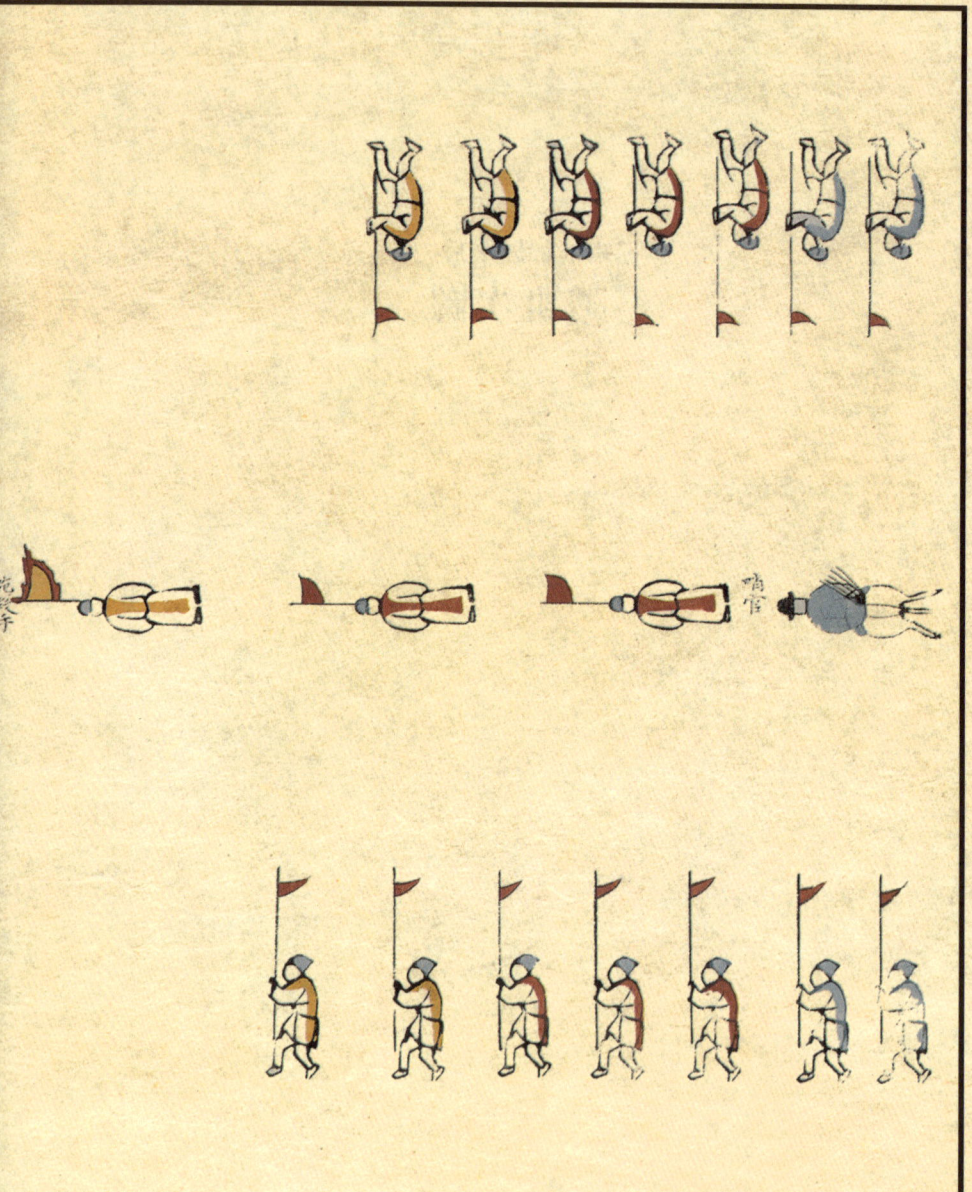

第2圖

執事

內官

內官

玉輅
一

執事

第3圖

第4圖

第5圖

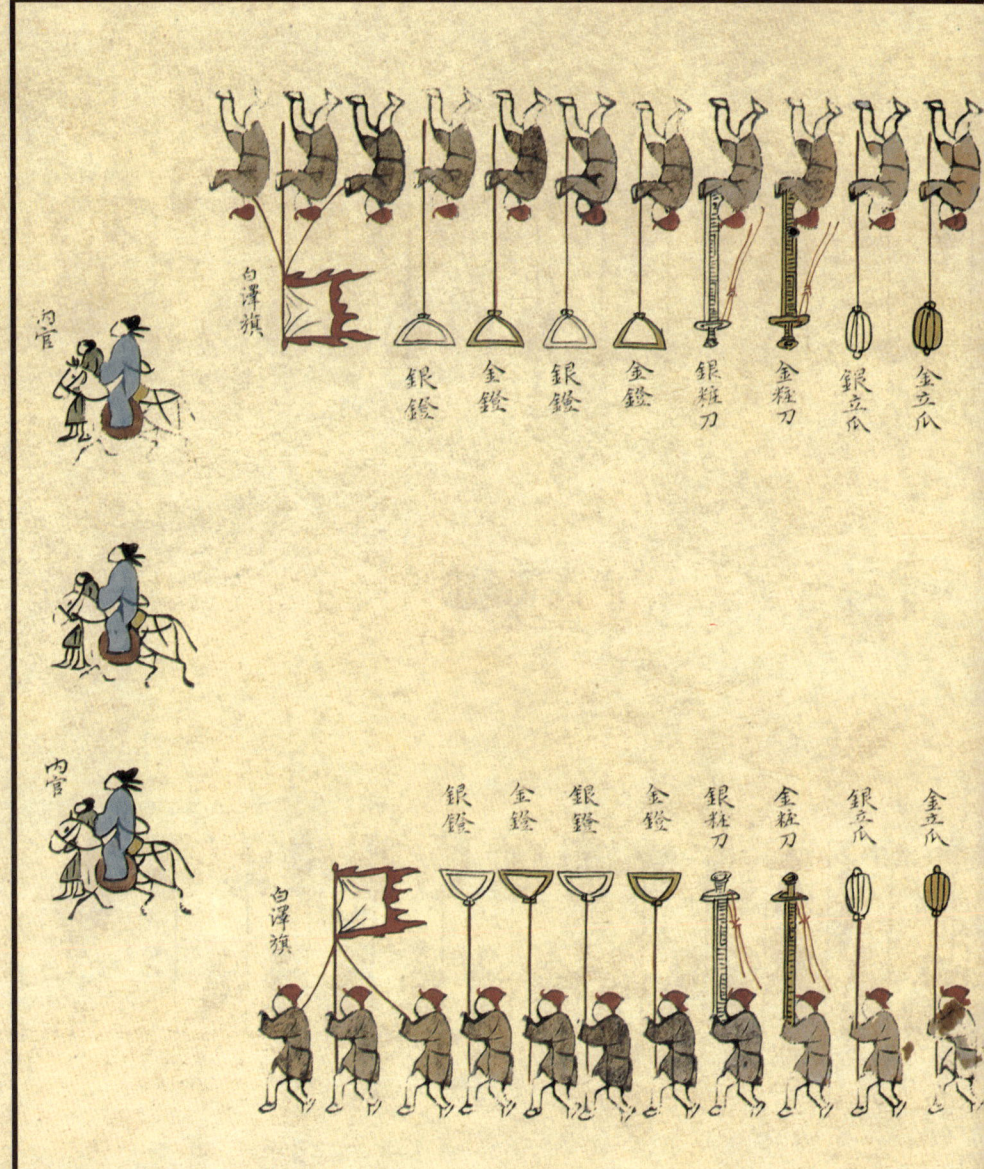

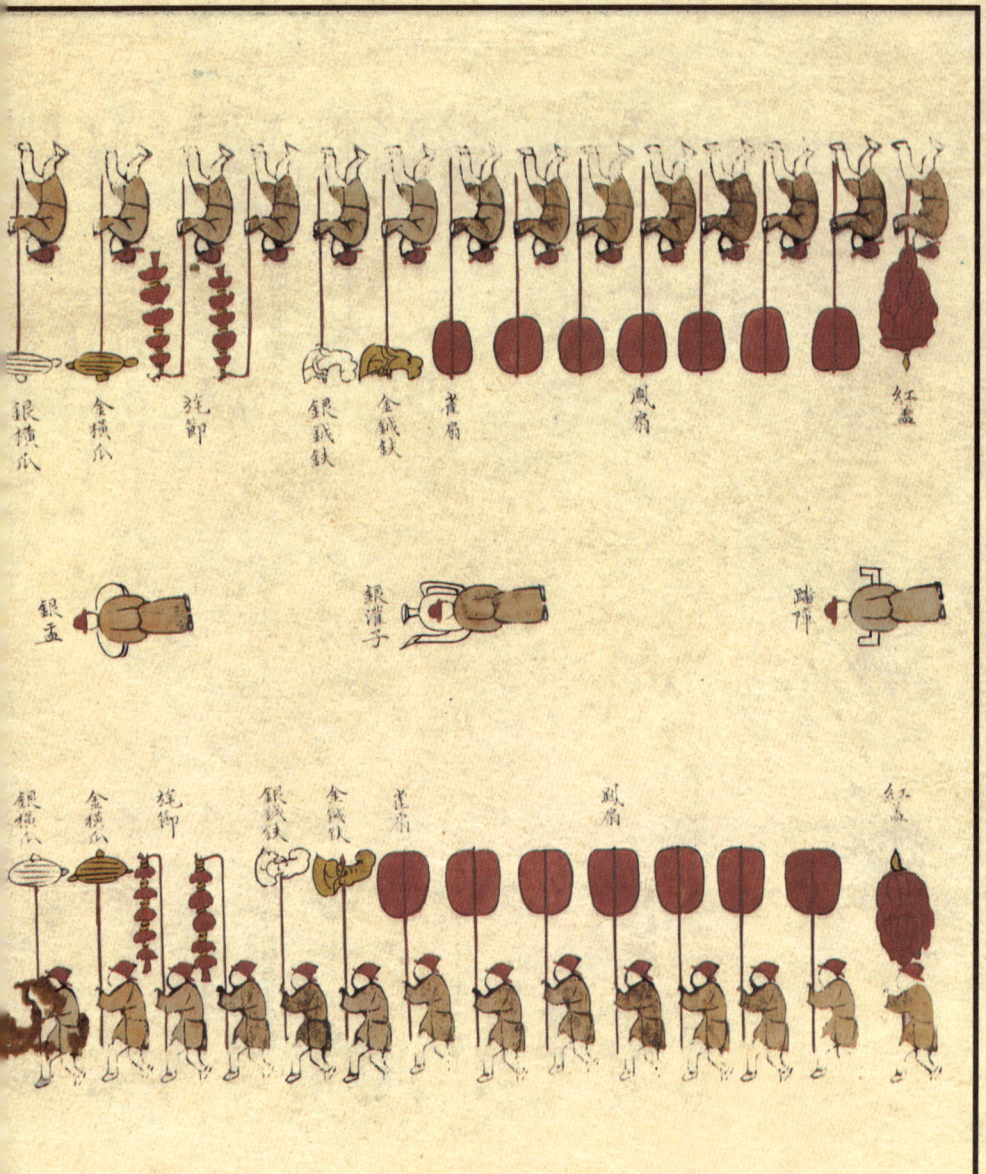

銀橫瓜　金橫瓜　旄節　銀鉞鉞　金鉞鉞　雀扇　鳳扇　紅蓋

銀盂　　　　　　　銀灌子　　　　　　　踏碑

銀橫瓜　金橫瓜　旄節　銀鉞鉞　金鉞鉞　雀扇　鳳扇　紅蓋

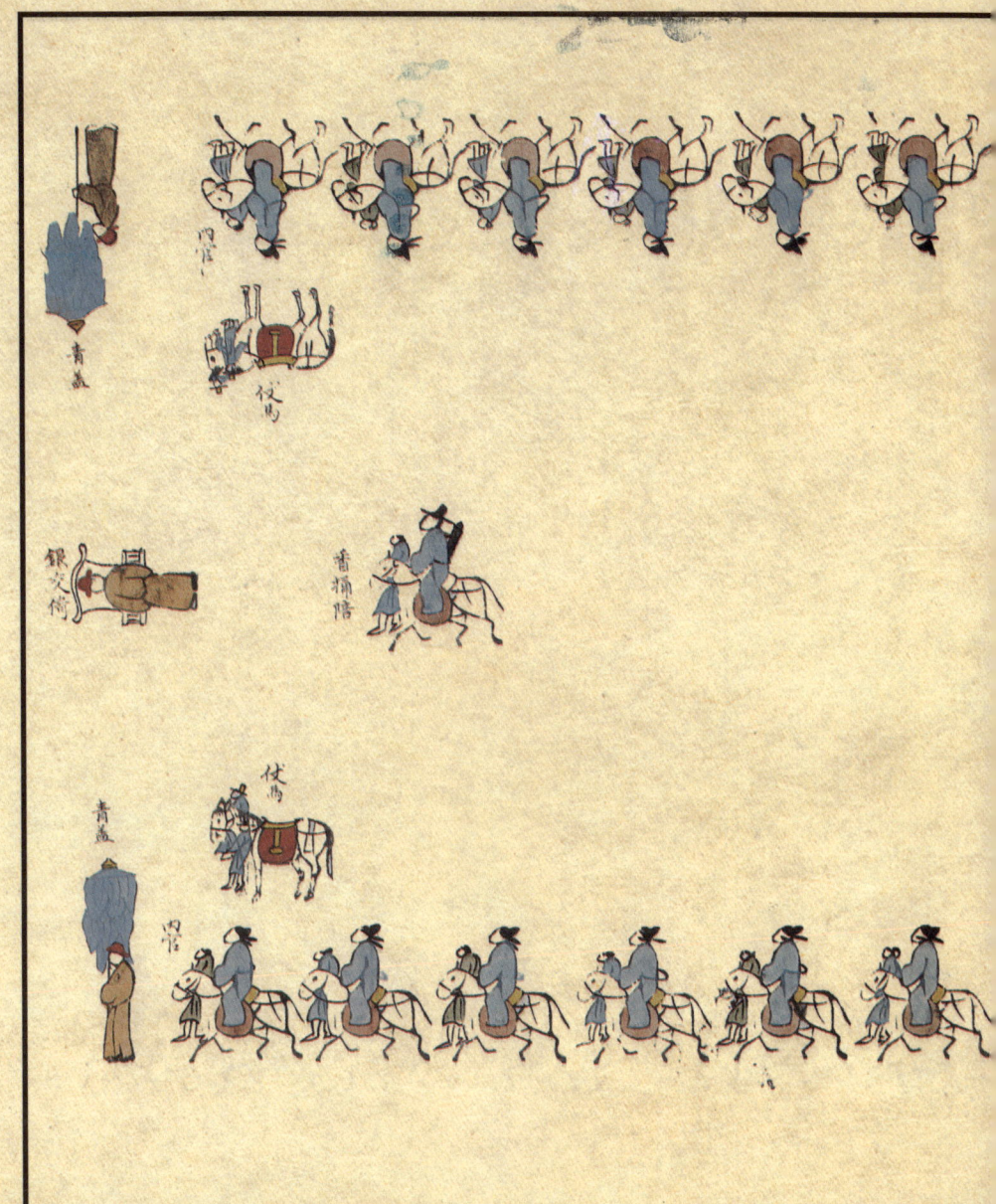

青蓋　役馬　銀交倚　番揷陪　役馬　青蓋

第8圖

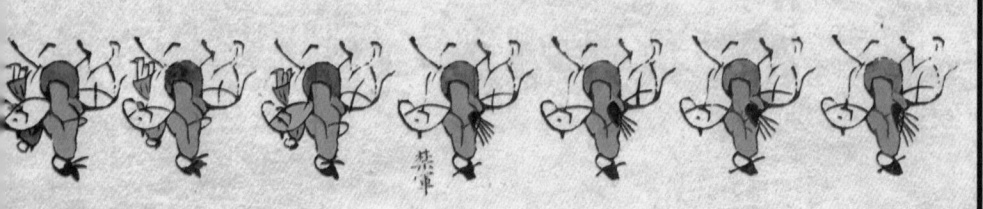

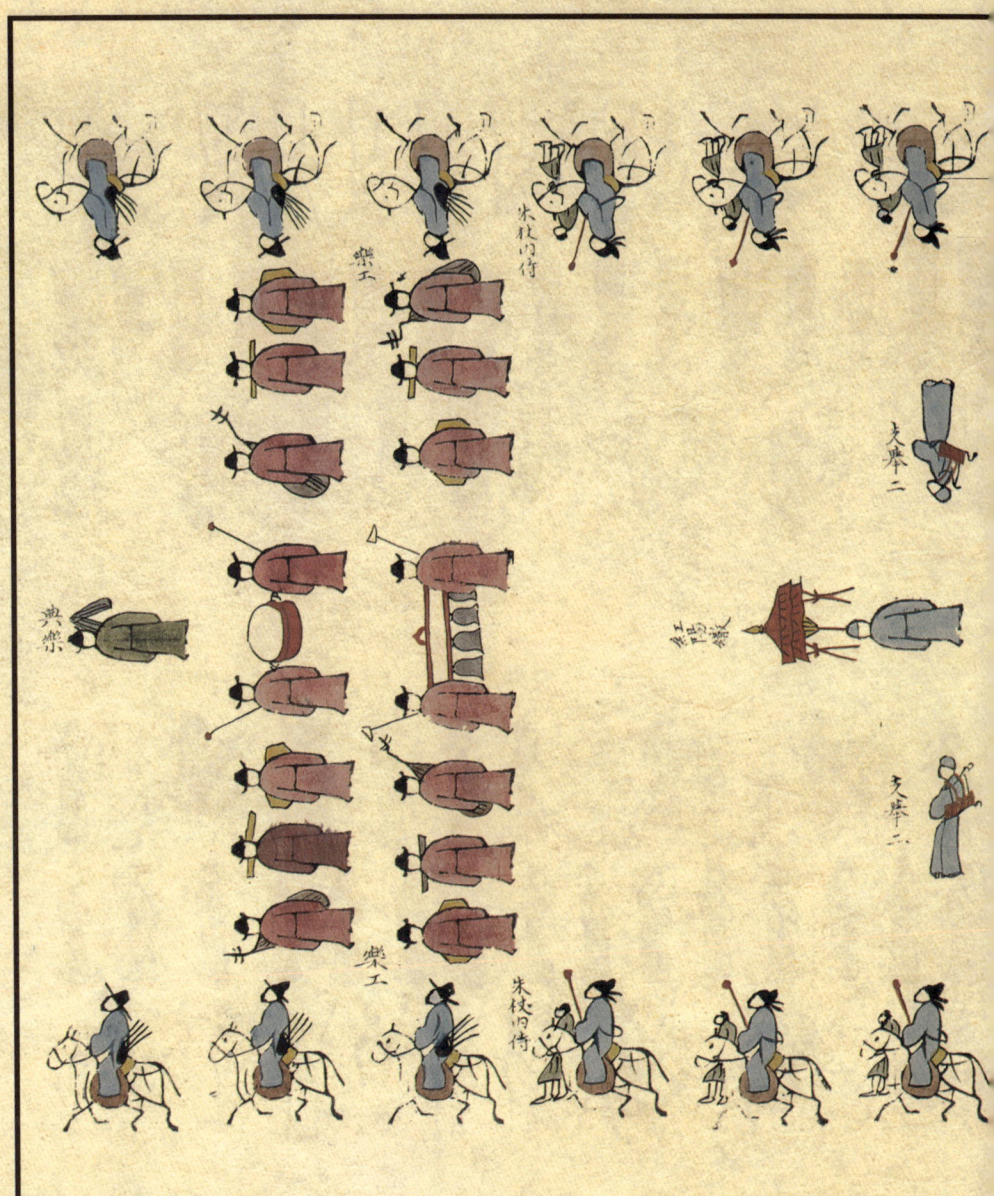

第10圖

第12圖

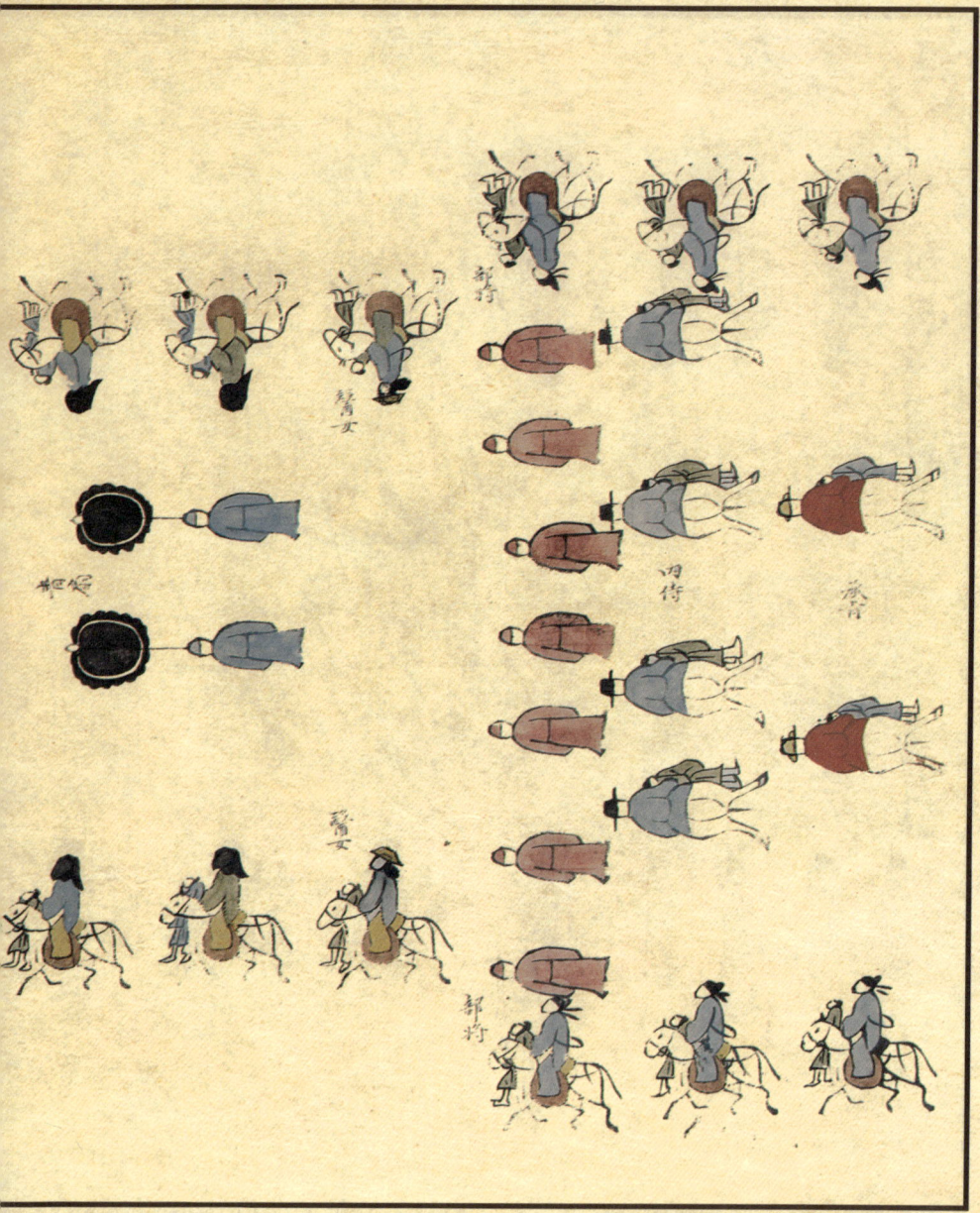

第13圖

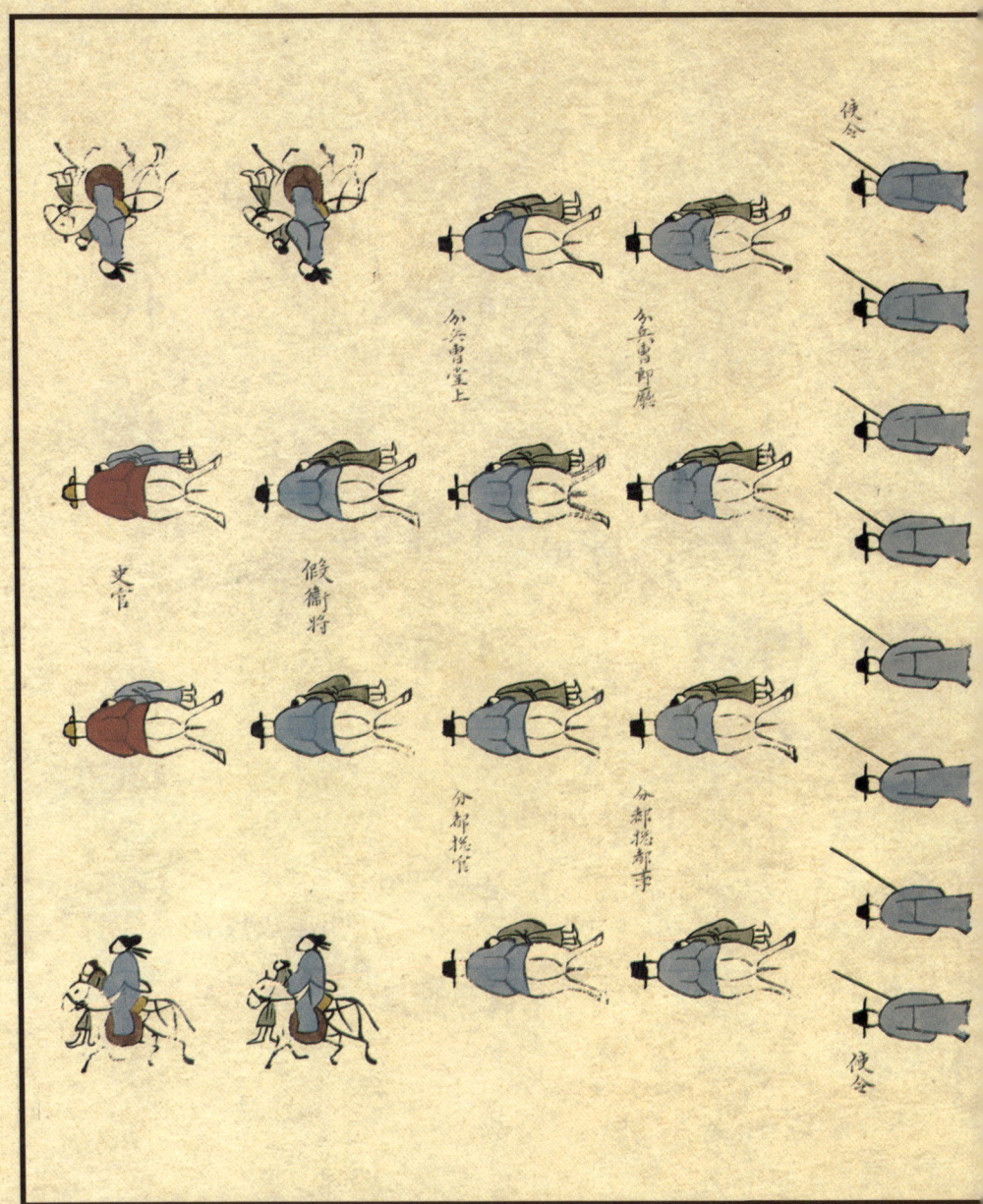

第14圖

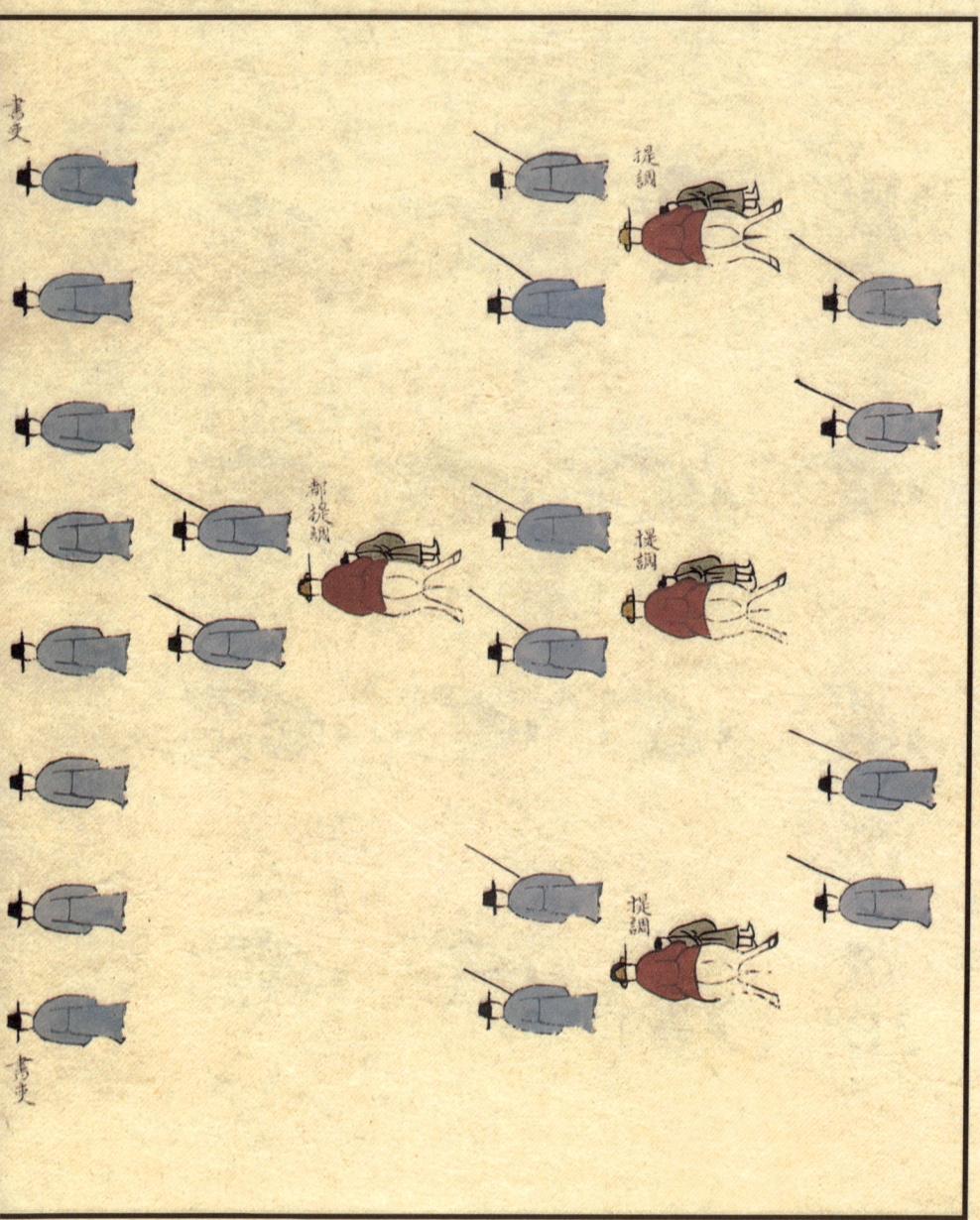

第15圖

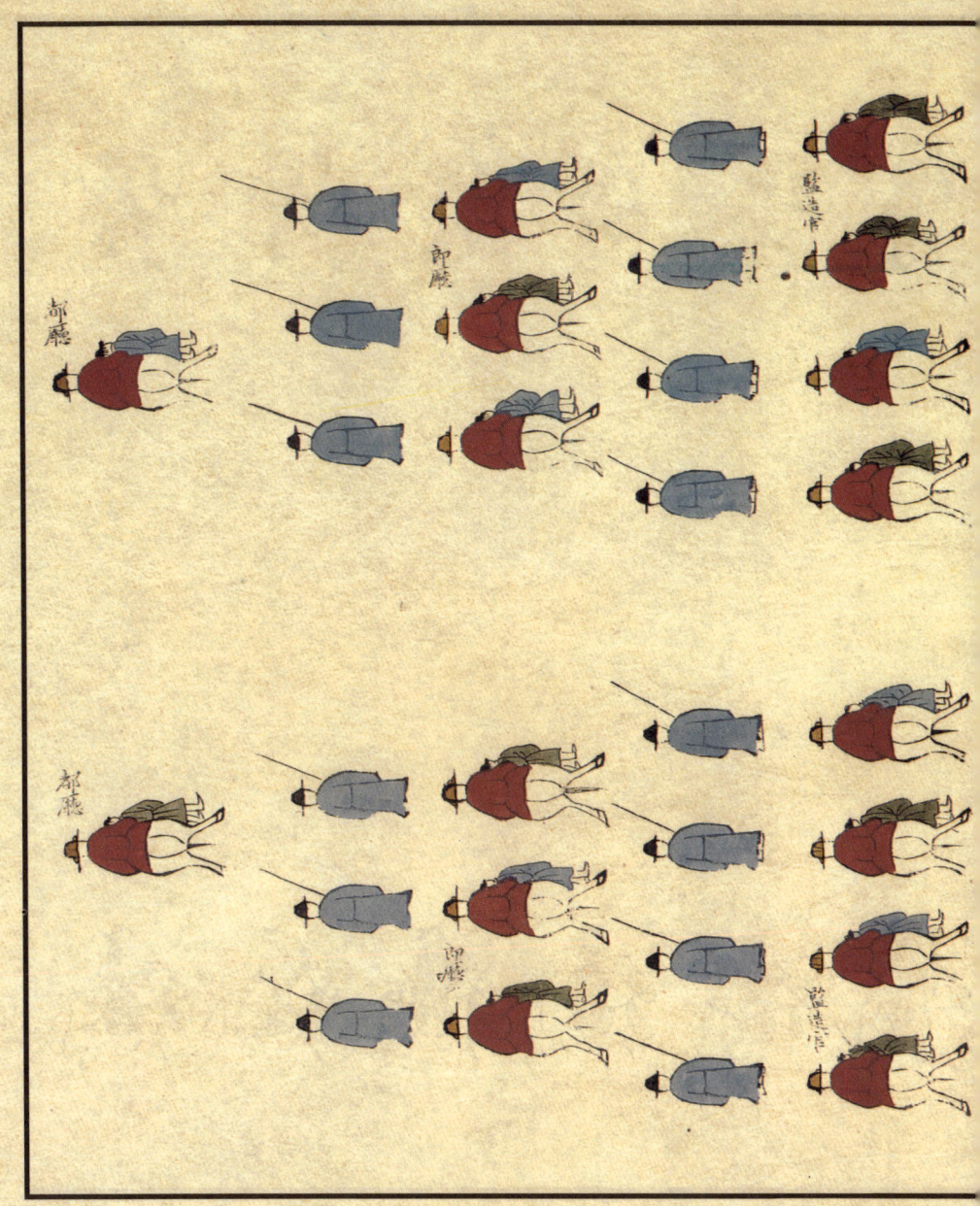

第16圖

第17圖

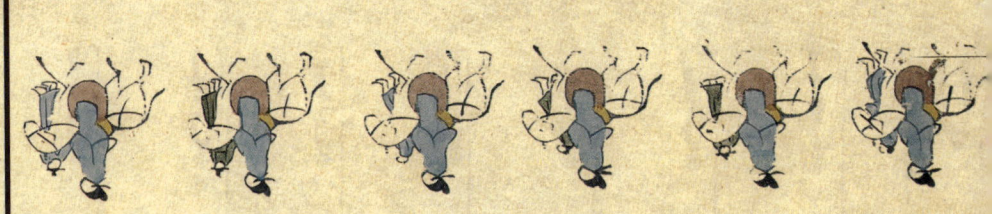

第18圖

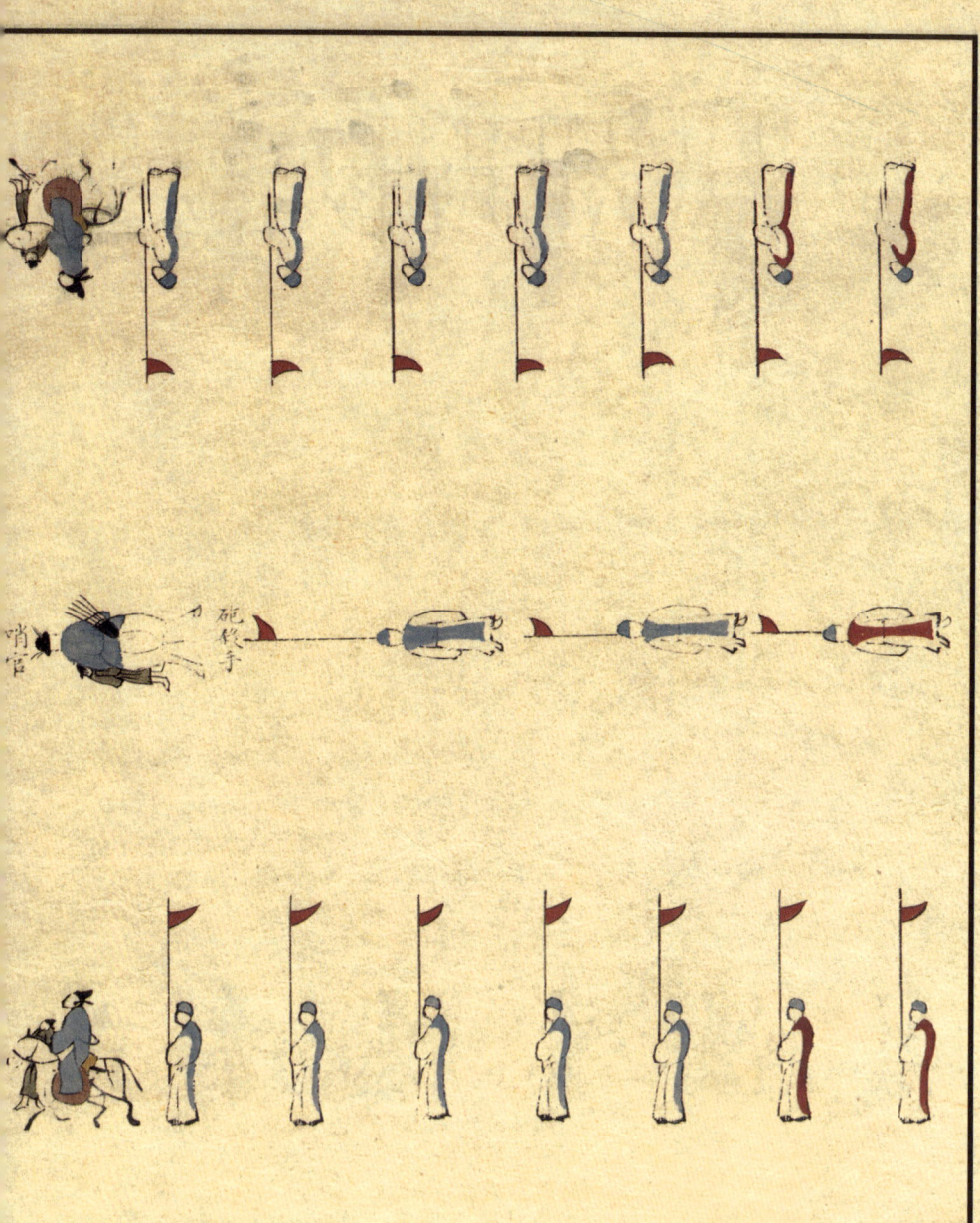

第19圖

◆ 정은임

❖ 숙명여자대학교 국어국문학과 졸업.
❖ 동대학원에서 「궁정실기문학연구」로 문학박사 학위 받음.
❖ 현재 강남대학교 인문학부(국어국문학 전공) 교수로 재직 중.

❖ 『궁정문학연구』, 교주 『한중록』 등의 저서와 『노년문학연구』 1, 『노년문학연구』 2,
  『노년문학연구』 3, 『노년문학연구』 4, 『고전산문연구』 1, 『고전소설연구』 『고소설
  연구사』 등의 공저가 있으며, 그 밖에 다수의 논문이 있다.

인현왕후전

제1판 1쇄 발행   2004년 2월 25일

교   주 | 정은임
펴 낸 이 | 송미옥
펴 낸 곳 | 이회문화사

주   소 | 서울 동대문구 답십리동 488-338 부영B/D 503호
전   화 | (02) 2244-7912, 3
팩   스 | (02) 2244-7914
전자우편 | ih7912@chollian.net
등록번호 | 제6-0532(1992. 5. 2)

정   가 | 30,000원

ISBN 89-8107-236-1 (세트)
         89-8107-237-X 94810